ÉLAGUÉ

Bombyx

Anne Rambach

Bombyx

ROMAN

Albin Michel

© Éditions Albin Michel, 2007

Diane remonta l'avenue à grands pas. L'air sentait la sauce de soja, les vapeurs de riz, le porc grillé. Elle croisa, debout près du poteau électrique, un moine bouddhiste dont le visage restait caché sous les pans d'un chapeau en bambou. Devant la veste marron, ses deux mains se rejoignaient en prière ; une coupelle attendait à ses pieds. Mais Diane n'avait pas de monnaie. Deux vieilles, en vive conversation, avaient posé leurs cabas pleins de coriandre et de menthe au milieu du trottoir – les portes de Tang charriaient un flot continu d'acheteurs et de sacs plastique jaunes. Elle enjamba prestement les obstacles, en murmurant un « *duibuqi* » et continua. Sur sa peau, le vent semblait glacé. Elle passait sans cesse d'une fébrilité étouffante à une langueur transie. Dans cinq minutes, sans doute, la sueur tremperait sa nuque, ses mains seraient moites. Puis le froid la transpercerait jusqu'à la moelle. Elle tenta d'oublier ces sensations, longea la galerie d'art contemporain qui présentait des artistes taïwanais : une affichette annonçait l'exposition d'un certain Chin-shui Liu, et dans la vitrine des panneaux de papier bulle étaient tendus, dont les vésicules translucides contenaient chacune une fourmi vivante aux couleurs variées : marron, noire, rouge, verte. En d'autres temps, Diane serait entrée ; aujourd'hui elle fuyait le monde. Elle continua en pressant encore le pas. Un moineau picorait un biscuit au sésame abandonné sur un horodateur. Elle jeta un coup d'œil vers les escaliers en béton : une salle d'arts martiaux se tenait sous la galerie, elle vérifia qu'aucune figure connue n'était en vue et se coula au plus vite hors de cette zone. Elle n'était pas en état de parler, de faire semblant. Un autre moineau se baignait dans le caniveau. C'est alors qu'une bourrasque balaya les façades. L'été était un phénix qui s'arrachait chaque matin à ses cendres humides, prenait son essor, irradiait, avant de sombrer dans un nouvel orage. Au fronton du Lotus Blanc, les deux lampions frissonnèrent et se débattirent. Finalement l'une des sphères rouges s'envola, s'écrasa sur le trottoir, puis se mit à rouler, maladroitement, franges en désordre. Sa course l'entraîna tout à coup au milieu du carrefour. Le feu était au vert, une camionnette freina brutalement et le sifflement strident figea les passants. Puis le silence s'abattit sur la rue : la camionnette s'était encastrée dans un poteau électrique, manquant de peu un mendiant. La tôle pliée formait un origami inachevé. Le moine extrayait le conducteur de son véhicule. Une fumée noire s'élevait du capot défoncé. Les moineaux avaient disparu.

Les humains en revanche s'agglutinaient aux abords de l'accident, plus curieux que prudents, commentant en diverses langues l'état du blessé que tirait le moine à travers la chaussée : un visage sanglant, des santiags noires décorées d'un serpent, un T-shirt Pelforth ; d'autres comptaient les pièces répandues sur le trottoir, à côté de la sébile, aumône dispersée aux quatre vents.

Diane tremblait, pétrifiée. Ce fut sans elle que la foule s'anima. Une nouvelle salve de cris traversait l'espace : de la porte arrière, s'échappaient... Quoi ? Des fourrures ? Des rats ? Des nuées de singes ! De toutes parts, on entendait rires, exclamations et coups de freins. Les singes s'élançaient dans la circulation, escaladaient les feux de signalisation, s'agrippaient aux rétroviseurs en poussant des cris aigus, paniqués, toutes dents dehors, et bondissant d'épaule en crâne, de poubelle en auvent, de vélo en boîte aux lettres, s'engouffrant dans les fenêtres ouvertes... En quelques secondes la ville avait absorbé la jungle.

– C'est des macaques. Des petits.

Diane se retourna. Abdel l'avait rejointe, mais le ciel se mit à gronder sombrement, des gouttes explosèrent sur le trottoir. Un second lampion s'arracha de la façade du Lotus Blanc dans l'indifférence générale ; hommes et bêtes fuyaient vers les abris. En quelques secondes, l'averse devint déluge.

Abdel l'avait entraînée dans une cantine. Carrelage au sol et aux murs, tables en Formica blanc, néons roses qui sur les lunettes exagérément noires d'Abdel se transformaient en éclairs – le tonnerre résonnait. Il commanda deux sandwiches vietnamiens, mais Diane avait foncé aux toilettes où elle vomissait. Quand elle revint, un thé vert avait remplacé le sandwich.

– C'était un petit accident, Diane. Il va pas mourir l'homme aux santiags.

Elle consentit à prendre le verre. Le thé était brûlant, elle n'en avala qu'une gorgée. Dehors une ambulance arrivait bruyamment. Depuis la mort de Benjamin et Julien, les sirènes d'ambulance lui serraient le cœur. Les bruits de tôle froissée aussi.

Elle évita de répondre. Pas envie de parler de *ça*.

– T'as quelque chose pour moi ?

Abdel soupira.

– Tu veux dire : à part la supériorité des rollers souples sur les rollers à coque, la persistance des films d'été pour adolescents et la vogue des tatouages polynésiens ? Diane, je ne suis jamais à court de sujets. C'est mon fonds de commerce. Mais tu es sûre que tu ne veux pas autre chose ?

– Oui.

– Tu te ramollis le cerveau, chérie. Un jour tu vas te flinguer et en guise de lettre d'adieu, tu laisseras une notice sur les herbes aromatiques surgelées.

Diane esquissa un sourire, mais le « chérie » lui faisait mal. Elle se rappelait le temps où Abdel avait été quelqu'un qu'elle aimait, qu'elle étreignait, qu'elle appelait la nuit. Maintenant c'était presque un inconnu qui s'inquiétait pour elle, pire, une vieille connaissance qu'elle ne voyait que par obligation.

– Je veux juste payer mon loyer. Qu'est-ce que t'as ?

– « Les départements qui veulent changer de nom », mais je l'ai déjà filé à quelqu'un, et c'était mal payé. « La crise du concombre ». Tu sais, le prix du concombre s'envole à cause de la sécheresse... Pour la télé...

– Je ne veux pas d'audiovisuel.

– « Les journées portes ouvertes des ateliers d'artistes... » Pour un gratuit, mais ils payent correct.

– O.K.

– Vingt mille signes pour vendredi prochain. Je te donnerai leur mail. Il faut que tu fasses les photos.

Elle hocha la tête. Elle ne se sentait pas capable de regarder Abdel dans les yeux. C'était peut-être pour ça qu'il se cachait derrière ses lunettes panoramiques. Il aimait la mode mais pas à ce point.

– Diane ?

Elle avait envie de pleurer. Elle prit le verre et avala le thé brûlant à grandes goulées.

– Tu n'as pas besoin de moi pour écrire ces conneries, reprit Abdel. Des sujets comme ça, tu en ramasses dix en descendant acheter ton croissant. Il pleut : « La France coupée en deux, été humide au nord, sécheresse et incendies au sud. Le dilemme des vacanciers ». Tu rentres dans la boulangerie : « La révolution des pains à graines ». Tu ressors, il y a une poubelle sur le trottoir : « Les Français trient-ils *vraiment* ? ».

– Je n'achète plus de croissants.

– Le trafic d'animaux, c'est un bon sujet, à commencer par les macaques. Retourne-toi. Fais un sujet sur les mariages chinois en France.

Diane ne se retourna pas. Elle connaissait par cœur la façade du Bombyx. Le plus grand restaurant chinois du quartier. Le samedi, c'était une débauche de pétales, de flashes et de tulle. De quoi faire un papier, et sans effort. À trois minutes de chez elle.

– Faut des photos ?

– Ouais. Ça leur évitera de payer un vrai photographe. C'est le siècle des radins. T'as un numérique ?

– Je préfère les jetables. Je travaille à la Hiromix, et je retouche sur Photoshop. Tu sais à qui filer le papier ?

– Tout le monde veut du chinois en ce moment. Je trouverai. *Le Nouvel Obs.-Paris, Le Figaro Magazine, Géo* à la rigueur. Au pire, je le garde au frigo pour le passage à l'Année du Chien. Je te filerai une avance. Fais d'abord le truc sur les ateliers ; j'en ai vraiment besoin pour vendredi.

– O.K.

Elle se leva tout de suite. Dans le verre blanc, le thé continuait de fumer, quelques feuilles racornies tourbillonnaient encore. Abdel esquissa un geste pour se dresser, mais Diane avait disparu en trois enjambées.

Elle le vit quitter les lieux quelques minutes plus tard. Elle avait trouvé refuge à l'étage d'une librairie où les idéogrammes griffaient tranches et couvertures. De là, elle le regarda passer – silhouette souple et droite, presque cambrée, sous le parapluie – en méditant sa remarque : elle n'avait pas besoin de lui pour dénicher des idées ou monnayer son travail. Pourquoi le voyait-elle ? Une onde fugitive lui réchauffa le ventre. Malgré tout, elle essayait peut-être de maintenir un lien ? Ou quelque chose en elle se révoltait. Quelque chose d'enfoui qui tentait de la ranimer. Mais n'était-ce pas une évidence ? Elle était en vie. Amaigrie, K.-O., mais en vie. Au cours de tous ces mois où elle avait voulu mourir, alors même qu'elle suppliait le vide pour qu'il abrège ses souffrances, pas une fois ses jambes ne l'avaient conduite au bord d'un gouffre, d'un pont, d'un quai de métro. Et si elle n'avait presque rien mangé, elle avait mangé. Et si elle n'avait presque pas dormi, elle avait dormi. Et si elle n'avait rien écrit de bon, elle avait écrit. Cette pensée lui arracha une grimace. Quel mensonge à soi-même que ce désir de mourir. Puisqu'on pouvait l'assouvir. Et qu'on ne l'assouvissait pas. Elle, du moins. Elle posa une main fébrile sur la rampe. Vouloir à la fois mourir et ne pas mourir, rien d'autre ne l'avait occupée depuis... Ses pieds trébuchèrent sur l'escalier en colimaçon. Elle avait un vertige. Machinalement, près de la caisse, elle attrapa une poignée d'appareils jetables puis les posa sur le comptoir. « Et arrête de t'apitoyer sur toi-même, se dit-elle, en sortant quelques euros de sa poche. Si tu veux mourir, qu'est-ce que tu es en train de faire ? » Il était vrai que ses mains agissaient sans elle. La tête, le cœur étaient morts.

Elle sortit sans se soucier de la pluie, un appareil dans chaque poche, traversa en dehors des clous, aperçut un singe grelottant sur un rebord de fenêtre, se posta en face du restaurant et sortit un appareil. En fait, elle n'avait jamais pris un repas au Bombyx. Elle connaissait presque toutes les gargotes des environs, chinoises, vietnamiennes ou thaïlandaises, elle fréquentait les épiceries et les supermarchés exotiques, mais n'avait jamais mis les pieds dans cette institution. Il faut dire que le restaurant était solennel par le gigantisme et le décor. Il occupait tout un bâtiment, à l'angle de la rue Simone-Weil. Dans ce quartier où les immeubles en béton nu se tassaient sous des tours défraîchies, la façade en marbre noir était saisissante. Ni lampion, ni lion doré mais un luxe dépouillé. Dans un coin, un logo : un papillon *Bombyx mori*, avec son corps trapu et couvert d'une fourrure blanche, des ailes courtes et élégantes couleur d'albâtre nervurées d'ocre, deux antennes en forme de cornes. Le marbre aile-de-corbeau s'enroulait autour de baies vitrées au travers desquelles on pouvait voir les convives, même si ce soir, le déluge aidant, leurs silhouettes ondulaient comme un mirage prêt à se dissiper.

Justement une limousine se garait. Un voiturier se précipita pour ouvrir la portière. Une femme en robe, les plis comme des ailes de libellule, courait vers l'entrée pour échapper à la pluie. Parents, époux, invités, tous asiatiques, la rejoignirent aussitôt. Les voitures tendues de voiles et de dentelles, jantes rutilantes, faisaient la ronde au coin de la rue. Diane enchaîna les photos, d'abord de loin, puis elle traversa et se glissa dans la foule, mitrailla avec le petit jetable. On la regardait. Tout en elle détonnait, sa couleur de peau, le jean, le débardeur, son attitude.

L'épaule appuyée à une colonne, Lee Song portait un smoking et pour un peu on l'aurait confondu avec l'un des mariés. Il aurait d'ailleurs bien tenu le rôle tant sa beauté en faisait un jeune premier : ses yeux en amande où se logeait un regard de tigre étaient son instrument de travail – il était photographe. Lee repéra Diane à la seconde où elle apparut. Une femme très grande et maigre, brune, la peau légèrement hâlée, les cheveux bouclés : elle aurait pu être grecque, algérienne, sud-américaine, aussi bien que libano-danoise ou nippo-israélienne.

Un papillon lune se posa sur l'épaule du photographe. Lee fit pivoter très légèrement son visage et avança doucement sa main équipée du Minolta. S'il ne bougeait pas trop, du coin de l'œil, et en se fiant à l'intuition pour le cadrage, il pouvait photographier l'animal, le coin de son nœud papillon et, juste derrière, la nouvelle mariée buvant du champagne. Il retint sa respiration, ralentit son geste que la crainte de rater la pose accélérait et s'immobilisa tout à fait lorsque l'insecte fit mine de s'enfuir. Puis il reprit avec la lenteur d'un adepte de tai-chi, orienta l'objectif, sans pouvoir regarder dans le viseur : l'*Atlas luna* était toujours là. Son grand corps hirsute et massif s'agrippait au tissu du smoking par des pattes griffues. Sur son dos, les ailes étaient repliées. Couleur de perle, elles étaient à l'avant bordées d'un liseré d'or et se prolongeaient à l'arrière par une traîne en forme de virgule soulignée d'un trait rouge. La mariée releva la tête et décollait déjà le verre de ses lèvres, quand Lee appuya sur le déclencheur. Le lépidoptère s'envola, croyant peut-être retrouver en quelques coups d'ailes son Mexique natal. Lee soupira. Il faudrait vérifier, mais il avait l'impression que le cliché était bon. Depuis des jours, il photographiait les célébrations dans ce lieu unique où volaient des papillons en liberté. Sur les clichés, les couples et les convives rejouaient l'éternelle cérémonie humaine que les insectes traversaient de leur immense indifférence.

Diane continuait à mitrailler. Ses deux premiers jetables y étaient passés, et elle plongeait la main pour en sortir un nouveau quand elle aperçut un chef de rang qui se dirigeait vers elle, l'air sévère. Mais avant qu'il ne fonde sur elle, un homme l'avait intercepté et lui murmurait quelques mots à l'oreille. L'employé hocha la tête et laissa tomber. Elle échangea un regard avec l'homme, un Chinois qui tenait un appareil photo à la main. Elle ne lui sourit pas et se détourna. Il en fit autant.

Diane monta au premier étage. L'escalier était immense, les murs recouverts de marbre noir, les miroirs démultipliaient les perspectives. Parfois, une forme virevoltait sous son nez puis s'éloignait. Sur le palier, elle eut une vue d'ensemble. La vaste salle était bondée, autour de chaque table circulaire, couverte de plats fumants, festoyaient une douzaine de personnes. La journaliste se dit que les gens étaient aussi disposés en pétales. Elle pourrait faire une photo en plongée : les étages supérieurs s'organisaient en balcons et coursives. Elle se pencherait et photographierait les papillons au-dessus des fleurs humaines.

Elle avisa le jeune couple attablé et se dirigea vers eux, se présenta :

– Bonjour. Excusez-moi de vous déranger. Et d'abord toutes mes félicitations. Je vous souhaite beaucoup de bonheur. (Et avant qu'ils aient le temps de la renvoyer :) Je suis Diane Harpmann, du magazine *Vogue*. (Elle leur présenta sa carte de presse.) Je fais un reportage sur les mariages chinois à Paris.

– Nous sommes laotiens, répondit la mariée.

« Pareil », pensa-t-elle, même si elle savait que c'était une infamie.

– Et je peux vous poser quelques questions ?

Elle sortit un carnet de notes, tandis qu'un vieillard débonnaire lui proposait une chaise. Trois minutes plus tard, son verre était plein et toute la tablée répondait aux questions, avec des commentaires qu'elle ne comprenait pas mais qui les faisaient rire. Diane constata que le jeune couple était aussi sympathique que drôle – lui tenait une boutique d'ordinateurs, elle était hôtesse de l'air, leurs parents avaient émigré dans les années 70. Elle se sentit obligée de rectifier :

– Je ne suis pas certaine que *Vogue* passera l'article. Ce sera peut-être un autre magazine.

La plupart des gens n'aiment pas parler aux pigistes. Ils veulent le nom d'un journal. Mais eux s'en moquaient.

– Pourquoi avez-vous quitté le Laos ?

– Pour ne pas finir comme lui, répondit la belle-mère en désignant dans un plat un canard sur une broche.

Mme Phan-Thong raconta leur embarquement nocturne sur un esquif prêt à couler, « sans rien », que les « vêtements sur nous », le naufrage évité vingt fois, plusieurs années dans un camp de réfugiés, avant l'arrivée en France. Une minuscule boutique de retouche et repassage à Montparnasse. Leur panique en 1981, avec l'élection de Mitterrand : « On savait qu'il y aurait des communistes au gouvernement. Les valises étaient prêtes. » Diane pensa à ses grands-parents. La fuite en 1937, l'arrivée à Paris, la cordonnerie impasse de la Baleine, à Couronnes. Des juifs, des communistes.

– Vous ne buvez pas ?

Elle ne buvait pas. C'était impossible. En trois gorgées, elle deviendrait dépendante à n'importe quoi.

– Pas quand je travaille. Je dois rester concentrée. Plus tard, j'espère. Mais... J'ai de très belles photos de votre entrée ici, ajouta-t-elle en s'adressant à la mariée. Je vous en adresserai des doubles. (Cette fois elle était sincère.)

À distance, Lee Song saisit dans son objectif l'unique seconde où Diane Harpmann oubliait sa douleur. L'image le frappa au plexus, comme l'une des plus attirantes qu'il ait jamais vues.

Elle se leva, reprit l'escalier pour monter dans les hauteurs. Elle avait épuisé la pellicule et sortit un autre jetable de son enveloppe. Les étages supérieurs étaient beaucoup plus intimes. Des tables pour deux ou quatre, logées dans des alcôves aux lumières tamisées, ou accolées aux rambardes pour profiter du patio. Le plafond lointain était décoré de poutres laquées entre lesquelles le logo – le bombyx blanc – apparaissait de temps en temps. Contrairement au rez-de-chaussée et au premier étage, les sommets du restaurant n'étaient que silence et chuchotements. La fête laissait place à la confidence.

Diane s'éloigna doucement, évita de troubler couples et insectes, trouva un angle désert. Elle s'appuya à la rambarde. En se penchant, elle obtint ce qu'elle voulait. Une vue à la verticale, panoramique. Elle s'apprêtait à shooter lorsque l'objectif se voila d'une ombre beige. Et du fond de l'appareil, elle découvrit l'animal sous un jour nouveau : des pattes courtes et un ventre noir qui masquaient le champ. Un instant plus tard, la bête était partie, l'objectif libéré. Elle put photographier.

Elle redescendait les marches quand elle entendit un brouhaha, provenant du rez-de-chaussée, des exclamations et des bruits de chaises que l'on repousse brutalement. Et tout à coup, l'air retentit d'un fracas assourdissant qui la figea, le corps aux abois, les tympans affolés. Elle rentra instinctivement la tête, autour d'elle on lâchait verres et baguettes, on s'agrippait à ce que l'on pouvait. Une fraction de seconde, le silence se fit, moment infime de stupeur et de glace, avant le basculement dans le chaos. Et ce fut le cataclysme. Dans un déchaînement de cris et de hurlements, les tables volèrent, la porcelaine explosa sur le marbre. Hommes et femmes s'enfuyaient ou se jetaient contre le plancher. Une paire de lunettes chuta dans la soupe aux champignons noirs. Une main s'empala sur l'éclat d'un vase en céramique. Le sang gicla. La première rafale d'arme automatique venait de semer la panique. La seconde transperça le vacarme.

Diane se pencha au-dessus de la rambarde. Elle aperçut plusieurs silhouettes aux gestes vifs, des corps couchés dans de larges flaques rouges, et le canon d'une arme balayant l'espace. Un adolescent chinois dormait, paupières closes dans une tranquillité bouddhique, lèvres encore douces et paumes ouvertes dans une mare écarlate. Sur son front où quelques cheveux jouaient, un papillon s'était posé, comme attiré par la mort. Un papillon au corps gracile, simple tige sombre que coiffaient deux antennes si fines qu'elles en étaient presque invisibles. Mais sa voilure était immense, disproportionnée. Quand l'insecte s'envola, Diane eut le sentiment de voir s'envoler l'âme du gamin. Sans réfléchir, elle actionna la molette qui permettait de passer à la photo suivante et saisit tout ce qu'elle pouvait saisir, de plus en plus frénétiquement, alors qu'elle entendait des galopades dans l'escalier. Elle avançait, volant au passage les visages terrifiés de ceux qui cherchaient le salut vers les hauteurs, humant l'odeur de leur peur. Elle ne bougea pas quand ils la frôlèrent ; elle ne bougea pas non plus quand une silhouette s'arrêta devant elle. Sauf l'index. Qui shoota. En pleine face.

Il était asiatique mais certainement pas chinois. Ou alors originaire de Mongolie. Du Kirghizistan ou du Tadjikistan. Il n'avait pas trente ans, peut-être pas vingt-cinq, très grand, le front haut, les pommettes saillantes sous deux yeux en amande, les lèvres un peu pleines. La pupille noire irisée de flammèches dorées. Comme l'œil du fusil-mitrailleur qu'il brandissait dans sa direction. Dans un réflexe de défense dérisoire, elle appuya sur le déclencheur. À travers le viseur, qui donnait à l'image un aspect convexe, elle lut dans l'œil du tueur son proche avenir : il pressait la détente. Mais à cet instant précis, un éclair éblouit le tireur. Il détourna le regard et aperçut Lee Song, son smoking et son appareil photo avec flash. D'un geste vif, il déplaça le canon du fusil et tira. En un éclair de seconde. Le percuteur frappa la première cartouche, enflamma l'amorce et la poudre explosa violemment dans un nuage de vapeur et de particules de plomb, de baryum et d'antimoine, expulsant la balle à 715 mètres-seconde. Dans sa trajectoire rectiligne se trouvaient le flanc du photographe et un *Atrophaneura polyeuctes*. Ses ailes étaient capables de percevoir la plus minuscule agitation de l'air, et parmi les flux infinis des courants qui traversent une vallée, ceux émis par d'éventuels prédateurs – oiseaux et chauves-souris. Aussi, lorsque la balle surgit du canon, elles détectèrent immédiatement la menace. Mais la vélocité d'une rafale dépasse tout ce qui existe dans la nature ; comme un navire qui reçoit une bordée en pleine mâture, le papillon fut traversé de part en part, d'aile en aile. Sa chute l'entraîna jusqu'au sol où il s'écrasa, vivant encore, agitant désespérément les vestiges qui lui lestaient le dos. La balle, elle, continua à dessiner sa spirale tendue et toucha Lee Song au flanc droit. Le second projectile le frappa à peine quelques millimètres plus à gauche, lui arrachant des lambeaux de chair. Les suivants lui traversèrent la cage thoracique, le transformant en fontaine de sang. Il tomba à genoux puis s'effondra tout entier.

Diane se projeta et effectua une chute *zenpo kaiten ukemi*, épaule et main droites en avant. Le sol lui frappa la nuque et les épaules avec force, la punissant du manque de fluidité de son geste. Une balle traversa un pan de sa veste, une autre frôla ses cheveux. Elle ne savait pas ce qui l'étourdissait le plus : les coups de feu ou les battements de son cœur. Quand elle reprit position sur ses pieds, elle vit que le tueur finissait de balayer l'espace et allait revenir sur elle. D'instinct, elle emplit ses poumons et prit son élan à travers la salle jonchée de débris. Elle sentit crisser sous ses chaussures les éclats de verre et de pierre, enjamba d'un bond une table fracassée et se jeta au sol lorsqu'une nouvelle salve l'assourdit. Au-dessus d'elle, des geysers de plâtre fusaient, un morceau de bol brisé lui zébra la joue, un autre frôla son œil. Elle s'écorcha les paumes, les jambes, mais rampa avec énergie, le cœur cognant à se rompre. « Évitez les rapports de force », énonce l'un des principes de l'aïkido, et cette phrase lui parut tout à coup pleine d'ironie. Elle progressa de cinq-six mètres en une poignée de secondes. Risqua un regard autour d'elle, cachée derrière une commode éventrée. Sous les tirs la commode se mit à sursauter, Diane se recroquevilla – il ne restait rien de son *sumikiri*, cet état d'éveil qu'elle avait poli par des années d'entraînement au dojo ; sa respiration était anarchique, le lien avec la terre rompu. Elle se força à souffler. Puis à la première accalmie jaillit hors de sa cachette en direction de l'escalier. Elle en était à la cinquième foulée, quand son pied buta contre un appareil photo, pulvérisant le flash, tandis que l'autre pied écrasait la main inerte de Lee Song. Diane se sentit mourir. Sa gorge se serra jusqu'à l'asphyxie. À travers la semelle, elle crut percevoir la tiédeur de la chair, les muscles relâchés pour toujours, les os qui craquaient sous son poids.

Diane appelait la survie avec acharnement, emportant avec elle la vue de la nuque raide du photographe et la sensation de son pied profanant le cadavre. Si elle avait appliqué tout ce que maître Zorn lui avait appris, elle aurait su au millimètre près où se trouvait chaque objet, chaque particule de plâtre dans la pièce, chaque antenne de papillon, elle aurait connu la position du tireur, et jusqu'à ses intentions, le rythme et les trajectoires de ses balles. En restant concentrée sur son *seika tanden*, son centre, en contrôlant sa respiration abdominale, elle aurait gardé sa stabilité et son calme, elle aurait pu faire face. Au lieu de quoi elle ne luttait que pour sauver sa peau.

Elle escalada les marches quatre à quatre. Arrivée à l'étage, elle se retourna – elle n'entendait plus rien, ni détonation ni pas. Le tueur était en bas, il ramassait l'appareil photo de sa victime. Il releva la tête, l'aperçut et s'élança dans sa direction. Diane hésita à monter encore d'un étage. Probable que de nombreuses personnes s'étaient réfugiées là-haut, elle risquait de les exposer à de nouveaux tirs. L'homme arrivait à toute vitesse, athlétique et probablement entraîné au combat. Diane partit comme une flèche vers la coursive qui entourait le patio. Il tenta de se lancer à sa poursuite, mais elle fila à l'opposé. Il changea brusquement de direction, constata qu'elle en faisait autant et comprit qu'il ne l'atteindrait pas. Alors il se figea. Puis, lentement, il aligna les épaules et brandit son arme dans l'axe de son bras tendu. Il visa tranquillement la poutre verticale du balcon et appuya sur la détente.

La journaliste vit partir la rafale, se jeta à terre tandis que la rambarde explosait. Ses tympans totalement assourdis ne réagissaient plus – seul un sifflement ininterrompu résonnait dans sa tête. Une poutre se désintégra et une partie du plafond s'effondra. Les éclats de bois volèrent comme des flèches. Les dards laqués transformèrent les lampions en oursins, se fichèrent dans les silhouettes de bombyx blanc qui décoraient les murs, et l'un d'eux s'enfonça profondément dans le cou de Diane. Tout en rampant, elle sentit le sang chaud couler sur ses vêtements. La blessure n'était pas grave mais la douleur lui arracha des larmes. Elle s'immobilisa le temps de voir le nouveau chapelet de destructions qu'engendraient les tirs. La trajectoire menait droit sur elle : le mur crachait des copeaux à pleins poumons. Unique abri : un énorme gong en métal. Elle bondit en avant, roula sur l'épaule, le plafond fit une révolution complète, et se réceptionna en un *hanmi* maladroit.

Un visage ridé lui fit face. Souffle contre souffle, presque front contre front. Avec une froide immobilité, Mme Phan-Thong se tenait dans le cercle creux du gong, adossée à la paroi que les balles percutaient. L'instrument oscillait, mais la vieille femme avait les pieds posés bien à plat sur la surface arrondie, ses mains en poussaient l'arc supérieur pour mieux se caler. Elle se maintenait dans un équilibre parfait. Sa respiration était lente entre ses lèvres. Ses pupilles exprimaient une détermination absolue. Les deux femmes s'observèrent, en un accord muet, oubliant le bois, le fer, le ciment qui éclataient sous le feu. D'un commun réflexe, elles se pressèrent la main avec affection. L'air sentait la poudre. Une fumée blanche flottait dans l'espace vide du patio. Mais dans cet échange, Diane Harpmann retrouva une étincelle, un fragment de son *sumikiri*.

Elle quitta l'ombre du gong et s'en éloigna de plusieurs pas. Puis elle se plaça en position de garde, *migi-hanmi*, le pied droit devant, le corps de biais, les mains largement ouvertes, les doigts à peine écartés. Son attention se fixa sur le tireur. Un instant, quand leurs regards plongèrent l'un dans l'autre, Diane aperçut une vallée rocheuse et désertique que l'aube caressait, un troupeau de chevaux qui galopaient. Mais elle s'arracha à cette vision, choisit une focalisation flottante lui permettant de surveiller son ennemi dans sa globalité. Elle respira posément, calmant les battements de son cœur encore affolé, contracta ses muscles abdominaux, le temps de faire grandir la sensation, juste au-dessus du nombril, cette sensation qui vient du centre, qui irradie jusque dans les orteils, là où le corps rejoint l'espace. Elle maîtrisa le sourire qui menaçait de naître sur ses lèvres et attendit. La sueur perlait à son front.

Le tueur tira encore une fois. Une balle frôla la jeune femme qui fléchit les jambes, laissant la mitraille survoler sa tête et grêler le mur. Puis elle bascula sur le côté et sentit le fer crever l'air tout près de son aisselle. Elle s'empara de deux morceaux de rambarde qu'elle croisa à l'instant même où les projectiles frappaient. Le bois éclata dans un bruit sec. Elle analysait déjà les tirs en cours : une succession de lignes, légèrement divergentes. Diane se réceptionna sur les mains, regardant la balle filer entre ses bras. Elle retrouva le sol sous ses pieds, fit volte-face, enroula l'épaule sur une table que la salve pulvérisa, bondit pour se suspendre à une poutre et se laissait retomber quand une rangée de lustres implosa près d'elle. Dans la pluie de verre elle se vit telle qu'elle se voyait depuis des mois, corps éparpillé en mille éclats, peau, chair, organes lacérés et dispersés aux quatre vents. Ne pas penser, juste sentir et réagir. Elle s'élança vers la coursive de gauche pour échapper à la rafale qui se préparait. C'est alors qu'elle aperçut un second tireur qui surgissait sur le palier. Il était immense, crâne rasé, de type européen.

– Marilyn ! cria-t-il à l'adresse de son acolyte, et il ajouta quelque chose que Diane ne comprit pas.

Au loin, malgré ses oreilles qui sifflaient, la journaliste entendit des sirènes dont le son grandissait. Les tueurs allaient devoir fuir, ils échangeaient des paroles tendues. Elle s'immobilisa : ils s'étaient déportés, tournant autour du patio, ils n'étaient plus qu'à quelques longueurs du gong où se dissimulait Mme Phan-

Thong. Les mains moites de fatigue et de peur, Diane reprit sa position de garde, ses pieds se fichèrent dans le plancher. Par bonheur, les assaillants en firent autant. Sa pupille ne frémit même pas quand elle vit les deux hommes s'interrompre et la viser, ensemble, de leurs canons fumants. Au rythme où ces armes avalaient leur chargeur, il n'y avait aucune chance d'éviter les salves croisées. Diane se préparait à l'échec avec une lucidité, un éveil qui lui auraient valu la victoire en d'autres circonstances. Elle observa avec une attention détachée les deux armes automatiques. Les tireurs s'éloignèrent l'un de l'autre de quelques pas, les yeux fixés sur elle, pour mieux couvrir le champ. Diane Harpmann se raidit. Pas de prière. Juste une pensée pour Benjamin et Julien. Le goût de leurs joues sur ses lèvres.

Mais l'heure n'avait pas sonné. Diane vit une ombre surgir de derrière le gong. Mme Phan-Thong se glissait le long du mur criblé d'impacts et se dirigeait d'un pas silencieux vers la dernière poutrelle intacte de l'étage. Elle agrippa ce que Diane avait pris pour un rideau et se mit à le secouer vigoureusement. Alors, l'étoffe, comme animée, se contorsionna, gonfla et se transforma en colonne, puis en tourbillon. La soie se révéla vivante : une grappe rassemblant des centaines, des milliers de papillons que le geste venait de libérer dans le plus grand désordre envahissait l'espace en un nuage affolé d'ailes orange nervurées de noir. Les papillons formaient des vapeurs aux couleurs éclatantes dont l'opacité était telle que les humains y disparurent, voilés, enveloppés, aveuglés. Diane sentit les dizaines de frôlements sur son visage, ses cheveux, ses membres. Le son des dernières détonations lui parvint amorti par le bruissement des monarques. L'épaisseur du nuage se maintint, puis déclina progressivement : les *Danaus plexippus* refluaient vers leur position première et se fixaient en une nouvelle grappe. Bientôt il ne resta plus dans le patio qu'une poignée de coléoptères pour colorer les ruines du restaurant. En se dissolvant, la brume libéra Diane : elle se retrouva debout, au bord de l'abîme, une rambarde pulvérisée à ses pieds. En contrebas, la police investissait les lieux.

La rue était sombre, presque silencieuse. On entendait, peut-être très loin, les allées et venues des ambulances, l'écho assourdi de la ville. Diane posa son front contre la vitrine d'une épicerie, les yeux fermés. Tout au fond d'elle montaient des émotions trop mêlées, trop contradictoires, pour qu'elle puisse les maîtriser. Dans ses entrailles, un tourbillon aspirait, rejetait d'innombrables souvenirs, d'innombrables douleurs. Les vagues venaient s'échouer dans sa poitrine, ballottant son cœur. Derrière ses paupières, l'eau tentait de se frayer un chemin, s'échappant goutte à goutte sur les joues, éclaboussant les cils. Elle s'abandonna un instant, le temps de reprendre son souffle, et lorsque ce fut fait, elle reconnut cette odeur d'huître et de terre mouillée qui s'insinuait parfois dans l'air. Elle fit volte-face et les vit qui arrivaient de leur pas tranquille. Benjamin la démarche droite, Julien calé sur sa hanche.

Julien porte le kimono chinois rouge qu'elle avait acheté chez Monoprix pour son premier Noël, la veste rembourrée avec des dragons soyeux, le pantalon déjà un peu trop court. Il ne sourit pas, ne pleure pas non plus, il se laisse juste transporter, le regard dans le vague. Étrangement, Benjamin, dont la silhouette reste un peu transparente – elle voit à travers lui la façade d'une laverie automatique –, porte un pantalon de toile partiellement déchiré et un T-shirt avec des idéogrammes.

Depuis l'heure où leur décès a été prononcé, son amant et son fils reviennent de temps en temps. Généralement, la visite est lente et muette. Ils s'avancent vers elle, passent à sa hauteur et s'éloignent. Ils ne parlent jamais. Une fois, elle a pu les presser fugitivement dans ses bras, une autre, elle les a regardés jouer sur une balançoire. Au coin de la rue Véronèse et de l'avenue des Gobelins, un bus enflammé les a percutés de plein fouet lui arrachant un hurlement. Le bus a disparu en s'engageant férocement dans un tunnel. Elle est restée une heure, tremblant de tous ses membres, avant de pouvoir s'arracher à la tétanie. Mais il ne faut rien dire – Diane habite à un jet de seringue de l'hôpital Sainte-Anne.

Cette fois, ils sont accompagnés.

Le photographe du Bombyx est là, entouré d'un halo de papillons translucides et phosphorescents, un appareil à la main. Il marche près de Benjamin, du même pas, comme s'ils se connaissaient. Un papillon est posé sur l'épaule de Julien. Difficile de comprendre l'intention des fantômes. Viennent-ils la tourmenter ? Pourquoi lui présentent-ils cet enfant dont la mort l'a dévastée ? Essayent-ils de lui faire leurs adieux ?

Les Chinois distinguent plusieurs sortes de fantômes. Les *gui* sont des esprits affamés, ceux qu'une mort violente – noyade, pendaison, meurtre – a empêchés de rejoindre le ciel. Ils rôdent aux abords des rivières ou de la potence, se mêlent aux vivants, paraissent de simples mortels vaquant à leurs occupations, et seuls les miroirs les trahissent. Leurs intentions peuvent être pacifiques. Elles peuvent ne pas l'être. Les *jiangshi* sont cruels : l'injustice ou l'atrocité de leur mort a engendré en eux un dysfonctionnement fatal. Leur âme s'est bien envolée, mais le corps est mort en emprisonnant l'esprit. Ces revenants se déplacent dans un cadavre rigide, par bonds, et cherchent à se venger des humains. Le *chang*, lui, a une histoire plus spécifique : ceux qui sont dévorés par un tigre finissent ainsi, esclaves de la bête, jusqu'à ce que le fauve dévore une nouvelle victime. Et puis, il faut craindre les goules : elles naissent sur les champs de bataille, là où les cadavres s'accumulent, elles émanent des charniers, affamées, griffues, pressées par une faim qui ne s'apaise que dans la consommation de cervelles humaines. De quelle sorte sont ses visiteurs ?

Les trois hommes s'arrêtèrent à un souffle d'elle. Benjamin montrait à son fils les bocaux de bonbons qui s'empilaient dans la devanture de l'épicerie. Il y avait des bananes acidulées, des bouteilles de Coca pétillantes, des barils de poudre à la pêche, des araignées citriques, des soucoupes volantes. Ben dit quelques mots à Julien qu'elle n'entendit pas. Elle observa ses lèvres qui bougeaient et d'où sortaient des volutes de vapeur vert pâle, et fut jalouse de cette complicité où elle n'avait plus sa place.

Aussi sursauta-t-elle lorsqu'une voix résonna, parfaitement audible, chaude même :

— Dure soirée, n'est-ce pas ?

Le troisième revenant enfouit les mains dans ses poches.

— Surtout pour vous, répliqua Diane sans avoir le temps d'y songer.

Le mort médita.

— J'aurais aimé m'occuper du développement des photos.

Diane n'était pas une artiste, mais elle pouvait comprendre ce genre de regret. Au retour de la morgue, elle avait trouvé dans la cuisine les photos des raies mantas avec lesquelles Benjamin rêvait de plonger, un jour, aux îles Socorro, et le tricycle qu'ils avaient acheté pour Julien mais qu'il n'avait pas pu essayer car ses jambes étaient encore trop courtes pour atteindre les pédales.

— Ils ont volé l'appareil, murmura Diane.

— C'est sans doute pour cela que je n'ai pas trouvé le repos. Juste avant la fusillade, j'ai senti que je prenais les plus belles photos de ma vie. Elles sont perdues et une partie de mon âme erre avec elles.

— Si j'en ai l'occasion, j'essaierai de les retrouver. Je ne peux rien vous promettre.

— Merci. Ça n'a duré qu'un instant, quelques clics, mais je pense que vous avez été mon dernier amour...

Elle baissa les yeux. Et soudain un mot lui déchira les tympans : « Maman ! » Julien lui désignait le bocal de bananes acidulées de son petit doigt pointé. Elle perdit connaissance.

L'employé de la boutique l'observait d'un air troublé. Elle en avait l'habitude mais généralement ce n'était pas à cause du sang qui maculait ses vêtements ou des plaies qui zébraient ses genoux et ses paumes – sans compter la pointe qu'elle avait dû retirer de son cou. Et puis, elle avait peur qu'il sente sa folie, qu'il décèle les traces d'hallucination dans ses yeux. Elle lui adressa ce regard sûr et supérieur qui faisait que les gens exécutaient leur tâche sans broncher – l'air qu'avaient certains clients dans la cordonnerie de ses parents –, et il se contenta de prendre une enveloppe pour le deuxième jeu de photos :
– C'est un euro de plus pour les doubles.
Elle régla, partit sans dire au revoir. Le centre commercial fermait ses portes. Elle passa à la pharmacie, juste avant que le rideau ne soit baissé, pour acheter un antiseptique et des pansements. La pharmacienne insista pour qu'elle aille se faire « recoudre aux urgences de la Pitié ». Elle ne répondit pas qu'il était hors de question qu'elle remette les pieds là-bas, que les pires moments de sa vie s'y étaient déroulés. Elle prit une pommade cicatrisante, pour qu'on lui foute la paix, et repartit avec son petit sachet à serpent vert, traversant la foule qui s'était rassemblée devant la façade du cinéma Gaumont. À quelques centaines de mètres de la fusillade, on payait sa place pour voir les balles siffler.
Le ciel menaçait. Au-dessus de la place d'Italie, les nuages étaient épais et noirs. Elle longea le Kentucky Fried Chicken et ignora les membres de la secte Falungong qui manifestaient contre la répression que la Chine leur faisait subir. Elle lut d'un œil indifférent la banderole bilingue, chinois-français, et les pancartes

illustrées de portraits de gens torturés ou internés dans des asiles psychiatriques. Elle refusa de signer la pétition, glissa le tract dans sa poche mais le jeta dans la première poubelle qu'elle rencontra.

Elle remonta l'avenue puis le parc de Choisy qu'elle traversa, sous l'œil réprobateur de l'employé municipal qui venait fermer les portails. Au coin sud-est, elle trouva l'immense fuchsia recouvert de clochettes rouge et pourpre, un autre à clochettes blanches, un camélia sans fleurs, et une série de bouleaux. Elle sépara les deux jeux de photos, vérifia qu'elle était hors de vue, piétina les plates-bandes et s'approcha d'une cabane à oiseaux accrochée à un tronc. Elle y glissa l'une des pochettes.

Il pleuvait lorsqu'elle arriva chez elle. L'avenue de Choisy restait embouteillée. Des camionnettes de police étaient garées un peu partout et la circulation coupée sur au moins cent mètres autour du restaurant. La télé était là, la presse aussi. Elle allongea le pas, inquiète de tomber sur des collègues. De loin, elle reconnut Elsa Délos, la femme de son ancien rédacteur en chef, qui travaillait au *Parisien*. Mais surtout elle aperçut la silhouette de maître Zorn. Elle savait qu'elle ne pourrait échapper à son regard – maître Zorn avait cent yeux d'aigle –, elle se contenta de baisser la tête et de se glisser rapidement dans l'impasse.

Depuis l'année précédente, elle occupait un studio au deuxième étage d'un petit immeuble blotti à l'ombre des tours. Elle passa devant la devanture du tatoueur « japonais » – coréen en réalité –, dont l'enseigne lumineuse représentait une femme au dos tatoué d'une carpe. Elle tapa son code, monta l'escalier où l'ampoule était toujours en panne, et ouvrit la porte. Les lieux étaient presque vides. Des cartons encore fermés restaient entassés près du matelas posé à terre. Elle n'avait sorti ni la vaisselle, ni l'essentiel de sa garde-robe. La cuisine américaine demeurait d'une propreté glaciale.

La salle de bains n'accueillait que quelques accessoires. Un ordinateur avec tous ses périphériques occupait la console. Une pile de journaux s'était effondrée près de la prise électrique. C'était la seule trace de vie avec deux photos posées près du matelas, au niveau de l'oreiller. La photo d'un bébé aux joues rondes, aux grands yeux rieurs, deux dents en haut, deux dents en bas. L'autre était glissée dans un vieux cadre : un homme d'une trentaine d'années aux yeux d'un bleu intense, les cheveux châtains un peu longs, la barbe de deux jours, pas très beau mais le regard vif. Benjamin et Julien.

Elle jeta sa veste dans un sac-poubelle, se plaça devant le lavabo pour laver ses plaies et poser les pansements. La fatigue et le stress avaient tiré ses traits, elle était pâle, zébrée de coupures. Elle faillit rire en songeant à ce qu'aurait dit la maquilleuse si elle avait dû défiler comme elle le faisait quelques années auparavant. Quand elle eut fini, elle avait des rectangles couleur chair collés dans tous les sens. Elle alla s'asseoir devant le clavier ; les muscles lui faisaient mal. Elle alluma l'unité centrale et déclencha son répondeur :

« Allô, Diane ? C'est maman. Je suis passée chez toi aujourd'hui. J'ai mis de la nourriture dans le frigo. Il faut que tu manges ! Et j'ai emporté tes chaussures noires. Papa va te recoudre la semelle. On t'aime beaucoup. Quand tu pourras, viens nous voir. »

« Hé, ma puce, tu étais là-bas ? Dis-moi que tu étais là-bas ! Si tu y étais, rappelle-moi ! »

Elle rappela Abdel. Il faillit s'évanouir quand il apprit qu'elle avait des photos.

– Ma fille, nos vacances en Polynésie sont assurées !

Elle voulut lui raccrocher au nez. Et il s'excusa avant même qu'elle ne l'insulte.

– Je vais trier les clichés. Je ne veux pas qu'on vende de photos avec des morts, ajouta-t-elle.

– Même pas celles où ils sont encore vivants ?

– Surtout pas celles-là...

Il se retint de soupirer, ne broncha pas.

– Ça va être coton. La police ne va pas donner le nom des victimes. Comment on fait pour recouper ?

– Moi, je sais qui est mort.

– O.K. Je te rappelle.

Elle commença à trier et à scanner les photos. Elle revit les jeunes mariés, la famille Phan-Thong, l'arrivée des tueurs. Elle avait deux portraits précis du Mongol. Elle observa longtemps les photos où apparaissait le photographe qui lui avait sauvé la vie. Exprès ? Pas exprès ? Il n'avait rien dit.

Le téléphone sonna :

– Il me faut dix mille signes dans deux heures. Pour *Le Monde*. En exclusivité.

– Je m'y mets.

– Pour les photos, tout le monde en veut. *Match* donne une fortune si on les leur réserve.

– Non.

– O.K. Alors tout le monde en aura. La télé aussi. Pour *Le Monde*, essaye d'être factuelle mais pense aussi à l'émotion... C'est un récit de l'intérieur. Enfin... Il faut des larmes et des tripes.

– Cosette à O.K. Corral ? Tu peux toujours te brosser.

– Plutôt Calamity Jane à Pompéi.

– J'écris ce que je peux. Tu changeras ou ajouteras du texte à ta convenance. Et je voudrais que tu essayes de savoir le nom du photographe chinois qui est mort dans le restaurant.

– Je vais voir ce que je peux dégotter. (Sa voix devint presque timide.) Et... Tu vas bien ? Si tu veux que je vienne...

– Je n'ai besoin de rien ni de personne. Merci.

Elle écrivit l'article pour *Le Monde*, tout en envoyant les photos par mail. Quand elle eut mis le point final à son récit, elle maila aussi le texte Puis elle se coucha.

Elle se réveilla à trois heures. La lueur de l'imprimante éclairait faiblement la pièce. Les visages de Julien et Benjamin étaient proches du sien, tout juste séparés par le verre des cadres. Elle colla son front à la photo de son amant, la douleur ne cédait pas, crispait ses muscles et ses méninges. Elle demeura prostrée, tentant de refouler les pleurs, le manque, la solitude. Au bout d'un moment, elle le savait, des antalgiques naturels se répandaient dans son corps : les souvenirs. Ils revenaient, substituant le passé au présent. La naissance du bébé, un voyage en Thaïlande, leur rencontre pendant les Jeux olympiques – elle couvrait l'événement pour *L'Arbitre*, lui n'était qu'un modeste candidat aux dernières places du concours d'aviron.

Le flot de la mémoire ne s'arrêtait plus. Il bouleversait l'ordre du temps, les enchaînements, il déformait les faits. Elle retourna au Bombyx, à cet instant où le photographe était tombé à genoux avant de mourir, elle replongea dans le regard du tireur, puis partit en spirale vers un souvenir bien plus ancien. 1984 à Cros. La Vidourle déborde, se déchaîne, Diane essaye de nager, de rejoindre ses parents. La rivière la happe, puis une canalisation. L'eau lui rentre dans la bouche, et lui fait horreur, elle crache, tousse, se maintient à la surface, même si parfois le plafond se rapproche d'une manière effrayante, qu'il ne reste que quelques centimètres, à peine de quoi tendre le nez, les lèvres pour essayer de respirer. Elle sent le béton lui racler le front. Mais plus loin, une poche d'air, un nouvel espace se dégage, elle peut ressortir la tête entièrement, elle continue d'agiter les bras, les jambes. Des animaux noyés flottent autour d'elle. Apeurée, elle pense à ce que les flots cachent, à ce qui pourrait la frapper, la mordre, la blesser par en dessous, elle se demande ce qu'il y a au bout – dans combien de temps, vingt kilomètres, dix mètres ? –, une grille, une machine à broyer, des turbines ? Est-ce qu'elle a seulement une chance d'arriver jusque-là ? Et quand elle sera coincée là-bas, est-ce que l'eau montera encore ? Elle agite les bras, les jambes, ingurgite cette eau brune, pleine de terre et d'insectes. Elle repousse, paniquée, la queue d'un rat crevé. Aperçoit une grille fichée dans la paroi. Elle se débat pour essayer d'infléchir sa trajectoire, d'attraper un barreau, brasse l'eau à s'en faire craquer les tendons, hurle, pleure. L'échelle s'éloigne et disparaît. Diane heurte une chose molle. Ce contact la terrifie plus que tout, la masse l'entoure, s'enroule autour de ses épaules, lui colle à la peau. D'un battement de pied violent, elle se dégage. Un cadavre. Une créature gonflée, suintante et d'une blancheur de craie tressaute, s'enfonce et ressort. Des cheveux que les remous soulèvent ondulent. Le visage tangue ; malgré les traits déformés qui paraissent inhumains, elle le reconnaît. Lise Cioppa. Une fille qui a fait du kayak avec elle, au centre nautique. Diane est si choquée qu'elle abandonne toute résistance. Elle se laisse couler.

Plus tard, quand on la félicite, la gamine se tait. Les mots glissent sur elle. Ni « miracle », ni « prodige », ni « courage », ni « exploit » n'ont de sens. Même pour les heures pendant lesquelles elle s'est agrippée, bras et chevilles noués, à un poteau électrique. Ni « héroïsme », ni « chance ». « Heureuse d'être en vie » ? Les titres des articles la glacent. Ses phrases à elle restent bloquées dans sa gorge. Impossible de dire ce qu'elle ressent. De son voyage à travers les cercles de l'enfer ne demeure en elle qu'une seule image : le corps d'une jeune morte qui regarde le vide. Les bleus, les plaies, le poignet cassé ne sont rien. Le plâtre, les copains l'ont signé pendant ses heures d'hébétude. La survie, elle le sait déjà, ce n'est pas une chance, pas un don divin, c'est le fruit amer du hasard. L'envers de la mort, l'autre face, mais toute proche.

L'imprimante avait deux petites ampoules allumées : la verte pour l'interrupteur, la rouge parce qu'il fallait changer l'encre. Diane savait qu'elle ne retrouverait pas le sommeil. Il était cinq heures, elle se leva.

Elle changea les pansements. Mangea quelques yaourts et la part de strudel aux pommes que sa mère avait placés dans le frigo. Puis elle étala sur le matelas les photos qu'elle avait scannées la veille. L'employé les avait glissées dans les enveloppes en vrac, et elle avait elle-même brassé l'ensemble sans précaution. De plus, elle avait pris une partie des photos dans un état d'angoisse et de confusion qui l'avait empêchée de bien saisir ce qu'elle photographiait. Elle avait attrapé au vol les bribes d'une réalité qui lui échappait ; recomposer le déroulement des faits l'aiderait peut-être à mieux comprendre. Elle sortit les négatifs. Il fallait d'abord retrouver l'ordre des pellicules, mais cela fait, la suite fut plus facile : les négatifs portaient en dessous du cliché lui-même un numéro indiquant la suite des prises. En comparant négatifs et photos, elle put reclasser les images par ordre chronologique. Elle les détailla alors, traquant les indices.

Il y avait deux grandes périodes : avant et pendant – elle n'avait pris aucun cliché après. Elle s'attarda sur ces instants qui avaient précédé la fusillade. Sur le moment, elle n'avait vu que le sujet à traiter, la cohue, le conformisme des fêtes de mariage, le commerce et la tradition, la dimension folklorique. Les clichés révélaient autre chose : des individus, leur physique, leur expression, leur posture, un soupçon de leurs pensées et de leurs sentiments. À travers leur joie, leur gêne, leur mélancolie, leur rire, leur inquiétude, ils existaient. Cet homme au visage ridé, elle l'avait vu, caché derrière une table, tandis que les balles balayaient le rez-de-chaussée. Cet adolescent qui avait du mal à dissimuler son ennui, c'était le jeune mort au papillon. Elle les observa un à un. Puis vint la série retraçant la fusillade. Le mouvement et les cris avaient commencé avant que les tireurs n'entrent dans son champ de vision. Elle avança lentement. Un reflux précédait l'apparition des tueurs. Mais... Elle retourna en arrière. Un mouvement isolé se distinguait avant le mouvement collectif. Une femme était entrée, et d'un pas sans doute rapide, car en trois photos elle avait traversé la salle du rez-de-chaussée, elle s'était dirigée vers l'escalier. À ce moment, les premières réactions des clients étaient perceptibles : certains s'étaient levés, l'expression inquiète, voire déjà terrifiée. Sur la troisième photo, les premiers impacts avaient fait gicler débris et éclats de verre. Diane constatait trois choses : c'était la zone que la femme avait atteinte – les abords de l'escalier – que visaient les tirs, et dans son sillage qu'avait eu lieu ensuite la progression des tueurs, les photos suivantes le montraient ; elles prouvaient aussi que les tireurs ne s'attardaient pas sur les clients, tous ceux qui avaient été touchés se trouvaient dans cette même zone, les autres n'avaient pas été visés. Le dernier constat ne provenait pas des photos ; Diane savait que cette femme était morte, son corps gisait au premier étage lorsqu'elle avait quitté les lieux. Elle était la seule victime non-asiatique de la fusillade.

À en croire les clichés – il fallait se méfier, ils ne représentaient qu'une vision partielle des fait –, la femme qui était entrée était la seule cible des tueurs, les autres étaient des victimes collatérales. Sauf, elle y pensait maintenant, le photographe ; le tireur lui avait volé son appareil et ne l'avait exécuté que pour le récupérer ; pour la même raison, il l'avait poursuivie, elle, pour faire disparaître ses photos.

Elle se demanda si la police disposait des mêmes informations. Si tel n'était pas le cas, les enquêteurs le sauraient. Ils n'allaient pas tarder à venir réclamer les clichés. Restait à décider quelle attitude adopter : elle n'avait pas envisagé d'écrire plus d'un article sur cette affaire. L'opportunité s'était présentée, elle en avait profité. Elle ne faisait que ça depuis des mois : naviguer à vue. Mailer son texte, attendre le paiement. Le lendemain ne lui paraissait ni probable ni désirable, qu'importait l'article qui paraîtrait le mois prochain ? Il y avait bien longtemps qu'elle n'avait pas suivi une idée, un fil conducteur. Cette perspective si simple lui soulevait le cœur. Construire quelque chose, fût-ce une suite d'articles, serait sa première trahison. Construire, alors que non seulement sa vie était dévastée mais que tout sens en avait été définitivement balayé ? Son fils était mort et elle écrirait un article ? Son amant était mort et elle enquêterait ? La colère, l'injustice, le désespoir lui pressaient la gorge, l'enserraient comme un nœud coulant, ne lui laissant qu'un minuscule filet d'oxygène. Et irrépressiblement elle s'accrochait à cet air, prolongeant sa vie au-delà de la douleur et de l'horreur de vivre. Un jour, elle avait demandé à son père : « Est-ce qu'il y a une vie après la mort ? » Il avait répondu : « Non. Mais il y a une vie après la mort des autres. Et c'est l'enfer. »

Écrire pour quoi ? Il n'y avait pas d'échappatoire. Écrire, c'est écrire pour soi. Elle avait prétendu que cet enfant était toute sa vie, qu'il était son sang, son cœur, « ses branchies », plaisantait Benjamin. Cent fois elle avait dit à cet homme qu'elle n'était rien sans lui, qu'elle aurait aimé passer son existence dans ses bras, qu'il était sa raison de vivre. Et maintenant elle voulait vivre pour elle-même ! Continuer seule alors que leurs cadavres s'éloigneraient lentement, emportés par le temps ? Faire son propre chemin, avouer le mensonge des serments passés, se compromettre avec l'injustice criante du sort ?

Elle ne pouvait plus respirer. Elle se retrouva à genoux sur le sol, haletant et sanglotant de tristesse et de honte. Puis elle s'endormit là, à bout de forces.

– Police ! Ouvrez !

On tambourinait à la porte avec violence. Diane supposa qu'il était 6 h 30, heure légale pour les perquisitions. Il était 8 heures. Lorsqu'elle ouvrit, l'inspecteur tenait à la main l'édition matinale de *Libération*. L'une de ses photos faisait la Une.

ELLE SORTIT du commissariat vers 16 heures. Elle avait dit toute la vérité, rien que la vérité. Sauf sur les photos cachées dans la cabane à oiseaux du parc de Choisy. Pour le reste, les flics étaient furieux, avaient fouillé le studio et emporté l'ordinateur, les zips, les CD et... les photos. Pour le plaisir, ils avaient renversé tous les cartons. On l'avait traitée trois fois de « vautour », deux fois de « pute » et une fois de « connasse incompétente » – quand elle avait avoué être pigiste. On lui avait passé les menottes. Les interrogatoires avaient duré huit heures et elle n'en était pas quitte pour autant. On étudiait la possibilité de l'inculper pour « entrave à l'enquête » et « dissimulation de preuves ». Enfin, on lui avait fait répéter une douzaine de fois l'histoire de la fusillade. À partir de midi, alors qu'elle avait pu appeler Abdel, et que ce dernier avait envoyé un avocat et une protestation à Reporters sans Frontières, la pression s'était relâchée : un nouvel enquêteur avait pris la suite et l'avait réinterrogée poliment. À lui seulement elle parla de cette femme qui lui semblait avoir été la cible des tirs. Il écouta avec attention. Il lui montra une photo prise à la morgue et elle confirma qu'il s'agissait bien de la femme en question. Elle essaya de soutirer quelques infos sur son identité mais sans rien obtenir. Le policier la relâcha en la prévenant qu'il la convoquerait à nouveau.

C'est ainsi que, sous un ciel noir, elle quitta le Quai des Orfèvres, longeant la Seine jusqu'à Notre-Dame. Dans l'obscurité où l'orage couvait, la cathédrale était plus gothique que jamais. Alors que deux heures plus tôt, les touristes se pressaient sous une façade solaire, dans laquelle la rosace étincelait comme un diamant, les visiteurs avaient fui, le parvis était désert, les tours avaient pris l'aspect méphitique d'un château des Carpates, gargouilles grimaçantes et vitraux vitreux. Elle marcha sous la pluie, s'engagea sous les contreforts de la cathédrale. Une chimère, mi-chauve-souris cornue, mi-singe griffu, tenta de lui cracher dessus cent litres d'eau sale. Les autres s'y mirent à leur tour, fontaines obscènes pissant à grands jets depuis les hauteurs. Elle traversa. Entre les trombes d'eau, les flèches de Notre-Dame se tordaient. Diane s'engagea dans un passage couvert qui lui fraya un chemin à travers les immeubles. Mêlés aux matériaux haussmanniens, des résidus médiévaux émergeaient des murs : chapiteaux, inscriptions gothiques, et une autre, probablement plus récente : « CHIRAC-LE PEN, LA PESTE ET LE CHOLÉRA. PASTEUR, RÉVEILLE-TOI ! » Elle déboucha rue Chanoinesse. Vingt mètres à droite, elle trouva l'entrée de l'Écarteur.

Cette adresse était aussi célèbre chez les carabins qu'elle était inconnue du public. Son approche était des plus discrètes, bien qu'un œil inquisiteur y eût déjà remarqué quelques signes étranges : ces deux scalpels croisés gravés au-dessus de la porte, ce rideau en dentelle représentant des cantonniers remplissant un char de cadavres. Et surtout ces innombrables allées et venues de blouses blanches. Diane poussa la porte. Même en cette fin d'après-midi d'été, l'endroit était plein et elle peina à repérer Elsa Délos au milieu des tablées surchargées. L'Écarteur recevait aussi bien les infirmières et médecins de l'Hôtel-Dieu que des policiers de la Préfecture pour lesquels il faisait office de cantine et de point de ralliement. Les médecins venaient de tout Paris pour y prendre une bière ou un café. La salle à l'étage servait à fêter les doctorats et les retraites, les fins d'internat et les mutations. Finalement Diane repéra Elsa touillant son expresso sous la statue de la Mort : une sculpture d'Allouard qui occupait le mur du fond, dominant le comptoir de sa majestueuse hideur, un squelette édenté drapé dans une toge voluptueuse et un capuchon, le coude nonchalamment appuyé sur la faux. De ses orteils osseux il foulait les oripeaux de la vanité humaine : couronnes pour la gloire, armes pour le pouvoir, pièces pour la richesse. Cela n'était rien cependant auprès des horreurs qui s'exposaient sur les étagères suspendues. On mettait quelques instants à comprendre ce qui décorait cet antre, car les murs jaunasse, le sol en bois, les poutres courant au plafond, la devise inscrite en latin, tout contribuait à donner l'illusion d'une taverne estudiantine de la rive gauche ou peut-être de Heidelberg. Mais les bocaux dorés qui surplombaient les buveurs abritaient, dans le formol, des échantillons épouvantables : organes déformés par la maladie, cerveaux, tumeurs – collection infâme régulièrement et illégalement approvisionnée par le personnel de l'hôpital. On y trouvait aussi des pièces rares : les os d'une main à six doigts, des crânes siamois, une tête momifiée rapportée des colonies, jouxtant des fœtus monstrueux, des instruments de chirurgie anciens, encore maculés de taches sombres. On disait que les services de l'hygiène avaient table ouverte en ces lieux. Et si l'on y prenait garde, la devise inscrite en amont des bouteilles d'alcool se traduisait ainsi : « L'ARGENT EST MON BUT, LA MALADIE MA COMPLICE, MON MAÎTRE EST DIAFOIRUS. »

Diane abandonna sur le portemanteau sa veste détrempée et se glissa vers le fond de la salle. À sa droite, des infirmières discutaient âprement d'une grève à lancer contre les restrictions budgétaires à l'AP-HP. Suspendu au-dessus d'elle, le squelette martyr d'une femme atteinte d'ostéomalacie post-gravidique – disait l'éti-

quette –, recroquevillé et tordu, penchait son crâne comme pour les écouter. À gauche, on commentait la nomination du nouveau directeur de la Santé, sous le regard rond d'un fœtus sans jambes. Diane était déjà venue à l'Écarteur mais elle sut cette fois qu'elle en ferait des cauchemars.
– Salut.
Elsa se leva et lui sourit chaleureusement, plus que ne l'avait imaginé Diane : Gérard, le mari d'Elsa, l'avait virée de *L'Arbitre* six mois plus tôt.
– Salut. Je suis contente de te voir. Ça fait longtemps.
– Oui.
Elle ne savait pas quoi dire. Elle ne savait plus quoi dire à ceux qui lui disaient des choses gentilles.
– Et *Le Parisien* ?
– Ça va. On me laisse pas mal de liberté et un peu de temps. J'ai encore la possibilité d'aller sur le terrain. La moitié de mes copains ne bossent plus qu'au téléphone, compilent les dépêches et les dossiers de presse. Ce boulot est de plus en plus un travail de secrétariat.
La patronne, avec son grand chignon gris, vint prendre sa commande.
– Un déca, s'il vous plaît.
La femme jeta un regard à la rousse aux yeux verts et à la brune aux yeux bruns et se détourna.
– Cet endroit est effrayant, reprit Elsa. Chaque fois que j'y viens, j'ai la chair de poule. (Elle jeta un coup d'œil à un poumon noirci et métastasé flottant dans son bocal.) Mais c'est une sacrée source d'infos.
– Sur les dangers de la cigarette ?
– C'est ici que j'ai décroché l'interview du Dr Bardot sur le rapport secret « Infections nosocomiales à l'hôpital Jaurès ». Et quand le général Sanchez est venu se faire soigner en France, à Neuilly, c'est un anesthésiste scandalisé qui m'a filé le scoop. Il y a ici une atmosphère de société secrète qui prête à la confidence.
La patronne revint, posa la tasse et demanda d'une voix pincée :

— Tarif crevard ou tarif nanti ?

Diane lança un regard interrogateur à sa collègue.

— Les nécessiteux, c'est les infirmières, les aide-soignants, les internes et les étrangers. Ils paient moitié prix. Les nantis, c'est les médecins. Mais de toute manière, pour nous, c'est deux fois plus cher.

— Quatre euros le café, ma grande, confirma la serveuse.

— La vache ! Pour ce prix, on peut avoir un Lexomil en plus du sucre ?

— Ça peut se faire...

— Je plaisantais.

Elle encaissa les pièces et s'éloigna, toisée par les orbites vides de la Mort. Elsa reprit :

— Je suis désolée... pour Gérard. Je lui en veux de t'avoir foutue dehors.

— J'ai tout fait pour qu'il le fasse. Encore trois articles et il n'avait plus aucun annonceur.

— Un journal qui ne peut pas dire la vérité n'est qu'un catalogue publicitaire. *L'Arbitre* ne sent plus l'encre, il sent les pieds, à force de faire la promo de chaussures de sport.

— Sans publicité, il n'y aurait pas de presse.

— Oui, c'est ce que répète Gérard sans arrêt. J'ai l'impression de vivre avec un cadre de chez Danone.

Elsa avait la voix amère. Diane devina la fin d'une histoire d'amour.

— T'as bossé presque dix ans pour ce canard. Si on prend les dix meilleurs articles qu'ait jamais publiés *L'Arbitre,* tu en as écrit dix. Qui a jamais gardé en mémoire le nom d'un rédacteur de *L'Arbitre* ? Il y avait UN journaliste dans ce canard, c'était toi.

— Et Gérard.

— C'est vrai. Qui pourrait oublier l'inventeur des « correspondants de banlieue » rédigeant les articles sur les matchs de handball à Créteil ou de football à Viry-Châtillon ? Une main-d'œuvre de jeunes journalistes travaillant gratis pendant des mois, voire des années, dans l'espoir d'avoir un vrai poste. Un jour.

– On les appelle les « Camerounais ». Comme les jeunes footballeurs africains qu'on presse et qu'on jette.

– C'est la gestion, ajouta Elsa. Au-delà de dix ans de gestion, il n'y a plus que le cynisme. La conscience, l'esprit critique, l'intelligence s'émoussent aussi sûrement que le glacier fond au soleil.

– Si je comprends bien, l'amour n'est plus là...

– Non. J'ai pris un deux pièces à Belleville. J'ai plus le HLM de luxe avec vue sur la Seine, mais je revis... Bon... Je sais que tu n'as pas pris rendez-vous pour parler de ton ex-patron...

– J'ai besoin d'infos sur l'affaire Bombyx.

– Je pensais que tu en savais plus que moi.

Elle désigna les pansements.

– T'as dû avoir la trouille de ta vie.

– Non, la trouille de ma vie, c'est passé...

– Désolée.

– Je voudrais connaître le nom d'une femme. L'Européenne qui a été abattue. Toutes les autres victimes sont asiatiques.

Elsa sortit un carnet de notes, le feuilleta rapidement.

– Éloïse Monticelli, ça fait pas très chinois.

– Non. C'est les flics qui t'ont donné la liste ?

– Un lieutenant de la Crim. Perrault. J'écris toujours des articles positifs sur la Crim. De toute manière, tous les flics de Paris lisent *Le Parisien*. On les soigne. Pourquoi tu cherches cette femme ?

Diane hésita, mais elle ne pouvait pas pomper les infos d'Elsa sans rendre la pareille.

– J'ai des raisons de penser que la cause de la fusillade, c'est elle. Ou plutôt qu'elle était la cible. Les gars auraient tiré dans le tas pour l'abattre.

– La Crim parle de règlement de comptes entre gangs chinois. Une partie des tireurs étaient asiatiques, disent les témoins.

– Seulement une partie. Et les photos que j'ai prises

montrent que leur entrée est précédée de celle d'une femme qui fend la foule en courant vers l'escalier. Elle a tenté de fuir à travers le restaurant et de s'y cacher, mais les poursuivants l'ont chassée jusque-là.

– Lorsque j'étais sur place, j'ai vu des techniciens du labo numéroter des impacts de balles à l'extérieur. La police n'explique pas encore ces tirs.

– Ils connaissent l'identité des gangs impliqués ?

– Non, c'est une hypothèse. Ils disent que le Bombyx est lié à la Sun Yee On, l'une des triades chinoises installées en France. Les clients pourraient avoir fait les frais de ses rivalités avec la 14 K ou le Grand Cercle, ou un gang nouveau. Il y a un an le patron du Bombyx a été kidnappé par un gang ennemi et relâché après le paiement de 500 000 euros.

– Jamais entendu parler de cette histoire.

– Personne ne l'a couverte. C'est Perrault qui me l'a apprise. Lui-même ne l'a su que quelques mois après les faits. Le patron et la famille n'ont jamais porté plainte. Il paraît qu'il y a à Paris presque un enlèvement contre rançon par semaine dans la diaspora chinoise, mais que les victimes ne s'adressent pas à la police. En réalité, la Crim patauge un peu. Ils ont demandé aux Renseignements généraux de se rencarder. Ils ont des informateurs à Chinatown.

– Le fait que les tirs visaient Éloïse Monticelli ne signifie pas que la fusillade ne soit pas liée aux affaires des triades. Mais sa raison reste très obscure. Le flic qui m'a interrogée...

– Ils ont pas été trop durs ?

– Ils menacent de m'inculper pour tout un tas de trucs. Mais je vais enquêter sur Éloïse Monticelli.

– Tu reprends le métier ?

Diane jeta un coup d'œil à la statue de la Faucheuse et à sa mâchoire serrée, presque souriante.

– Je me sens proche de ces morts. Les gens du restaurant. Des morts en général et de ceux-là en particulier. J'aimerais savoir ce qui leur est arrivé.

– Si tu décroches quelque chose, pense à moi. On pourrait faire un article commun dans *Le Parisien*. Je continue sur la piste du gang chinois.
– Et je m'occupe de la femme.

Éloïse Monticelli était inscrite dans les pages blanches. Elle habitait rue du Petit-Musc, une ruelle très ancienne, encore noircie par le gaz carbonique. Les immeubles décorés de diverses sculptures et moulures penchaient parfois vers l'avant ou le côté, donnant l'impression que d'un instant à l'autre les vénérables murs allaient s'abattre sur le passant. Diane se rendit au 16 et constata que la police occupait les lieux. Par bonheur la rue du Petit-Musc cache aussi une merveille architecturale méconnue, l'église Eiffel – Benjamin adorait cet endroit, pensa Diane. Commandée en 1911 par l'Archevêché de Paris, l'église marquait une tentative inédite pour mêler éloge de la religion et des sciences. Sa structure en poutres métalliques, rivées par d'énormes clous, soutient ainsi une façade percée au front d'une rosace aux motifs sans équivalent : sur fond gris, Jésus se dresse entouré de diverses machines de transport : montgolfière, locomotive, voiture à essence, sous-marin et même un avion biplan. L'ensemble des vitraux, réalisés par le compagnon Anatole Fraigneau, égrène le long de la nef les grandes inventions : Newton et son télescope, Volta et la pile électrique, Mac Cormick, Hussey et leur moissonneuse, Marconi et la TSF, Babbage et son calculateur à cartes perforées, Edison et le phonographe, Marinoni et la rotative, sous les yeux d'un Dieu omniprésent mais vaguement admiratif. Le préféré de Benjamin restait cet incroyable vitrail : Tellier ouvrant son réfrigérateur devant un Yahvé pensif. La polémique qui naquit en 1915, à la fin des travaux, fit trembler toute la capitale et coûta son ministère à monseigneur Gaffard. C'est la Mairie de Paris qui profita des circonstances et racheta le bâtiment devenu depuis la photothèque de la ville.

Diane s'engouffra donc dans l'édifice et monta par l'escalier métallique à l'étage. Empruntant pour la forme une monographie de Catherine Opie, elle s'installa dans un fauteuil en cuir d'où, à travers la rosace, elle pouvait surveiller l'activité du 16. Un petit puits de pétrole – création du colonel Drake – lui cachait un peu la vue.

L'attente fut longue. La visite de l'appartement d'Éloïse Monticelli par la police prenait un temps fou. Enfin, les flics en finirent avec les petits sachets, ils sortirent avec des cartons entiers. Diane reconnut l'officier qui l'avait interrogée. Elle ne vit personne d'autre que des agents quitter l'immeuble ; Monticelli vivait peut-être seule. Enfin, le calme se fit et Diane quitta sa cache.

Le code n'était pas activé. Diane entra dans l'une de ces cages d'escalier à la peinture galeuse, ampoule nue grésillant au-dessus de deux vélos mal casés. Les boîtes aux lettres étaient collantes de crasse. Le local poubelles exhalait une odeur de melon pourri et de couches. Elle montait quelques marches quand une voix résonna derrière elle :

– Je peux vous aider ?

Mais elle ne proposait aucune aide. Diane se retourna et découvrit un vieillard minuscule, emmitouflé dans un pull irlandais et une écharpe très chic. Il avait quitté sa loge dont la porte voilée de dentelle bâillait en attendant son retour. Il tenait *Le Monde* à la main.

– Flic ou journaliste ?
– Journaliste.
– Barrez-vous.
– J'aurais dû dire flic.
– Si vous êtes pas à un mensonge près.
– J'étais au Bombyx hier soir.
– Ah...
– J'y étais au moment de la fusillade. J'ai vu cette jeune femme mourir.
– Mais vous êtes journaliste ?
– Le hasard.
– Ah, celui-là ? Un vieux copain à moi...

Il la toisa d'un regard à la fois suspicieux et bienveillant.

– C'est vous qui avez écrit l'article ? (Il agitait son journal).

– Oui.

– Bien écrit.

– Merci.

– De rien. Maintenant, faut dégager. De toute manière, vous voulez quoi ? Ils ont mis les scellés sur la porte. Vous comptiez la forcer ?

– Non. Je pensais que peut-être elle vivait avec quelqu'un.

– Elle vivait seule.

– Bon. Excusez-moi. Vous savez où elle travaillait ?

Il la regarda encore.

– Harpmann, c'est juif ?

– Oui. Pourquoi ?

– J'imagine qu'on vous demande tout le temps si c'est pas alsacien.

Elle éclata de rire.

– Oui, sans arrêt. Mais c'est juif.

– Moi, c'est Rosenzweig. Et c'est pas alsacien.

Il lui tendit la main pour la serrer, comme s'il reconnaissait une amie.

– Vous avez quel âge ? demanda-t-elle en la prenant.

– Quatre-vingt-seize ans.

– Vous ne les faites pas, mais vous bossez encore ?

– Non, je ne suis pas concierge. J'ai racheté la loge quand la copropriété a décidé de s'en passer. J'aime bien habiter au rez-de-chaussée, ça ménage mes cartilages. Je vous offre un verre ?

Elle accepta et suivit l'homme à la silhouette menue. Mais dès qu'elle passa la porte, Diane sentit que quelque chose n'allait pas. Elle chercha des yeux, aperçut le chat endormi dans le fauteuil club, le bouquet de roses séchées sur la table, le tapis persan, puis elle comprit et elle sentit le vertige la gagner. Elle contempla le mur avec incrédulité. De haut en bas et d'un angle à l'autre, l'espace était couvert de photos encadrées, en noir et blanc, un homme portant une sorte de tunique blanche pendu à une potence, la tête penchée de côté, les pieds tendus. Derrière lui, les nuages moutonnaient sombrement.

Un autre, noir cette fois, se balançait à la branche d'un arbre superbe, ramure en parasol, tandis qu'une foule joyeuse semblait s'amuser sous cet épouvantable trophée.

Sur la suivante, la victime était presque invisible : à peine voyait-on ses mains crispées qui tentaient d'échapper à la foule haineuse qui l'avait acculée contre la vitrine d'un coiffeur – « *Haarschneider* » – et la rouait de coups de pied et de poing. Et il y en avait bien d'autres : seuls ou en grappe, en tas, en rang, debout, assis, couchés, sur le dos, sur le ventre, à genoux, ligotés, enchaînés, dans un champ, une cour, hommes, femmes, et enfants, fusillés, lapidés, lynchés, égorgés, brûlés, noyés. Bas-relief agencé par un esprit qui ne pouvait qu'être malade.

– C'est moi qui les ai prises, répondit le vieillard aux paroles qu'elle n'avait pas prononcées. J'aurais dû vous prévenir. Mais enfin... Vous devez avoir l'habitude...

– Non, je travaillais pour un journal sportif.

– Et maintenant ?

– Je travaille pour qui m'achète.

Il tenait dans les mains une boîte de galettes Saint-Michel. Il la posa sur la table.

– J'étais photographe-reporter. Dans les années 30, je bossais un peu pour la presse française, mais surtout pour *Life Magazine*. Et j'emmagasinais aussi pour mes propres archives. Cette photo-ci, je l'ai prise en 1948, dans le Mississippi. Ils ont accusé ce jeune Noir d'avoir violé une femme blanche. Celle-ci est plus ancienne, je l'ai prise lors d'un voyage en Iran en 1931. Le pendu, c'est un voleur qui s'était fait attraper. Celle-là, c'est l'assassinat d'un juif à Würzburg en 34... Celle-ci, je l'ai prise en Pologne quelques jours après le pogrom de

Kierce en 46... De 1932 à 1939, je couvrais l'Allemagne, l'Autriche, la Pologne, la Belgique, la Hollande. Alors, vous pensez, des photos comme ça, j'en avais des cartons.

– Mais vous êtes juif...

– J'ai pu circuler longtemps. J'étais français. Ensuite, j'ai été mobilisé et je suis parti pour l'Angleterre.

– Ça ne vous pèse pas de vivre avec ces atrocités sous les yeux ?

– Moins que de les avoir vues.

Diane observait le « mur ». La seule image à la mesure de ce carnage était celle qu'avait prise un de ses amis de l'agence Sygma : un fleuve rwandais tellement couvert de cadavres qu'on aurait cru un fleuve de morts.

– Bon, j'ai du thé de Noël. Je sais que ce n'est pas la saison, mais ma fille m'offre toujours du thé de Noël, le seul que j'aime avec le thé à la menthe, et j'en ai assez pour ouvrir une boutique.

– Merci.

L'eau bouillait déjà dans la casserole.

– Asseyez-vous.

Diane s'exécuta. Elle attendit, évitant de regarder le mur. Il se retourna, la théière à la main.

– Non, non ! s'exclama-t-il. Ne vous asseyez pas là ! Prenez cette chaise.

Diane se leva en se demandant quelle règle tacite elle avait enfreinte. C'est en s'installant sur l'autre qu'elle comprit. En changeant de chaise, elle changeait de perspective et d'univers. Sur le mur opposé au mémorial, d'autres photos attendaient le regard. Aussi colorées que leurs vis-à-vis étaient noirs, elles ne représentaient que des paysages d'une somptueuse beauté. Montagnes écumantes lançant des nuées d'oiseaux vers le ciel, sous-bois tropicaux habités de vapeurs et de fleurs, étangs emprisonnant les nuages entre des rivages de fougères, îlots se découpant en ombres chinoises sur une mer argentée, champs de thé striant le flanc de coteaux, temples anciens saisis dans un halo de boue et de lianes, canyons vertigineux séparant la terre en plateaux pourpres, volcan endormi sur un tapis de mousse.

– La deuxième partie de ma carrière.

– Emmanuel Rosenzweig ? C'est votre nom ? Je crois que j'ai vu cette photo sur une affiche.

– Rétrospective à la BN. À partir d'un certain âge, on ne sort plus du rétro.

– Vous en avez eu marre du reportage de guerre ?

– Je n'étais pas vraiment reporter de guerre. Il y a des moments où la violence est partout, on n'a pas besoin d'aller la chercher. Le seul lieu où je suis allé photographier la guerre, c'est la Grèce entre 1946 et 1949. Après j'ai arrêté. L'humanité, je ne pouvais plus...

– Vous êtes passé aux végétaux.

– Je suis passé à la couleur.

Diane regardait la photo d'une baie verdoyante dont les caps se couchaient dans l'eau avec volupté. Les vagues semblaient retenir leur force à l'approche de ces rives. Des cyprès perçaient la ramure des oliviers comme pour guetter, au large, les dauphins.

– L'île d'Égine, en 1949. Au dos de cette merveille, on se massacrait.

Même lorsqu'elle contemplait ces paysages, Diane sentait sur la nuque le poids de toute l'horreur qui se dressait sur le mur caché. Le murmure des morts se coulait jusqu'à elle, se mêlait aux volutes qui s'échappaient du thé. Les suppliciés chuchotaient leur effroi et leur douleur. Et leur plainte se perdait parmi les canyons, les montagnes, les forêts que peuplaient sans doute les squelettes ensevelis des victimes.

– Je vous préviens, dit Rosenzweig, en caressant le chat qui venait de sauter sur ses genoux. Je ne vous dirai rien sur Éloïse.

– Il est bon, le thé de Noël. Vous montrez les morts mais vous n'en parlez pas ?

– Demain, vous vendrez à *VSD* ces photos et son histoire.

– Toute la presse s'est lancée sur la piste du règlement de comptes entre triades chinoises. Et ça leur plaît beaucoup, le côté exotique. Moi, je suis un autre fil. Je pense qu'Éloïse Monticelli ne s'est pas retrouvée au cœur de cette fusillade par hasard.

– Qu'est-ce que vous voulez dire ?

– Vous ne voulez pas me donner d'infos, ce qui ne vous empêche pas de désirer les miennes.

– Je la connaissais.

– Je pense qu'Éloïse Monticelli a été assassinée, et que c'était elle qui était visée.

– Qu'est-ce qui vous fait croire ça ?

– Les photos que j'ai prises sur place.

Le chat se mit à ronronner.

– Écoutez. Laissez-moi vous poser trois questions. Très factuelles. Pas une de plus. Pour m'aider à savoir ce qui s'est passé au Bombyx.

Il ne répondit pas.

– Où réside la famille d'Éloïse Monticelli ?

– À Biarritz.

– Quel métier exerçait-elle et où exerçait-elle ?

– Elle était ingénieur agronome. Elle travaillait dans une société du 13e arrondissement, quai de la Gare. Je ne me rappelle pas le nom, un truc avec « rose » dedans.

– À votre connaissance, avait-elle des liens avec la diaspora chinoise ?

– Je ne pense pas. Je ne vois pas qui aurait voulu la tuer.

Ses mains se crispèrent sur le chat.

– Et je vais vous dire : je n'ai jamais compris comment un homme pouvait en tuer un autre. J'ai pris des milliers de photos de crimes dans ma vie, et je n'ai jamais eu un début de réponse. Je ne comprends pas. Je ne comprends pas, c'est tout.

Emmanuel Rosenzweig paraissait horrifié.

– J'ai fui cette question jusqu'au fond des jungles du Guatemala, jusqu'aux pics de l'Himalaya, jusqu'aux déserts de Syrie. Où que je sois allé, elle m'a poursuivi. Car partout elle était présente, elle hantait les lieux, le vent rapportait les plaintes des morts. Partout la chair se mêle à la terre pour nourrir les arbres et les fleurs, la chair se mêle au sable et à la roche sous les ombres des chameaux. Les villes sont pavées de crimes et les campagnes les noient sous les ronces. Savez-vous que sous nos pieds les morts pleurent et se décomposent non dans l'oubli mais dans la cruauté ?

– Oui. Je sais.

Il était tard lorsque Diane quitta M. Rosenzweig. Marchant sur le trottoir, elle ne pouvait s'empêcher de guetter les ombres. Elle prit la ligne 7, acheta un rouleau de printemps, des nouilles déshydratées et rentra chez elle. Elle ramassa les affaires que la police avait dispersées aux quatre coins de la pièce, un bol cassé près des toilettes, les couverts répandus dans la salle de bains, les vêtements étalés et piétinés – sa robe Yamamoto. Le napperon brodé par sa grand-mère Guilloux (sa grand-mère maternelle) avait été taché par une cartouche d'encre écrasée. Elle le jeta. Puis elle rouvrit brusquement la poubelle et le ressortit. Longtemps, les mains sous l'eau froide, elle le rinça. L'encre colorait l'eau et menaçait d'imbiber tout le napperon. Irrésistiblement la souillure gagnait. Diane gémit, furieuse et malheureuse. Elle fit tiédir le flux du robinet et chercha des yeux si ne traînait pas un détachant quelconque. Mais il n'y avait rien chez elle. Elle s'acharna encore un peu, avec du savon mais l'auréole s'accrochait au tissu. Finalement Diane s'effondra. Elle attrapa le téléphone, composa un numéro :

– Cordonnerie Harpmann-Guilloux.
– Maman, c'est moi.
– Oh, ma chérie... Je suis heureuse de t'entendre. Comment tu vas ?
– Maman, ils ont abîmé le napperon de mamie.

Diane se retint de pleurer.

– Qui « ils » ?
– La police.

– La police a abîmé le napperon de mamie ? Qu'est-ce que c'est que cette histoire ?
– Oh, c'est trop long à raconter... Euh... J'étais au restaurant chinois avant-hier, tu sais, celui où...
Un grand silence s'installa. En arrière-fond, Diane entendit le sifflement de la machine à clefs de son père.
– Tu étais là-bas ? Tu as été blessée ?
– Non. Écoute, tu as du détachant ?
C'était sans doute l'argument le plus minable qu'elle aurait pu trouver pour dire à sa mère qu'elle avait envie de les voir, qu'ils lui avaient manqué pendant ces longs mois, qu'elle avait besoin d'eux, qu'elle avait envie de retrouver l'odeur de cuir et de cirage de la cordonnerie, cet ineffable désordre, les photos de Bretagne et leurs bras autour d'elle. Bien sûr, sa mère avait du détachant. Eût-elle été à court qu'elle aurait dévalé la rue pour aller en acheter.
– Viens dîner. Je vais t'arranger ça. Et ton père a recousu tes semelles.
Elle prit la ligne 6, s'assit dans un wagon plein. Lorsque la rame sortit du sol pour voler sur ses rails aériens, l'averse avait repris et des éclairs fouettaient la ville. Filant entre deux falaises de bureaux, le métro semblait fuir les intentions malignes de l'orage. Ils survolèrent une manifestation de cyclistes. À Quai de la Gare, une femme monta et s'assit près d'elle. Diane commença à paniquer. La jeune femme portait un enfant sur son ventre, un bébé d'environ trois mois. Son visage aux joues rondes, ses grands yeux plissés, ses cheveux naissants sous le bonnet blanc, ses lèvres fines s'écrasaient avec délice contre l'épaule de sa mère. Ses bras potelés et repliés se terminaient sur deux poings fermés. Son regard était lointain, il semblait écouter les battements de cœur de sa mère et ne songer qu'à eux. Diane détourna le regard mais la présence de cet enfant, dont l'odeur de lait d'amandes était entêtante, aimantait ses pensées. Il portait un body à rayures jaunes et bleues, un jean lilliputien, des petites tennis en toile. Il était

totalement détendu, tranquille. Sa petitesse et sa fragilité n'avaient d'égal que sa robustesse et les promesses d'avenir qui l'accompagnaient. Sa mère lui caressa tendrement le dos, et Diane se sentit mourir. Machinalement, elle porta la main devant sa bouche, comme pour se cacher, comme pour cacher sa douleur. Il n'y avait pas plus banal que cette inclination, cette douceur qui prend quand on regarde un nouveau-né. L'amour jaillit tout à coup. Et il tourmentait comme toute passion tourmente. Le désir de lui baiser le front montait à ses lèvres, le désir de serrer ses paumes dans les siennes lui réchauffait les mains, le désir de murmurer à son oreille faisait trembler ses lèvres. Elle aurait voulu le serrer contre elle et se dissoudre dans cette dernière étreinte. L'enfant s'endormait et son poing se relâcha, retomba lentement, se posant sur son bras. Le constat la fit gémir, elle se releva précipitamment, bouscula deux passagers, arracha un journal ouvert avant que les portes de la rame ne claquent dans son dos. Le métro s'ébranla, emportant son précieux trésor et la laissant dans un état de confusion haletante. Pourquoi elle ? Pourquoi son amant et son enfant ? Qu'avait-elle fait ? Était-ce possible ? Pourquoi ce bus dérouté ? Pourquoi son fils n'était-il pas contre elle, dormant à poings fermés ? Qu'avait-elle fait ? Elle ne pouvait pas. Elle ne pouvait tout simplement pas paraître devant ses parents, eux qui l'avaient guidée et protégée, alors qu'elle avait perdu son bébé. Elle ne pourrait plus les regarder en face.

Elle reprit la ligne dans l'autre sens. N'appela pas pour s'excuser. Lorsqu'elle arriva chez elle, elle trouva sur le seuil son kimono de aïkido. Il était plié et rangé dans un sac plastique. Elle était certaine que maître Zorn l'avait déposé en personne. Elle le jeta dans l'entrée, s'effondra sur le matelas. Le clignotement du répondeur indiquait que plusieurs messages attendaient. Elle s'endormit tout habillée, le napperon souillé dans la poche. C'est le téléphone qui la réveilla. Elle ne décrocha pas avant d'entendre la voix d'Elsa Délos – elle

n'avait pas le courage de s'excuser auprès de ses parents :
– Je voulais te prévenir. Quelqu'un a tué le concierge au domicile d'Éloïse Monticelli, arraché les scellés et fouillé son appartement de fond en comble.
Le cœur de Diane manqua un battement.
– Il n'y a pas de concierge dans cet immeuble.
– Un vieil homme qui vivait là. Il s'appelait... Attends. Rosenzweig.
Diane resta sans voix. De stupeur et de chagrin. Et parce qu'elle revoyait ses coordonnées notées en grosses majuscules sur le guéridon de M. Rosenzweig. Juste dans l'entrée.

Il existait dans le 13ᵉ arrondissement à Paris plusieurs sociétés dont le nom incluait « rose » : La Rose d'Or, La Rose des Sables, Bois de Rose, Au Nom de la Rose, L'Herbe et la Rose, Les Trois Roses. Des fleuristes, des restaurants, un hôtel, une boutique de vêtements pour enfants. Aucune trace d'une société de recherche ayant besoin d'un ingénieur agronome. En revanche, dans le nouveau pôle d'entreprises qui entourait la bibliothèque François-Mitterrand, une société anonyme du nom de Nigra Rosa avait son siège social. Rue Abel-Gance. Diane réussit à joindre le secrétariat du P-DG, à se faire confirmer qu'Éloïse Monticelli avait bien été employée là, et finalement à obtenir une entrevue avec le président.
Il avait proposé le moment de sa pause-déjeuner. Au Jardin des Plantes. Diane passa au parc de Choisy pour récupérer les doubles de ses photos puis se dirigea vers la Mosquée et son minaret. Avenue des Gobelins, elle croisa une manifestation de jeunes chercheurs : « Debout les damnés de la recherche, debout les forçats des labos, prends garde, ministère, c'est l'irruption des nabots ! »
Le Jardin des Plantes resplendissait. Ses plates-bandes fleuries s'étendaient sous le soleil. Les arbres enca-

draient cette vallée d'un foisonnement verdoyant et néanmoins taillé au cordeau. Les fontaines versaient à grands jets une eau limpide. Partout sur les chaises, les pelouses, des gens à moitié nus bronzaient. Diane les regarda avec un sentiment d'irréalité. Elle avait fait ça, un jour. Au temps où elle sentait le soleil. Elle prit à gauche, longea la Grande Galerie de l'Évolution et aperçut les serres. Il y en avait plusieurs, bulbes de métal et de verre qui brillaient dans l'azur. Contre leurs parois transparentes se pressaient les épines redoutables des cactus et les palmes voluptueuses des bananiers, le sable blanc des déserts et l'eau stagnante des mangroves. La journaliste repéra la « serre amazonienne ». Quand elle poussa la porte, elle fut assaillie par des coassements. La serre était une étuve. Elle s'avança d'un pas ralenti dans le petit chemin que des feuilles immenses et des branches envahissaient. Elle passa sur un ponton en bois. Plusieurs bêtes plongèrent dans l'eau. Un troupeau de longs poissons passa sous ses pieds. Ils avaient une forme de torpille effilée, une robe marron colorée de zébrures jaunes et beiges. Elle releva le nez : un homme mangeait un sandwich sur le banc.
– M. De Ryck ?
– Lui-même.
Il se leva. Lui tendit la main. Elle était ferme et chaleureuse. L'homme avait un sourire sympathique. Elle avait imaginé le P-DG âgé, malingre, avec des lunettes épaisses. Il avait la quarantaine, des muscles, les yeux pétillants. Une chemise blanche Armani et une cravate noire Yves Saint Laurent. À vue de nez.
Il lui proposa une bouteille de jus de fruits frais, elle accepta et s'assit à côté de lui. Devant eux, le bassin bruissait de vie. Dans les racines des ficus, qui s'étendaient, s'enroulaient, s'enfonçaient dans l'eau en d'innombrables plis et boucles, des rainettes à ventre blanc se tenaient, leurs yeux rouges fixés sur les visiteurs. D'autres étaient posées sur des îlots de fleurs qui émergeaient de l'eau. Des oiseaux minuscules aux reflets

turquoise butinaient des amaryllis. On entendait des bruissements d'ailes agiter les feuilles.

– Pendant longtemps, on a gardé ici des spécimens végétaux de toutes les contrées du monde, dit l'homme, après avoir avalé une nouvelle bouchée de son sandwich. En les mélangeant, indépendamment de leur origine. Un arbre du Honduras, un autre du Cambodge, un palmier des Maldives, un cocotier antillais. Tout ça dans un esprit de pédagogie et de conservation qui sentait bon le XIXe siècle. Les carpes datent de cette époque. Le banc aussi. Mais je ne sais quel conseiller en communication a proposé de changer la serre en « véritable reproduction » de la forêt tropicale humide. Faune et flore. Sinon, ç'aurait été trop facile. Non seulement ils ont réorganisé toutes les plantations, refait les bassins, mais ils ont introduit les insectes et la petite faune. Et vous savez quoi ? C'est génial. Il y a même des chauves-souris, pendues quelque part là-haut.

– Des chauves-souris ?

– Il y en a beaucoup dans les forêts tropicales. Elles jouent un rôle de pollinisation très important. Il y a aussi un ou deux serpents pas dangereux. Mais la grosse affaire, ç'a été les insectes. Six cent trente espèces, rien que pour cette serre. Si vous avez de la chance, vous pourrez voir une caravane de fourmis.

– Vous êtes un habitué des lieux.

– J'y ai fait mes études. J'ai étudié la génétique à l'Institut national d'agronomie. Juste à côté. Ses étudiants sont tout le temps fourrés ici. Moi le premier.

– Éloïse Monticelli aussi ?

Il s'assombrit.

– Oui, aussi. Elle a passé son doctorat à l'INA-PG. Un truc très compliqué sur la génétique du maïs.

– Et vous ?

– Moi ? Ma thèse ? Pas moins rébarbative pour le néophyte. « Cartographie des QTL contrôlant des caractères d'intérêt chez le *Theobroma cacao*. » Autrement dit le cacaoyer.

– Je ne pourrai plus regarder un carré de chocolat sans ressentir un profond respect pour lui.

– Et vous aurez raison... Dites-moi, vous êtes la journaliste qui a participé à la fusillade au Bombyx ?

– Pas participé. Je me suis retrouvée au milieu.

– Totalement par hasard ?

– Vous savez, il y avait plusieurs dizaines, voire plusieurs centaines de personnes dans ce restaurant. Ce n'est pas très étonnant qu'un journaliste se soit trouvé parmi eux. Il devait aussi y avoir un pompiste, un ingénieur des eaux et une hôtesse d'accueil.

– J'ai lu l'article dans *Le Monde*. Mais vous continuez ? Je dois dire... que je crains un peu une approche sensationnaliste. Ce matin, une journaliste a appelé pour avoir des informations sur Éloïse. Le service communication l'a envoyée sur les roses.

– Une journaliste du *Parisien* ?

– Je ne crois pas. Plutôt un magazine. Pourquoi ?

– Savoir qui en est où. Je ne cherche pas à dresser un portrait sentimental et larmoyant d'Éloïse Monticelli, mais à comprendre ce qui lui est arrivé.

– Pardonnez-moi d'être aussi franc. Ce qui lui est arrivé, on le sait. Et si des journalistes s'agitent autour d'elle, c'est que les autres morts étaient chinois, vietnamiens ou cambodgiens d'origine. C'est du racisme.

De Ryck mordit à nouveau dans son sandwich et mastiqua lentement, les yeux dans le vague. Diane regarda devant elle, essayant de trouver ce qu'elle devait lâcher pour faire parler son interlocuteur. Elle aperçut enfin trois chauves-souris, pendues la tête en bas à une branche, enveloppées dans leurs ailes comme dans une cape. La meute des torpilles zébrées repassait.

– Je m'intéresse à Éloïse Monticelli parce que je ne suis pas sûre qu'elle ait été abattue par erreur.

– Quoi !

– J'enquête et je ne peux pas vous en dire plus.

Cette fois, il la regardait, elle.

– Faites-moi confiance, s'il vous plaît. Écoutez, je me

suis fait un paquet de fric avec les photos de la fusillade. Je n'ai pas besoin de poursuivre Éloïse Monticelli jusque dans sa tombe pour me payer des vacances. Je veux juste savoir ce qui lui est arrivé. À elle, à tous les malheureux qui se trouvaient au Bombyx l'autre soir.

— Les triades...

— Peut-être. Mais peut-être pas. Qu'est-ce que vous faites à Nigra Rosa ?

— Attendez ! Vous pensez...

— Je cherche partout. Son boulot est une piste logique.

L'homme reposa son déjeuner, baissa la tête.

— S'il vous plaît. Ne l'appelez pas par son prénom. Vous ne la connaissiez pas... (Sa voix tremblait.) Nous faisons de la biotechnologie dans le domaine végétal, floral en particulier. Nous inventons de nouvelles fleurs, par hybridation, par modification génétique. Nigra Rosa, c'est un objectif. La rose noire. La tulipe noire. La rose bleue. Les gens en rêvent et nous essayons de les créer.

— Sur quoi travaillait Mlle Monticelli ?

— Elle dirigeait le projet Rose bleue.

— Vos recherches sont avancées ?

— Oui. Mais on n'est pas les seuls. Notre principal concurrent, Florigène – leur labo est en Australie mais la société est japonaise –, a déjà produit une rose bleue. Vous avez dû en voir en boutique, ils la commercialisent. Mais leur fleur n'est pas satisfaisante. Ils n'ont pas réussi à contrôler le problème de l'acidité cellulaire. La couleur est faiblarde, elle tire sur le pourpre, et elle passe au bout de quelques jours en devenant violacée. Franchement, je ne l'offrirais pas à ma femme. Nous visons une meilleure qualité. Une rose qui pousse, s'ouvre, se fane bleue, encore bleue, toujours bleue.

— Vous aboutirez dans combien de temps ?

— Dans un an on pourra déposer une demande de brevet. La rose est tétraploïde, ce qui veut dire qu'au lieu d'avoir deux versions de chaque gène, elle en a quatre. Si on introduit un gène modifié, il est minoritaire par rapport aux trois autres, son impact n'est que partiel. Éloïse avait trouvé une solution intéressante pour l'introduction de la delphinide – le pigment bleu. Il nous reste tout un tas d'expériences à faire pour évaluer notre technique mais le plus difficile est passé.

– La mort d'Éloïse Monticelli va vous ralentir ?

– À peine. La percée est faite. Son équipe peut suivre la voie qu'elle avait ouverte.

– Et l'espionnage industriel ? Les enjeux économiques sont grands ?

De Ryck sourit. Il avait définitivement reposé son sandwich. Il parlait, les bras croisés sur la poitrine, paraissant ne pas sentir la chaleur. Il observa les poissons dont l'unique nageoire ventrale ondulait depuis la tête jusqu'au bout de la queue.

– Gymnote rayé, précisa-t-il. C'est une anguille électrique. Disons... On estime que le marché de la rose bleue sur dix ans se monte à trente milliards d'euros.

Le chiffre sidéra la journaliste.

– Trente milliards d'euros !

– Les amoureux adorent les fleurs, mademoiselle Harpmann, et les amoureux adorent les roses. La nôtre sera commercialisée sous le nom de « rose de la passion ».

– Une telle somme peut faire perdre la tête...

– L'espionnage industriel est un problème que nous devons affronter. Nous cultivons l'art du secret chez Nigra. Rien ne sort de chez nous, en dehors des dossiers de presse. Et notre système informatique est strictement interne, depuis que nous avons constaté des tentatives d'intrusion dans notre réseau. Cependant je ne pense pas qu'un concurrent connu ou inconnu aurait recours à des moyens aussi violents. Et dans ce cas précis, je n'en vois pas l'intérêt. Cela dit, dès cet après-midi, j'appelle une société de sécurité pour faire protéger notre personnel et nos locaux.

– Ce n'est pas le cas actuellement ?

– Non, l'immeuble où nous sommes installés a ses propres vigiles.

Un buisson de fougère étoilée vibra. Diane repensa aux tireurs, à leur absence de peur, à la puissance de leurs armes. Quelques vigiles ne seraient pas un problème pour eux.

– J'aimerais m'entretenir avec la famille d'Éloïse Monticelli. Pourriez-vous m'y aider ?

– Certainement pas. Ses parents et sa sœur sont effondrés. Ils veulent un enterrement dans la plus stricte intimité, ce que je comprends. Je ne mettrai pas leur tranquillité en péril.

– O.K.

Les anguilles filaient dans l'eau. Elle aimait bien cet homme. Et dès qu'elle fit ce constat, une décharge électrique vint douloureusement frapper son cœur.

– *Gymnotus carapo*, murmura Diane.

– Vous savez ça ? Vous saviez le reste.

– Seulement ça. L'homme que j'aimais était plongeur et passionné par les poissons.

– Vous êtes séparés ?

– Il est mort.

– Désolé. Je crois que ma femme va demander le divorce.

– Pourquoi ?

– J'ai trop honte pour le dire.

– Emmenez-la ici. Et parlez-lui des arbres, des plantes, des fleurs.

– Vous croyez ? J'ai toujours rêvé de lui offrir la première tulipe noire. Mais j'ai peur qu'elle n'arrive pas à temps pour nous.

– Celle-ci fera parfaitement l'affaire, dit-elle en désignant l'amaryllis bicéphale dont la corolle rouge était couverte de gouttelettes.

Ils se quittèrent sous le grand soleil.

– Autant que faire se peut, je préférerais que vous ne parliez pas trop de Nigra Rosa. Nous essayons de rester discrets jusqu'à ce que nos brevets soient déposés.

– Si je ne peux établir aucun lien entre la mort d'Éloïse Monticelli et votre société, je n'en parlerai pas du tout.

Ils se serrèrent la main.

– J'ai été enchantée de faire votre connaissance...
– Laurent.
– Vraiment.
– Moi aussi, finalement.

Diane prit un thé à la menthe au salon de la Mosquée. Elle discutait des relations entre juifs et Arabes avec des voisins quand on l'appela sur son portable :

– Diane, c'est Elsa. Tu as du nouveau ?
– Un peu. Et toi ?
– Ça te dirait de prendre un verre avec des vrais méchants ?
– Qui ?
– Les chefs des trois principales triades à Paris.

M̂ême si la ville inclinait vers une chaude nuit d'été, on était sur les Champs-Élysées, sur les dalles lisses des trottoirs, sous les lumières bleues du Drugstore. Alors que faisaient ces trois femmes nues, ces filles, dont les corps ondulaient en déhanchements tranquilles, la chair lacérée de diamants ? À leur approche, le sang pulsait nerveusement dans les veines, l'iris se dilatait et les klaxons perçaient les tympans. Les passants croyaient avoir mal vu, certains devenaient grossiers, d'autres avaient la bouche ouverte, cherchaient les caméras – il n'y en avait pas – et tous secrètement enviaient, désiraient, qui la chair, qui les cailloux. Car c'étaient des cascades de diamants qui coulaient de ces femmes, depuis le cou jusqu'aux cuisses, sous diverses formes, colliers, bracelets, ceintures, bretelles, jarretières, et leur éclat valait celui d'une comète. Le carbone saisissait et rendait au centuple les lumières des néons, des réverbères, des flashs et des étoiles, créant un halo éblouissant autour des corps. Les cinquante faces polies de chaque pierre, les milliers de faces de ces centaines de pierres, concentraient en leur millimétrique surface la plus grande avenue du monde, les carrosseries luisantes, les perles pendues au cou, les canettes de Coca, la Grande Ourse. Mais, pour être honnête, si les yeux étaient presque aveuglés, ils saisissaient aussi le plus obscène, le plus beau : la pointe du sein qui tressautait, la toison sous le nombril, les chevilles. Si elles n'avaient pas mesuré une tête de plus que quiconque, que serait-il arrivé ? Elles étaient jeunes, noire, jaune et blanche, toutes immenses. Leur visage impassible, leurs cheveux flottants, leur regard perdu au loin snobaient les badauds. La souplesse de leur pas avait quelque chose de divin – avec de tels talons, il fallait qu'elles fussent un peu déesses. Elles fendaient la foule comme le pic fend la glace, mais leurs coups ne provoquaient que murmures, chuchotements, voix brisées. Derrière elles, la masse se refermait, immobile, saisie de désir et de regrets. Elle voyait s'éloigner ces croupes, ces épaules, ces fesses, les plus belles qu'elle ait jamais vues, avec douleur. Avec émerveillement. Avec ivresse. Quand elles sortaient du champ visuel, la rétine restait voilée : le souvenir poignant du diamant limpide flottait devant elle. Paris. Elles disparurent au Rond-Point.

– Je tuerais ma mère pour être foutue comme elles, murmura Elsa.

– Et ton père ? rétorqua Diane.

– Mon père pour être foutue comme toi.

Diane rougit. Elles marchaient avenue Montaigne, longeant les devantures des couturiers.

– Tu fais encore des défilés ?

– Non. Je suis trop vieille.

Elsa éclata d'un rire si sincère que Diane se sentit rajeunie de dix ans. Puis elle se rappela M. Rosenzweig qui avait traversé l'une des décennies les plus cruelles qu'ait connues l'humanité pour périr dans une des plus paisibles.

– Que t'a dit ton copain flic ?

– Nom de code : Vidocq. Pas vraiment un copain, mais disons... qu'il a une dette à mon égard. Un truc que je n'ai pas écrit...

– Tu donnes dans le chantage !

– Non. L'échange de services. Je n'ai rien exigé mais il a apprécié.

– Et donc ?

– Il y a de sérieuses tensions entre la 2e DPJ, les spécialistes de la diaspora chinoise qui sont certains que la fusillade du Bombyx n'est pas liée aux triades, et la BRB qui est persuadée du contraire. La DPJ assure qu'elle n'a rien entendu ni avant ni après qui témoigne d'une implication des Chinois mais la BRB les accuse de vouloir nier leur échec. La BRB a des témoins qui ont identifié l'un des tireurs. Le type est un membre de la Sun Yee On. La 2e DPJ répond que des témoins en état de choc ne distinguent pas un Asiatique d'un autre.

– Tu as le nom du Chinois ? Ils l'ont arrêté ?

– Non, ils le cherchent. De son côté, la DPJ est à la fois dans la merde et furieuse. D'autant plus qu'ils se battent depuis des années pour convaincre de l'importance grandissante de la mafia chinoise à Paris, sans obtenir de véritable attention. Et puis brusquement on les accuse de léthargie ou d'incompétence sur un coup qui leur paraît totalement déconnecté de leur terrain.

– Ils sont sûrs d'eux ?

– Officiellement oui, mais il y a toujours une marge d'erreur.

– C'est eux qui ont monté la rencontre de ce soir ?

– Non, ils ne pourraient pas. Surtout dans ce contexte. J'ai appelé directement Wang Liao au culot pour lui demander son avis d'« observateur privilégié de la communauté chinoise ». Il m'a proposé ce verre en compagnie des deux autres, sans que je sache qui ils étaient. Lorsque Vidocq a entendu les noms, il a failli tomber dans les pommes. Lao n'est que de passage à Paris, il vit à Hongkong et occupe un poste très important dans la hiérarchie de la 14 K. Shing est carrément le parrain du Grand Cercle à Paris.

– Mais ces types se fréquentent ?

– C'est la première fois qu'on les aura vus ensemble. Les conflits sont très nombreux entre eux sur la répartition des marchés. Si j'ai bien compris, entre deux périodes d'équilibre, le sang coule à flots. À mon avis, le coin est truffé de flics qui veulent assister à la rencontre.

– Je me demande si on a bien fait de venir.

– Tu n'aurais pas pris un verre avec Toto Rina ? Juste pour voir ? D'après Vidocq, chacune de ces organisations couvre aujourd'hui l'Asie, l'Europe et l'Amérique. La Sun Yee On, qui a été fondée à la fin du XIXe siècle, rassemble à elle seule pas loin de 50 000 membres répartis sur le globe. La 14 K, qui est née dans les milieux nationalistes de la région de Canton avant de migrer vers Hongkong, possède aussi plusieurs dizaines de milliers de membres. En France, ils sont surtout connus pour leurs filières d'approvisionnement en héroïne. Le Grand Cercle est plus récent. Il a été formé dans les années 70 par d'anciens soldats et gardes rouges de l'armée chinoise. Ces organisations ont un peu toutes les mêmes sources de profit : le trafic d'êtres humains, le racket, le proxénétisme, l'organisation de jeux clandestins, le trafic de drogue. Dans tous ces domaines, ils sont en concurrence ou en affaires.

– Qu'est-ce qu'ils nous veulent ?

– Juste nous offrir un verre et « parler des Chinois à Paris », dixit la secrétaire de M. Wang.

– J'espère. On est arrivées.

Elles saluèrent le voiturier – il sembla à Diane qu'une voiture était en planque sur le trottoir d'en face –, montèrent les deux marches sous l'enseigne lumineuse, et entrèrent. Dès la porte franchie, la température plongea de trente degrés. Les vigiles étaient équipés de lunettes de soleil mais aussi de vestes de montagne. Ils étaient armés. Elles foncèrent vers le vestiaire, le seul de Paris où l'on empruntait des vêtements au lieu d'en déposer :

– Vison sauvage, zibeline, chinchilla, renard, léopard, agneau ? égrena la blonde du vestiaire sur un ton froid et vaguement méprisant.

– Z'avez pas de chameau ? répliqua Elsa.

– Non, madame.

La journaliste sourit.

– De la loutre ?
– Non.
– Du castor ?
– Non, madame, je vous ai dit tout ce qu'on avait.
L'employée n'avait pas envie de rire.
– Quelle couleur le renard ?
La blonde la défia du regard puis récita, acerbe :
– On a du renard roux et du renard arctique. Mais le renard arctique seulement en couverture, alors que pour le roux, il nous reste couverture et manteau.
– Z'avez pas des toques en rat musqué ?
– Non.
– Des bottes en lynx ?
– Écoutez mademoiselle, si vous voulez vous promener avec des bottes en lynx et une robe en mousseline, c'est votre affaire, mais nous on fait ni les toquées ni les bottes.
Elsa se retint de continuer ce jeu. Elles n'étaient pas venues pour ça.
– Ben, donnez-moi... Vous avez des couvertures en léopard ?
Sans répondre, l'employée pivota sur ses talons, s'enfonça dans un vestiaire débordant de peaux épaisses et soyeuses, rousses, beiges, brunes, noires, blanches, grises, des plus profondes, des qui caressent la paume et chatouillent le menton. Elle revint de son nuage de poils portant dans ses bras une masse dorée tachetée de noir qui semblait une panthère dépliée qu'elle tendit à la cliente. Diane choisit un cache-poussière en agneau de Mongolie qui lui donnait l'air d'un cow-boy des steppes.

L'intérieur du Vison était fascinant. Il avait l'aspect d'un immense igloo. Les cristaux de glace se teintaient de reflets bleutés mais la couleur dominante était un blanc réfrigérant. De loin en loin, on entendait le craquement des blocs. Quelques stalactites faisaient dentelles, et le son presque indistinct des gouttes se brisant sur le sol se mêlait à celui des conversations. Les spots incrustés dans la neige diffusaient une lumière légère comme un premier rayon d'aube tandis qu'une musique techno discrète se coulait comme un courant d'air de table en table. Sur le mur du fond, la silhouette d'un navire pris dans la banquise levait ses mâts esseulés vers un plafond sans espoir.

— M. Wang vous attend, mesdames.

L'homme les guida à travers les icebergs. Le chemin était glissant. Il les quitta à l'approche de leurs hôtes. Les journalistes se présentèrent devant les gangsters.

Ce qui frappa d'abord Diane, ce fut leur âge. Trois hommes et trois femmes. Tous très jeunes. Les hommes avaient la trentaine, à peine plus. Les femmes étaient des gamines. Wang était séduisant, mince, le visage fin et volontaire, les lèvres étirées dans un sourire sûr et conquérant. Il leur serra chaleureusement la main, présenta ses collègues :

— M. Shing Jinlang, mister Lao Ming.

Shing était le plus grand, il avait dans la posture quelque chose de légèrement dégingandé et les cheveux un peu en broussaille – les deux autres étaient gominés. Il plissait les yeux et le front en les regardant, l'œil comme voilé par la fumée de cigarette qui montait de sa main gauche, mais la pupille était intense et le geste ferme. Lao semblait le plus âgé et le plus raide. Ses mouvements étaient presque martiaux, sa stature plus imposante, et il gardait la mâchoire serrée. Bien que plus puissante, sa main effleura à peine la leur.

— *Nice to meet you,* prononça-t-il dans un anglais au fort accent british.

Ils s'assirent sur les banquettes congelées, tous enveloppés dans leurs manteaux. Diane observa ses vis-à-vis. La fourrure leur allait à ravir. Zibeline canadienne, panthère noire ou vison anthracite, ils semblaient se mouvoir dans le luxe avec une aisance totale. Aux tables attenantes, des hommes plus larges et plus rustiques les observaient. Le service de protection. Les flics étaient sans doute là aussi, quelque part.

Sur la table, des tasses fumaient à côté de verres de

whisky. Diane commanda un thé, Elsa un B 52. Wang les observait avec un sourire ironique. Il fixa la peau de panthère d'Elsa et murmura :

— Nous voilà prévenus.

— Oh, ne vous y trompez pas. C'est plutôt une tenue de camouflage. En fait, je suis très impressionnée. On m'a fait de vous un portrait... redoutable.

— Ne vous inquiétez pas. Le tigre ne croque la grue que s'il a faim.

— Je vous vois boire, je ne vous ai pas vus manger.

Il ne répondit pas. Les autres avaient repris leurs postures nonchalantes et un peu avachies, à l'exception de Shing, qui fumait cigarette sur cigarette, penché en avant, au-dessus du cendrier.

— Est-ce que je peux enregistrer cette conversation ? se lança Elsa. (Et quand il eut acquiescé :) Vous parlez tigre, je préférerais parler dragons.

— Par exemple...

— On dit que les parrains des mafias chinoises s'appellent les têtes de dragon. En avez-vous entendu parler, en avez-vous rencontré ?

— Enfin, mademoiselle, ce sont des légendes...

— Toutes les légendes ont une part de vérité.

— Celles-ci se nourrissent de l'épopée des moines de Shaolin, inventeurs du kung-fu, qui s'opposèrent à l'empereur mandchou.

Lao restait distant et attentif. Il enserrait de son bras droit les épaules de sa compagne, mais il ne lui prêtait pas plus d'attention que s'il se fût appuyé à une pierre.

— Parlons plutôt papillons, reprit Wang.

— D'accord, on va parler du Bombyx. Mais j'ai encore quelques questions. Connaissez-vous les expressions « argent du bonheur », ou « argent du thé », qui désigneraient la contribution obligatoire des commerçants chinois aux organisations criminelles ?

— Non, jamais entendu parler.

— On prétend que certaines associations culturelles chinoises de Paris sont en réalité des officines...

— Je ne pense pas.
— Vous en présidez une.
— Justement.
— On peut cependant citer quelques exemples de signes de présence des triades ou de gangs créés par des Asiatiques à Paris. Il y a quelques mois la police a fait une descente dans une tour de l'avenue Masséna et a mis fin aux activités d'un bordel où une vingtaine de jeunes femmes étaient réduites à l'esclavage et prostituées. L'année dernière, un certain Zhou Ko-Lin, qui tenait une agence de voyages à Belleville mais que la police considérait comme membre d'une organisation criminelle nommée Soleil Rouge a été agressé en pleine rue. On lui a crevé les deux yeux. Une semaine plus tard, son rival, Wei Yong, a été retrouvé coupé en plusieurs morceaux dans un sac plastique sur un quai de la Seine à Ivry.
— Madame Délos, vous vivez à Paris depuis longtemps ? Avez-vous jamais fréquenté Francis le Belge ? Pourquoi voudriez-vous que nous soyons familiers des voyous chinois ?

Mais avant qu'elle ne réponde, Shing s'était penché vers eux et parlait en cantonais avec Wang. Ce dernier l'écouta puis se tourna vers les journalistes :
— Mon ami Shing Jinlang tient à vous faire part de ses pensées. Il fait référence à une histoire très ancienne, pas une légende, mais une histoire véritable qui eut lieu en 206, si l'on se réfère à votre calendrier. À cette époque, la dynastie de Thsin-chihoang-ti s'éteignit – la nouvelle de sa fin se répandit comme un vent tiède aux quatre coins de l'Empire, et dans les forêts, les montagnes, les déserts, des hommes cessèrent de courir : ceux qui s'étaient enfuis, les bras chargés de livres, pour les soustraire à la fureur destructrice de l'Empereur. Cependant la paix n'était pas revenue. Deux seigneurs avaient engendré la chute de la dynastie et prétendaient prendre la suite. Ces deux généraux étaient tous deux impétueux et courageux, cependant leurs caractères étaient

des plus contrastés. Hiang-yu était un géant brutal et cruel. Son armée de soldats sanguinaires ne laissait derrière elle que des vallées de cendres. À l'approche de Hiang-yu et de ses sbires, que des nuées de corbeaux annonçaient, les animaux et les hommes s'enfuyaient, mêlés dans une même terreur. Le paysan et le singe couraient ensemble, le pêcheur courait, le dos chargé de grillons et de cigales, les nénuphars se fermaient et les arbres, s'ils l'avaient pu, seraient rentrés sous terre. Les faibles, qui ne pouvaient partir, ou les combattants qui défiaient Hiang-yu, finissaient noyés dans un lac de sang. Tel était ce seigneur. L'autre n'était ni moins ambitieux ni moins valeureux, mais il était plein de mesure et de lucidité. Son nom le précédait, car dans tout l'Empire, on espérait le voir vaincre. Dans les rizières, dans les champs, dans les villes, on appelait Lieou Pang, on demandait aux hirondelles s'il était en vue. On craignait son armée, mais on croyait en lui.

Shing laissa Wang traduire et en profita pour boire une rasade de whisky. Il récupéra sa cigarette presque consumée dans le cendrier, la glissa entre ses doigts et en aspira une longue bouffée. Puis il expira lentement en fermant les yeux. Le magnétophone continuait à tourner. Diane regardait cet homme dont les paupières s'étaient refermées sur une histoire inachevée et se demanda si c'était lui qui avait ordonné la mort de M. Rosenzweig. Elle chercha sur lui les traces de ce crime, un indice de cette cruauté, de ce mépris de la vie d'autrui, les traces du mal. Elle n'en vit aucun. Elle en chercha sur le visage de Wang qui continuait son récit. Elle n'en vit aucun. Elle croisa le regard dur de Lao, et là peut-être... Pouvaient-ils tenir leur rang sans avoir eux-mêmes tué et fait tuer ? Shing écrasa sa cigarette et reprit :

– Hiang-yu et Lieou Pang avaient passé un accord. Le premier serait roi de Tchou et le second roi de Han. Mais l'Empire appartiendrait à celui des deux qui atteindrait avant l'autre la capitale, Hien-yang. Sitôt l'accord conclu, Hiang-yu se lança dans une atroce boucherie. Ses troupes allaient de siège en siège, tuant et tuant encore, sans aucune pitié, ni pour les hommes, ni pour les femmes, ni pour les enfants. Ils embrochaient les chevaux, ils abattaient les grues, et le papillon, ils l'écrasaient contre le mur. Puis, par le feu, ils anéantissaient le souvenir même de ce qui avait vécu là, si bien que les régions qu'ils avaient conquises devenaient l'empire de la mort. De son côté, Lieou Pang progressait d'une manière fort différente. Son armée était bien plus petite mais organisée et courageuse, sa supériorité militaire restait écrasante et il allait de victoire en victoire. Cependant, au lieu de massacrer, piller et détruire, il faisait preuve de clémence et s'alliait aux vaincus. À ceux qui acceptaient de faire allégeance, il offrait parfois son amitié. Si bien que les villes, dans l'espoir d'un traitement généreux, mettaient genou en terre avant même le combat. Alors que Hiang-yu devait s'astreindre à de longs sièges, les habitants préférant mourir de faim dans leurs murs que de se rendre à cet ennemi implacable, Lieou Pang volait sur le dos de ses chevaux. La diplomatie le menait bien plus vite que la violence ne menait son adversaire. C'est ainsi qu'il parvint le premier à Hien-yang, devint empereur et fonda la fameuse dynastie Han.

– Et Hiang-yu ? demanda Elsa.

Wang répondit sans répéter la question à Shing.

– Lieou Pang dut le combattre. Il l'écrasa et Hiang-yu en fut réduit à s'égorger lui-même pour échapper au supplice.

Lao écouta cette conclusion avec un large sourire et en serrant sa compagne contre lui.

– *For once, he was clever.*

– Monsieur Wang, pourquoi M. Shing nous raconte-t-il cette histoire ?

– Mesdames, je crois que mon ami Jinlang essaye de vous apprendre quelque chose sur la culture chinoise.

– Ou peut-être tient-il à instruire ses rivaux, remarqua Diane.

Wang ne répondit pas mais un éclair passa dans ses yeux.

– Comme je vous l'ai dit, cette histoire a plus de deux mille ans et elle témoigne du fait que déjà certains cherchaient et cultivaient la sagesse en Chine. Les sages ont colporté ce récit, comme bien d'autres à travers les siècles, afin d'instruire le peuple, les lettrés et leurs seigneurs. C'est pourquoi nous ne nous reconnaissons pas dans le portrait partisan et stupide que fait de nous la presse depuis quelques jours. Violents, cruels, sanguinaires pour les uns, exploités, rampants, soumis aux ordres de parrains sans scrupules pour les autres...

– Je n'ai pas écrit ça.

– Presque. En revanche, je n'ai jamais lu une ligne sur les milliers de Chinois que la France fit venir en métropole pour fabriquer des munitions pendant la Première Guerre mondiale et qu'on fit trimer comme des bêtes. Je lis bien peu de choses sur le passé colonial de la France en Asie du Sud-Est.

La très jeune femme qui accompagnait Wang s'était presque allongée, enveloppée dans son manteau. Son visage était tourné vers le plafond et elle soufflait lentement, guettant la colonne de vapeur qui s'échappait de ses lèvres. Très vite le tourbillon se dispersait dans les airs. L'amie de Shing serrait une tasse de thé entre ses doigts gelés et regardait son reflet à la surface rousse du breuvage.

– Depuis le carnage qui a eu lieu au Bombyx, il semble que nous soyons tous des bandits. La communauté chinoise serait entièrement sous la coupe d'organisations criminelles, nos fêtes de Nouvel An serviraient à collecter de l'argent sale, et notre quartier grouillerait d'ateliers clandestins. C'est quasiment ce que vous avez écrit dans *Le Parisien*.

– Je n'ai pas prétendu que tous les Chinois de Paris appartenaient à l'une ou l'autre de ces populations.

Mais la police estime qu'il y a à Chinatown plusieurs dizaines de milliers de clandestins employés à diverses tâches. Elle estime aussi que plusieurs organisations criminelles telles que le Grand Cercle, la Sun Yee On ou la 14 K sont fermement implantées ici.

Elsa observa ses interlocuteurs en égrenant cette courte liste et tous, ils détournèrent le regard. La jeune femme qui tenait le bras de Lao se pencha vers lui un moment et lui dit quelques mots, parmi lesquels le nom de David Bowie fut le seul que les journalistes comprirent.

– Je ne vous ai invitée que parce que vous avez eu la correction de demander enfin son avis à un Français d'origine chinoise.

– Je me suis contentée de faire état de l'orientation de l'enquête. La police pense que le Bombyx est lié à la Sun Yee On. Et que la fusillade qui a eu lieu est le fruit d'un règlement de comptes avec une autre triade ou une nouvelle organisation.

– La police fait fausse route.

– Qu'en savez-vous ?

– Madame, regardez-nous. Ne sommes-nous pas rassemblés dans ce lieu pour nous divertir ensemble, MM. Shing, Lao et moi ? Nous sommes pourtant rivaux. Tous trois, nous faisons des affaires. Tous, nous travaillons dans l'import-export, il nous arrive de nous concurrencer auprès des fournisseurs ou des clients. M. Lao et moi possédons chacun une salle de boxe et nos champions s'affrontent régulièrement. Le magasin de cassettes vidéo de l'oncle de Shing est situé juste en face de celui de mon frère. Lao manage plusieurs restaurants. J'en fais autant. Shing aussi. Ainsi va la vie des affaires. Concurrence et bonne entente.

– Il y a six mois un homme d'origine chinoise a été amputé de la main dans un salon de thé. Tous ses assaillants étaient asiatiques.

– Ai-je dit qu'il n'y avait pas de bandits chinois ? Vous remarquerez que ces voyous n'avaient pas utilisé d'armes à feu ni blessé qui que ce soit d'autre. Au Bombyx, on a tiré dans la foule.

– La police estime qu'un enlèvement a lieu chaque semaine dans la diaspora et que les victimes ne sont rendues qu'en échange de rançons.

– C'est grotesque. Mais a-t-on enlevé quelqu'un au Bombyx ?

– Vous niez l'existence des triades, ou seulement leur implication dans la fusillade au Bombyx ?

– Les deux. Les triades sont des organisations légendaires dont l'origine vient des récits qu'on colportait dans les campagnes. Personne n'y croit. Et, comme a voulu vous le faire comprendre M. Shing, les Chinois ont derrière eux une longue tradition qui leur dit que la manière la plus brutale n'est probablement pas la meilleure.

Lao se pencha vers elle et ajouta en un français prononcé avec application :

– « Tout royaume a ses limites. Le carnage doit en avoir aussi. » Tsoui-hao.

– La police affirme avoir identifié un suspect. Ce dernier appartiendrait à la Sun Yee On.

Wang parut surpris. Lao murmura quelques mots à Shing qui lui répondit avec vivacité. Les trois hommes entrèrent en une conversation tendue mais courte. Puis Wang trancha :

– Je n'ai jamais entendu parler de ce groupe, mais si cet homme est un criminel, je souhaite qu'il soit mis hors d'état de nuire.

Les deux journalistes sentirent leur peau se hérisser. Pour la première fois, il y avait dans la voix de Wang quelque chose d'inquiétant, une menace. La fugitive sensation que le mal était tout proche. Mais il se leva brusquement, les autres après lui, et les journalistes surent qu'elles étaient congédiées. Elsa ramassa son magnéto. Wang se tourna vers Diane :

– N'êtes-vous pas une élève de maître Zorn ?

En entendant ce nom dans la bouche du gangster,

Diane sentit remonter dans sa gorge toute la haine que lui inspirait le possible assassin de M. Rosenzweig, d'Éloïse Monticelli, de Lee Song et des autres victimes du Bombyx. Maître Zorn était à Wang ce que la lune est au cafard. Un être inaccessible.

– Ça ne vous regarde pas.

– Je l'admire beaucoup. Son enseignement doit être une incroyable source de force et de sérénité.

Diane remarqua qu'il était vraiment plus petit qu'elle.

– Vous aimez la poésie, madame Harpmann ? Je sais que maître Zorn apprécie particulièrement celles de Thao-an et de Li-taï-Pé. Je partage d'ailleurs ses préférences. Connaissez-vous la poésie chinoise ? Non ? Rappelez-vous ce vers : « La fleur détachée de sa tige ne saurait retourner à l'arbre qui l'a laissée tomber. »

À cent mètres du Vison, on avait tagué sur le sol : « *Ceux qui étaient contre l'esclavage hier sont végétariens aujourd'hui* » et plus loin : « VISON NÉGRIER. » Diane pensa que pour ceux qui ignoraient l'existence du bar, ce dernier slogan devait rester obscur. Deux employés de la Mairie de Paris étaient justement occupés à laver les inscriptions au Kärcher. L'un d'eux leur demanda une cigarette. Elsa en avait, elle leur en donna deux. Puis elles marchèrent au milieu des touristes, tournant le dos à l'Arc de triomphe, à l'ombre des grands arbres. La nuit était tiède et légère, les feuilles bruissaient dans le vent, un couple de punks traversait l'avenue. Sur la place de la Concorde, les phares des voitures formaient des rivières dont le murmure grandissait au fur et à mesure qu'elles approchaient. L'obélisque pointait dans l'exacte direction d'une lune partiellement voilée. La place luisait sous un ciel flamboyant où le pourpre et la nacre irisaient des nuages sombres.

– C'est quoi cette histoire avec ton prof de kung-fu ?

– D'aïkido !

– Pardon... J'imagine que les arts martiaux peuvent être très différents les uns des autres...
– Est-ce que la pomme est très différente de la pomme de pin ? Je ne sais pas pourquoi Wang en a parlé ni ce qu'il voulait dire. Et ce vers sur la fleur, sa tige et son arbre... Pourquoi ?
– Ça sonnait comme une mise en garde.
– Je m'en fous.
Diane avait une boule dans l'estomac depuis que Wang avait évoqué maître Zorn. Jusqu'à ce jour, maître Zorn avait toujours occupé dans son esprit une place à part, sans rapport avec les choses de ce monde. Le monde du maître était le dojo, un univers dont les dimensions étaient les tatamis, les cloisons, la baie vitrée donnant sur le jardin. Les forces de cet univers étaient le mouvement et le rapport avec la terre. Si elle n'avait pas mis les pieds aux leçons depuis des mois, c'était non seulement qu'elle ne s'en sentait pas capable, mais aussi parce qu'il n'était pas question d'apporter dans le dojo l'angoisse, le malheur et la peur. Alors trouver le nom de Zorn dans la bouche de Wang était non seulement une surprise mais une offense. La menace la laissait indifférente. La souillure, non.
– Je ne viens presque jamais par ici, remarqua Elsa. Mais chaque fois que je viens, je suis sidérée de voir à quel point c'est beau.
Diane sortit un peu de ses pensées. Elles traversèrent en zigzaguant entre les pare-chocs. Sur le terre-plein central, elles retrouvèrent la fontaine des Fleuves, ses grands jets d'eau, ses vasques superposées qui montaient vers le ciel. Au bord du bassin, des Néréides à la peau noire étreignaient des poissons géants dont le corps couvert d'or crachait des gerbes immenses. À l'ombre d'une vasque, des athlètes nonchalants, hommes et femmes torse nu, attendaient, assis, une grappe de raisin à la main. Sous leurs pieds, des nefs aux proues enroulées marquaient les points cardinaux. De-ci, de-là, de petits poissons grotesques, hybrides de carpe et de dragon,

gonflaient leurs bajoues pour souffler une eau limpide. Au loin, la fontaine des Mers observait sa rivale. Neptune et ses tritons à queue d'écailles menaçaient ces trop disciplinés navigateurs.

Elsa plongea la main.

– Hé, elle est bonne ! Allez !

Elle enlevait ses chaussures.

– On va se faire arrêter, protesta Diane.

– Non... Ils ont l'ambassade américaine à protéger.

Elle enjambait le rebord et glissa les pieds dans l'eau. Elsa souriait de toutes ses dents. Diane se laissa gagner par la joie. C'était l'un des plus beaux lieux du monde et l'onde dansait autour des jambes d'Elsa. Elle retira ses sandales, releva son pantalon jusqu'aux genoux et rejoignit sa collègue. En fait, l'eau était un peu plus fraîche que nécessaire et sous les pieds des pièces de monnaie glissaient. Elle se mit à rire.

– Si je me casse la figure, je vais avoir mon petit succès dans le métro.

Elsa était à cheval sur la queue d'une nymphe. Diane s'assit au bord du bassin, à côté d'elle. Ses orteils jouaient avec les pièces.

– Tu as déjà passé une nuit au Crillon ? demanda Elsa.

– Non. J'y ai fait des photos une fois avec des robes Mügler.

– C'est beau ?

– Oh, oui.

Diane inspira lentement. Elle aimait cet endroit. Pollué. Bruyant. Magnifique. Il y a des gens qui pensent à l'éternité en regardant la mer. Mais après tout, la place était là depuis des siècles, insensible aux mortels. Les pavés étaient là bien avant la naissance de Diane, ils seraient là bien longtemps après sa mort.

– Hé, dit Elsa en lui passant une main sur la joue, tu es en vie. Et tu as le droit de vivre.

Pourquoi des presque inconnus vous disent-ils ce que

vous avez besoin d'entendre alors que vos proches butent sur les mots ?
– Cela dit, reprit Elsa, on est suivies. Deux mecs sur le trottoir d'en face. Ne te retourne pas.
– Des Chinois ?
– Non.
– Alors, c'est peut-être la police. Qui nous protège...
– Pas mon Vidocq en tout cas. Pas des types que je connais.
– À mon avis, les gangsters n'ont pas l'intention de nous abattre ce soir. Ils tiennent beaucoup à ce que nous pensions que les triades ne sont pas impliquées dans la fusillade. Au point de se réunir et de consentir à apparaître ensemble. À mots couverts, ils ont quasiment reconnu leurs activités.
– Cette histoire leur fait un tort énorme. Jusqu'ici ils ont bénéficié d'une relative marge de manœuvre parce que leurs trafics et leurs extorsions concernent d'abord la diaspora et les clandestins. Les affaires se font en interne et les plaintes auprès de la police sont rarissimes. Ils profitent de l'ombre. Or, brusquement ils se trouvent sous les projecteurs, on parle d'eux dans les médias, on va commencer à demander des comptes. Si l'opinion publique est mieux informée, elle exigera plus d'action. Leur pouvoir sur la communauté sera moindre.
– Ils ont tout intérêt à détourner les soupçons.
L'un des Tritons portait un collier de coquillages dont le blanc contrastait avec sa peau de bronze florentin. Diane le regarda longuement.
– Je ne sais trop quoi penser de cette rencontre, reprit Elsa. L'éloge de l'approche diplomatique des conflits, c'est de la foutaise. Ces types ont perpétuellement recours à la brutalité, ce sont des tueurs. Ils sont parfaitement capables de faire assassiner des innocents. En revanche, il n'est pas dans leurs habitudes de donner à leurs règlements de comptes un caractère public. S'ils avaient voulu châtier le patron du Bombyx, logiquement ils l'auraient enlevé ou abattu sans témoins.

— Ils peuvent avoir été débordés par leurs hommes. Dans ce cas, ils essayeraient seulement d'éteindre le feu qu'ils ont allumé par erreur.

— J'y ai pensé également. Ils ne veulent pas qu'on leur attribue la fusillade. Et on comprend trop bien leur intérêt. Ça ne signifie pas qu'ils n'y sont pour rien.

— Bonne chance pour le papier !

— Je vais l'appeler : « Poésie et affaires à Chinatown ».

— Pas assez sanglant... Ils bougent, nos suiveurs ?

— Non, ils font semblant d'admirer les hiéroglyphes.

— Bon, passons aux choses sérieuses...

— Les têtes de dragon des trois plus grandes triades à Paris, c'est pas sérieux ?

— Si. Mais j'ai du nouveau côté Éloïse Monticelli.

— L'inventeur de la rose bleue.

— J'ai eu quelques surprises.

Diane sortit de l'eau, Elsa avec elle. Elles enfilèrent leurs sandales, traversèrent la chaussée et rejoignirent le coin du jardin. Elles remontèrent la rue de Rivoli le long du mur. Deux hommes s'embrassaient sous le menton indifférent d'un faune.

— La piste te paraît sérieuse ? On tuerait quelqu'un pour le brevet d'une fleur ?

— On tue pour rien, Elsa. Mais j'ai eu d'autres surprises. Si je synthétise mes informations de ce matin, je pourrais résumer en disant qu'Éloïse Monticelli, trente-cinq ans, née à Biarritz, docteur en génétique végétale, a été assassinée au Bombyx, alors qu'elle était, selon moi, et moi seule pour le moment, la cible principale des tirs. Son patron a reconnu que les recherches d'Éloïse valaient des milliards.

— Tu soupçonnes une affaire d'espionnage industriel ?

— C'est ce que je soupçonnais, avant d'avoir fait mes petites vérifications.

— Et ?

— Aucune Éloïse Monticelli n'est née à Biarritz, il y a trente-cinq ans. Aucune Éloïse Monticelli n'a fait d'études à l'INA-PG ni passé de thèse là-bas. Qui plus est, aucune thèse n'a jamais été soutenue par un Laurent De Ryck dans cet institut. Il y a bien eu une thèse sur les QTL du cacaoyer mais elle est l'œuvre d'une autre personne.

– Waouh... IL FAUT TOUJOURS RECOUPER LES INFOS !

– Comme tu dis. Il faut recouper. Nigra Rosa existe bien. C'est une société enregistrée au Registre du commerce. Elle a même reçu des subventions pour l'aide à l'innovation. J'ai vérifié auprès d'un ami qui travaille à la revue *La Recherche*, il y a eu plusieurs articles sur eux, ils ont collaboré au dossier du magazine sur les couleurs des plantes. Laurent De Ryck a signé certains des articles.

– Mais son CV et celui de Monticelli sont trafiqués.

– Dans le cas de Monticelli, c'est même son état civil qui l'est.

– Alors on peut dire qu'aucune Éloïse Monticelli n'a été abattue au Bombyx.

– Non. Ou peut-être si. Une femme a été abattue. Elle s'appelait peut-être Éloïse Monticelli. En tout cas, elle n'était pas née à Biarritz, elle ne possédait pas de diplôme en génétique végétale. Et son patron non plus.

– Drôlement intriguant. Mais on en sait encore moins qu'avant.

– Et c'est pas très glorieux.

– Je peux voir avec Delattre si un papier « Mais qui était Éloïse Monticelli ? » peut passer. Bien que, à mon avis, tu risques de griller toutes tes cartouches sans pouvoir te relancer.

– Je préférerais creuser du côté de Nigra Rosa. Voir si je peux en apprendre davantage. Après, je verrai.

– Si tu veux un coup de main, tu peux compter sur moi. Delattre voudra que je continue à fournir la rubrique, on a pas mal de procès en cours, sans compter l'incendie de la mosquée d'Aubervilliers sur lequel je prépare un gros dossier. Mais je pourrai t'aider en dehors du boulot.

– O.K.
– À part ça, il ne faut pas que tu rentres chez toi. C'est trop dangereux.
– On verra. Je ne vais pas vivre comme une fugitive.
Elsa soupira :
– Ils sont où, les casseroles ?
– Trente mètres derrière.

Des dizaines de voitures impatientes attendaient le passage au vert. Les journalistes surveillèrent le signal « piétons », laissèrent encore passer cinq secondes, puis démarrèrent à toutes jambes, traversant la rue de Rivoli quasiment sous les roues des bolides. Côté arcades, elles s'enfoncèrent en courant dans la rue d'Alger et le dédale qui entoure le marché Saint-Honoré.

Elles se hâtèrent ensuite, le cœur battant, guettant les ombres, et se séparèrent à l'abri du dôme de l'église Saint-Roch.

Les locaux de Nigra Rosa occupaient deux étages de la tour Courtesy près de la Grande Bibliothèque. Le quartier, moderne, était désertique. Le mois d'août décime Paris. Quelques âmes seulement longeaient ces trottoirs surdimensionnés, apparaissaient à un carrefour, s'évanouissaient dans un escalator. Les passants se volatilisaient sans laisser de trace. Les arêtes des immeubles découpaient un ciel immobile. Les bureaux restaient impassibles, entre des voies ferrées enfoncées dans un canyon envahi par la broussaille, Meccano de grues et de poutrelles, longues barres horizontales ou verticales, acier aride et vitres lisses. En contrebas des panneaux jaunâtres de la Bibliothèque, la tour Courtesy se distinguait : ses parois de verre ainsi que leurs joints métalliques avaient été pigmentés de rose, du pastel au fuchsia.

Diane eut largement le temps d'observer ce bâtiment que les voisins du quartier appelaient « le Berlingot ». Planquer est souvent un jeu de patience, planquer devant Nigra Rosa se révéla exceptionnellement exigeant. Huit jours s'écoulèrent sans que Diane puisse faire autre chose que contempler la tour. Laurent De Ryck était son seul visage connu. Il se présentait chaque matin à neuf heures, repartait généralement tard. Elle supposa qu'il prenait ses repas au restaurant panoramique du dernier étage. Elle l'avait suivi jusqu'à son domicile, un beau duplex proche des Invalides. Lui et sa femme – une blonde qui possédait un cabinet de radiologie au pied de l'immeuble – laissaient leurs enfants aux baby-sitters pour sortir à peu près tous les soirs. Diane les suivit et eut la joie de faire le pied de grue devant Petrossian ou Le Violon d'Ingres. Le couple aimait la bonne cuisine. Et avait les moyens de se l'offrir. Les baby-sitters repartaient en taxi. C'est à peu près tout ce qu'elle apprit en une semaine de planque.

Le vendredi commença comme tous les matins. Diane suivit De Ryck et retrouva son poste au coin de la place. De temps en temps, elle quittait sa planque pour en prendre une autre dans le jardin. Une heure à sucer une Chupa Chups sur un banc, une autre à faire des étirements à l'ombre d'un cerisier. Quand elle n'y tenait plus, elle faisait un tour de la place, allant de siège social en siège social, regardant distraitement les statues rivées dans les halls – par le choix de ces œuvres, le monde industriel disait toute la haine qu'il vouait au monde de l'art.

Elle avait reversé à Reporters sans Frontières l'argent des photos du Bombyx et elle était de nouveau à sec. Il fallait qu'elle écrive un papier, or elle venait de gaspiller une semaine entière. À 15 h 54, pour couronner la journée, Abdel appela son portable pour la prévenir que son appartement avait été « visité ». Un lieutenant du commissariat voulait qu'on la rappelle. Diane décida d'aller voir. Elle n'était qu'à un quart d'heure à pied et elle avait la conviction que la soirée se finirait par une longue attente, battant le pavé, une canette de jus de litchi à la main, à observer la façade d'un restaurant gastronomique des beaux quartiers où Laurent De Ryck et son épouse dîneraient aux chandelles. Contrairement à ce qu'il avait dit durant leur unique rencontre, il ne paraissait pas près du divorce. Elle venait à peine de quitter la place pour le ciel immense de l'avenue de France et ses étendues désertes lorsqu'elle aperçut le P-DG de Nigra Rosa marchant à grands pas. Par où était-il sorti ?

Il remontait vers la rue de Tolbiac, un attaché-case à la main. Il avait le pas vif, vigoureux, visiblement pressé.

Diane n'en revenait pas... De Ryck était-il sorti sous son nez tous les jours depuis qu'elle surveillait sa société ? Pour la première fois depuis longtemps, elle sentit la morsure de l'humiliation professionnelle s'enfoncer dans sa gorge. Son orgueil en fut piqué. Elle le prit en chasse, gardant ses distances, prudence justifiée puisqu'il se retournait de temps en temps. Et plus ils avançaient, plus ses volte-face se faisaient fréquentes. Finalement, De Ryck entra dans un café – Le Niçois – et s'installa en fond de salle, à une table qu'elle ne put qu'entr'apercevoir depuis l'extérieur. Une autre silhouette indistincte se tenait face à lui. Diane se cala à l'ombre des cubes géants qui s'entassaient pour former l'une des annexes de l'université. Elle était sous le choc : pas tant pour le choix étonnant de ce café minable dont le nom était aussi justifié que celui de « Mont-Saint-Michel » pour une décharge publique, mais pour son emplacement. Au coin de la rue de Tolbiac et de la rue Baudricourt. À deux cents mètres du Bombyx.

Debout dans l'ombre chaude de l'été, Diane ruminait. Elle s'était demandé cent fois ce que faisait Éloïse Monticelli près du Bombyx avant la fusillade. « L'ingénieur » vivait sur l'autre rive, travaillait près de la Seine. La réponse vint avec évidence : elle venait du Niçois. Diane observa la rue qui filait vers le restaurant chinois : déserte, bordée par une école primaire et un terrain de sport. C'est par là qu'Éloïse Monticelli avait tenté d'échapper à ses assassins.

L'entrevue entre De Ryck et son interlocuteur dura peu de temps. Diane se demanda pourquoi il donnait encore rendez-vous dans ce lieu où Éloïse Monticelli avait dû boire son dernier café. Ils apparurent soudain sur le seuil, happés par le soleil. L'interlocuteur se révéla être une femme élégante, en tailleur que Diane jugea d'un œil professionnel : un Chanel, aucun doute là-dessus. La journaliste envisagea de la suivre. Mais la femme héla un taxi et s'y s'engouffra. Diane enregistra qu'elle portait un petit sac à main et une grande enveloppe. Donnée par De Ryck ? Elle repensa à la fouille brutale qu'avaient subie l'appartement de la morte et le sien, semblait-il. Des documents sortaient donc de chez Nigra Rosa, discrètement, ils se transmettaient, ils circulaient. Pouvaient-ils revêtir suffisamment d'importance pour susciter le meurtre ? Elle emboîta le pas à De Ryck. Il avait prétendu que le marché visé représentait des milliards d'euros, mais elle n'avait plus aucune certitude. Quelle part de vérité contenaient les déclarations qu'il lui avait faites au Jardin des Plantes ? Pendant qu'elle le filait à nouveau, elle le poursuivait de ses questions muettes. Lui se contenta de retourner à ses bureaux.

À sept heures, Laurent De Ryck quitta la tour dans sa Peugeot 407 noire et la journaliste estima qu'il était inutile de jouer une fois de plus les réverbères en bas de son domicile. Elle reprit la ligne 6, vers l'ouest, pour rentrer chez elle. Quand elle monta dans la rame, Susie était déjà là. La journaliste soupira mais Susie était indissociable de la ligne 6 et il fallait régulièrement subir ses attaques. « Si z'êtes pas contents, prenez le bus. C'est lent mais c'est bien surveillé », comme elle disait. Ce soir-là elle portait un poncho de pluie jaune, des nu-pieds, un chapeau de pêcheur et un sac plastique Fnac. Elle toisa le wagon, repéra les habitués et commença son laïus :

— Mesdames, messieurs, j'sais que vous z'êtes pas ravis de me voir. Soyez sûrs que c'est réciproque. Cependant, la vie étant ce qu'elle est, j'ai besoin de votre aide, et vous de soulager votre conscience tout alourdie. Bon, comme j'sais pas chanter, j'sais pas danser, je vais faire la seule chose que j'sais faire : dire la vérité. Au début ça va vous faire drôle, mais avec le temps, la réalité vous fera moins peur. Alors de quoi j'vais causer pour vous ?

Des Sept Plaies d'Égypte ? Non, non, je viens de la faire, celle-là. Si on causait du Tibet ?

« Tiens, c'est nouveau, le Tibet, se dit Diane. D'habitude, on parle glaciers et CO_2. »

– Bon, z'avez entendu parler du Tibet, les gentils moines, les méchants Chinois ? (Les passagers d'origine chinoise se renfrognèrent.) Mais z'avez entendu parler du léopard des neiges ? Et le yak sauvage ? Ah, le yak, dit Susie avec un sourire rêveur, l'est robuste, racé. Et la grue à col noir ? J'en ai jamais vu, mais j'aurais aimé en voir une avant de mourir. Le singe des neiges, le singe doré, le petit panda ? (Elle s'adressa à un homme en costume.) Tu penses que je suis bonne pour l'asile ? Ben, justement, j'en sors. J'ai libéré un lit comme ils disent. Au moins, y z'ont l'honnêteté de reconnaître que c'est pas les patients qu'y libèrent. Bon, le petit panda. Et je vous parle pas des plantes, ces feuilles d'un vert voluptueux qui perçaient la neige. J'aurais aimé les voir avant de mourir. Mais je les verrai pas, ni vous, ni personne. Y z'ont disparu pour toujours. Et qui a commis ce crime contre la Terre, cette infamie ?

« C'est nous », répondit mentalement Diane.

– C'est vous ! C'est vous, les Chinois. Vous qui déposez sur les plus belles montagnes de la Terre vos déchets nucléaires. Quelle honte ! Quel déshonneur ! Des déchets nucléaires sur les glaciers qui forment les plus grands fleuves de l'Asie ! Votre haleine radioactive sur l'herbe naissante, les sources, les pierres de ce pays. Vos atomes fous qui pourrissent même la roche !

Suivait une longue diatribe sur le fait que tous les humains étaient des pollueurs chinois, solidairement responsables du naufrage d'une planète entière. Et pour finir, Susie portait l'estocade en ouvrant les pans de son sac en plastique : « N'oubliez pas mon petit euro. » Diane lui en donna deux, en pensant que pendant que des espèces disparaissaient, d'autres naissaient, comme des vaches sans cornes ou des roses bleues. Enfin, peut-être...

Brusquement elle sauta de son siège, et au lieu de descendre place d'Italie, elle bondit sur le quai de Nationale. Susie était là, qui comptait ses sous. Elle héla Diane au passage :

– Hé, Beauté, t'es toujours généreuse. Tu dois avoir gros à te faire pardonner !

Diane rentra les mains dans ses poches en dévalant l'escalier. Elle engagea à grands pas sa silhouette dans les rues sombres des contreforts de Tolbiac, précédée dans sa marche vive par un camion-poubelle aux odeurs pestilentielles. Le ballet des éboueurs, éclairés par instants par le gyrophare ou les feux des voitures, lorsqu'ils attrapaient sacs et caissons qui disparaissaient l'instant d'après dans les mandibules de la bête mécanique, avait quelque chose de fascinant. Elle suivait leur progression, la répartition implicite des tâches, leur course, leurs sauts sur la plate-forme qui les entraînait plus loin. Et elle fut presque surprise lorsque le véhicule obliqua tout à coup en révélant la façade du Niçois. Elle traversa le carrefour, hésita une seconde à entrer, observant le dos avachi des clients collés au comptoir. C'était l'heure où l'on boit trop, où les conversations déraillent, où l'œil se met à pleurer, dans l'air lourd de nicotine et de pensées vides.

Elle ne marqua pas d'arrêt, s'engagea à pas lents, l'esprit attentif, dans la rue Baudricourt. Trottoir de gauche, le long des immeubles. Ici Éloïse Monticelli avait marché, à la même heure, le jour de sa mort. Diane n'avait pas d'intuition, elle suivait juste sa logique, mais elle pensait à cette femme. Savait-elle déjà qu'elle allait mourir ? Que pensait-elle ? Que pense-t-on quand on va mourir ? (Quand on voit, trop tard, le bus qui va vous percuter ?) Courait-elle ? Marchait-elle ? Est-ce que son pas nerveux s'accélérait, cédant à la panique ? Avait-elle gémi en repérant ses assassins ? Avait-elle cherché une issue ? Il avait plu quelques minutes avant l'attaque du Bombyx. S'était-elle abritée, innocente, goûtant l'orage, ignorant qu'elle regardait sa dernière averse ? Ses derniers éclairs ? Qu'elle écoutait son ultime roulement de tonnerre ? Avait-elle filé à toutes jambes, jetant parapluie et sac dans le déluge ?

Diane s'arrêta souvent, penchée sous les voitures garées, dans les buissons émaciés. Elle tenta de distinguer le fond d'un avaloir d'égout.

– Je peux vous aider ? Vous cherchez quelque chose ?

Une femme forte, les cheveux emmêlés dans des bigoudis, se tenait les bras croisés à une fenêtre de rez-de-chaussée. Diane resta interdite, puis se reprit.

– Je cherche ma bague de fiançailles. Je crois qu'elle est tombée quelque part.

La femme haussa les sourcils.

– Attendez. Je reviens.

Elle disparut, laissant le son de la radio faire la conversation à sa place : « La journaliste Judith Miller se trouve actuellement en prison pour avoir refusé de nommer la source de ses informations concernant l'agent de la CIA Valerie Palme. Son employeur, le *New York Times*, lui rend hommage dans un éditorial. "Elle a agi dans la grande tradition de la désobéissance civile qui a commencé avec la fondation de ce pays", peut-on y lire. Si elle refuse de livrer le nom de son informateur, qu'on soupçonne proche de la Maison-Blanche, Judith Miller pourrait bien rester en prison jusqu'au mois d'octobre... »

– Tenez...

Une lampe de poche. Diane la remercia et reprit sa recherche, braquant le faisceau sur les grilles d'évacuation, les amas de détritus obstruant le caniveau, les recoins sales, mais elle atteignit le bout de la rue sans avoir rien trouvé. Elle rebroussa chemin en prenant l'autre trottoir. De sa fenêtre, la dame aux bigoudis l'observait. L'histoire de la bague était de moins en moins crédible – l'étendue de son champ d'investigation la rendait suspecte.

Elle remonta la rue, toujours penchée au ras du bitume, puis elle se redressa d'un coup : elle arrivait au grillage du terrain de sport. N'osant vérifier si elle était toujours observée, elle l'empoigna fermement, l'escalada, se laissa glisser de l'autre côté.

Ici, la ville prenait des airs de terrain vague. Le stade était désert. Une chaussette de tennis sale gisait, seule, sur la piste synthétique. Dans la nuit, une maison rescapée des années 1910, au crépi noirci, se tassait dans les ronces, en contrebas. Des rats avaient grignoté un panneau de basket posé sur le sol. Diane arpenta les abords du grillage, éclairant avec la torche pierres, canettes et papiers gras qui se mêlaient aux mauvaises herbes. Sous les pieds, la terre était humide, glissante. Elle dérapa deux ou trois fois, persuadée qu'elle perdait son temps et qu'un service de sécurité quelconque allait bientôt l'appréhender... lorsqu'elle aperçut, entre un sachet éventré de fraises acidulées et une bouteille de bière Delirius Tremens, ce qu'elle devina immédiatement avoir été le fardeau trop lourd d'Éloïse : une enveloppe blanche, maintenant déformée. Elle imagina la jeune femme courant, les tueurs à ses trousses, jetant son paquet par-dessus la grille. Au cas où elle serait prise. Ou pire. L'épais rectangle blanc qui sans doute l'avait condamnée à mort gondolait lamentablement. Diane le ramassa avec un soupçon de dégoût. Avec le sombre sentiment d'attirer sur elle une malédiction. Mais elle n'en était pas à une près, elle avait déjà à peu près tout perdu. Au dos, le logo de Rosa Nigra, une rose bleue, était imprimé. Finalement elle avait trouvé sa bague de fiançailles. Celle qui la lierait définitivement à une morte.

Elsa caressait avec lenteur un chat persan au poil bleu. Trois fauteuils Voltaire se tenaient droit sur une moquette blanche. Quelques objets inuits en ivoire sculpté – ours polaires, phoques, kayaks – étaient accrochés aux murs. La télévision reposait sur un large tabouret patiné. Un ancien coffre de marin en bois faisait office de table basse. L'enveloppe éventrée y avait répandu son contenu : une liasse de papiers et une cassette vidéo. La douceur du *Quintette pour clarinette et cordes* de Mozart masquait la tension qui régnait dans la pièce.

– Tu ne veux pas qu'on fasse une première lecture ? insista Diane.

– Cette enveloppe me donne la chair de poule. On a assassiné plusieurs personnes pour mettre la main dessus et je ne me sens pas très rassurée à l'idée de l'avoir en ma possession, répondit Elsa.

– Plus nous serons nombreux à savoir, moins nous serons en danger.

– D'accord. Disons que lorsque l'article sera sorti et que les pièces auront été confiées à la police, on pourra commencer à respirer. J'espère qu'il ne nous arrivera rien de grave d'ici là. Et je te le dis : je vais compter les minutes.

– Il y a toujours une porte de sortie. À la rigueur on ne consulte pas les documents. On commande un taxi et on va direct Quai des Orfèvres remettre l'enveloppe.

Elsa bondit comme un ressort.

– Tu déconnes ?

Le chat se retrouva à ses pieds, faisant le gros dos.

– Toi et moi, on a la vocation ! On n'est pas devenues journalistes parce qu'on ne savait pas quoi faire à la sortie de Sciences po ! Personne ne m'a demandé de prêter serment, mais j'ai signé mon engagement la première fois que j'ai signé un article – tant pis si ce n'était qu'une brève sur le marché biologique de Honfleur. Il y a des flics pour enquêter, des juges pour juger, des députés pour faire les lois, notre boulot à nous, c'est d'informer. La morale, ça ne va pas tellement plus loin que ça. Vérifier les faits, les traiter avec objectivité, protéger ses sources, rendre compte de manière claire. Point. Toute la vérité, rien que la vérité.

Diane se tut. Elle n'avait pas la fibre lyrique. En revanche, ce besoin de savoir et de faire savoir lui était viscéral. Peut-être moins cependant que l'horreur de la mort et la volonté féroce de ne plus voir un cercueil sombrer dans la fosse.

Elles sursautèrent ensemble lorsque la sonnette résonna. Elsa se faufila jusqu'à la porte d'entrée.

– Abdel ? C'est toi ?

– Non, c'est Bruce Willis déguisé en soubrette.

Elsa soupira en ouvrant le verrou. Abdel et son amant, Lancelot, firent leur entrée.

– On a apporté des cornes de gazelle, des djiriates, des scandriates, et du cidre frais.

– Tu bois de l'alcool ? demanda Elsa à Abdel.

– Oui, et je ne fais pas Ramadan. Oh, le mauvais Arabe ! De toute façon, je suis athée. Comme Zola, Sartre et Prévert.

– Mais il ne mange pas de porc, précisa Lancelot en penchant son corps de Celte géant pour embrasser Elsa. On a apporté le magnétoscope pour dupliquer la cassette.

– Vous avez l'air un peu tendu, les filles, remarqua Abdel. C'est peut-être parce que le chat ronge les fils électriques ?

Le beau persan se vengeait de son exil en mâchant les câbles qui s'inclinaient de la télévision vers la prise.

– Piaf ! Bas les pattes ! siffla Elsa en revenant dans la pièce.

Diane n'avait pas vu Lancelot depuis longtemps. Son visage était transformé par les antiprotéases qu'il prenait pour maîtriser son sida. Les molécules avaient modifié ses traits, le creusant, l'émaciant. Cependant elle avait vu Lancelot bien plus mal que ça, plus mort que vif, un malade auquel on donnait peu à vivre. Il était toujours là. Qui aurait cru que Benjamin mourrait avant lui ?

– Salut.

Elle le serra dans ses bras, contente, mais sentant aussi la nausée que provoquait désormais en elle toute expression d'affection. Abdel l'embrassa à son tour.

– Au fait, je t'ai trouvé mieux qu'un article. Une rubrique !

– C'est quoi ? demanda Diane, sur ses gardes.
– La rubrique « Mères et filles » pour *Marie-Claire*.
– Tu veux vraiment que je me suicide ?
– Ils vont la créer. Ils cherchent une plume pour travailler en duo avec une psy.
– Le seul endroit d'où j'accepterais d'écrire des articles de psychologie, c'est un asile.
– Tu pourrais bien y aller un jour.
– Si j'y vais, tu m'obtiendras une rubrique dans *Libé* ?
– Ils ont déjà les « Carnets de justice ». Ça ferait double emploi... Bon, si je comprends bien, je file la rubrique à une fille plus motivée ?
– « Plus affamée » serait exact.

Lancelot posa les gâteaux sur le coffre. Elsa revenait avec des verres pour le cidre. Diane s'assit dans un fauteuil au velours rouge élimé. Dans ce siège au dos haut et droit, elle se tenait rigide, le visage fermé. Elle en prit conscience, essaya de sourire ; c'était dur.

– Bon, un dossier pour *Le Nouvel Obs* ? relança Abdel.
– Sur quoi ?
– C'est moi qui leur ai proposé le sujet : « La nouvelle virilité ». Tu fais la tournée des rugbymen et des couturiers pour hommes, un sociologue, un psy, un publicitaire. Un papier général plein de généralités pour l'intro. J'ai déjà les bouquins de référence. C'est vachement bien payé.

Les sportifs, les couturiers, deux mondes où elle n'aurait pas de mal à trouver des contacts. Elle accepta, même si elle avait l'esprit ailleurs.

– On discutait de risques... On se demandait si on avait raison de prendre connaissance des documents...

Abdel leur adressa un regard sévère et froid qui ne lui était pas habituel.

– Si vous n'écrivez pas un article à partir de ces documents, alors n'écrivez plus rien de votre vie. Pas même la rubrique consommation de *Gala*.

Le silence se fit. Mozart tentait de mettre un peu de légèreté dans la discussion. Lancelot reprit la parole :

— Que vous les consultiez ou non n'a plus beaucoup d'importance. S'il est mortel de les lire, il est mortel de les posséder. Dès l'instant où Diane les a trouvés, elle a été en danger. Nous le sommes tous maintenant. Or, personnellement, tant qu'à être en danger, je veux savoir pourquoi et comment. (Il sourit.) C'est ce que je dis sans cesse à mon médecin.

— J'ajouterais, dit son amant, que si vous n'avez pas les couilles...

— D'accord, d'accord ! l'interrompit Diane. Je te suggère de proposer au CFJ un séminaire « Éthique, méthode et testicules »...

— Si vous n'écrivez pas cet article, je l'écrirai, c'est tout.

Elsa et Diane échangèrent un regard complice.

— On commence par la cassette ? proposa Elsa qui branchait le deuxième magnéto.

Ils s'installèrent chacun dans un fauteuil, à l'exception de Lancelot qui se posa par terre adossé aux jambes d'Abdel. Sur le coffre, près de l'enveloppe, gâteaux et bouteilles furent abandonnés. Elsa interrompit la musique, attrapa la cassette, la glissa dans le magnétoscope et déclencha la lecture.

L'écran resta neigeux plusieurs secondes, l'image sauta, une fois, deux fois, puis se stabilisa. Puis, en gros plan et image fixe, apparurent des fleurs. Trois fleurs identiques, d'un blanc immaculé.

— Des orchidées..., murmura Abdel.

Des pétales longs et fuselés, dont l'un se dressait comme une crête, tandis que de chaque côté, deux hélices élancées se tenaient fermement à l'horizontale. Le pétale du bas, en forme de cornet, ouvrait une bouche soyeuse à l'aspect plastique. La « colonne », appendice d'albâtre collé au palais de la fleur, ressemblait vaguement aux crocs d'un serpent. Malgré sa géométrie rigoureuse, la plante avait une apparence ébouriffée.

La caméra ne bougeait pas, mais une horloge décomptait les secondes dans le coin supérieur de l'image. Une minute entière s'écoula ainsi, sans que les spectateurs eussent autre chose à voir que la splendeur immobile des orchidées et le vert du feuillage qui formait l'arrière-fond de l'image. Quand brusquement une main gantée apparut dans le champ tenant un aérosol. La main s'immobilisa à droite de la plante, aussi loin qu'elle pouvait se tenir sans sortir du cadre, orienta le bec de l'instrument vers elle et pressa le bouton. Un jet humide mais incolore se dispersa dans l'air. Ses dernières gouttelettes effleurèrent à peine les pétales. Puis la main se retira.

Une minute s'écoula encore. La séquence approchait les 150 secondes, lorsqu'une exclamation retentit dans la pièce.

– Vous avez vu ?

Ils voyaient. À la surface des pétales blancs apparaissaient de petits points violets. Un, deux, trois, comme les étoiles qui apparaissent dans le ciel. Bientôt, il fut impossible de les dénombrer. Ils se multipliaient, plus concentrés vers le centre de la fleur, épargnant totalement le bout des hélices et le cornet. Ailleurs ils formèrent bientôt des nuées qui se figèrent enfin, constellant de pourpre les fleurs immaculées. Cinq minutes s'étaient écoulées.

– Et alors ? demanda Lancelot.

Personne ne répondit. L'incrédulité dominait. Chacun méditait son hypothèse. Ils avaient imaginé aussi bien des images de télésurveillance que des caméras cachées, un témoignage accablant... Ils n'avaient pas pensé à ça.

Sans transition, le film changea d'objet. Ils retinrent une nouvelle exclamation. Ce qu'ils avaient devant eux était la rose la plus belle, la plus saisissante qu'ils aient jamais vue. Une rose aux pétales abondants, serrés, mais sans la raideur disciplinée de ces boutons vermillon qu'on envoie par douzaines. Celle-ci conservait cet aspect désordonné, foisonnant, délicat mais vigoureux des rosiers lianes des jardins. À une différence près :

cette rose était bleue. Un bleu intense, cobalt, dont la nuance s'infléchissait vers le turquoise à la crête des pétales. La finesse de sa structure empêchait qu'elle ne fût trop sombre. Au contraire, son cœur attrapait la lumière, gardant quelques profondeurs d'un bleu touchant au noir, tandis que des éclats marins, azur, ondulaient. La tige et les feuilles étaient d'un vert plutôt clair, mais cette impression provenait peut-être du néon très blanc qui illuminait la boîte transparente où la fleur était enfermée.

Là encore, l'horloge égrenait le temps. Un humain en combinaison de laboratoire apparut dans le champ, filmé jusqu'aux épaules, le reste du corps étant hors cadre. En revanche, on vit ses mains gantées ouvrir une trappe calfeutrée par un joint et déposer dans la boîte un aérosol. La trappe se referma. Les mains disparurent puis entrèrent de nouveau dans le champ, glissées, ainsi que les avant-bras, dans des gants intégrés au couvercle même de la boîte. Elles se saisirent alors de l'aérosol qu'elles orientèrent vers la fleur. Lorsque l'index appuya sur le bouton, on ne vit presque rien en sortir, peut-être une ombre blanche, un très faible nuage de poussière. La main reposa l'objet et les gants de protection restèrent pendants, vides. Dix secondes passèrent. C'est alors qu'on distingua une femme au travers des parois translucides. Elle portait un masque sur le bas du visage.

– Éloïse Monticelli, reconnut Diane à haute voix.

La femme s'était penchée pour observer la plante. Elle était concentrée, attentive. On la vit relever l'une de ses mèches dans un geste machinal. À travers le tissu, on devinait ses lèvres qui frémissaient, prêtes à sourire, comme si elle avait eu la certitude de sa réussite, et pourtant le regard restait inquiet.

Le cercle des spectateurs était si absorbé par son observation, si troublé aussi de découvrir les traits d'une femme désormais enterrée, qu'il faillit ne pas remarquer le processus qui venait de s'enclencher.

– Elle blanchit, prévint Elsa.

C'était vrai. La couleur de la rose se dissolvait. Depuis les pointes turquoise jusqu'au cœur, la fleur pâlissait de manière tout à fait perceptible, comme un reflux lent mais inexorable. Les teintes traversèrent tout le nuancier des bleus avant de se stabiliser en une sorte de bleu perle très délavé, à la limite de la dépigmentation.

Éloïse Monticelli se releva et disparut du cadre, tandis qu'on l'entendait demander : « C'est bon. Combien de temps ? » Une voix masculine lui répondit sans qu'on comprenne ce qu'elle disait. Cependant ils regardèrent instinctivement l'horloge pour constater qu'elle indiquait 04 :17. Deux minutes environ s'étaient écoulées entre la pulvérisation et la fin de la métamorphose.

Et puis, de manière aussi abrupte que la première fois, on passa à une nouvelle séquence, qui n'avait plus rien à voir avec les deux précédentes. La vue était prise d'un hélicoptère. Un ronronnement puissant saturait la bande-son et le cadrage était en plongée totale. L'image vibrait, le cameraman essayait de maintenir la stabilité mais avec difficulté. Il pointait son objectif sur un champ vallonné.

– Attendez...

Elsa immobilisa l'image un instant. Plusieurs indications figuraient sur l'écran : un niveau de batterie symbolisé par des barrettes dans une pile, le temps de cassette restant (46 mn), mais aussi une date : 22.02.05. La journaliste attrapa son calepin, nota rapidement, relança la lecture.

– C'est du pavot, sourit Abdel.
– Le champ ?
– Oui, c'est un grand champ de pavot à opium.
– Tu as l'air de t'y connaître, remarqua Elsa.
– J'ai fait du trek au Vietnam, dans les montagnes du Xiang Khouang.
– Tu penses que ça a été filmé là-bas ?
– Non, c'est pas du tout le même type de paysage.
– Et ça ?
– On dirait des coquelicots.

À la crête d'une colline, la caméra s'attardait sur une tache d'un rouge soutenu, alors que les fleurs de pavot formaient une irisation corail sur de longues tiges vertes. Puis l'image sauta et reprit. Il leur fallut quelques secondes pour comprendre que la caméra était orientée sur le même champ. Ils reconnurent le relief, les fleurs, la colline. L'hélicoptère reprenait le même parcours.

– Il fait un deuxième passage.

– Oui, mais ce n'est pas le même jour, remarqua Elsa.

D'après les indications, on était le 28, soit presque une semaine après la première séquence. Les fleurs de pavot défilaient sous le ventre de l'hélicoptère, leurs têtes un peu agitées par le souffle de l'appareil. Et ce fut comme un rayon de soleil éblouissant : au sommet de la colline, la zone des coquelicots avait nettement changé ; elle était maintenant jaune canari.

Coupure et reprise. Encore un changement saisissant. L'image était prise d'un peu loin, dans un lieu public, près du sol. Des jambes traversaient le champ à vive allure. À droite de l'écran, s'échouait la fin d'un escalator. En arrière-plan, de la végétation dans un bac carrelé. On pouvait être dans un centre commercial, le hall d'un grand immeuble, une station de métro.

Un œil innocent n'y eût certainement pas prêté attention, mais le leur commençait à s'habituer : il fut immédiatement attiré par la flaque de pétunias orange qui occupaient le bac à fleurs. Le logo de France 2 figurait dans le coin supérieur droit. La séquence s'interrompit au bout d'une trentaine de secondes à peine. L'écran redevint floconneux et la cassette ne livra rien de plus.

Un silence suivit. Ils se regardèrent.

– Tout s'explique, plaisanta Elsa.

Le sourire passa de lèvres en lèvres.

– Bon, si on regardait les documents qui vont avec ? proposa Lancelot.

– Il n'y a que deux pages, précisa Diane. Et le texte n'est pas compact. Vous voulez que je vous le lise ?

Elle les attrapa sur la table basse et énonça en déchiffrant :
– « 1. *Dendrobium ayuthia* vs. BMDLp.
jacquelyn thomas VH44 × uniwai pearl + agrobact.
white to mauve spots.
In : *2-4 minutes*
Séquence : labo.
2. *Rosa discus* vs. ABa.
Rosa Sun × *rosa Fairy* + *biobalistic.*
blue to white.
In : *about 120 s. after contact.*
Séquence : labo.
3. *Papaver albert* vs. r.i.
Papaver rhoeas × *Papaver somniferum* + biobalistic.
red to yellow.
In : *about two hours, if continuous contact.*
Séquence : outside, field.
4. *Petunia sinapsis* vs. VAH.
petunia « carpett » + agrobact.
Sign : *yellow to orange.*
In : *about 5 minutes.*
Séquence : public test. »
La lecture s'arrêta là. Un vague sentiment de frustration flottait dans l'air.
– J'imagine que ceux qui ont tué Éloïse Monticelli comprennent le sens de ces formules, remarqua Lancelot, mais personnellement je n'ai pas séché comme ça depuis ma version latine à l'agrég.
– Ou peut-être qu'ils n'y comprenaient rien et que ça les a énervés, plaisanta Abdel.
– Ce n'est pas drôle...
Diane baissa la tête. Elle revoyait Emmanuel Rosenzweig préparant le thé dans sa loge, elle entendait les cris et le bruit des tables renversées au Bombyx.
– On a tué sans hésiter pour récupérer ces documents.
– Qu'est-ce qu'on a vu ? reprit Elsa. Des fleurs qui changent de couleur.

– On a quand même quelques éléments, tenta Diane. D'une part, on a la tête d'Éloïse Monticelli. Elle établit le lien entre elle et la cassette. Éloïse Monticelli qui, même si elle n'est pas l'auteur de la thèse dont m'a parlé Laurent De Ryck, semblait avoir quelques compétences dans le domaine du génie végétal.

– T'en sais rien, rétorqua Abdel. On sait juste qu'elle était capable d'appuyer sur un aérosol. Elle pourrait n'avoir été qu'une simple exécutante.

– Oui, c'est vrai. En tout cas, elle participait à une activité qui impliquait la manipulation de fleurs.

– Dont une rose bleue, confirma Abdel. Si j'ai bien compris, la rose bleue est une chimère après laquelle l'humanité court et qu'elle n'est pas loin d'attraper. Celle qu'on a vue tout à l'heure était absolument magnifique. Personnellement je serais prêt à payer assez cher pour en offrir une à l'homme que j'aime, dit-il en adressant un battement de cils à Lancelot.

– D'après ce que m'a dit De Ryck, la rose bleue représente un marché de plusieurs milliards. Donc un enjeu suffisant pour commettre des crimes. Le pétunia orange me paraît moins attractif...

– On ne sait quasiment rien de ce pétunia. Il a peut-être une propriété extraordinaire qui n'a rien à voir avec sa couleur ! Peut-être qu'il fleurit éternellement, qu'il n'a pas besoin d'être arrosé, ou qu'il est l'étape clé d'une manipulation plus complexe. Pareil pour les coquelicots. Ou l'orchidée. Peut-être que Rosa Nigra cherche à produire des fleurs qui changent de couleur de jour en jour, ou d'un instant à l'autre. Tu arrives à ton rendez-vous avec des roses blanches, comme un innocent, et à l'heure du dessert, elles sont devenues écarlates, tu peux faire ta déclaration !

– Alors qu'en général, sourit Lancelot avec malice, elles ont les couleurs de la passion à l'heure du rendez-vous et commencent à faner le lendemain matin.

– Pas les miennes, mon chéri, pas les miennes...

Abdel lui caressa la joue d'un air triste.

– Je me demande comment on peut retrouver à quoi correspondent les images de France 2, reprit Elsa qui perdait rarement de vue son objectif.

– Il faudrait pouvoir leur en faire dire un peu plus. Un bac de pétunias, ça ne devrait pas être indexé en soi. Il faudrait une date, un lieu, une précision sur les circonstances qui ont justifié le reportage. Et on n'a rien de tout ça.

Ils se retrouvèrent tous sur le balcon. Un sol en tomettes disjointes, une rambarde en fer forgé décatie, des pots de géraniums quasi sauvages, et Paris couché à leurs pieds. Seul le Sacré-Cœur relevait la tête, à l'ouest, enfonçant sa pointe dans des nuages roses. Belleville résonnait des rires et des cris des badauds qui avaient envahi les terrasses et les trottoirs.

– Vous entendez ce hululement ? leur demanda Elsa. C'est un couple de chouettes qui s'est installé sous le toit de l'École nationale de céramique.

Ils écoutèrent. L'oiseau roulait des *u-u-uuu* mélodieux. Abdel le chercha du regard, sans le voir.

– Rarement le chuintement d'une chouette m'a paru aussi rassurant ; aussi délicieux. Je me demande pourquoi.

– Parce que, soupira Lancelot, c'est une petite bête, comme nous. Rien de méchant. Or, en ce moment, même les roses font trembler.

– Oui, reprit Diane, on a peut-être inventé les fleurs vénéneuses.

De l'appartement d'Elsa à l'impasse des Baleines, il n'y a que dix minutes à pied, sur une pente qui vous emporte irrésistiblement. Diane descendit la rue de Belleville dans la nuit. Des cafés s'échappaient du rock, du raï, de la variété chinoise. Les terrasses étaient bondées, certaines sentaient la bière, d'autres le porc laqué. Sur le boulevard, c'étaient surtout des Arabes qui discutaient dehors, debout ou sur les bancs. On avait tenté d'arracher une série d'affiches : « Turquie : la France a déjà dit non. » Elle s'enfonça dans le dédale souvent décrépit qui dévalait vers République. Quelques pas encore, et elle tourna le coin d'une rue. L'enseigne de la boutique était là : un carré lumineux – un peu sale, il lui fallait un coup de chiffon – sur lequel se dessinaient une semelle et une clef. La cordonnerie Harpmann-Guilloux. Elle hésita, mais elle avait trop hésité depuis des mois. La vitrine était éclairée.

Ils étaient là. Son père, dans son éternelle blouse bleue, les lunettes qui avaient glissé sur le nez, respirait avec délectation ce qu'elle savait être une infusion de verveine. Pendant longtemps, il avait bu un café avant de se coucher, dont les effluves se mêlaient aux odeurs de cuir et de cire, s'envolaient vers les réserves de semelles et de bombes colorantes, mais il ne pouvait plus se le permettre ; il dormait moins bien.

Il avait le coude appuyé sur la presse. Son crâne, désormais chauve, se penchait vers sa tasse, se découpant sur le tableau à clés vierges. Le chat s'était enroulé sur ses genoux. Sa mère travaillait sur la machine à graver. Debout, assez grande, sa queue-de-cheval grisonnante tombant sur des épaules fines et une robe d'été blanche, son visage restait invisible. Elle avait placé une plaque de cuivre dans l'appareil. Les sifflements de la machine étaient désagréables, stridents. La tasse continuait à fumer. Son père attendait qu'elle eût fini. Il n'aimait pas boire dans le bruit, il n'aimait pas qu'elle lui tourne le dos quand il buvait. Ça y est. La plaque était finie. Sa mère la sortit de l'étau, la posa en équilibre sur un pot de colle. Toujours la même pagaille... Les sacs en plastique dans lesquels attendaient les chaussures réparées s'entassaient jusqu'à tapisser le mur du fond. Le pistolet à pointes traînait sur le comptoir, ainsi que divers bouts de tissu, chiffons, boîtes de cirage et chausse-pieds. Une plante grasse perçait par miracle au milieu de cet amas. La télévision était posée au bout, à côté du panneau des cartes de visite, partiellement cachée par une série d'embauchoirs. Sur la machine à coudre, un paquet de biscuits et un gant lustrant. Un numéro de *L'Humanité*, grand ouvert sous un tas d'épluchures de carottes, occupait la chaise des clients. La pelle et le balai étaient couchés en travers de l'entrée. Aussi, lorsqu'elle poussa la porte en verre, un raclement accompagna son geste et le balai se coinça dans le porte-parapluies rouillé.

En un saut, ils furent à ses pieds, se battant presque pour arracher, qui le seau, qui le manche. La pelle fut brisée en deux, le porte-parapluies valsa jusqu'au comptoir, qu'importe, l'instant d'après, ils la serraient dans leurs bras. « Ma chérie », dit sa mère, tout près d'une de ses oreilles, et une larme coula sur son cou. Diane n'y résista pas. Pas le temps de préparer sa défense. Elle sentit un pic s'enfoncer dans son ventre. Elle s'accrocha à eux, s'agrippa comme elle s'était agrippée, enfant, au poteau électrique qui l'avait sauvée de la crue. L'étreinte les priva longtemps de souffle. Puis ils se calmèrent un peu. Son père dut retirer ses lunettes pour les essuyer, et sa mère retrouva ses réflexes :

– Tu as mangé ?

Le chat la regardait, dressé sur le tabouret. Diane n'arrivait pas à parler. Elle fit signe que oui, se glissa jusqu'à Brecht qu'elle arracha de son piédestal et s'assit à sa place en le reposant sur ses genoux.

– Je vais te faire une verveine, dit M. Harpmann qui ne trompa personne.

Sa femme le regarda disparaître dans le couloir en le couvant d'un œil amusé. Puis elle tourna le regard vers sa Diane. Son bronzage habituel avait pâli, ses traits étaient tirés. Mais elle était belle, sa fille.

– Je suis heureuse de te voir, dit-elle.

Solenn Harpmann-Guilloux n'était pas du genre à taire ce qu'elle avait à dire, même par pitié, même pour sa fille.

– Tu nous as manqué.

D'autant plus que ce n'était pas son mari qui allait

le faire. Quand Samuel voulait lui dire qu'il l'aimait, il achetait des fleurs. Les fleurs ont un langage, il paraît, mais Samuel n'en avait pas. Le soir, au-dessus de sa tasse de verveine, il lui coulait des regards langoureux. De ses yeux intelligents et rieurs, il envoyait des messages... muets.

— Bon, il faut quand même que tu saches qu'on s'est fait un sang d'encre. Au-delà du chagrin. Je comprends que tu souffres, je comprends que tu aies besoin de solitude, je souffre pour toi, ma puce, mais je veux que tu passes au moins une fois de temps en temps nous embrasser, ton père et moi. Ça s'appelle une contrainte. Les parents, c'est contraignant, c'est comme ça.

Diane hocha la tête. Et elles parlèrent d'autre chose, même si pour Diane c'était par monosyllabes.

— On hésite à prendre la retraite.
— Vous pouvez ?
— On a les annuités. On a commencé jeunes. Depuis toujours, on se dit que, dès que possible, on part, on achète une maison en Bretagne. Mais maintenant on n'est plus sûrs du tout.
— Peur de quitter Paris ?
— Ben tiens ! On est des vrais Parisiens. Si on n'a pas deux cents voisins au-dessus de la tête, on a le vertige. Qu'est-ce qu'on va faire au bord de la mer ? Là-bas, on ne parle qu'une langue dans la rue. Dans certains endroits, il y a une seule boulangerie...
— Choisissez une petite ville avec plusieurs boulangeries.
— Et un multiplex ? Écoute, dimanche, on a été prendre un café au Marly, face à la Pyramide. Et le soir, on est allés au cinéma en plein air de la Villette. On a emporté nos petits transats, deux sandwiches, et hop, *La Prisonnière du désert*... La pêche aux crevettes c'est marrant cinq minutes...

Diane ne put s'empêcher de sourire. À Paris, éboueur ou cordonnier, on est toujours un peu snob. Sur le mur, entre l'horloge « Bexley, accessoires pour chaussures », le calendrier des pompiers et une carte postale de Tel-Aviv, il y avait plusieurs articles épinglés : un portrait d'elle dans *L'Équipe*, un article en japonais dans le *Yomiuri Shimbun* avec sa photo, et le grand article qu'elle avait eu dans *Elle* le jour où elle avait enchaîné un défilé pour Valentino et une démonstration de aïkido à Bercy. Le kimono à veste blanche et le pantalon à larges pans noirs étaient presque aussi élégants que la robe. Un jour, si la vie revenait, il faudrait retourner au dojo. Si la vie revenait et si maître Zorn le voulait encore.

Son père réapparut.

– La verveine, c'est moyen. Je t'ai fait un thé au jus de mangue frappé.

– Merci. Tu pourrais ouvrir un bar.

Les parents échangèrent un regard.

– Ben justement, dit Samuel.

– On a une proposition, ajouta Solenn.

– Ahmed, tu sais, celui qui a ouvert La Médina, rue Jean-Pierre-Timbaud. Il propose un nouveau concept. On casserait l'arrière-boutique et l'étage, et on ferait un bar avec une vraie cordonnerie dedans, qui fonctionnerait en même temps que la clientèle viendrait boire, comme un décor, mais véritable.

– Et vous ?

– On travaillerait à la cordonnerie.

– Ça vous fait envie ?

– Ben, on sait pas. Non, en fait, dit Samuel. C'est juste qu'on l'aime bien.

– Si ça ne vous plaît pas, dites-lui non. Gentiment.

– De toute manière, moi, je lui ai dit, reprit la cordonnière, on est trop haut. Le quartier, il devient branché, mais plus bas. Ici, il y a trop de barbus.

Certes, la mosquée des Couronnes n'avait pas le caractère attractif de la mosquée du Jardin des Plantes. Ils parlèrent de choses et d'autres. C'était dur à admettre, surtout après l'avoir autant redouté, mais voir ses parents lui faisait du bien. L'odeur du cuir avait parfumé son enfance. La gestuelle, inconsciemment coordonnée, de son père et de sa mère dans la boutique avait été son premier spectacle. Le regard de Samuel sur Solenn et de Solenn sur Samuel, sa première idée de l'amour.

– Diane, tu as eu ce policier au téléphone ? La dame du commissariat près de chez toi.

– Vous l'avez vue ?

– Oui... En fait... C'est moi qui ai prévenu la police. J'étais venue voir si tu allais bien quand j'ai trouvé la porte entrouverte et...

– Et quoi ?

– Ils ne t'ont pas dit...

– Le commissariat ? Je n'ai pas eu le temps de m'en occuper. Je suis sur une enquête. Qu'est-ce que tu as trouvé ?

Devant l'air embarrassé de sa mère, Diane reprit d'une voix plus douce :

– Qu'est-ce que tu as trouvé ?

– Sur le paillasson, il y avait une petite voiture... Genre Majorette... Enfin, pas une voiture...

– Quoi ?

– Un bus.

Diane n'en dit rien à sa mère mais elle n'avait aucune intention d'aller voir la police. Elle se contenta d'attraper un chiffon en microfibre.

– L'escabeau est toujours dans la cuisine ?

– Oui.

Elle s'y rendit, mouilla le chiffon, attrapa l'escabeau, traversa la boutique sans rien renverser, et sortit le placer sous l'enseigne. Perchée sur le plateau, elle l'atteignait à peine – ses parents, eux, n'y arrivaient pas, même sur la pointe des pieds. Elle essuya. Le tissu jaune noircissait à chaque passage. De ses coins tombaient d'énormes gouttes grisâtres.

Diane retint un cri lorsqu'elle vit l'une des sphères s'écraser à deux centimètres du pied de Julien. Le cœur battant, elle constata que son fils occupait le centre d'un cercle où elle ne distinguait que des morts : Benjamin, Emmanuel Rosenzweig, Lee Song, Éloïse Monticelli et Lise Cioppa, la jeune noyée des égouts. Assis sur le sol, ils débattaient :

– Moi, je crois que c'est très difficile, disait Éloïse Monticelli. Survivre, c'est très difficile. Parce que au fond, survivre, c'est aller au-delà de la fin. Ce n'est pas logique. Normalement on est mort ou vivant. Mais les survivants ont un pied chez les vivants, l'autre chez les morts.

– Dit ainsi, ça paraît inconfortable, ironisa Rosenzweig. Comme de porter un sabot et une chaussure à talon aiguille.

Éloïse Monticelli éclata de rire :

– Eh bien, marchez dans ces conditions... Courez... Vous me direz que mes beaux mocassins ne m'auront pas servi à grand-chose.

– Je ne me permettrais pas de rire de vos derniers instants. Voulez-vous un peu de thé de Noël ? Je n'ai pas fini mes réserves avant de mourir.

Une théière apparut dans sa main, des tasses sur le sol. Julien déposa dans la sienne un de ces alligators gélifiés que Benjamin achetait chez un grossiste.

– Si c'est tout ce que vous avez laissé, vous avez de la chance, remarqua Lee Song.

– De fait, cher confrère, je n'avais plus de famille, ou presque. Ma fille est une adulte et elle vivra bien sans moi. Et j'ai achevé mon travail des décennies avant mon décès.

L'alligator en gélatine avait déjà la queue mangée. Lee Song était triste.

– La douleur de survivre, je la supporterais mille fois pour revenir à la vie. Je veux bien vivre en imposteur, je veux bien errer dans un monde qui m'est devenu étranger, je veux bien vivre dans la ho..te d'être encore là quand les autres ont succombé, d'avoir fait des pieds et des mains pour revenir seul dans la place. Je veux bien souffrir d'attendre ce que j'ai perdu, d'espérer la renaissance du passé en sachant que le futur ne peut réserver qu'autre chose. Mais *vivre* !

– Tu voudrais vivre sans être plus personne ? demanda Éloïse.

– Quel égoïsme..., murmura Lise Cioppa.

Diane remarqua que Benjamin ne disait rien et gardait la tête baissée.

– Ce qui me répugne le plus, reprit l'adolescente, c'est qu'*elle* dorme !

La journaliste sursauta. Elle refusait d'y croire mais elle savait qu'on parlait d'elle.

– Je la regarde dormir et je trouve que c'est une insulte à nous tous qui ne pourrons nous réveiller ! Elle dort ! Elle oublie, elle se repose, elle reprend des forces. Dans quel but ? Vivre, vivre encore. S'éloigner de ceux qu'elle a laissés dans le fossé. Même si elle prétend autre chose, elle profite de sa chance.

– Ce n'est pas forcément une chance, dit Rosenzweig. À la fin de la guerre de Cent Ans, il n'y avait plus que cinq habitants dans la ville de Limoges. J'ai souvent pensé à eux, debout dans les décombres. Leur paysage était un désastre.

– Et le désastre de mourir ! Regardez-la. Qui sent, qui bouge, qui jouit, pendant que nos corps ont pourri.

– Le hasard, murmura Benjamin d'une voix presque inaudible et qui gardait le front baissé.

– Il n'y a pas de hasard. Quand on a eu autant d'occasions de mourir, on ne respire que parce qu'on l'a voulu.

– Nous aurions tous voulu, rétorqua Éloïse. Ton amertume en est la preuve.

– Je l'aurais voulu. Mais je n'avais pas cette force, cette rage de survivre à tout prix. Je n'avais pas cet amour de moi si violent, si obsessionnel qu'il s'accommode de toutes les tragédies.

– Et lui ! cria-t-elle. (Elle montrait Julien qui mordillait de ses dents trop peu nombreuses un cornet à glace en guimauve.) Il n'aurait pas voulu ? Tu penses à la guerre de Cent Ans, moi je pense à Chronos qui dévore ses enfants.

Diane vacilla sur l'escabeau. Sa tête tournoyait, l'air lui manquait. Elle suffoquait.

— Oui bien sûr, elle en a plein la bouche, ça passe mal, elle s'étrangle. Mais ne vous en faites pas, elle va la digérer, la mort du gosse !

Aux aurores, le chuintement des chouettes décroissant avec l'avancée du jour, Elsa Délos trouva, par le journaliste chargé des sciences au *Parisien*, les coordonnées d'un spécialiste de la génétique végétale, diplômé de l'INRA et ancien chercheur au CEA. À 8 heures tapantes, il était à son bureau et lui proposa un rendez-vous à 9 heures. Diane et elle se retrouvèrent donc à 8 h 55, avec une ponctualité toute professionnelle – Elsa, une miette du croissant qu'elle avait dévoré dans le métro encore attachée au col de son T-shirt. Les fleurs dansantes qui avaient vrillé les rêves de Diane tournaient lentement dans ses yeux comme un kaléidoscope.

– Toi, t'as passé la nuit à cogiter, fit Elsa en l'embrassant.

Diane attrapa la miette au cou de son amie et la propulsa dans l'air.

– Non, j'ai dormi. Et je trouve ça bien plus fatigant.

Le 13, impasse de l'Astrolabe, devant lequel elles se trouvaient, avait donné lieu à quelques controverses au moment de sa construction. Son architecture ne faisait pas l'unanimité : son apparence de coquillage extraterrestre tranchait avec les immeubles Belle Époque qui jalonnaient le quartier. Sa blancheur éclatante, ses surfaces lisses, ses contorsions se lovaient en un cube approximatif.

– Le bâtiment a été conçu par un cabinet nippo-britannique, précisa le professeur Messager. J'étais pas mal surpris quand ils m'ont présenté les plans. Mais ils répondaient à toutes mes exigences. Un vide est aménagé dans le mur extérieur, ce qui assure une isolation phonique et thermique optimale.

Titien Messager arborait un de ces vieux pulls que les scientifiques semblent porter en hommage à Einstein. Ses lunettes étaient petites et lui glissaient sur le nez. Ses cheveux poivre et sel étaient coupés court, comme pour s'épargner toute perte de temps, alors que ses mains manucurées trahissaient un soupçon de coquetterie. Il salua en passant l'hôtesse qui s'installait dans le hall.

– Waïba, vous pourrez intercepter tous les appels durant mon rendez-vous ? Et dire à Claire et Pavel qu'ils continuent le boulot sans moi ? Je les rejoindrai après.

Cette première pièce avait une allure troglodytique. Irrégulières, ses parois éclairées de spots invisibles nichés dans des replis montaient vers un plafond de verre, seule source de lumière naturelle. La trappe transparente était entourée de fleurs et de verdure, indiquant la présence d'un jardin sur le toit.

– Je pensais que vous travailliez dans un laboratoire public ? l'interrogea Elsa.

– Oh, soupira Messager, toute cette paperasse... Tous ces mois gâchés à défendre sa cause pour décrocher un budget désespérément insuffisant. Ici le comptable est mon employé...

– Vous avez créé une société ?

– Baptisée Revival, avec un petit capital de départ. 300 000 francs. Le prix de mon voilier, que j'ai revendu. Juste de quoi mener ma première mission et dénicher mon premier client. Je n'avais même pas de locaux.

– Et que faites-vous ? demanda Diane.

– Vous allez voir.

Ils passaient dans une nouvelle pièce, de dimension

nettement plus vaste, même si le principe en restait le même : des murs hauts et opaques, blancs mais imitant les irrégularités rocheuses, un faîte translucide qui laissait deviner un jardin suspendu et quelques transats. La salle, plutôt sombre, était occupée en son milieu par une longue table lisse et noire. De loin en loin, des serres ovoïdes et puissamment éclairées en surgissaient, entourées à la fois d'un halo et d'un ronronnement.

– Nous faisons ça, dit Titien Messager en se penchant sur la première.

Ce faisant, il adressa à la cloche un regard quasi amoureux. Les deux journalistes s'approchèrent, mues par un mélange de curiosité et d'amusement. Dans la serre, elles ne virent qu'une plante à l'apparence banale, cône de petites fleurs mauves dont les feuilles aussi bien que les courtes tiges caressaient un sol rocheux. Des lichens se mêlaient à ses racines griffues. Plus étonnante était la couche de neige qui recouvrait les végétaux. La source du ronronnement était certainement un système de reproduction climatique. Des flocons tourbillonnaient sous le plexiglas.

– C'est un lupin ? hasarda Diane.

Leurs trois visages se penchaient, rendus livides par la lueur émanant de la serre.

– Oui. Plus exactement, c'est un lupin arctique.

Diane se tut. Il n'était pas dans ses habitudes de parler plus que nécessaire. Le goût de l'écriture lui était venu ainsi, et encore, à la condition que ses lignes évitent tout épanchement personnel – elle n'avait cédé à cet exercice que le temps de quelques pages à l'adolescence, le récit de son passage par les boyaux de la terre et de sa première rencontre avec la mort, pages qu'elle avait déchirées à ses vingt ans. La certitude qu'il n'y avait, à son propos, rien à dire, avait toujours été totale. Et lorsqu'on lui faisait compliment de sa capacité d'écoute des autres, elle ne répondait pas, gardant pour elle le sentiment qu'elle n'avait aucun mérite et que, pour sa part, et la plupart du temps, le silence lui aurait parfaitement convenu.

— C'est une plante tout à fait commune dans certaines régions du Grand Nord, reprit Messager. Mais celle-ci a une histoire toute particulière. Vous avez un instant ?

Elsa hocha la tête.

— En 1977, je voyageais au Canada. Je suis savoyard et j'ai toujours adoré les grands espaces enneigés. Avec des copains rencontrés en Math sup, nous avions préparé un périple en traîneau à travers l'île Melville. Un soir, nous nous retrouvâmes au chaud dans un petit bar d'un port perdu appelé Northport. Là, je sympathisai avec un ingénieur minier à peine plus âgé que moi et qui descendait la bière par barils entiers. Nous parlâmes de choses et d'autres, de chasse notamment, et lui me raconta alors qu'il avait fait sur l'un de ses chantiers une découverte intrigante : à cinq mètres de profondeur dans un sol de limon gelé, il avait découvert d'anciens terriers. Et dans ceux-ci gisaient non seulement des graines, mais aussi des crottes, un crâne et un squelette. De quel animal, il n'en savait rien. J'ignore pourquoi cette histoire subitement m'intéressa mais je priai l'ingénieur de me montrer ses trouvailles. Il disparut un quart d'heure le temps de dessoûler un peu dans l'air glacial et revint avec un sac en plastique dont il étala le contenu sur le comptoir. Le barman faillit nous jeter dehors en voyant les excréments secs. Nous battîmes en retraite vers une table et j'appelai un de mes camarades, un étudiant zoologiste, pour lui montrer la caboche qu'il identifia aussitôt : « C'est un lemming à collerette, ou *Dicrostonyx groenlandicus.* » Pas de quoi fouetter un ours polaire, regrettai-je, jusqu'à ce que mon ingénieur nous annonce que notre rongeur méritait le respect réservé à une bête cent fois centenaire. Les terriers, estimait-il, avaient environ dix mille ans et leur environnement sec qui avait permis une conservation aussi longue, ne pouvait être dû qu'à un cataclysme survenu au printemps ou au début de l'été, avant le dégel. Une éruption volcanique ou un glissement de terrain avait obturé les terriers. Mon ami observa avec la plus grande considération le vénérable crâne de souris, tandis que mon œil bifurquait brusquement vers les graines étalées sur la table entre deux flaques de Molson. Bon Dieu, ces graines avaient dix mille ans ? Elles paraissaient en parfait état. Je proposai à l'ingénieur de les lui acheter mais il me les donna. Et je rentrai en France avec mon trésor dans un tupperweare.

« Les datations que nous fîmes à l'INRA confirmaient l'hypothèse formulée par l'ingénieur : mes graines avaient dix millénaires. Pour vous donner une idée, à l'époque, les graines les plus vieilles que l'on avait exploitées étaient celles de lotus sacré venues d'Égypte dont l'ancienneté se réduisait à l'âge ridicule de deux mille ans. Vous devinez la suite.

Elsa sourit :

– Vous avez fait comme dans *Jurassic Park*. Vous avez analysé leur ADN et vous les avez clonées ?

Le professeur Messager éclata de rire.

– Non, madame, je les ai arrosées ! Enfin, pour être exact, je les ai posées sur un papier-filtre humide et deux jours après elles avaient commencé à germer. Finalement je les ai mises en terre et elles ont poussé, donnant des plantes identiques à celle que vous contemplez.

– Et celles-ci viennent d'où ?

– De ce même tupperweare. C'est la dernière de mes graines qui a donné la plante qui remplit cette serre glacée.

Et peut-être ces fleurs mauves frissonnant dans le froid dégageaient-elles une aura magique, un parfum inodore mais attirant, une essence inconnue de l'humanité d'aujourd'hui. Car la frénésie de leurs oscillations avait un magnétisme qui engendrait des hallucinations : en les observant, on entendait se mêler au vent des cris, des piétinements d'un autre âge, et d'un coup une ombre gigantesque passa sur les clochettes avant de disparaître, comme absorbée dans la tempête.

En écoutant Messager, penchée sur les lupins millénaires, Diane sentit la chair de poule envahir ses bras. Il y avait bien longtemps qu'elle n'avait plus retrouvé les sensations qui l'avaient amenée à choisir son métier. L'indifférence née du drame et le cynisme qui menace si souvent les gens de la profession l'avaient éloignée de ce désir originel : écouter des histoires. Un grand patron de presse américain avait dit qu'un reporter devait être « comme la mouche sur le mur », mais les mouches ont des milliers d'yeux pour peu d'oreilles. Diane haïssait les paroles vides qui la décevaient comme une bouteille repêchée en mer et dont le contenu aurait été gâté par le sel ; l'instant où les individus lâchaient enfin prise pour raconter ces secondes où toute leur vie s'était jouée avait été la raison même de sa vocation. Elle n'avait jamais demandé plus que de les entendre et voyait son travail comme celui d'un copiste. Elle ne l'écrivait jamais mais un invisible « Il était une fois » précédait le début de ses articles. Or Messager en était exactement là, à raconter le conte féerique et réaliste d'un homme qui rencontrait des graines.

— Toutes ces plantes sont rescapées des temps anciens ? demanda-t-elle en jetant un regard aux trois autres serres qui s'échelonnaient sur la table.

— À une grande différence près. Le lupin arctique est une espèce contemporaine. Vous en trouvez dans la nature. La seule particularité de celui-ci est que la graine dont il est issu a traversé des siècles et des siècles. Ça m'a valu, à l'époque, la couverture de *Science*. Depuis, certains collègues ont réédité l'exploit avec d'autres plantes, notamment une espèce de cresson jaune qu'on ne trouve que dans les régions minières – personnellement je préfère les lupins. Les végétaux que vous voyez ici représentent le nouveau Graal des paléobotanistes. Ces plantes sont des revenants. Ce sont des espèces disparues dont on ne possédait que des fossiles. Ici, nous ressuscitons des plantes mortes.

— Sans blague, souffla Elsa qui avait quasiment oublié

pourquoi elle était venue et qui esquissait quelques pas vers la serre suivante où un arbrisseau déployait une tige droite et maigre sous une lumière intense.

– Sans blague, madame Délos. Mon lupin n'a jamais que dix mille ans. Il date de l'ère postglaciaire. La nôtre en fait. Après une période de glaciations successives qui a duré environ deux millions d'années. Cette petite plante que vous regardez est un peu plus ancienne : elle ne le paraît pas, mais elle a soixante-cinq millions d'années.

Le chiffre leur coupa le souffle.

– La graine est issue d'un bloc de résine fossilisée découvert en Afrique du Sud. Par moi-même. Si vous voulez connaître son petit nom, elle s'appelle *Tempskya* et c'est une fougère arborescente de la fin du crétacé. Telle que vous la voyez, il n'est pas impossible que cette graine ait été intime avec un iguanodon. Adulte, cette fougère n'aura d'ailleurs rien de rachitique ; elle devrait atteindre quatre mètres de haut.

– Sans blague, répéta Elsa, les yeux écarquillés, tentant de déceler dans les vingt centimètres de *Tempskya* les indices du gigantisme, et dans son centimètre de large les échos d'une forêt humide et luxuriante où les conifères le disputaient aux eucalyptus, aux magnolias, aux séquoias, et où les ptérodactyles planaient au-dessus des tricératops.

– Vous allez refaire la couverture de *Science*, professeur Messager, suggéra Diane.

– C'est imminent. Je suis en compétition avec des équipes canadiennes, américaines et israéliennes, ce qui m'oblige à publier rapidement mes travaux. Mes amis de l'université d'Haïfa ne sont pas loin de ressusciter un *Glossopteris* du permien.

– Et ces deux autres serres ? demanda Diane qui esquissa un pas dans leur direction.

– On est dans le même domaine, mais je ne peux pas en dire plus. Pour chacun de ces programmes, j'ai un client qui a investi des sommes considérables. Le client qui finance le projet *Tempskya* est un grand laboratoire pharmaceutique qui m'encourage d'autant plus à publier mes résultats que son nom sera associé aux publications. Mais les deux autres projets sont financés par des clients qui, à ce jour, tiennent à une certaine discrétion. Maintenant, c'est à moi d'apaiser ma curiosité. Vous m'avez parlé de documents mystérieux et d'un lien possible avec ce fait divers qui a eu lieu dans Chinatown. Je vous accompagne à mon bureau ?

Elles longèrent la table, couvant d'un œil hypnotisé les deux pousses protégées dans leur serre, l'une ressemblant à un petit palmier, l'autre arborant des feuilles proches de celles d'un olivier mais qui s'organisaient en éventail. Titien Messager leur laissa le temps de les regarder, puis il leur tint la porte, avant de les précéder dans son bureau.

Celui-ci, contrairement aux autres pièces, possédait une fenêtre latérale, ce qui le rendait plus lumineux, même si le désordre qui y régnait semblait entraver la circulation des photons. En revanche, les lampes y étaient innombrables, des lampes d'architecte, étendues ou repliées, perchées, qui se penchaient ou se dressaient en direction d'une multitude de cactus, de toutes formes et de toutes tailles. Le reste de la pièce était enfoui sous une couche de papiers et de livres que les corps épineux des cactus hérissaient et coloraient.

Messager cala son long corps dans le fauteuil qui tournait le dos à la fenêtre et attendit. Elsa plongea sans un mot la main dans son sac, en sortit les deux feuillets découverts dans l'enveloppe de la rue Baudricourt. Il s'en saisit, attrapa la tête d'une lampe qu'il tira au-dessus de son bureau et lut le document et ses formules étranges. Il murmura à voix haute : « *Dendrobium ayuthia* vs. BMDLp. jacquelyn thomas VH44 × uniwai pearl + agrobact. »

– Bon... *Dendrobium* est le nom d'une espèce d'orchidées. J'ai moi-même fait une partie de mes classes dans la création de ces hybrides.

– La création ? lança Diane.

– Oui. Il existe des milliers et des milliers d'orchidées dont la plupart sont des espèces inventées par l'homme. C'est le cas de la fleur dont nous parlons. La formule qui constitue la deuxième ligne est une formule de croisement génétique comme l'indique le « × ». Elle nous livre aussi les noms des deux espèces à partir desquelles cette nouvelle espèce a été constituée. Ce sont elles-mêmes des hybrides. « Jacquelyn Thomas » était une célèbre créatrice dans ce domaine et « VH44 » précise quelle variété a servi à produire « ayuthia ». L'autre espèce désignée par « uniwai pearl » est une hybride créée à l'université d'Hawaï. Notre *Dendrobium ayuthia* est donc issue de leur croisement. Ce qui m'étonne, c'est la méthode utilisée pour l'hybridation. Généralement on utilise un processus fastidieux mais assez simple : on prélève le pollen d'une espèce pour l'inséminer dans une autre. « Agrobact », à mon avis, ne peut que désigner une modification génétique par *Agrobacterium tumefaciens*. C'est une méthode bien plus complexe : la transgénèse se fait à l'aide d'un vecteur, une bactérie, qui insère dans le génome chromosomique de la plante un nouveau gène. L'usage de cet outil dans le cas qui nous intéresse suggère que *Dendrobium ayuthia* ne serait pas seulement un hybride des deux autres fleurs mais qu'elle aurait subi également d'autres modifications...

– Vous comprenez ce que signifie « BMDLp. » ? relança Diane.

– Pas l'ombre d'une idée.

– Il nous semble que la suite détaille les réactions qui apparaissent dans les séquences de la cassette vidéo. Nous vous la montrons juste après.

Titien Messager se pencha à nouveau sur la feuille.

– « *Rosa discus* vs. ABa. *Rosa Sun* × *rosa Fairy* + *biobalistic.* » Bon. Même principe, sauf qu'on a affaire à des roses, vous l'aurez deviné. Je ne suis pas fortiche sur les roses. Je crois que c'est Ronsard qui m'en a dégoûté : « Mignonne, allons voir si la rose... », sa manière de menacer les femmes de vieillesse pour obtenir leurs faveurs... Bref, ce que je retiens de nouveau, c'est la méthode : « biobalistic » désigne une modification génétique par canon à particules. Là encore, c'est un peu comme sortir la grosse Bertha pour arroser les pissenlits. Sauf si on a modifié certains caractères de cette fleur. Quant à « ABa », vraiment, je ne vois pas ce que ça peut être. Ça n'a pas l'air de correspondre à une formule ou à un élément chimique ou biologique. « *Papaver albert* vs. r.i. *Papaver rhoeras* × *Papaver somniferum* + *biobalistic* », un coquelicot ! À partir de deux autres... L'indication « jaune à orange » est peut-être intéressante : notre *Papaver rhoeras* est un coquelicot jaune, le *Somniferum* est orange. Votre botaniste est peut-être à la recherche de certaines teintes...

– Il faut que vous voyiez la cassette. Toutes ces fleurs changent de couleur.

– Elles changent de couleur ?

– Vous allez voir.

– « *Petunia Sinapsis* vs. *BAH*. *Petunia* "carpett" + *agrobact.* » Un pétunia génétiquement modifié par *Agrobacterium* encore. Mais ces sigles m'intriguent. On a donc « BMDLp », « ABa », « r.i » et « BAH ». Et je ne vois absolument pas ce que ça peut signifier.

– Nous allons vous montrer la cassette. Vous verrez que les séquences concernent effectivement, dans le même ordre, une orchidée, une rose, des coquelicots – même si nous n'étions pas certaines pour les coquelicots – et un bac de pétunias.

Messager prit la cassette qu'on lui tendait, poussa une pile de revues dont une partie glissa sur le sol, et dévoila une petite télévision à magnétoscope intégré. Il y introduisit la cassette et retourna s'asseoir. Il observa en silence le début de la séquence, mais poussa une exclamation en voyant l'orchidée d'albâtre se consteller de mauve.

– Ça, c'est vraiment sidérant, murmura-t-il.

Il se tut à nouveau jusqu'à ce que la rose apparaisse.

Là, il se leva et interrompit carrément la lecture. Il se saisit des feuillets.

– Qu'est-ce que... La vache... Je n'ai pas percuté sur le papier mais... Cette rose, c'est un hybride de « *Rosa Fairy* »... Là-dessus, rien à dire, c'est une variété classique. « Rosa sun », j'ai pensé... que c'était le nom d'une variété de... Mais « sun », ce n'est pas son nom, c'est l'abréviation de Suntory !

Les journalistes connurent un moment de stupéfaction.

– La fameuse, murmura Diane. J'ai discuté avec le P-DG d'une société française qui fait de la génétique florale et qui prétendait être sur la piste d'une rose bleue de meilleure qualité que celle des Japonais. Nous pensons que ce document provient de cette société.

– Je veux bien le croire, madame Harpmann, sauf qu'en l'occurrence, ce qu'indique ce document, c'est que cette rose – elle est absolument magnifique – a été conçue *à partir* de la rose Suntory. Or il est impensable que Suntory ait fourni volontairement le résultat de ses recherches. À ma connaissance, cette fleur leur a coûté quinze ans d'acharnement et des dizaines de millions d'euros. J'ignore comment cette officine se l'est procurée, cependant je suis certain qu'elle n'a pas pu le faire légalement. Vous savez, je connais bien ce genre de problème : ma fougère *Tempskya* vaut de l'or, et bien plus que de l'or. Certes, il faut pouvoir stabiliser la production, et il faut obtenir le droit de la commercialiser, ce qui demande des années de vérifications en tout genre, il n'empêche que ces plantes sont des trésors. Comme tout trésor, elles appellent les prédateurs. Ces locaux sont un bunker, vous n'imaginez pas les investissements que nous avons faits en matériel de protection, sans compter que mes collaborateurs, pourtant triés sur le volet et que j'ai eus comme élèves dans le passé, ont, avant d'être recrutés, subi des enquêtes serrées sur leur mode de vie, leurs relations, etc. Suntory, soyez-en sûres, qui est un géant parmi les alcooliers du monde, ne fait pas moins pour la protection de sa rose bleue.

– Vous avez déjà été confronté à l'espionnage industriel ?

– Nous avons constaté plusieurs tentatives d'effraction, mais nous ignorons quelle était l'intention des cambrioleurs. J'ai aussi reçu des propositions de rachat de la société qui avaient clairement pour objectif d'accéder à nos brevets, et surtout à la liste des lieux d'extraction de nos échantillons. Cette méthode-là, au moins, est légale.

– Le monde des fleurs n'est donc pas entièrement pacifique.

– Certaines fleurs sont carnivores. Et toutes sont intelligentes.

Il jeta un regard pensif à ses cactus.

– Montrez-moi donc la suite de cette stupéfiante cassette.

Il observa en silence, mais sans pouvoir retenir un grognement lorsque la rose bleue se mit à blanchir brusquement puis lorsque la colline survolée par l'hélicoptère vit sa crête passer d'une écume jaune à une écume orange. Quand les images cessèrent, il avait presque le sourire aux lèvres.

– C'est vraiment intriguant votre affaire... D'une part, cette histoire de détournement de rose. D'autre part, l'affaire des couleurs. C'est l'une des grandes préoccupations de la génétique florale, cette question des couleurs. Vous savez, chaque année, les horticulteurs présentent leur nouvelle collection. Pour les concevoir, ce sont des centaines de chercheurs qui travaillent à offrir des teintes inédites à telle ou telle variété. Or la couleur des végétaux est le résultat d'un phénomène : l'accumulation de molécules chromogènes, autrement dit des pigments qui sont des molécules ayant la capacité d'absorber sélectivement une partie de la lumière. Les innombrables combinaisons de ces molécules créent la grande diversité de couleurs des plantes. Les plus connus des pigments sont les chlorophylles qui donnent leur vert aux tiges et aux feuilles, les caroténoïdes qui souvent expriment des couleurs du jaune au rouge mais qui participent aussi au violet des violettes, et les flavonoïdes qui expriment des couleurs telles que le jaune, le rouge, le violet et le bleu. En manipulant ces molécules, en les introduisant dans le génome d'une plante, on peut en modifier la couleur. Encore faut-il en garantir la constance et la stabilité. Suntory a obtenu sa rose bleue en réussissant à y intégrer la delphinide, un pigment bleu extrait d'une autre fleur, une pensée, si je ne me trompe. Mais cette couleur ne se maintient qu'un temps limité, les pétales virant au violet au bout de quelques heures. Ce qui m'étonne dans les séquences que je viens de voir, ce n'est pas que ces fleurs voient leur couleur modifiée, mais qu'elles en changent à vue d'œil et après ce qui semble la pulvérisation d'un réactif. Or un changement d'environnement peut modifier la couleur d'une plante – on le voit en automne, ou lorsqu'on fait pousser un hortensia dans une terre mélangée d'ardoise. Certaines structures de molécules comme les anthocyanes tournent au bleu en milieu basique et au rouge en milieu acide. Mais pas en quelques secondes. Et pas par petites taches comme pour cette orchidée. Ce sont des processus lents. Par ailleurs, même si ces botanistes avaient créé des espèces à couleur variable, quel effet recherchent-ils ? Un effet ludique ? Esthétique ? Et quels sont ces réactifs ? À peu de chose près, on pourrait croire à une de ces escroqueries grossières des fleuristes des quais de Seine qui projettent de la peinture sur leurs fleurs...

– Mais ça n'a pas l'air d'être le cas, relança Diane. Il ne semble pas que le pistolet projette de la couleur. On dirait qu'il produit une nouvelle couleur par contact.

– Oui, oui. C'est ce que je trouve troublant. Je crains cependant de ne pas avoir d'explication à vous fournir. Pardonnez-moi, mais... Si cette équipe est parvenue à supplanter l'équipe nippo-australienne qui a conçu la rose Suntory, en créant une rose parfaite, pourquoi lui faire perdre sa couleur ensuite ? J'ai peu de latin, sinon les dénominations employées pour la botanique, mais j'en perds le peu que j'avais.

— *Rosa, rosa, rosam, rosae, rosae, rosa*, se mit à chantonner Elsa.

Cinq minutes plus tard, elles étaient dehors, laissant derrière elles les tiges graciles et les feuilles ancestrales qui avaient connu le monde des milliers, des millions d'années avant que cette ville ne sorte de terre, avant qu'un seul humain n'en ait foulé le sol, avant même que la région ne fût qu'une étendue gelée, du temps peut-être où Paris était une forêt tropicale. Pendant plusieurs minutes, elles marchèrent en équilibre sur la frontière entre deux mirages, deux fictions, celle des fossiles vivants et celle des façades haussmanniennes. Au réveil, elles étaient place Montparnasse. Les enseignes lumineuses au nom de Pizza Pino comme les miasmes des gaz du trafic s'imposèrent avec la douceur d'un pas de brontosaure. Elles s'assirent à une terrasse.

— Un café.
— Un déca, ajouta Diane.
— T'as aucun vice ! plaisanta Elsa.

Sous les mèches fauves, son visage était ravissant : des yeux verts et un nez fin, un sourire grand et large, des joues constellées de rousseur. Celui de Diane était plus harmonieux encore, mais aussi plus marqué et plus dur. L'avait-il toujours été ? Pas durant les virées avec Benjamin, lorsqu'ils écumaient les épiceries de Pantin pour acheter ces bonbons fabriqués dans les pays de l'Est, copies grossières des bonbons de marque occidentale, mais si acides et si sucrés qu'ils décapaient la langue – et qu'il adorait. Pas lorsque Julien s'accrochait à son sein, ses joues rondes se gonflant de lait, les yeux fixes de bonheur, déglutissant bruyamment avec une sorte de rage extatique, pour s'endormir repu, un filet blanc au coin de la bouche. Pas lorsque Benjamin chavirait brusquement, en murmurant qu'elle était « époustouflante » et qu'on voyait dans son regard qu'il cherchait un autre mot pour dire à quel point il était impressionné, un mot qu'il ne trouva jamais, même après avoir épluché le Larousse (il comptait essayer le Robert). Pas lorsqu'elle avait sombré, entre deux murs jaune pâle : Benjamin était mort depuis presque une heure et on lui avait annoncé qu'on n'avait pas pu « sauver le petit ». Et si elle prenait du déca, c'était par vice ; un vice inconscient qui lui faisait continuer ce qu'elle avait fait pendant la grossesse et l'allaitement. Une forme de déni.

Le garçon posa les deux tasses. Diane paya, refusa la contribution d'Elsa.

— Je n'avais jamais bossé en duo, ajouta-t-elle. J'ai toujours cru que ce boulot était destiné aux solitaires sociables. Je me rappelle toutes ces journées passées à rédiger des articles dans une salle de presse remplie de collègues parlant toutes les langues du monde, débitant les mêmes scores, les mêmes commentaires, en s'ignorant les uns les autres.

— Et la pause-café ?

— Pas envie de me faire draguer dans toutes les langues du monde. On n'est pas beaucoup de femmes dans les couloirs du journalisme sportif. Même aujourd'hui. Ce que je préférais, c'était partir en ville à pied, traîner jusqu'à trouver le bon endroit ou la bonne personne avec qui passer quelques heures de ma vie. À Atlanta, j'ai une amie qui repasse les chemises dans un pressing et élève ses sept enfants dans un quartier pourri. À Francfort, j'ai rencontré un vieil homme qui avait traversé l'Inde du sud au nord en 1932. À Tokyo, j'ai pris une cuite (la seule de ma vie) avec un fanatique de Matisse dont j'ai appris plus tard que c'était un parrain de la mafia coréenne.

Elsa sourit.

— Ça me rappelle mes vrais débuts dans le journalisme.

— Il y a eu des faux ?

— Ben, oui... Quand je voulais être une journaliste respectée... après Sciences po, le CFJ, un stage au *Point*, et quelques kilomètres de plus sur la voie royale. C'est simple, je ne voyais que des ministres, des universitaires, des patrons, des élus. Et de temps en temps, un carreleur de Seine-Saint-Denis pour lui faire dire qu'il en avait marre des grèves des transports ou une institutrice pour m'expliquer que même à Clichy-sous-Bois, il y a des gosses qui s'en sortent. Au bout de deux ans, j'ai atteint le fond : une conférence de presse de Douste-Blazy sur « Le handicap à la lumière du cinéma français ». Je me suis dit : « Merde, je ne peux pas vivre comme ça. » Je suis allée faire les chiens écrasés au *Parisien*. Bon Dieu, quel bonheur ! Je n'ai pas entendu parler d'une attachée de presse depuis des années. Je ne fréquente que des gardiens de la paix alcooliques et j'interviewe des escrocs misérables qui se font pincer tous les six mois.

Diane éclata de rire.

– Non, c'est vrai, reprit Elsa, au départ, je rêvais d'être Albert Londres, aujourd'hui je veux simplement assurer une indépendance scrupuleuse et bien orthographier le nom des gens.

– Ben moi, quand j'ai commencé, je ne connaissais rien à rien, sinon au sport. On m'aurait dit qu'Albert Londres était l'actuel P-DG de France Télécom, je l'aurais cru.

– D'où l'utilité de...

– TOUJOURS RECOUPER LES INFOS ! Ça nous ramène à notre affaire.

– Il faut retourner fouiner du côté de Rosa Nigra. On sait que De Ryck ment. Qu'Éloïse Monticelli ne s'appelait peut-être pas Éloïse Monticelli et en tout cas qu'elle dissimulait son état civil. On découvre que le fameux programme Rose bleue qu'elle dirigeait impliquait l'usage frauduleux des recherches de Suntory, et on sait que les enjeux économiques de ces recherches sont considérables. On l'a sans doute abattue pour faire main basse sur des documents de Rosa Nigra.

– Suppositions. Extrapolations. Hypothèses. Pour les faits, on est pas mal déplumées.

– On a plus de questions que de réponses, mais on peut les poser publiquement. La cassette plus les feuilles, ce n'est pas rien. Je pense que Delattre nous donnera le feu vert pour un premier article.

– On doit quand même interroger De Ryck, au moins pour le principe.

– Je prends, si ça ne t'ennuie pas. Tu l'as vu, pas moi.

– Je retourne au Niçois. Je voudrais consolider l'histoire de l'enveloppe rue Baudricourt, si c'est possible.

Le Niçois se tenait encore à son coin de rue effilé, ce qui était presque étonnant tant les lieux paraissaient fragiles et ébranlés. L'immeuble lui-même était près de crouler. Aux fenêtres, certains carreaux étaient remplacés par du carton, les balconnets étaient effrités, chargés de séchoirs démantibulés. Un drap blanc pendu à une fenêtre, marqué d'un : « RÉQUISITION DES LOGEMENTS VIDES, TOUT DE SUITE ! » semblait plutôt un signal de reddition. À sa proue, le bar faisait office de feu de détresse. Une lueur glauque en émanait la nuit, tandis que, le jour, une vague aura suintait de ses vitres grisâtres. À l'extérieur, quelques chaises garnies de ficelle en plastique et des tables Orangina occupaient timidement le trottoir. Au fronton, des articulations métalliques semblaient plier sous le poids d'un auvent invisible et le *s* du « Niçois » à la surface brisée révélait son ampoule. En poussant la porte, Diane constata que l'intérieur tenait plus du taudis que du palace. Le sol en mosaïque avait craché une bonne partie de ses carreaux, la peinture jaune des murs s'ouvrait en de nombreuses lézardes, le mobilier paraissait avoir roulé sous l'effet d'un léger tangage. Le comptoir, solide pilier de l'ensemble, fléchissait cependant. Au cœur de ce vestige, se tenait le patron, seul en cette heure encore matinale. Grand et fort, le visage émacié aux joues et au nez rouges, le regard brun sous des sourcils broussailleux, il appartenait au jugé, à cette catégorie d'alcooliques presque fringants que l'alcool semble porter plutôt qu'abattre mais qui, un jour, tombent d'un coup pour ne plus se relever.

Il s'appelait François Lamontagne, avait une voix veloutée et bonne mémoire. Il reconnut Éloïse Monticelli d'après les clichés pris au Bombyx de loin et sous un mauvais angle.

– Oui, je la connais. Elle vient de temps en temps, avec son ami.

Diane n'avait pas de photos de De Ryck mais la description qu'il lui fit correspondait trop bien pour que le doute persiste.

– Elle venait toujours accompagnée de cet homme ?
– Inséparables. Comme chat et chien.
– Vous voulez dire qu'ils se disputaient ?
– Non. Juste, on ne voyait jamais l'un sans l'autre.
– Elle n'est jamais venue seule ?
– Non.
– Vous vous souvenez du jour de la fusillade au Bombyx, monsieur ?
– Ça, je risque pas d'oublier ! Il pleuvait comme un jour sans pain...

La journaliste releva des yeux interrogateurs.

– Oui...
– Et un vent à déplacer les montagnes !

Elle commença à sourire intérieurement.

– Au final, mon auvent a été arraché. Une rafale, et hop, envolé ! Et j'étais pas assuré. De toute façon, combien ils m'auraient remboursé ? Il datait pas de la dernière pluie, 1977. Mais je l'aimais bien. Il y avait trois olives dessinées qui encadraient le nom du café. Enfin... J'imagine que c'est pas ça que vous allez écrire dans votre article.

– Ça vous ferait plaisir que je parle de votre auvent ?
– Ben... Oui...
– D'accord. Je m'arrangerai pour en faire mention quelque part.

Un grand sourire éclaira le patron.
— Ça, c'est génial, c'est vraiment la mer à boire.
« N'exagérons rien », pensa Diane.
— Vous ne m'avez pas dit ce que vous lui vouliez, à la jeune femme...
— Elle a été abattue au Bombyx et j'essaye de retracer ses dernières heures.
— Vraiment ? C'est très triste. Mourir dans la fleur de l'âge...
Il ne savait pas à quel point cette fois il avait le mot juste.
— Elle était ici. Je me le rappelle très bien.
— Le jour de la fusillade ?
— Quelques instants avant.
— Avec l'homme dont vous m'avez parlé ?
— Oui, ce jour-là, ils sont restés longtemps à attendre.
— Vous savez qui ils attendaient ?
— Ben, l'Arlésienne ! (Il lui fit un clin d'œil.) Je plaisante. En général, ils venaient quand ils avaient rendez-vous avec une autre femme. Donc j'imagine que c'était elle mais elle n'est pas venue. Dehors, il y avait le déluge, et un tel tonnerre qu'on s'entendait à peine parler. À la lumière des éclairs, moi et les clients, on avait des airs de fantômes. Je vous jure. Et tout à coup, la jeune femme se lève et se lance dehors.
— Elle tenait une enveloppe ?
— Je ne m'en souviens pas. Moi, j'apportais un cognac au monsieur et je lui ai dit : « Mais vous êtes pas fou de laisser la petite sortir sous ce déluge ? » Et une minute plus tard, on entend une première explosion, j'ai vraiment cru que c'était la foudre ! Et j'ai pensé à la jeune femme. Lui, il était de marbre.
— Impossible, vérifia Harpmann.
— Ah non ! Tendu, angoissé, le visage marbré. Comme si, pour de vrai, on allait trouver son amie réduite en un tas de cendres.
— Il a fait quelque chose ?
— Il a bu le cognac, m'en a commandé un deuxième.

Et c'est là qu'on a entendu... D'abord, on a cru que c'était l'orage... Moi, ensuite, j'ai cru que c'était un échafaudage qui s'effondrait... En fait, on avait beau être loin, les murs ont des oreilles.

Diane resta interdite.

– Vous entendiez...

– Moins que si on avait été directement sur le boulevard, c'est sûr. Il y a bien deux cents mètres... Mais quand même, on a fini par comprendre. C'est très bruyant les armes à feu. Et ça a duré très longtemps. Les clients hésitaient à s'enfuir.

Trois minutes au plus, pensa Diane. Mais elle était bien placée pour savoir qu'une seconde peut s'étirer jusqu'à l'insupportable.

– Finalement, la pluie s'est calmée, le vent aussi. On n'entendait plus rien. Certains des clients en ont profité pour s'en aller. Votre monsieur aussi. Il a payé ses cognacs et la limonade de la jeune dame.

– Vous l'avez revu depuis ?

– Oui, il vient de temps en temps.

– Vous disiez qu'en général, elle et lui rencontraient une troisième personne. Vous pouvez me la décrire ?

– Ça, je peux ! Quelle femme ! Quelle classe !

Diane pensa tout de suite à la femme au tailleur Chanel.

– Quarante-cinq ans, je dirais, toujours des tenues très chic, de grands cheveux qui commencent à blanchir, mais ça lui va très très bien. Élégante, polie, ferme, une femme d'autorité, on le sent. Enfin, quelqu'un d'exceptionnel, on le devine. Des femmes comme ça, il n'y en a pas plus qu'une aiguille dans une botte de foin. (Il chercha ses mots :) Un œuf de lynx.

Exceptionnel, donc.

Elle le remercia, échangea quelques mots encore et le salua.

En reprenant sa marche, Diane Harpmann pensa à De Ryck installé au café pendant que sa collaboratrice était traquée et abattue. Quand avait-il su ? Il était anxieux mais avait-il compris dès la première détonation ? Elle imagina le verre s'immobilisant au bord de ses lèvres, la bouche qui se fige, les doigts qui tressaillent. Pourtant il ne s'était pas enfui. Il n'avait pas compris.

Harpmann sortit son téléphone portable pour appeler Elsa.

Elsa Délos, du *Parisien*, se fit annoncer à l'accueil de la tour Courtesy. Elle en profita pour contempler le hall de l'immeuble de nacre. Les murs et le sol étaient composés de parois transparentes derrière lesquelles un liquide rose vif pétillait sous l'effet de colonnes de bulles. Ces dernières ondulaient à la verticale, formaient sous les pieds des méandres nerveux et se rejoignaient au sommet en une nébuleuse bouillonnante. Leur chuintement continu, entrecoupé de gargouillis délicats et d'explosions fluides, donnait le sentiment d'une lente immersion. Cependant, au milieu de cette cloche féerique, se dressait un magnolia dont les grosses racines s'enfonçaient directement dans le sol, s'insinuant dans les carreaux comme après les avoir brisés. Au confluent de projecteurs aveuglants, sa ramure portait des feuilles épaisses et des fleurs couleur prune. La lumière violente qui l'entourait décuplait son aspect magique.

– M. De Ryck ne souhaite pas vous recevoir.

La réponse de l'hôtesse, elle, manquait de fantaisie.

– Dites à la secrétaire de M. De Ryck que nous avons déjà réuni des informations concernant Rosa Nigra qui pourraient affecter sa réputation et qu'il serait dans son intérêt de s'en expliquer.

Les sourcils de la femme se froncèrent et elle répéta avec précision :

– Cette dame prétend qu'elle a déjà réuni des informations concernant Rosa Nigra qui pourraient affecter votre réputation et qu'il serait dans votre intérêt de vous en expliquer.

Elle écouta, attentive, puis releva la tête vers la journaliste.

– M. De Ryck ne souhaite pas vous recevoir.

– Dites-lui que nous avons trouvé une enveloppe dont Éloïse Monticelli s'est délestée juste avant d'être abattue.

L'hôtesse, sous ses boucles brunes, blêmit un peu.

– Cette dame affirme avoir trouvé une enveloppe dont Mme Monticelli se serait délestée juste avant d'être abattue.

Elle écouta. Quand elle répondit, son expression était à la fo's embarrassée et complice, et elle murmura :

– M. De Ryck ne souhaite pas vous recevoir.

– Dites-lui que l'enveloppe contenait des documents qui concernent plusieurs projets de recherche de Rosa Nigra. Qu'au vu de ces éléments, nous pensons qu'Éloïse Monticelli a été assassinée dans le cadre d'une affaire d'espionnage industriel.

Nouvel entretien téléphonique.

– M. De Ryck dit qu'il faut dire « intelligence économique » et qu'il ne souhaite pas vous recevoir.

– Dites-lui que nous savons que Rosa Nigra s'est accaparé les recherches de la société Suntory sur sa rose bleue.

L'hôtesse hésita mais répéta dans un souffle. Les conciliabules durèrent plus longtemps cette fois mais la réponse fut plus courte encore :

– M. De Ryck dément formellement.

– Dites-lui qu'il se comporte comme un coupable.

D'une voix nerveuse et rapide, l'hôtesse passa le message.

– M. De Ryck trouve que vous parlez comme un procureur.

D'un geste vif, Elsa s'empara du téléphone.

– Et dites-vous que je suis bien pire à l'écrit qu'à l'oral.

Puis elle raccrocha. L'hôtesse riait doucement. Pas les vigiles qui, sous leurs paupières lourdes, lui désignaient la porte de sortie.

L'article sortit dans *Le Parisien* du 29 juillet, en première page. Le rédacteur en chef du journal, Vincent Delattre, avait râlé en conférence de rédaction :
– Dommage que l'affaire tombe en été. À la rentrée, on aurait fait un carton. En ce moment, les gens ne s'intéressent qu'à la météo et aux incendies. J'aurais aimé que vous continuiez à enquêter en gardant les infos sous le coude jusqu'à septembre. Il y a toute cette période sans actualité où on ne peut polémiquer que sur les classes qui ferment dans les écoles, les premiers échecs du PSG et la montée du prix de l'essence. Ç'aurait été parfait, question timing, mais on ne peut probablement pas se le permettre. Si la concurrence a vent du machin, ils pourraient nous doubler.

C'est lui qui trouva le titre : « Les Fleurs du Mal ». Contrairement aux menaces qu'Elsa avait adressées à Laurent De Ryck, l'ensemble conservait une certaine prudence, caractérisée par un usage intensif du conditionnel, des verbes « sembler » et « paraître », des « selon », « d'après », « si l'on en croit », scrupuleusement examinés par l'avocat du quotidien. Cependant, sous forme d'interrogations rhétoriques (« Le "sun" apparaissant sur les feuillets pourrait-il désigner la société Suntory ? Et si tel était le cas, quel accord aurait permis à Rosa Nigra d'accéder à ses recherches ? »), les accusations, quoique voilées, étaient parfaitement claires. L'enquête, pour autant, avouait ses lacunes : certains termes relevés sur les feuillets restaient incompris, les séquences que révélait la cassette restaient sujettes à interprétation, aucune preuve tangible ne permettait d'affirmer que l'enveloppe était le motif de l'assassinat d'Éloïse Monticelli. Mais la présomption restait forte. En revanche, les journalistes enterraient sans oraison la piste chinoise. La thèse officielle, défendue par le ministère de l'Intérieur jusqu'au passage du journal sur les rotatives, ne tenait plus : « On comprend mal ce qui pousse les autorités à soutenir une version des événements largement remise en cause par les témoins de la fusillade sinon le refus de se dédire. »

– Vidocq m'a dit qu'à la 2ᵉ DPJ, y en a quelques-uns qui ont sabré le champagne, commenta Elsa, en ouvrant un des premiers exemplaires à l'encre encore humide.

Deux pages supplémentaires accompagnaient l'article principal. Un récapitulatif sur l'économie de l'horticulture, rédigé par un stagiaire, où l'on apprenait que le marché des plantes d'intérieur en France représentait plus d'un milliard et demi d'euros par an et que les ventes de plantes fleuries connaissaient une importante progression. S'y ajoutaient le récit de la découverte de l'enveloppe par Diane et l'interview du patron du Niçois – Diane avait résisté à la tentation de citer les expressions comiques de son témoin (elle détestait qu'on se moque des gens et qu'on les traite comme des personnages) et avait soutenu contre vents et marées cet étrange chapeau : « Ce soir-là, malgré la tempête qui venait d'emporter l'auvent du café, Éloïse Monticelli quitta le Niçois... » L'encadré sur Rosa Nigra se terminait par : « La direction de Rosa Nigra se refuse à tout commentaire et nie avoir utilisé les recherches de la société Suntory. Cependant, à ce jour, il semble que la société ait quitté ses locaux, emportant matériel et archives, ses employés se dispersant sans laisser de trace. D'après des voisins, un camion aurait embarqué l'ensemble le soir même de notre passage à la tour Courtesy. Le P-DG de Rosa Nigra, Laurent De Ryck, a lui-même disparu de la circulation. Son appartement de la rue Saint-Dominique a été vidé. Plus étonnant encore, le cabinet de radiologie où son épouse semblait travailler prétend n'avoir jamais entendu parler d'elle. » *Le Parisien* passait sous silence la colère des enquêteurs lorsqu'ils avaient constaté que les journalistes avaient tari la source en même temps qu'ils en indiquaient l'existence. L'avocat avait confié aux autorités toutes les pièces, en conservant des copies, sans apaiser leur fureur. L'article précisait : « De son côté, le représentant de la société Suntory en France, M. Takeshi

Toda, installé dans le Bordelais où le groupe a acquis plusieurs vignobles, a également refusé de s'exprimer sur cette affaire. » À aucun moment, la possible implication du groupe dans l'assassinat n'était évoquée. Prématuré, avait jugé le juriste.

– Pas mal, sourit Delattre, en saisissant un autre exemplaire dans la liasse que leur avait livrée l'imprimeur. Ça a de la gueule.

Comme si elle était la vedette de ce fait divers, la rose bleue de Rosa Nigra étalait ses pétales azur à la Une du journal.

– Vous avez fait un beau travail, les filles.

Diane se contenta de regarder dans le vague. Elsa, elle, releva vivement le menton.

– Merci, mais ne nous appelez jamais comme ça. On a passé l'âge.

– Je dois dire comment ? demanda-t-il, amusé.

– C'est écrit en bas de la page. Harpmann et Délos.

Brusquement désœuvrée, Diane traîna aux Halles. Elle se coula dans la foule, tranquille et anéantie. Observant sans les voir les boutiques, ignorant les dealers et les invites, avalant sans plaisir un cookie et un Coca. Elle marchait. De temps en temps, de kiosque en kiosque, la Une du *Parisien* apparaissait. La nuit, moite, tomba tandis qu'elle remontait à pas lents la rue de l'Arbre-Sec. Les passants, plus rares dans ce secteur, transpiraient dans l'air fiévreux. Et soudain, après un craquement sinistre, des trombes d'eau s'abattirent sur leurs épaules. Diane courut s'abriter sous les arcades de la rue de Rivoli. Quelques secondes plus tard, les murs et les colonnes blanchirent, spectres de pierre, avant de replonger dans l'ombre. Et l'orage redoubla d'intensité. La chaussée fut engloutie sous une couche d'eau crépitante. Même les voitures semblaient vouloir quitter ces lieux hostiles sans tenir compte des feux rouges. Sous son abri, Diane attendit. Les cascades étaient si denses, que même les gouttes qui rebondissaient sur l'asphalte paraissaient redoutables.

– Je vous rapproche ? Je vais vers la Samar.

Elle se retourna vivement. L'homme avait l'air engageant. Il était assez grand mais pas plus qu'elle. Noir, les cheveux tressés en bandes qui striaient son crâne. Il portait une chemise, une cravate et un pantalon blancs. Une besace pendait sur sa hanche et il tenait à deux mains une grande bâche au-dessus de sa tête.

– Je vais rejoindre le métro à Châtelet, répondit-elle. Je crois que je ferais aussi bien de me jeter en avant sans réfléchir.

– Je vais aussi à Châtelet mais après ma séance de photos à la Samar. Si vous avez la patience, je vous accompagne ensuite.

Diane hésita. Cet homme sortait brusquement de nulle part, ce pouvait être le hasard ou tout à fait intentionnel. En même temps, elle n'avait pas la force de dire non.

– Si vous vous lancez là-dessous, vous tiendrez deux cents mètres et vous finirez trempée, dans un café enfumé, à attendre la fin du déluge. Autant rester au sec.

Elle accepta. Il lui tendit un coin de la bâche, et ils se glissèrent dessous, tente mobile qui traversa la rue, secouée de rires et d'exclamations, puis longea les façades jusqu'aux auvents du grand magasin. Toutes les lumières étaient éteintes et la nuit tournait au noir absolu. Quand ils frappèrent en suppliant à une porte couverte d'autocollants CGT et d'affichettes « SAMAR EN LUTTE », un vigile leur ouvrit, vérifia le nom du photographe – Terrence Boncœur – et les laissa entrer. Ils s'ébrouèrent. Une odeur de parfum leur emplit les narines. Dans la pénombre, les stands des marques de cosmétiques dessinaient des silhouettes translucides. Ils traversèrent le rez-de-chaussée, sous le regard des flacons, et se rendirent aux ascenseurs. Ils montèrent jusqu'au dixième étage plongé dans l'obscurité. Seuls les signaux des sorties de secours luisaient.

– La Samar est fermée pour des années. Vous photographiez quoi exactement ?

– La foudre.

Il se dirigeait d'un pas vif à travers les chaises et les tables du restaurant, droit vers la terrasse. Il s'arrêta devant la baie vitrée que des paquets d'eau délavaient.

– Je vais encore avoir besoin de la bâche.

Disant cela, il tira un appareil photo de sa besace ainsi qu'un trépied télescopique. Il en régla la hauteur et y fixa l'appareil. Il déchira l'emballage d'une pellicule, la glissa dans son habitacle. Puis il se dirigea vers la baie, saisit la poignée et tira. Un vent chaud et humide s'engouffra en sifflant, la pluie éclaboussa le sol. Le photographe fit volte-face, s'empara de son dispositif et tendit la main pour que Diane lui confie la bâche.

– Si ça ne vous ennuie pas, je vous accompagne.

Ce n'était pas une question. Il hocha simplement la tête. Diane releva le tissu au-dessus de leur tête et ils sortirent sur la terrasse, refermant la vitre derrière eux. Les planches qui recouvraient le sol étaient détrempées, glissantes. Ils avancèrent sous l'averse rugissante jusqu'au parapet. Pour la première fois, ils relevèrent vraiment les yeux.

Du dixième étage, l'orage était grandiose. La ville et le ciel se touchaient presque. La tour Eiffel enfonçait sa tête dans un épais cumulus et son rayon tournant illuminait la vapeur, créant une supernova, avant de percer puis de disparaître à nouveau. Le vent soulevait les trombes d'eau, les ployait et les faisait danser. Sur les quais, les façades éclairées par les projecteurs étaient traversées de rideaux de pluie, et les péniches tanguaient dans les eaux brunes. La Seine écumait.

Terrence installa son appareil, dans un état d'excitation qui semblait friser le bonheur. Lorsqu'un grondement résonna, faisant trembler les arbres, un grand sourire étira ses lèvres. Et quand un éclair claqua, dessinant une langue de serpent quelque part près du dôme du Panthéon, il appuya sur le déclencheur avec un enthousiasme triomphant. Un instant plus tard, une nouvelle décharge zébra le ciel, cette fois aux alentours du Grand Palais dont la verrière pâlit un instant avant de replonger dans l'obscurité. Une bourrasque les frappa, l'un des drapeaux de la Samaritaine s'arracha et fonça dans les airs. La bâche faillit être emportée des mains de la journaliste. Terrence n'y prêta aucune attention. Le visage dégoulinant, les vêtements complètement trempés, il assistait à la tempête comme aux grandes orgues. Soudain une griffe géante entoura la tour Montparnasse. La griffe disparut, suivie par un mugissement sinistre. Puis trois autres filaments éclatants se tendirent entre le ciel et la terre, jetant sur les faces de la tour une lueur livide et claquant comme des fouets. Les deux spectateurs poussèrent un cri : un éclair venait de frapper les hauteurs du gratte-ciel dont le sommet s'enflamma. Terrence mitraillait la scène lorsqu'un vol de chauves-souris traversa le champ de l'appareil. Dans les secondes qui suivirent, la partie ouest de la Rive Gauche s'éteignit. Réverbères et projecteurs, feux et fenêtres se fondirent dans la nuit.

Terrence déplaça brusquement son trépied vers la droite. Ils contournèrent la corniche et changèrent d'angle de vue. Ils étaient au-dessus des arcs-boutants de Saint-Germain-l'Auxerrois. Ses gargouilles, gavées et régurgitant l'orage à grands jets, n'étaient qu'à une encablure. Plus loin, les toits du Louvre, le sommet de la pyramide. L'Arc de triomphe n'était visible que lors des accalmies. Dans le fracas assourdissant, Diane se rapprocha de son compagnon et cria :

– C'est votre metier ou votre passion ?

– Les deux. Je voyage dans le monde entier pour photographier typhons, tornades et tempêtes. C'est d'ailleurs le nom de mon agence. Typhons, Tornades et Tempêtes.

Le vent s'apaisa un peu, la pluie également.

— C'est une vocation enfantine ?
Diane enregistrait mentalement. Elle devinait l'article vendeur. Puis elle s'arrêta. S'obligeant à éprouver l'instant pour lui-même. Elle devait réapprendre à vivre sans prétexte.
— On peut dire...
Il sourit mais n'ajouta rien.
— Un mauvais souvenir ?
— Non. Un beau.
Il éloigna l'œil du viseur et la regarda, semblant la jauger, ce qu'il n'avait pas fait jusque-là. Une mouette épuisée s'abattit sur la terrasse. Ils la laissèrent se traîner dans un coin où s'abriter. Elle enfonça le cou, laissant seuls les yeux et le bout du bec à la surface du plumage.
— Bon, vous allez me le raconter ? insista Diane en riant.
— Si vous voulez...
Il s'interrompit pour saisir une fourche à sept branches qui piquait tout à coup la ville.
— J'avais un frère, bien plus âgé que moi. Alexandre. À l'époque j'avais neuf ans, il en avait dix-sept. On s'aimait bien mais il était à cet âge où on se passerait bien d'un petit frère à ses trousses. Surtout quand nous étions dans la maison de ma famille en Bretagne et qu'il sortait tard, par la fenêtre. Nous partagions la même chambre et je lui demandais tout le temps où il allait. En général, il refusait de répondre, et puis une nuit il m'expliqua qu'il appartenait à un cercle de sorciers qui se retrouvaient dans les bois. J'étais passionné par les histoires de magie, les contes et les aventures fantastiques. La fiction et la réalité n'avaient pas pour moi de frontières très distinctes. Je n'ai pas résisté. Un soir j'emboîtai le pas à mon frère, et, risquant de me caser le cou en descendant le mur, je le suivis jusqu'au bois qui n'était en fait qu'un filet d'arbres en bord de mer. Mais à mes yeux il avait la taille de la forêt de Brocéliande. Caché derrière un buisson, et tremblant de peur, je vis mon frère rejoindre un autre homme. Ils disparurent et ce soir-là je ne pus

retrouver leur trace. Plusieurs nuits d'affilée, bravant le ululement des hiboux et le voisinage des mulots, je tentai de découvrir le lieu de réunion des sorciers. Sans succès. Et puis, une nuit de tempête, je pus rester plus près de mon frère, le bruit du ciel couvrant le bruissement des fougères et les craquements de mes pas. Sous le déluge, j'assistai à ses retrouvailles avec son compagnon, m'approchai encore, alors qu'ils venaient de disparaître derrière le tronc d'un chêne. La pluie m'aveuglait, mais en contournant l'arbre, je les trouvai et il me sembla qu'ils se battaient. Je faillis bondir pour défendre mon frère quand un éclair claqua au-dessus de nous. La vision ne dura qu'une seconde, mais elle reste la plus claire, la plus nette, la plus marquante de ma vie. Alexandre était couché, nu, sur une jeune fille, nue elle aussi. Ses longs cheveux étaient étalés autour d'elle, son visage luisait sous la pluie qui frappait ses seins charnus, ses cuisses qui s'ouvraient sous le bassin de mon frère ruisselaient. Pour une raison que j'ignore, sa lèvre saignait légèrement. Je repartis en vacillant. Émerveillé. Mais aussi éclairé. Les mystères de la magie cessèrent de me préoccuper, tandis que d'autres me passionnèrent tout à coup. Plus tard, l'âge venant, je me rendis compte que l'éveil érotique déclenché par la foudre n'était pas l'unique raison qui me poussait à la poursuivre. Car que m'avait-elle offert ? La vérité. L'instant d'avant, j'étais dans l'erreur, je croyais aux potions et aux sortilèges, je voyais en mon frère un sorcier. L'instant d'après, la réalité avait repris ses droits et mon frère était en train de faire l'amour. Profondément, il me reste la conviction que dans les éléments déchaînés et la lumière qu'ils produisent, on découvre une part de vérité sur soi-même et sur le monde.

Diane ne dit rien. Elle avait l'habitude de ce surgissement de l'intime.

– Et vous, vous aimez l'orage ?
– Je ne sais plus ce que j'aime.

Ce fut son tour de se taire. Il changea l'angle de prise de vue.
— Vous aimiez quoi ? Avant.
— Le sport... Les aéroports. Les livres d'aventures. Les rencontres.
— Quel type de rencontres ?
— Comme celle-ci. Fortuites (c'était presque une question). Dont on ne sait où elles mènent. Enfin (elle sourit) celle-ci nous mène à Châtelet.
— Vous en avez fait beaucoup ?
— Oui. On arrête les questions ?
— Regardez.
Sur leur gauche, la tour Montparnasse brûlait. Des flammes gigantesques s'élevaient depuis son sommet tandis qu'une colonne noire venait se mêler aux nuages. Ils virent des camions de pompiers sillonner la capitale, toutes sirènes hurlantes. Une heure plus tard, le feu était éteint. Mais une partie de Paris restait plongée dans l'obscurité. Terrence prit encore quelques clichés et ils quittèrent leur perchoir. En bas, le vigile vola, de son propre chef, deux imperméables Burberry pour les leur donner. Il ne croyait pas trop au prétendu reclassement promis aux employés de la Samaritaine.

Lorsqu'elle trouva l'énorme brassée de lys blancs déposée sur son paillasson, Diane se demanda où Boncœur avait trouvé un fleuriste qui livrait de nuit. Les fleurs étaient magnifiques et, en un autre temps, elle l'aurait immédiatement invité chez elle. Mais autres temps, autres mœurs. « *Gloria victis* », aurait commenté Lamontagne. Elle ne put retenir un sourire en ramassant la gerbe. Il n'était question de rien, sinon de la vie qui essayait de se frayer un chemin jusqu'à elle. Son cœur battait et ce n'était pas d'émotion, c'était de désir. Le sourire se transforma en grimace. Il ne lui restait qu'un vague souvenir de cette frénésie, de cette attraction que des hommes ou des femmes lui avaient inspirée un jour. La réminiscence était douloureuse comme tout ce qui l'arrachait à son inertie. Le désir, l'appétit, le plaisir étaient trop mêlés de souffrance pour être supportables. Elle ouvrit néanmoins la carte attachée au papier.

Chère Diane,

Mes amis et moi-même tenons à vous remercier pour le professionnalisme et l'impartialité dont vous avez fait preuve dans votre enquête sur l'affaire du Bombyx. Toute la communauté vous sera reconnaissante d'avoir effacé l'injuste soupçon qui pesait sur elle.
Amicalement,

Wang Liao.

Amicalement. Diane pensa aux ateliers clandestins peuplés d'esclaves contrôlés par la mafia, aux bordels où l'on violait des jeunes femmes, au racket et aux enlèvements. Sous l'autorité de M. Wang. Une amitié précieuse.

– Moi, c'étaient des roses cannelle, annonça Elsa le lendemain matin au téléphone. Mais je ne t'appelle pas pour ça. Allume la radio sur France Inter.

Diane s'exécuta machinalement.

« Vive réaction de Moscou après le passage d'une interview du chef de guerre tchétchène Chamil Bassaïev sur la chaîne américaine ABC. Bassaïev, qui a revendiqué de nombreux attentats dont la prise d'otages sanglante de Beslan, y déclare : "Ce sont les Russes eux-mêmes qui sont les terroristes. Nous luttons pour notre indépendance nationale." D'où la fureur des autorités russes qui offrent 10 millions de dollars pour sa capture... Macabre découverte ce matin dans les jardins de Bercy. Un cadavre coupé en morceaux et caché dans un sac plastique a été découvert par une joggeuse aux alentours de 7 heures. La victime serait un homme d'origine asiatique. La police soupçonne un lien avec l'affaire de la fusillade au restaurant le Bombyx de Chinatown. »

Elsa commenta :

– Vidocq dit que l'homme en question est le membre de la Sun Yee On qu'on soupçonnait d'avoir participé à la fusillade. Il semble que les têtes de dragon parisiennes aient voulu solder les comptes. Deux bouquets de fleurs pour toi et moi, et un paquet-cadeau pour la police.

Une aube aux lueurs émeraude se levait sur Shanghai. Joanna quitta l'appartement plongé dans la pénombre pour s'accroupir sur la terrasse. L'altitude lui donna le vertige. Les vents ascendants qui montaient le long de la façade lui coupaient le souffle. Elle sortit le P9P de sa combinaison. Devant elle, les tours qui avaient poussé par centaines, dont les plus éminentes touchaient le ventre des nuages, formaient un mur si épais et si haut qu'il occultait le ciel. Il ne restait du soleil que des éclats, ou ce filtre tantôt bleuté, tantôt vert-de-gris, qui teintait les silhouettes noires des buildings. Même le jour, les fenêtres éclairées en étaient la principale lumière ; les écrans publicitaires accrochés aux toits créaient des halos colorés, happant dans le visible les véhicules volants.

Tacatacatac ! Elle sursauta. La lampe de chevet venait d'exploser. Le canapé tressautait. Les sursauts de la table éparpillaient les cendres des documents qu'elle avait brûlés. Le lit s'affaissa avec un gémissement dans le fracas des rafales. Merde de merde ! Mauvais timing ! Elle s'était offert dix secondes auxquelles elle n'avait pas droit ! Qui l'avait vendue ? Qui était la taupe à l'institut Carrington ?

Elle jeta un regard désespéré sur le vide, maîtrisa sa panique et plongea au-dessus de la rambarde, le filin grinçant au niveau de la ceinture. Les balles sifflèrent autour d'elle. Plus loin, un jetpack, touché de plein fouet, s'enflamma et s'effondra dans un interminable cri. Le dévideur grésillait dans la course folle qui entraînait Joanna vers la terre. Mais elle vit les mercenaires se pencher depuis la terrasse. Les rayons laser projetaient une myriade de points rouges sur sa poitrine. Elle brandit le P9P à deux mains, tentant de ne pas gaspiller ses cartouches. La crosse rua dans ses paumes lorsqu'elle appuya sur la détente. Deux têtes éclatèrent, le troisième homme bascula par-dessus la rampe, la rejoignant dans sa chute. Son cadavre filait vers elle. Par réflexe, elle lui balança tous les coups restant dans le chargeur. Ils percutèrent le corps, faisant s'agiter ses bras morts, mais sans infléchir sa trajectoire. Deux secondes plus tard, il s'abattait sur elle de tout son poids.

 La suite fut confuse. Elle perdit l'équilibre. L'arme s'arracha de ses doigts. Le fil d'acier du dévideur se brisa et la vitesse de sa descente devint folle. Les étages défilèrent à l'allure d'un train à oscillation magnétique. Sa rétine enregistra l'image d'un enfant jouant dans sa chambre à un jeu vidéo. L'air, au-dessus d'elle, se zébrait des lignes rouges des viseurs laser. Elle entr'aperçut les grandes baies vitrées du hall de l'hôtel puis tout s'éteignit.

 GAME OVER.

 Zut ! pensa Sarah. Elle croyait qu'il lui restait une vie.

 L'interface de *Perfect Dark Zero* lui demanda si elle voulait rejouer. Ses poignets étaient trop douloureux. Le stress les avait tétanisés. Elle laissa le corps de Joanna immobile sur l'écran et se tourna vers la fenêtre. Ce qu'elle vit la surprit et la replongea dans la fiction qu'elle venait de quitter. Là-bas, de l'autre côté de la cour, quelqu'un escaladait la façade. Elle venait de voir la silhouette émerger d'une fenêtre, se hisser en s'agrippant à une corniche, puis progresser entre saillie et gouttière jusqu'à un balcon. Sarah l'observa qui avançait prudemment, vérifiait que son intrusion n'était pas repérée, traversait puis sautait sur le rebord en bois. L'adolescente retint un cri : l'individu bondissait au-dessus du vide. Il se réceptionna avec une agilité de singe sur le balcon voisin, s'approcha de la porte vitrée qui donnait sur le salon, et la traficota un moment avant de pousser le battant et de s'introduire dans l'appartement.

L'éthique et la légalité sont des concepts très différents, se disait Harpmann en cassant le carreau de la fenêtre. Dans certains pays un journalisme rigoureux est en soi illégal. En Turquie, l'article 301 interdit de critiquer, littéralement « d'insulter », le gouvernement, l'Armée ou l'État. Elle prit soin, en passant la main dans le cadre, de ne pas se blesser sur les dents de verre. Mais même dans un contexte de liberté de la presse, les deux notions ne se recoupent pas. Par exemple, à l'heure où Harpmann saisissait la poignée pour ouvrir la fenêtre du logement d'Éloïse Monticelli, Judith Miller, reporter au *New York Times*, était enfermée dans une prison américaine : elle avait refusé de livrer à la justice le nom de la personne qui lui avait révélé certaines informations concernant un membre de la CIA. Pour les uns, c'était une héroïne – elle protégeait ses « sources » jusqu'au fond d'une cellule –, pour les autres, elle commettait un délit. Harpmann avait beaucoup réfléchi avant de se décider. Elle poussa le battant. Après tout, ses collègues violaient sans arrêt le secret de l'instruction. On mettait du « présumé » partout pour se couvrir, tout en publiant des informations acquises frauduleusement. Elsa faisait ça tous les jours. Diane était la première à trouver que ce n'était pas moral. Ces noms lancés en pâture, ces suspects jugés avant l'heure sans débats contradictoires et sans plaidoiries. Elle posa le pied sur le parquet.

L'appartement d'Éloïse était un simple studio, à en croire la table et le lit réunis dans la même pièce. Cette dernière était grande et ne manquait pas de charme, avec ses trois portes vitrées qui laissaient la lumière entrer à flots. Les rideaux blancs qui la filtraient faisaient face à une belle bibliothèque. Des centaines de livres occupaient l'intégralité du grand mur. Le bois craquait sous les pas. Pourtant retenus. Si éthique ne signifie pas légal, légal ne signifie pas éthique. Il n'est pas éthique de « faire des ménages » à droite et à gauche, de répéter comme un âne des informations dont on n'a pas vérifié le bien-fondé, de devenir partial à force de connivence. Diane aurait été plus loin : il n'est pas éthique de ne pas lire de livres, de traiter des sujets de circonstance et de nommer les pauvres par leur prénom et les riches par leur nom. Trahisons banales mais qui n'empêcheraient pas leurs auteurs de juger sévèrement l'effraction qu'elle était en train de commettre.

Un léger crissement accompagna le mouvement de son pied. Sa semelle avait écrasé la tête d'une fleur. Broyée, celle-ci ressemblait à un papillon. Elle releva les yeux et comprit ce qui lui avait donné d'emblée ce sentiment de perte et d'abandon. De loin en loin, des orchidées en pots finissaient de mourir. Elle en compta une quinzaine, privées de soins depuis la disparition de leur propriétaire. Leur état respectif retraçait le déroulement de leur agonie : la moins souffrante se dressait encore sur ses propres forces, même si ses tiges fatiguées accusaient des courbes plus accentuées, crispées par l'effort de soutenir les fleurs. D'autres ne tenaient plus qu'à leur tuteur. Leur tige affaissée tirait sur le nœud qui les attachait. Les pédoncules graciles perdaient leur verdeur, adoptant les teintes successives d'un hématome, pour finir en une sorte de jaune incertain. Certaines fleurs tombaient vivantes. Sur le sol, elles se recroquevillaient pour finir en poussières. Celles qui s'accrochaient connaissaient une mort lente : aspirant, inspirant une sève absente, s'asphyxiant inexorablement, sépales et pétales se fripaient d'abord ; ils se refermaient ; c'est ainsi, repliées, haletant sans bruit et sans sursaut, que les orchidées s'étiolaient, réduites bientôt à la moitié, au tiers d'elles-mêmes. Alors, elles chutaient à leur tour sur le parquet. Elles vivaient encore. Le dessèchement s'accélérait. Les pétales se racornissaient, s'affinaient jusqu'à devenir diaphanes et craquants, légers, les pigments s'évaporaient, et lorsque venait le moment de leur dernière respiration, de leur dernier souffle, la fleur n'était plus qu'un bouton gris et sec. Le monde d'Éloïse avait fané, puis péri, comme elle.

Diane s'approcha de la bibliothèque. Elle la longea d'un bord à l'autre, parcourant tous les titres et fit cette constatation sidérante : à l'exception de deux – *Mon épouse américaine* et *La Compagnie* –, tous les ouvrages concernaient la botanique, la génétique et le jardinage : des centaines de titres, des plus ardus aux plus distrayants, de l'universitaire au livre de photos. La journaliste en saisit un au hasard. *Pollinisation et productions végétales*, un titre publié par l'INRA. Elle le feuilleta. Certaines pages étaient tachées de chocolat ou de thé. Elle remonta jusqu'à la page de garde. Une date y figurait : « déc. 1992 », mais on avait masqué au marqueur noir une autre mention, le nom du propriétaire probablement. Elle reposa le livre, en prit un autre. Elle inspecta plusieurs spécimens : *The Flavonoids : Advances in Research since 1986* ; *Biophysique moléculaire, structures en mouvement* ; *Origine et évolution des plantes à fleurs*. De nombreuses notes manuscrites apparaissaient, au crayon, dans les marges. Des phrases étaient soulignées. L'écriture semblait toujours la même, des pattes de mouche, arrondies vers le haut. Mais lorsqu'un nom avait été inscrit, il avait ensuite été dissimulé. Elle repéra un autre livre : *Chimie organique, cours et corrigés*. Belin. Un manuel d'étude. Une annotation interne le datait de 1990. La moitié des leçons étaient surlignées et couvertes de commentaires. Même écriture. Diane chercha des livres plus récents. Le rayon jardinage était intégralement neuf : *Cultivez et soignez les fleurs*. (Éloïse Monticelli aurait eu mal en voyant ce qu'il était advenu de ses protégées.) *Parasites : les traitements bio. Boutures magiques.* Elle s'arrêta : *Guide des orchidées d'Europe*. Elle s'en empara. Pas d'inscription préliminaire mais quelques annotations, toujours au crayon. L'ouvrage avait paru en 2004. Diane le rangea. La bibliothèque n'était pas fabriquée, elle appartenait à un unique propriétaire qui l'avait élaborée au fil du temps. Probable que ce propriétaire était aussi l'occupante de l'appartement. Mais elle devait en avoir le cœur net. Pas de papiers sur le bureau, ni dans les tiroirs. Les flics avaient tout emporté. Au passage, elle remarqua ici et là des taches de poudre qui constellaient certains objets ; la police scientifique avait relevé de nombreuses empreintes. C'était l'une des raisons pour lesquelles Diane se sentait en droit de faire ce qu'elle faisait ; elle passait *après* la police. Ils avaient eu leur chance, à elle de tenter la sienne, elle n'entravait pas leur enquête. Rien non plus près du téléphone. Elle pouvait aussi arguer du fait qu'ayant contribué à leur fournir de nouvelles pistes, elle avait payé son ticket pour la visite. Elle passa dans la cuisine, une pièce à carreaux blancs qui donnait sur la rue et l'église Eiffel. De la fenêtre, on voyait le vitrail, Jésus, sa montgolfière, sa locomotive, sa voiture à essence, son sous-marin et son avion biplan. Mais près du rebord, il y avait surtout une caisse remplie de matériel de jardinage : engrais, pistolet-pulvérisateur, chiffons, arrosoirs, cailloux, tuteurs et réserve de pots. Elle se tourna vers le réfrigérateur : bingo. Une liste de courses manuscrite maintenue par un magnet : « Lait. Yaourts. Coca light. Essuie-tout. Shampooing. Féta. Fenouil. Feuilles de brick. Nutricia. » C'était la même écriture. Et l'ignorance de la menace qui plane. Éloïse n'avait pas l'intention de se laisser mourir. Elle croyait au lendemain et ne voulait pas l'aborder le ventre vide. Elle pensait rentrer chez elle, faire un détour au supermarché, dîner... et quoi ? Regarder la télé ? Appeler un amant, ses parents ? Soigner ses fleurs. Aller au cinéma. Rejoindre des amis à Bastille. Il n'y avait pas de photos dans le studio, rien de très personnel, à part l'aveu de son amour pour les fleurs. Pas d'album, ni de cadre, pas de souvenir de voyage. Diane retourna lentement dans la chambre morte. Le rideau dansait près du carreau cassé. Si Éloïse Monticelli ne s'appelait pas Éloïse Monticelli, si elle n'était pas née à Biarritz, si elle n'avait pas passé une thèse à l'INA sur la génétique du maïs, elle s'intéressait quand même sacrément à la question et avait probablement fait des études de biologie. Elle scruta de nouveau la bibliothèque ; celle-ci lui avait déjà appris beaucoup. Ses yeux s'arrêtèrent sur deux très gros volumes intitulés *Le Cacaoyer*, I et II, de Louis Burle. Elle en saisit un vivement, et l'ouvrit : Maisonneuve et Larose, 1961. Date à la main : 1998. Nom du propriétaire : masqué au marqueur. Une bonne trentaine d'ouvrages consacrés à l'arbre à chocolat accompagnaient celui-là, sans compter une étagère entière de numéros de la revue *Café, cacao, thé* couvrant la période 57-94. Aucun autre végétal ne bénéficiait d'autant de documentation. Les annotations manuscrites étaient innombrables, envahissaient les marges, mais se glissaient aussi entre les lignes, débordaient sur les illustrations. Laurent De Ryck prétendait qu'Éloïse Monticelli avait soutenu une thèse sur le maïs, et que lui-même était l'auteur d'une autre sur le cacaoyer. Elle sortit son petit carnet de notes et le feuilleta rapidement. « Cartographie des QTL contrôlant des caractères d'intérêt chez le *Theobroma cacao* ». Et si, dans la fabrication de ses mensonges, De Ryck avait commis une légère imprudence ?

Bien sûr, même si cette effraction n'était pas contraire à l'éthique, du moins à la sienne, il n'était pas question de l'avouer, ni aux lecteurs ni même à Elsa. Elle invoquerait un coup de chance. Elle contempla une dernière fois l'appartement où la chaleur dilatait l'odeur fade de la mort végétale. Des dépouilles gisaient sur le sol, les étagères, la commode, le bureau, la table de nuit, les enceintes de la chaîne. Diane s'approcha de l'orchidée la plus vaillante. Son épaule frôla une autre plante qui, dans un soupir douloureux, lâcha une rafale de têtes rabougries et jaunâtres. La survivante n'avait qu'une fleur, des pétales blancs rayés de bleu, une courte tige et deux feuilles de petite taille. Harpmann avait bien pris cet engagement : ne rien subtiliser. « Effraction » mais pas « vol avec effraction ». Tout devait rester en place, pour le principe et parce qu'elle ne devait pas gêner l'enquête. Et pourtant elle emporta l'orchidée.

Sarah vit l'individu réapparaître sur le balcon. Il tenait à la main un objet qu'elle n'arrivait pas à identifier. Elle hésita : elle ne se rappelait pas le numéro de la police. 17 ou 18 ? Pour regarder les pages jaunes, il aurait fallu qu'elle quitte son observatoire. Mais elle se sentait incapable de quitter des yeux les acrobaties du cambrioleur qui, après un dernier saut, s'engouffra dans la petite fenêtre.

Elsa Délos était une vraie Parisienne. Plus chic que chic et plus branchée que branché. Elle ne s'habillait pas, ni ne se coiffait. Elle ne piochait pas ses adresses dans *Tecknikart* ou dans *Zurban*. Éventuellement, *Tecknikart* ou *Zurban* piochaient leurs adresses dans son carnet. Lorsque les robes Isabel Marant ou AF Vendevorst y faisaient leurs premières apparitions, Elsa était déjà loin, n'attendant rien, ni reconnaissance ni retardataires. Raison pour laquelle aucun magazine, aucun journal, pas même *Le Parisien*, qui avait pu éprouver sa loyauté absolue, n'avait jamais parlé de La Chope du Pont-Neuf. Par malchance, il lui était arrivé de rencontrer des connaissances chez Raimo, le glacier proche de la place Daumesnil, délicieusement sous-estimé grâce à son emplacement géographique et malgré une décoration aussi authentiquement *seventies* que la Pierre du Soleil est authentiquement aztèque, ou même à la cafétéria de l'hôpital des Diaconesses, alors qu'elle avait imaginé être l'unique cinglée à fréquenter pour le plaisir ce genre d'établissement. En revanche, jamais elle n'avait été importunée à la Chope. La performance était d'autant plus remarquable que l'endroit était charmant et situé en plein Saint-Germain, face au pont où Henri IV chevauche pour l'éternité.

Le café semblait avoir été l'objet d'un enchantement : il restait invisible. Lorsqu'elle y donnait rendez-vous, Elsa savait que son interlocuteur commencerait par dire qu'il était passé plusieurs fois devant sans le remarquer. Occupant un angle en saillie dans la rue Dauphine, il bénéficiait pourtant de deux façades. Certes, les auvents rouges à lettres dorées, le panneau pour affiches incrusté dans le mur, l'enseigne livide marquée des lettres sales B-A-R masquaient ses qualités, mais son fronton était décoré de mascarons anciens, figures de Pan dont les cheveux et les barbes bouclés dominaient les passants. Une série de consoles en volute soutenaient la plinthe. Côté Seine, la porte était incrustée dans un bel arc en plein-cintre, en pierre de taille, dont les refends rayonnaient. Les lieux, datant sans doute du XVIIIe, ne manquaient pas de grâce. L'intérieur ne payait pas de mine, malgré la série de lanternes suspendues. Les clients non plus d'ailleurs. Rares, un peu hâves. Cependant les deux tenancières avaient le sourire. Le café minuscule renfermait quelques banquettes en cuir, simples mais confortables, et des plus tranquilles. Elsa Délos ne les aurait reniées pour aucun Café de Conti.

– Désolée, je suis en retard, s'excusa Diane en s'asseyant sur une banquette. J'ai cherché dix minutes avant de trouver.

Elsa leva les yeux de son ordinateur portable.

– Tu m'avais dit un endroit discret...

– En sortant, je me suis rendu compte que j'étais suivie. Par un type, peut-être deux.

– Tu les as vus ?

– J'en ai vu un, un grand mec chauve. L'autre, je l'ai juste senti. Je les ai entraînés jusqu'au BHV et je les ai semés dans les rayons du sous-sol.

– C'est pratique ?

– Cinq sorties différentes, un vrai dédale de rayons encombrés, de comptoirs et de recoins, toujours plein de monde.

Diane commanda un chocolat froid.

– Je retiens le truc. Tu penses que tu es en danger ?
– Ils me suivent, ils ne m'ont pas tiré dessus.
– Pourvu que ça dure... Tu veux que j'en parle à Delattre ?
– Non, il y a des choses plus passionnantes à raconter à ton rédac chef.

Au sourire vainqueur de Diane, Elsa sentit que le déplacement valait la peine.

– Éloïse Monticelli s'appelait Hoelenn Kergall.

Elsa Délos resta muette, le temps d'assimiler l'information.

– Comment tu l'as retrouvée ?
– Par les QTL du cacaoyer.
– J'aurais dû m'en douter ! s'exclama Elsa.

On déposa le verre de chocolat qu'Harpmann regarda comme s'il devait être aussi révélateur qu'une boule de cristal.

– Lorsque Laurent De Ryck m'a servi son discours, il a prétendu qu'Éloïse Monticelli et lui-même avaient étudié à l'INA. Il m'a raconté que Monticelli avait fait une thèse sur la génétique du maïs et lui sur les QTL du cacaoyer, en me donnant un intitulé très précis. Ensuite, lorsque j'ai fait les vérifications...

– Petite zélée, va.

– J'ai constaté que la thèse existait mais avait été rédigée par un autre auteur. Ce matin, je cherchais un fil, je me suis demandé si la précision de l'information ne trahissait pas un emprunt à la réalité.

– Quelle intuition...

Elsa plongea ses yeux dans ceux de son amie.

– Tu mens super mal.

Diane rougit.

– On me l'a toujours dit.

Le regard d'Elsa était insistant.

– Écoute, Elsa, il y a un petit truc que je dois garder pour moi. Accorde-moi ça.

– C'est quelque chose qui risque de nous retomber sur la gueule ?

– Un petit tiraillement entre éthique et légalité.
– Et qu'est-ce qui a pris le dessus ?
– L'éthique.
– Ah.
– Quand Vidocq te file des tuyaux, c'est légal ?
– Non, mais c'est conforme au code. Je ne lui ai jamais filé un rond. Je n'achète ni les témoins ni les infos.
– Disons que c'est du même ordre. Une infraction mais pas une trahison de la profession. Enfin, je pense.
– Bon, alors disons que « c'est du même ordre ». Pour la suite ?
– Je suis allée à l'INA, j'ai récupéré le nom de l'étudiante qui avait fait la thèse, puis j'ai rencontré la présidente de l'association des anciens de l'INA. Elle connaissait Kergall. Je lui ai montré une photo, elle l'a formellement reconnue. De mon côté, j'ai consulté les archives de l'association, il y avait des photos de groupe de l'époque, Kergall appartenait à l'équipage qui représentait l'INA au tour de France à la voile. Il n'y a pas de doute, c'est elle.
– Il faudra que je rappelle à Delattre qu'on signe l'article « Harpmann-Délos » et pas l'inverse.
– Je ne t'ai pas encore raconté le plus important.
– Je salive comme le yéti enragé.
– Hoelenn Kergall est officiellement morte la semaine dernière dans un accident de montagne. Nadia Beheshti, la fille de l'association, avait repéré l'annonce passée par sa famille dans le Carnet du *Monde* (elle passa la photocopie à Elsa :) « *Pierre et Sophie Kergall, ses parents, Henri Piercourt, son grand-père, Joachim, son frère, Elvira, Pascal, Alain et Godefroy, ses cousins, ont l'immense chagrin de faire part du décès d'Hoelenn Kergall, survenu à Chamonix, le 23 juillet. Elle avait trente-quatre ans. La cérémonie religieuse aura lieu le 28 juillet, à 14 h 30, en l'église Notre-Dame-de-Nazareth, 349, rue Lecourbe, Paris 15e, suivie de l'inhumation au cimetière de Grenelle, 174, rue Saint-Charles, Paris 15e, dans le caveau*

de famille. Cet avis tient lieu de faire-part. » D'après Nadia Beheshti, qui est allée à l'enterrement, Kergall serait morte des suites d'une chute pendant une randonnée en montagne. J'ai vérifié dans les journaux, y compris locaux, je n'ai trouvé aucune mention d'un accident de ce type, aux alentours du 23. Et puis, la coïncidence des dates est frappante. Il y a par ailleurs un élément dont je ne sais pas quel sort on doit lui faire. Après ses études, Hoelenn Kergall est rentrée dans l'armée.

Délos accusa le coup.

– Dans l'armée ?

– D'après Beheshti, Kergall est issue d'une famille de militaires. Son père était officier, son frère l'est aussi.

Le silence se fit. Diane but un peu de chocolat, le temps de laisser son amie méditer ces dernières informations.

– Kergall se serait engagée pour trois ans puis aurait intégré une équipe du Commissariat à l'énergie atomique.

– Qu'est-ce que le CEA peut faire d'une spécialiste du cacao ?

– Si j'ai bien compris, le CEA mène des recherches dans toutes sortes de domaines indirectement liés au nucléaire, sans compter qu'il est partenaire d'autres centres de recherche qui ont besoin de ses installations. Kergall aurait travaillé pour le Groupe de recherche appliquée en phytotechnologie, le GRAP, qui rassemble des technologues et des biologistes à Cadarache, près de la centrale nucléaire. Hoelenn Kergall aurait bossé là-bas avec un autre ancien de l'INA, puis elle serait partie.

– On sait où ?

– Non, Nadia Beheshti n'en avait aucune idée. Kergall avait juste dit à ses anciens collègues qu'elle suivait des pistes dans le privé.

– Et elle a atterri dans les locaux de la tour Courtesy...

Elsa touillait le fond de son Perrier avec la grande cuillère.

– C'est juste une hypothèse mais c'est une hypothèse : Rosa Nigra aurait couvert des activités militaires ?

– Je me suis posé la question.

– Des activités militaires portant sur les fleurs ?

– Pas la peine de tirer des plans sur la comète. Ce que Hoelenn Kergall a fait après son départ du CEA reste totalement obscur.

– D'abord, il faut vérifier que Kergall a bien travaillé pour l'Armée et le CEA.

– Pour le CEA, c'est certain. J'ai trouvé son nom sur internet dans plusieurs sommaires de publications et dans le programme d'une conférence internationale sur l'effet des rayonnements ionisants sur l'environnement. Pour l'Armée, il faudrait demander, mais je pense que c'est prématuré. Je ne tiens pas à déclencher des signaux d'alarme avant qu'on ait des éléments tangibles.

– On fait quoi ? Cet aprèm, j'ai rendez-vous à Barbès pour un papier sur le trafic de Subutex. Je dois voir des dealers, des toxicos, une pharmacienne, le commissaire, des travailleurs sociaux, bref, tout le zoo. Tu peux contacter la famille de Kergall ? Voir s'ils étaient au courant de quelque chose ? On ne sait même pas s'ils sont complices ou non du mensonge sur la mort de leur fille.

– Oui. J'ai déjà leur adresse dans le 15e, mais d'abord je voudrais passer au cimetière pour photographier la tombe.

– O.K., je préviens Delattre qu'il peut s'attendre à un nouveau scoop dans les jours qui viennent, et à partir de demain je remonte sur le tandem. Et... Pour l'histoire des suiveurs... rendez-vous téléphonique toutes les trois heures. Au cas où.

Diane termina son verre et Elsa la regarda se lever en souriant.

– Tu ne vas pas la lâcher ta Kergall. Qu'est-ce qui te fait courir après elle ?
– La mauvaise conscience. La colère. La pitié.

Le cimetière de Grenelle était perdu aux confins de l'Ouest parisien, une enclave au milieu du néant urbain. À peu de chose près, le champ des morts était ce qu'il y avait de plus vivant dans le quartier. Les alentours étaient vides. Les passants rares. Harpmann longea le mur morne qui entourait le carré, trouva l'entrée et l'allée à l'ombre des arbres. L'air sentait la poussière chauffée à blanc, une odeur de paille et de feuille brûlée. Elle remonta l'allée, comptant sur le hasard dans un premier temps, ou sur un repérage méthodique dans un second, pour trouver le caveau de la famille Kergall. La recherche ne fut pas longue. Les caveaux étaient rassemblés dans la même zone, celui qu'elle cherchait se signalait d'emblée par des monceaux de fleurs courbant la tête sous le soleil éclatant. Diane s'approcha et plongea la main dans sa poche à la recherche de son appareil. Elle tourna le coin de la travée et s'immobilisa. Un homme était penché sur la tombe.
La journaliste resta paralysée devant l'expression d'un tel chagrin. Malgré son grand âge que trahissaient des boucles blanches, la canne posée à ses côtés et ses mains fripées et tachées, l'homme était agenouillé. Son front touchait la pierre. Le chapeau avait roulé à terre. De ses bras étendus au-dessus de sa tête, il étreignait la plaque funéraire, les doigts crispés sur le marbre. Le cœur de Diane s'emballa. Les sanglots du vieil homme résonnaient dans le cimetière, se mêlant au chant des moineaux, au ronronnement sourd de la ville. Des râles qui semblaient une supplique, des plaintes, des reproches à un Dieu qu'on eût dit sourd. Il poussa un cri étouffé tandis que ses pleurs redoublaient. Diane sentit quelque chose se déchirer en elle. Elle tenta de résister en se

concentrant sur le pantalon en flanelle ou la chemise grise, mais rien n'y fit et ses larmes jaillirent.

Il se relevait. Avec difficulté. Les genoux et les reins étaient raides, la force l'avait quitté. La canne chancela avec lui. En voyant son visage, Diane devina qu'il était le grand-père, elle avait oublié son nom, mais il avait bien plus de quatre-vingts ans. Harpmann essaya de justifier sa présence en se tournant vers la tombe la plus proche ; pas crédible : Louis Coudouret était mort en 1929 en essayant de traverser l'Atlantique en monoplan. Elle jeta un coup d'œil vers sa droite. Le grand-père d'Hoelenn Kergall porta la main à son crâne, l'air un peu hagard, il cherchait son chapeau. Il l'aperçut à ses pieds, tenta de le ramasser sans y parvenir. Elle se précipita. Le panama crissa sous ses doigts et elle croisa le regard de l'homme en le lui rendant. Il ne remercia pas. Il la scruta un moment, surpris, parce qu'il ne l'avait pas vue venir, puis son expression changea. Vivement, il saisit sa main et la serra entre ses paumes froides :

– Merci.

On ne savait trop de quoi.

Il ajouta avec un sourire d'excuse :

– Les vieillards ne sont pas faits pour enterrer des jeunes femmes.

Et il s'éloigna.

– Diane, tu délires ! C'est ta piste, ta seule piste ! L'Armée ne te dira rien ! Si Monticelli était en service commandé, ils nieront ; si elle était à son compte, ils nieront aussi ! Seuls les témoins extérieurs peuvent nous faire avancer ! De Ryck a disparu, si ça se trouve, il est déjà au Pérou, Rosa Nigra est quelque part dans l'enfer des entreprises ! On est à poil, Diane, sans la famille Kergall !

– Leur fille vient de mourir. Ils sont en plein deuil. Elsa, ils ont remis de l'eau dans les vases tous les jours au cimetière. Ils ont choisi une plaque avec un texte à faire pleurer les pierres ! Je ne vais pas débarquer chez eux et essayer de les cuisiner maintenant !

– Et tu ne crois pas qu'ils ont envie de savoir ce qui est arrivé à leur fille ?

– J'irai le leur dire lorsque je le saurai. Ils ne l'apprendront pas par les journaux.

– Mais peut-être qu'ils le savent déjà.

Harpmann éloigna le téléphone de son oreille et soupira.

– Elsa... Je ne pense pas qu'ils le sachent. Rosenzweig croyait que sa famille habitait Biarritz, ça veut dire qu'ils n'allaient pas à son domicile. Et dans son appartement...

– Tu as vu son appartement ?

Diane se mordit la langue.

– Ma petite infraction...

– Tu as brisé les scellés !

– Je suis passée par la fenêtre. L'aïkido est une excellente école d'équilibre.

– Ça dépend de ce qu'on entend par là.

– Et toi, tu entends quoi ?

– Que je sais très bien pourquoi tu réagis comme ça. Mais notre boulot, c'est de poser les questions qui font mal. À Finkielkraut comme à Mauresmo, à Sarkozy comme à Mme Kergall.

– Eh bien, charge-toi de Finkielkraut et de Sarkozy. Pour ma part, je m'occupe de la famille Kergall, mais comme je le veux et quand je le veux. J'ai vu son appart : toute trace d'attache en avait été gommée. Monticelli vivait en sous-marin, sa famille ne devait même pas connaître sa véritable adresse.

– Pure supposition. Diane, je sais que tu traverses un moment difficile...

– Tais-toi... C'est moi qui l'ai identifiée, d'accord ? « *Harpmann* et Délos », ce n'est pas moi qui l'ai dit ! Donne-moi vingt-quatre heures pour trouver une solution. Une autre manière d'avancer.

L'inénarrable Susie monta à Bir-Hakeim. La chaleur dans les rames du métro aérien était à tomber et la simple apparition de la clocharde paraissait susceptible de déclencher un pugilat. Elle fit comme si de rien n'était, posa son sac plastique sur le sol et s'accrocha à une barre. Ses cheveux étaient trempés de sueur ainsi que ses grosses lunettes réparées avec du scotch.

– Bonjour, messieurs, dames. J'voudrais pas foutre la merde mais j'y vais. Est-ce qu'y a quelqu'un ici qu'a l'cancer ? Est-ce qu'y veut lever la main ? Non ? Pourtant, des gens qu'ont le cancer, y en a des tapées ! P't-être même que vous l'avez sans l'savoir ! Mais si vous l'avez pas, tant mieux... Restez comme ça, surtout fumez pas ! Parce que sinon, c'est foutu. Est-ce que vous savez, messieurs, dames, que la grande majorité des fleurs qui fournissent leurs jolies molécules aux traitements contre le cancer poussent dans la forêt tropicale ? Des fleurs utiles ! Eh bien, faites une croix dessus, et une croix sur votre tombe, parce que la forêt tropicale, bientôt, y en aura plus. Je sais, c'est triste, mais surtout sortez pas vos mouchoirs, sauf s'y sont en tissu, parce que les Kleenex, ça déforeste aussi ! À chaque fois qu'on sort son Kleenex pour pleurer mamie, on enterre le papi cancéreux ! Achetez des mouchoirs brodés ! Ou alors chialez plus ! Bon, pourquoi je vous parle de ça ? J'aurais pu vous parler des Indiens d'Amazonie, bien sûr, qui étaient sept millions au XVIe siècle, quand les Espagnols ont commencé à bouffer de l'or et des enfants, et qu'il en reste 250 000 aujourd'hui. Mais je m'étendrai pas, vu que les Indiens, vous en avez rien à foutre, qu'on vous en garderait qu'un exemplaire pour le musée, ça vous irait parfaitement. Je vais vous parler de ce qui vous tient à cœur : vous (et votre cancer) et les a-ni-maux. Figurez-vous que dans l'Amazone, il y a deux espèces adorables de dauphins d'eau douce qui ont le nez et les nageoires très longs. Et qu'est-ce qui leur arrive ? J'entends rien ? Y crèvent, les dauphins ! Pourquoi ? Parce que l'eau est pourrie de plomb et de mercure ! C'est les exploitants miniers qui déversent leurs saletés dans le plus beau fleuve du monde. Là-bas, au fin fond de la forêt vierge. Bon, pleurez pas. Vous mouchez pas, non plus. C'est la fin du flash info. C'était deux euros.

Diane ne discuta pas le prix. Elle paya et s'apprêtait à descendre lorsque son portable sonna :
– Allô, Diane ? C'est Elsa.
– Je te fais mes excuses.
– Moi aussi. Mais, pour le coup, on a de la chance et j'ai de quoi offrir un sursis à la famille Kergall. Tu es où ?
– J'arrive à Montparnasse.
– Change de gare.

— C'EST ICI.

Lancelot, Elsa et Diane affichaient la concentration et la solennité avec lesquelles on s'arrête devant le pendule de Foucault au Panthéon ou le *Penseur* au musée Rodin. À cette nuance près qu'ils se tenaient sur le quai de la station Gare de Lyon, devant la serre.

— Je me disais bien que j'avais vu ces escalators, expliquait Lancelot. Cette carcasse transparente et ces roues ajourées de quatre cercles... Mais je n'arrivais pas du tout à me rappeler où. J'ai fait dix fois le tour des Halles, je suis allé à La Défense, à la Cité des Sciences, à Beaubourg, même à la Maison du Japon...

— Tu ne nous l'avais pas dit, remarqua Diane.

— C'est ma petite Quête à moi, mon Graal. Et ce matin, on m'avait volé mon vélo dans le local de mon immeuble. J'ai pris le métro pour aller à la galerie. Et pop !

— Pop !

La gigantesque silhouette de Lancelot dépassait les voyageurs d'une bonne tête.

— J'ai fait quand même toute la ligne 14 pour vérifier que ça ne pouvait pas être un autre arrêt, mais il n'y a que celui-ci où une serre longe les rails. C'est marrant, ajouta-t-il pensivement, à une époque je m'étais lancé le défi de survivre au sida assez longtemps pour voir la nouvelle ligne de métro. En fait, maintenant que je peux, je préfère pédaler.

Diane jeta un coup d'œil à la station. Celle-ci faisait figure de gare de luxe. Le quai qui filait entre les deux voies était pavé de dalles dorées où les lumières blanches et bleutées des rampes et des spots coulaient en ruisseau. Les tubes transparents qui enveloppaient les rames attiraient immédiatement l'œil par leur futurisme, tout en gardant une légèreté aérienne.

– C'est génial, on a trouvé la serre, remarqua Elsa. Cependant je ne voudrais pas refroidir votre enthousiasme en vous faisant remarquer qu'on n'y voit pas la queue d'un pétunia.

– Très juste, reprit Lancelot, en sortant une mauvaise photo prise à partir de l'écran de sa télévision.

Il montra le bout d'escalator et l'emplacement des bacs de pétunias.

– Elles étaient entre ce ficus et le yucca.

À leur place, un bananier étendait ses amples feuilles.

– Peut-être que non seulement elles modifient leur couleur à volonté mais qu'en plus elles se déplacent toutes seules, suggéra Elsa.

– On pourrait demander au chef de station, proposa Harpmann.

Le jardinier passait trois jours par semaine, expliqua le guichetier qui venait d'interrompre ses exercices d'origami et pensait répondre aux questions de *Ma Maison et mon jardin*. Il ne viendrait que le lendemain. Pour rencontrer le chef de station, il fallait passer par le département presse de la RATP.

– Excusez-moi, monsieur, je peux vous poser quelques questions à vous ? relança Elsa.

– Non, madame, c'est comme pour le chef de station : il me faut une autorisation et à vous aussi.

Il termina son pliage, tira son assemblage aux deux extrémités et posa devant lui une carpe jaune paille.

– Fabuleux, commenta Elsa. Comment vous faites ça ?

Moi, je sais faire la grue et deux ou trois trucs, mais celui-ci a l'air bien plus sophistiqué.

L'homme, une cigarette collée au coin de la bouche – ce qui enfreignait tous les règlements ayant cours en surface et sous terre –, sourit sous ses moustaches et ses yeux jaunes.

– C'est une question de patience et d'affinité.

– D'affinité ?

– En soi, c'est jamais que du pliage. Mais, pour que l'origami soit vraiment réussi, parfaitement symétrique, parfaitement proportionné, il faut une espèce d'entente avec... la matière. L'esprit, la chair et l'atome doivent fonctionner dans une parfaite continuité.

– Comme la nicotine, les poumons et le cancer, commenta Elsa.

Le guichetier éclata de rire et une volée de cendres s'écrasa sur son plan de travail, derrière la caisse.

– Le secret, ce n'est pas l'application, continua-t-il, c'est un enchaînement effectué avec grâce. Le premier pli doit anticiper le dernier. Chaque pli doit contenir tous les autres. Au fond, il s'agit d'une démarche presque mystique. Vous ne pouvez pas réussir dans cet exercice sans approfondir votre être. Un jour, j'ai lu l'interview d'un apnéiste dans *L'Arbitre* (Diane se tut, elle avait écrit cet article) et ce qu'il disait de sa discipline, sur la maîtrise, sur l'introspection qu'elle demandait ; eh bien, j'ai trouvé que c'était tout à fait identique à ce que fait un authentique origamiste.

– Vraiment ? insista Elsa, incrédule.

– À la différence qu'un apnéiste se met en danger, pas un origamiste ; en cela le second est supérieur, car il est sage (ce disant, il saupoudrait de braises ses productions).

– Alors, l'air de rien, derrière cet uniforme vert se cache un moine moderne.

L'homme rayonnait du plaisir d'avoir trouvé une oreille et un œil complices. Diane et Lancelot observaient l'échange avec perplexité.

– Vous m'en faites un autre, pour moi ? demanda Délos.
– D'accord, vous voulez quoi ?
– Un paon.
– Oh, celui-ci est difficile. Mais allons-y.
Pendant qu'il pliait, dépliait et repliait, Elsa continua :
– J'aimerais bien faire un portrait de vous. Pour *À nous Paris* ou *Les Inrocks*. Il faut demander l'autorisation aussi ?
– Ben j'imagine...
– Ils ont peur de mettre en avant leurs salariés à la RATP ? Je suis sûre que ça ferait un bien fou à leur image. Les gens n'ont pas envie d'être servis par des robots, ils aiment associer leur quotidien à des personnalités familières et charismatiques à la fois.
Triomphalement et les joues roses, le guichetier posa sa création devant la journaliste.
– Vous faites merveilleusement le paon, monsieur. Vous m'offrez une feuille ?
Il lui donna un papier violet à motifs jaunes.
– Je vais essayer d'en faire un. Mais ne vous attendez pas à ce qu'il vaille les vôtres.
Alors qu'elle semblait se concentrer sur son ouvrage, Elsa achevait ses manœuvres.
– Surtout sur une ligne comme la 14. Il n'y a même pas de conducteurs. C'est un métro sans visage. Moi, la seule fois que j'ai vu cette station à la télé, je n'ai vu aucun employé de la RATP. C'était sur France 2, je crois.
– Ah ouais, Piratox...
– Piratox ?
– L'exercice Piratox...
– C'était ici ?
– Il y a un an. En fait, vous en avez vu des employés de la RATP dans le reportage. Mais comme il n'y avait que des gens avec des masques à gaz...
– À cause de votre fumée...
– Ben tiens, maintenant qu'on traite les fumeurs comme des terroristes...

Elsa releva brusquement la tête.
– Je crois que j'ai fait du mieux que j'ai pu.
Ses trois compagnons contemplaient son œuvre et n'osaient rien dire. Avec l'embarras qu'on a devant le gribouillage d'un enfant, ils tentaient d'identifier le chiffon de papier qui tire-bouchonnait sur le rebord. S'agissait-il d'une baleine, d'un serpent ou d'une tulipe ? Difficile à dire.
– Bon, d'accord, il n'est peut-être pas tout à fait reconnaissable, reconnut Elsa. Mais j'y suis presque !
– C'est..., avança Lancelot.
– Ben, un renard !

Diane Harpmann avala une gorgée du bouillon qui accompagnait ses pâtes chinoises arôme crevette. Ça n'était pas bon, mais ne coûtait rien et glissait tout seul. Elle avait jeté une trentaine de ces petits sachets sur le bord de l'évier en revenant de chez Tang. Manger ne lui apportait aucun plaisir et cuisiner lui paraissait un casse-tête. Peu de chose pourtant à côté de l'effort d'appuyer sur la touche Lecture de son répondeur. Elle appréhendait d'entendre sa mère. Diane n'avait donné aucune nouvelle malgré ses promesses, depuis leurs retrouvailles à la cordonnerie. La brûlure du bouillon sur la langue n'était rien. Celle de la honte était autrement plus cuisante.
Elle pressa le bouton.
« Diane ? C'est maman. Je suis très déçue, tu sais. Je ne te demande que le minimum. Ton père t'embrasse. Et... moi aussi. »
Elle reposa son bol. La nausée était montée d'un coup. Elle sortit de la cuisine, traversa sa chambre et ouvrit la fenêtre, aspira l'air que la nuit avait à peine adouci. L'angoisse et le malaise lui étreignaient les poumons et l'estomac. Elle se força à respirer lentement, en longs flux. Le bleu et le rouge de l'enseigne du tatoueur lui saturaient la vue. Elle entendit le signal d'un camion

qui faisait marche arrière. Un chat renversa un couvercle de poubelle – un chat ou un singe, pensa-t-elle. Elle releva les yeux. À travers le halo coloré, elle crut entrevoir une ombre rapidement disparue au coin de l'impasse. Elle resta deux minutes à guetter, malgré l'odeur d'orange pourrie qui remontait d'un sac éventré. Il ne se passa rien. Elle revint dans la cuisine, appuya de nouveau pour écouter le second message.

« Bonjour. C'est Terrence Boncœur. J'appelle une dernière fois et après je promets de vous laisser en paix. Mais on pourrait se prendre un café... Je vous montrerais les photos prises à la Samar. Et même si vous ne me rappelez pas, je vous enverrai un ou deux clichés agrandis, pour vous remercier. Au revoir. »

La tentation existait. Ce n'était pas exactement du désir, mais l'espoir d'un oubli, d'un sommeil de la conscience que le sommeil ne donnait plus. Une libération. Elle n'avait pas fait l'amour depuis la mort de Benjamin. Elle aurait peut-être dû ne faire que ça. Elle effaça l'enregistrement. Elle n'avait pas noté le numéro de Boncœur.

Au lieu de l'appeler, elle se mit torse nu et reprit la liasse des articles qu'elles avaient rassemblés sur l'exercice Piratox de Gare de Lyon. Ironie : le 24 juillet 2004, *Le Parisien* avait titré sur cet événement, et, mieux encore, la photographie de la Une faisait apparaître la fameuse bande de pétunias en arrière-plan : le premier montrait des médecins en combinaison anti-chimique, scaphandre gris métallisé et masque à cartouche filtrante, penchés sur une femme à terre. L'exercice, en effet, simulait un attentat au phosgène, un produit que deux terroristes auraient répandu dans la station avec des pulvérisateurs prétendument destinés au nettoyage des quais et des couloirs. Quelques secondes plus tard, les voyageurs titubaient, s'effondraient sur le sol en suffoquant. Programmé dans la nuit pour minimiser les perturbations du trafic, l'exercice avait mobilisé plus de cinq cents personnes : secouristes, policiers, pompiers, employés de la SNCF et de la RATP, ainsi qu'une centaine de figurants pour jouer les blessés et les morts. En surface, le quartier était bouclé, deux cents véhicules mobilisés, des tentes se déployaient, l'évacuation et le tri des victimes s'organisaient. Au final, la préfecture de Paris avait estimé que l'exercice était réussi, hormis un temps excessif pour l'évacuation des personnes, indemnes ou touchées. Dix minutes de trop, ce qui à l'échelle d'un tel attentat n'avait rien de négligeable. Cependant les informations n'allaient pas plus loin, les détails étant considérés comme confidentiels. Rien bien entendu sur le bac à fleurs de la serre, élément de décor a priori parfaitement anodin. Le mystère des pétunias restait entier.

Diane soupira et se releva, avança machinalement vers la fenêtre. Un homme se tenait dans la pénombre, au coin de l'impasse, partiellement dissimulé par le collecteur de verre. La journaliste se jeta de côté. L'instinct lui soufflait que l'ombre fuyante de tout à l'heure n'était pas un mirage. Ni un fantôme, cette fois. Elle alla chercher son appareil numérique, l'image serait sombre mais en zoomant, elle verrait mieux. Quand elle revint, il avait disparu.

« Tant pis, pensa-t-elle, je vais attendre sa prochaine imprudence. J'ai toute mon insomnie pour ça. »

– Ça ne doit pas être pire en Irak, gémit Elsa Délos, sous la veste, le chapeau et le voile de protection.

Elles étaient pourtant à l'ombre des marronniers.

– Pour être franche, répondit Diane Harpmann, je crois que c'est plus confortable ici. Choisir entre passer plusieurs mois entravée dans une cave et être tuée par un obus américain tiré sur ma chambre d'hôtel, ça ne me fait pas rêver.

– Et te tenir immobile comme un totem en plein soleil de peur d'exciter un nuage d'abeilles, tu trouves que c'est confortable ?

– Le cadre est paisible et verdoyant. Tu as peur des insectes ?

– J'ai même peur des coccinelles.

Le capitaine Monange, lui, ne portait ni gants ni masque. Les innombrables hyménoptères qui volaient autour de lui ne semblaient pas l'inquiéter plus que s'il avait été lui-même la reine de la colonie. Il se tenait d'ailleurs au centre du demi-cercle que formaient une quinzaine de ruches à toit métallique. À ses pieds, la fontaine qui servait à abreuver les dizaines de milliers d'ouvrières unissait son murmure au bourdonnement aérien.

— Y a pas de raison de s'inquiéter. Elles ne s'énervent pas pour rien.

Il tenait à la main une cupule.

— Et qu'est-ce qui les énerve ? demanda Elsa.

— Le secret-défense les rend nerveuses. Faut pas trop tourner autour de ça.

Il leur adressa un sourire ironique de sous sa moustache. Ancien gendarme, fraîchement retraité, il avait la soixantaine, le ventre proéminent et la peau bronzée. Il avait été l'un des bâtisseurs des programmes de lutte contre les risques NBC – nucléaires, biologiques, chimiques. Visiblement il aimait maîtriser des environnements dangereux.

— Je ne suis plus en activité mais cela ne me dispense pas de respecter les engagements que j'ai pris pendant ma carrière. Je peux vous parler en expert, je ne peux rien vous dévoiler qui ne soit public.

Diane acquiesça derrière son masque.

— Ne vous inquiétez pas, capitaine, nous avons besoin d'un point de vue compétent, pas d'un confident.

Elsa ne précisa pas que le ministère de la Défense l'avait envoyée sur les roses, le ministère de l'Intérieur tout autant, ainsi que la Préfecture, le ministère de la Santé et toutes sortes d'officines liées aux programmes Biotox et Piratome, l'Institut national de recherche et de sécurité, l'Afssapp, la Direction générale de la Santé. Visiblement, des instructions avaient été données. Même à l'abri des arbres et des buissons, en ce lieu où le bruit de Paris s'éteignait, elles ne pouvaient plus espérer enquêter à couvert. Elles virent un chat s'échapper d'une plate-bande de tulipes et grimper à un tronc. Un oiseau s'envola.

— Nous enquêtons sur les activités d'une société qui se consacrait à la génétique florale. Rosa Nigra. Suite à la fusillade qui a eu lieu dans un restaurant chinois du 13e arrondissement.

Il couva ses abeilles d'un sourire bienveillant. Il aimait

ses acacias, il aimait ses tilleuls, ses châtaigniers, tous destinés à offrir des fleurs suaves au cheptel.

– J'ai entendu parler de ça. Curieusement les nouvelles arrivent jusqu'ici. Mais j'avoue que je n'y ai guère prêté attention.

– Rosa Nigra faisait officiellement de la recherche sur les fleurs. Officieusement aussi d'ailleurs. Mais pas tout à fait celles qu'elle avait déclarées ni de la manière dont elle prétendait le faire. Nous avons également découvert des documents troublants que nous n'arrivons pas à déchiffrer complètement et qui pourraient être liés à des questions de bioterrorisme.

– Vous pensez que la société cachait une entreprise terroriste ?

– Terroriste ou contre-terroriste... On ne sait pas.

Les journalistes étaient convenues de ne pas évoquer le statut militaire d'Éloïse Monticelli. Les voiles de protection qui masquaient leurs traits et le bourdonnement des insectes qui parasitait leurs voix facilitaient la dissimulation.

– Voulez-vous voir l'un des documents ?

Il les entraîna sous le kiosque polygonal qui servait de cabanon, dégagea le banc encombré de matériel et les invita à s'asseoir. Il les imita en prenant place sur une ruche vide. Les reporters lui expliquèrent le contenu de la cassette.

– Je ne vois pas ce que je pourrais vous apprendre. Je suis apiculteur, ex-soldat, les fleurs, à part les pollens, ce n'est pas mon domaine.

– Et cette feuille ?

Elles lui tendirent une copie.

– Les premières lignes sont des descriptions de fleurs.

– Oui, c'est clair... mais...

Il s'arrêta, brusquement absorbé par ce qu'il lisait. Ses yeux sautèrent de ligne en ligne, reprirent le même chemin, plusieurs fois. De plus en plus concentrés. Ensuite, il se fit répéter les séquences vidéo.

– Les fleurs changeaient de couleur au contact d'un produit ?

– D'après ce que nous avons compris, il peut être très difficile de stabiliser la couleur d'une fleur que l'on a conçue. C'est le cas en particulier pour certaines couleurs et certaines fleurs, le bleu, par exemple, pour une rose. Ou le noir... La société Suntory a investi des millions pour essayer de créer, intensifier puis stabiliser le bleu de sa rose.

Il regarda au loin comme s'il cherchait à repérer la plus éloignée de ses protégées, comme si son œil lui permettait de l'apercevoir à des kilomètres de distance. D'une voix calme mais tendue, il reprit :

– Je suis en pleine opération de sélection de mes reines, ce qui est très délicat. Je dois procéder à l'orphelinage dans certaines ruches et je n'en dors presque plus. Dire que j'étais réputé pour mon sang-froid ! Pour d'autres, je nourris déjà les larves (un tiers d'eau, deux tiers de miel) en attendant l'operculation des cellules. Après, je devrai attendre treize interminables jours pour les transférer en ruchettes de fécondation. C'est très éprouvant pour les nerfs. Vous me rappellerez de vous donner deux pots avant votre départ ?

Ses yeux revinrent sur le papier.

– Est-ce que ce document est classé ?

C'est Elsa qui répondit la première.

– Rien ne l'indique.

– Que savez-vous sur Rosa Nigra ?

– Elle a disparu. Elle était implantée près de la Grande Bibliothèque, régulièrement inscrite au Registre du commerce. Elle était dirigée par un homme qui prétendait s'appeler Laurent De Ryck. À partir de ces documents et d'autres éléments, nous l'avons soupçonnée de se livrer à des activités illégales, notamment d'avoir volé des secrets industriels appartenant à Suntory, le créateur de la rose bleue. La veille de la sortie de notre article dans *Le Parisien*, ses locaux ont été évacués. Écoutez, nous ne vous demandons aucune trahison. C'est nous qui avons découvert ce document ; pour l'instant, c'est nous qui vous donnons des informations, ce que vous pourriez avancer si l'on vous réclamait des comptes. De notre côté, nous ne vous demandons que des renseignements qui sont de l'ordre du Savoir. Savez-vous par exemple à quoi correspondent ces sigles que nous n'avons pas pu décrypter ?

Il observa les journalistes avec une expression de défi, soupira d'un air entendu :

– Oui, je le sais.

– Parce que vous êtes un expert en bioterrorisme ou parce que vous avez accès à des informations classées ?

– D'une certaine manière, ce sont des informations accessibles à tous. Il faut juste en être familier pour tilter.

Il releva la tête.

– Ces sigles sont la combinaison du nom d'un produit et de son classement dans la nomenclature du programme de lutte contre les crises du Center for Disease Control, le CDC américain. Je ne m'en serais pas aperçu si je n'en avais pas eu trois identiques dans la même page : « BMDLp », c'est-à-dire « BMD » pour la section *Bacterial and Mycotic Diseases*, et Lp pour *Legionella pneumophila*, la bactérie provoquant la légionellose. « ABa », autrement dit, « A » pour les agents de classe A susceptibles d'être employés par des bioterroristes, c'est la catégorie qui rassemble les agents faciles à disséminer, déclenchant des maladies aisément transmissibles de personne à personne et provoquant un fort taux de mortalité. Puis « Ba » pour *Bacillus anthracis*, l'anthrax, qui engendre la maladie du charbon. Avec « VAH », on n'est plus dans le domaine biologique mais chimique. « VA » signifie *Vesicant Agents*, donc les irritants cutanés, et H désigne un gaz moutarde. Deux substances biologiques, un produit chimique. Vous m'avez dit que sur la vidéo, un produit était pulvérisé par aérosol sur les fleurs ? Vos aérosols contenaient probablement des spores de charbon, de l'eau portant la bactérie de la légionellose et des vapeurs d'ypérite.

— Vous pensez que Rosa Nigra testait des produits dangereux sur des plantes ?

— Non, je pense que, peut-être, Rosa Nigra testait les plantes.

— Je ne comprends rien, avoua Elsa.

— Réfléchissez...

Diane hochait la tête.

— Vous pensez que ces plantes étaient conçues pour changer de couleur au contact de ces substances ? Comme un réactif ?

Pendant qu'il parlait, une abeille vint se poser sur le voile qui dissimulait le visage de Diane. Tout d'abord, celle-ci eut le réflexe de reculer mais elle se reprit aussitôt. De si près, l'insecte avait la taille d'un mastodonte et occupait tout son champ de vision. Accrochée au tissu par les crochets qui terminaient ses pattes, la géante ouvrait et fermait ses mandibules, ses antennes articulées s'agitant sans cesse. Ses longs yeux semblaient vouloir percer les mystères du voile mais opposaient eux-mêmes une noirceur absolue à l'investigation. L'animal avait quelque chose de frivole, thorax recouvert d'une fourrure grise, taille de guêpe et ailes translucides, mais lorsque son abdomen rayé brandit un dard de la forme d'un harpon à la hauteur du nez de Diane, son attitude parut plus menaçante. Elle s'envola tout à coup et Harpmann se demanda quelles étaient ses intentions. Peut-être allait-elle chercher le défaut dans la cuirasse, la piquer à la cheville ou au cou, mais pour quelle raison ?

Le capitaine Monange continuait, sans remarquer le jeu de l'arthropode :

— Encore une fois, je n'y connais rien en botanique, en génétique, etc. En revanche, ce ne serait pas la première fois que la recherche militaire trouverait dans les sciences de la vie des solutions à certains de ses besoins. J'étais déjà dans l'armée, à la fin des années 60, quand on a commencé à parler de dresser des dauphins pour la marine américaine. À l'époque, ça paraissait totalement farfelu. Pendant la première guerre du Golfe, à laquelle j'ai participé, ils en ont utilisé une vingtaine pour des missions de repérage de mines sous-marines ou comme sentinelles pour les installations portuaires. Et, plus tard, on a appris que les Soviétiques aussi avaient eu leur équipe de dauphins dont certains étaient même dressés pour tuer.

– J'espère que vous ne prévoyez rien de tel avec vos abeilles..., plaisanta Elsa.

– Bah, si on le faisait, il ne faudrait pas cette espèce. Il y a vingt mille espèces d'abeilles, vous savez, dont une tripotée d'abeilles tueuses. Autant choisir celles qui ont le meilleur potentiel.

– Vous me faites rêver.

– Pour ma part, je préfère les voir produire du miel, concéda le soldat. Bon, je crois aussi que les combinaisons ultramodernes Land Warrior sont en partie faites d'un textile créé à partir du fil de toile d'araignée. On a aussi exploité les capacités autonettoyantes des fleurs de lotus. De toute manière, les militaires se sont investis à fond dans les OGM. Donc, la modification génétique d'une fleur à des fins militaires ne m'étonnerait pas plus que ça. Ce que j'entrevois, en tout cas, c'est un instrument dont un homme comme moi aurait rêvé de disposer au cours de ses années de travail : un détecteur naturel. Le point commun entre tous les produits de la liste, c'est qu'ils ne provoquent pas d'effets immédiatement perceptibles. Le gaz moutarde H n'a pas d'odeur et il est le seul irritant cutané qui ne crée pas de symptômes au moment du contact. Les autres attaquent tout de suite la peau, les yeux, les poumons. L'ypérite H attaque les mêmes organes mais au bout de deux à vingt-quatre heures. Si bien que les populations peuvent rester exposées sans même s'en rendre compte et que par ailleurs, des patients peuvent se présenter à l'hôpital sans qu'on sache où ils ont été exposés. Vous vous rappelez le temps qu'il a fallu pour découvrir la source de l'épidémie de légionellose qui a sévi à Lyon ? Des semaines. On avait les patients mais impossible de déterminer où ils avaient chopé la bactérie. L'anthrax, pareil. Si vous ouvrez une enveloppe et qu'une poudre blanche se répand sur vos doigts, vous déclencherez peut-être le plan rouge. Mais si les spores sont disséminées dans l'air ou dans l'eau, qui s'en rendra compte ? Les symptômes peuvent apparaître jusqu'à six jours après l'exposition et dans les premiers temps la maladie ressemble à s'y méprendre à une infection pulmonaire.

L'abeille bourdonnait d'une manière intense près des oreilles d'Harpmann.

– Il n'existe pas de système de détection ?

– Ce qu'on avait jusqu'à une date récente, c'était des mallettes équipées de différents instruments pour tester des échantillons. Encore faut-il que la contamination soit repérée, savoir où prélever ces échantillons, prendre en compte le temps d'analyse et être averti que pour certaines méthodes la fiabilité n'est pas totale. Les Américains sont sur le point de disposer d'une machine, l'APDS, qui analyse en permanence la composition de l'air. C'est une formule intéressante pour des lieux comme les aéroports, les gares, les stades. Encore faut-il disposer de plusieurs dizaines d'appareils à chaque fois. Ce qui distingue le réactif que vous me décrivez, c'est d'abord deux traits négatifs, la super spécialisation, puisque chaque fleur semble destinée à détecter *un* produit, et l'aspect saisonnier : elles ne fleurissent pas toute l'année, ces fleurs, donc il faut les renouveler. Pour les aspects positifs, ils sont remarquables : la continuité de la surveillance et l'instantanéité de l'alerte qui permet donc de disposer d'un dispositif préventif permanent, mais le plus grand atout de cette méthode – si elle existe – c'est une capacité de dissémination extrême.

Je prends une poignée de graines, je la balance et le temps que ça pousse, je dispose d'un réactif. Cette qualité-là est extraordinaire : imaginez, non seulement on peut surveiller des cibles très précises (une usine, un laboratoire, un bâtiment sensible) mais aussi répandre le réactif partout, dans toute une ville. Dans toute une région. Et plus encore, il est possible de le répandre à discrétion, à l'insu même des cibles concernées, voire de balancer les graines depuis un avion ou un hélicoptère. On pourrait même faire les relevés depuis un satellite !

– Vous voulez dire...
– Que c'est un dispositif potentiellement préventif mais également un bel outil d'espionnage.

Elsa secouait la tête.

– Mais... quel intérêt ? Je veux dire : quel intérêt y a-t-il à détecter une épidémie de légionellose depuis un satellite ?

– Aucun. Pour la légionellose. Pour le gaz moutarde, ce pourrait être intéressant dans un certain contexte : savoir si ce produit a été utilisé sur un théâtre d'opérations, s'il faut s'attendre à une telle attaque. Mais là encore l'usage est restreint. Encore faut-il savoir que le théâtre d'opérations allait l'être suffisamment à l'avance pour y implanter le dispositif. Non, j'y pense surtout pour le troisième élément.

– Le coquelicot. Qu'est-ce que signifie « r.i. » ?

Il sourit. Trois abeilles étaient posées sur sa main nue.

– Rayonnements ionisants. Ce serait logique.

Harpmann resta muette derrière son masque. Délos en oublia la menace apoïde.

– Ça, ce serait carrément révolutionnaire, concéda le capitaine. (Il sourit à nouveau :) Je ne sais pas à quel degré de radioactivité est censé réagir ce coquelicot. Disons simplement que j'extrapole. Est-ce que cette plante pourrait réagir à un faible taux et détecter un environnement contaminé par l'usage d'armes à uranium appauvri ? Elle indiquerait les zones à éviter pour les soldats ou la population. Mais, le nucléaire étant un domaine traditionnellement opaque, cette plante serait aussi le moyen de révéler un accident, une fuite ou une activité nucléaires à l'insu de ses auteurs. Imaginez qu'on disperse ces coquelicots dans certains sites ex-soviétiques à l'insu des autorités locales, on aurait la possibilité de vérifier nous-mêmes certaines allégations concernant l'abandon de substances radioactives dans la nature. J'en connais quelques-uns, en Norvège ou en Ukraine, qui seraient soulagés de ne pas avoir à s'en tenir aux discours officiels.

– Aïe, gémit Diane, lorsque l'insecte la piqua.

– Attendez, je vais vous chercher du vinaigre.

Il se leva, attrapa une bouteille en plastique et un paquet de coton hydrophile posés dans un coin et revint. Il appliqua le liquide sur le poignet de la journaliste.

– On a beau dire, on n'a rien inventé d'aussi efficace. Tant pis si ça pue.

Elsa profita de la pause pour relire ses notes.

– J'ai une dernière question, capitaine.

– Je l'aurais parié.

– Pensez-vous que les recherches menées par Rosa Nigra pouvaient l'être de manière totalement privée, autonome, en dehors de toute autorité ?

Le capitaine Monange jeta un œil inquisiteur aux arbres, aux pelouses, aux plates-bandes fleuries. Il s'attarda sur un promeneur qui tenait un journal sous son bras, une jeune femme noire poussant un landau, une vieille dame qui tricotait sur un banc. Tous semblaient incarner des candidats au rôle d'espion. Puis il détourna le regard.

– Vous voulez mon avis ? C'est signé. Si l'une de ces plantes est génétiquement modifiée pour réagir à un environnement radioactif, l'armée ne peut qu'être impliquée. Vous savez pourquoi ? Parce qu'on ne peut pas manipuler des substances radioactives comme un tube de dentifrice. Les lieux où l'on peut le faire dans un environnement sécurisé ne se trouvent pas à tous les coins de rue, et tous sont liés au CEA et aux militaires.

Diane sursauta :

– À Cadarache ?

– Oui. Ils possèdent un site avec des chambres de mesure, des boîtes isolées qui permettent des manipulations sur les plantes, en contrôlant toutes sortes de paramètres, notamment les rayonnements ionisants. Et vous pouvez me rendre un service ? Ne me citez pas. Appelez-moi « de source autorisée » ou « selon un expert ». Ça suffira.

Elles quittèrent le pavillon Davioud avec leurs pots de miel et rejoignirent l'une des allées sinueuses qui sillonnent le jardin du Luxembourg. Cette traversée leur donna un irréductible sentiment d'irréalité. Le temps s'arrêtait aux grilles. Des lecteurs, chapeau de paille sur la tête, robe à fleurs resplendissant sous le soleil, une chaise pour le dos, une autre pour les jambes, tournaient lentement les pages de leur livre. Un faune dansait entre deux palmiers en pots. Un peintre avait installé son chevalet sous un fronton d'orangers. Dans les bassins, des flottilles de voiliers tentaient de dangereuses expéditions. Les enfants qui surveillaient leur embarcation poussaient des hurlements dès qu'ils la voyaient s'approcher des jets d'eau. Un marathonien sexagénaire semblait entamer son millionième tour.

– C'est peut-être pas LE papier du siècle, mais en tout cas c'est LE papier de l'année, annonça Elsa d'une voix que l'excitation abaissait de deux tons.

Elle chuchotait plus qu'elle ne parlait, sentant que, l'enquête avançant, la situation devenait plus critique.

– On a fait fausse route en pensant que Rosa Nigra était juste un repère de bandits de la génétique. Rosa Nigra était probablement un paravent pour des recherches secrètes liées aux armes biologiques et chimiques.

Harpmann n'écoutait pas. Elle se demandait dans quel monde elle avait basculé. Un an auparavant, c'était de l'autre côté de ce miroir qu'elle vivait. Son fils courait derrière les pigeons, Benjamin voulait s'arrêter devant les terrains de tennis pour regarder la partie, et elle aurait esquissé quelques mouvements de tai-chi sous les fruits d'un grenadier. Depuis leur disparition, tout ce qu'elle approchait noircissait, tout ce qu'elle touchait se consumait.

– Diane ? Le fait qu'Hoelenn Kergall ait justement travaillé pour le CEA à Cadarache ne peut pas être une coïncidence. D'une manière ou d'une autre, pour son compte personnel ou pour celui de Rosa Nigra, elle a continué ici ce qu'elle avait entamé là-bas.

Harpmann observait deux jeunes hommes en chemise blanche qui jouaient au badminton. L'un des deux était Alexander MacQueen, pensa-t-elle. « Il va attraper une insolation. » Et elle chercha des yeux si ne traînait pas un chapeau qu'elle aurait pu lui apporter.

– Ce qui me chiffonne, finit-elle par concéder, c'est ce que la rose bleue vient faire ici. Si Rosa Nigra ne travaillait pas à créer des fleurs pour le commerce, mais des prototypes réagissant à certaines substances biologiques ou chimiques, que vient faire la rose Suntory là-dedans ? Il y a des milliers et des milliers de roses. Ils auraient pu choisir n'importe laquelle. Celle-ci est un secret valant des milliards, appartenant à une société qui protège son invention. Il a forcément été difficile et coûteux d'en récupérer la formule, sans compter que c'était illégal. Je me suis demandé si le caractère instable de la couleur pouvait justement être la raison pour laquelle on l'avait utilisée. Est-ce que cette instabilité ne lui permettrait pas de réagir plus facilement et plus vite au contact des produits ? Il faudrait poser la question au professeur Messager.

– Tu conviendras qu'il est maintenant moins délicat de contacter les parents d'Hoelenn Kergall. Nous n'avons pas à leur annoncer que leur fille travaillait pour une bande de voyous botanistes. A priori, elle était investie dans un programme touchant à la sécurité nationale.

– Sauf qu'on n'a aucune idée de ce qu'elle faisait au Niçois avec des documents confidentiels. L'une des hypothèses crédibles est quand même qu'elle et Laurent De Ryck les revendaient.

– On n'en est pas là. Et si jamais c'était le cas, la question ne sera plus de savoir si la révélation ferait ou non de la peine à sa famille.

– Pour moi oui. Quoi qu'elle ait fait, je ne veux pas clouer Hoelenn Kergall au pilori.

– Pourquoi ? demanda Elsa avec une intonation où l'agacement pointait.

– Parce qu'elle prenait bien soin de ses fleurs. Moi, il ne faut rien m'offrir qu'il faille arroser, je fais tout crever.

Elsa s'arrêta net.

– Diane. Tu t'entends parler ?

– Quoi !

– « Je fais tout crever » ! C'est exactement ce que tu viens de dire.

– Je parlais des plantes.

– Dis ça à un psy !

– Je pourrais leur raconter que je viens de gagner au PMU en jouant le 15, le 2 et l'as. Ils trouveraient aussi de quoi interpréter.

– Tu portes un sentiment de culpabilité de la taille de la tour Eiffel.

On en voyait d'ailleurs la pointe diaphane dans le ciel blanc, à l'ouest.

– Diane... Il faut qu'on les voie.

– Alors, appelle-les, toi.

Délos s'éloigna de quelques pas, laissant Harpmann tourner en rond, les bras croisés, taquinant les cailloux du bout de ses espadrilles. Elle gratta la piqûre sur son poignet.

– On y va tout de suite.

Elles trouvèrent un taxi rue Soufflot, laissant derrière

elles l'univers des fontaines moussues et des marguerites.

Sur le siège arrière, Diane n'avait qu'une chose en tête : que penserait Henri Piercourt s'il découvrait que l'inconnue du cimetière, celle dont il avait serré la main dans les siennes, était une journaliste ? Elle était terrifiée à l'idée de le croiser chez les Kergall. L'angoisse qui la taraudait redoubla quand l'image de sa propre mère vint se juxtaposer à celle du vieil homme. Elle n'avait toujours pas donné de nouvelles. Les messages de Solenn, implacables, s'accumulaient sur son répondeur.

Elle tira de sa poche le calepin où elle avait pris ses notes les jours précédents. Elle s'attarda sur l'inscription gravée sur la plaque funéraire d'Hoelenn :

> *Comment jamais dire sans elle*
> *ce que furent nos espérances,*
> *et les tendres intermittences*
> *dans la partance continuelle.*

– Rainer Maria Rilke, commenta Elsa.

Un auteur que Benjamin aimait. Benjamin avait toujours un livre dans la poche.

– C'est beau.
– Oui. En réalité, c'est un poème sur les roses.
– Vraiment ?

Son intuition lui souffla que l'homme qui avait choisi ces mots était le grand-père d'Hoelenn. Elle arrivait à peine à respirer. Tout concourait à cette asphyxie : le flux d'air tiède qui giclait par l'entrebâillement de la vitre avant, la peur de blesser les Kergall, la peur de leur colère aussi, la même anxiété vis-à-vis de sa propre famille, la crainte de se trahir devant le grand-père, le vers de Rilke, « *ce que furent nos espérances* », lourd de peine et de nostalgie pour ce qui n'a pas eu le temps d'être. Un instant, elle vit le visage de Lise Cioppa, la noyée, livide, boursouflé, répéter en crachant une eau verte : « *ce que furent nos espérances* ».

– On est attendues.

Elsa désigna deux hommes en faction devant le 15 de la rue de Pondichéry. De ces hommes qui, même en civil, semblent porter l'uniforme. Râblés, sportifs, le cheveu ras. Dès que le taxi s'arrêta, ils vinrent se poster près des portières. Et aussitôt qu'elles furent sorties :

– Elsa Délos ? Diane Harpmann ?

L'un d'eux brandit une carte à bandeau tricolore.

– Non, Diane Harpmann, Elsa Délos, rectifia Elsa.

Une Laguna ronronnait à dix mètres de là.

La voiture ralentit aux abords des Invalides. Le chauffeur ne leur avait pas adressé un mot, les deux autres non plus. Diane et Elsa se demandaient, en silence, qui avait prévenu la cavalerie : le capitaine ou la famille Kergall. Ils tournèrent sur la place de Finlande. Leurs accompagnateurs gardaient l'air dégagé et le regard lointain. Ils longèrent encore les quais quelques secondes. La Renault s'arrêta. L'homme qui avait partagé avec elles la banquette arrière se leva et leur ouvrit la portière, entre courtoisie et ordre muet. L'immeuble était une haute bâtisse Art nouveau, tendance gothique, avec une façade presque déchiquetée par des balcons, des colonnades et des dentelles en ferronnerie. Il murmura quelque chose à l'interphone poussa le lourd battant et leur glissa : « Quatrième. »

– Bon Dieu, cet ascenseur est plus grand et plus meublé que mon appartement, remarqua Elsa.

Elle évoquait sans doute le tapis iranien, la chaise capitonnée de soie, le miroir au cadre massif. La cabine les déposa sur un palier fastueux.

Une porte était entrouverte. L'endroit était étrangement silencieux. Elles suivirent le couloir, débouchèrent dans un vaste salon. Leur tournant le dos, un homme se faisait couper les cheveux. D'ailleurs, en y prêtant attention, on entendait un *clic* de temps en temps et un chuintement presque imperceptible : le bruit des ciseaux et la chute des mèches sur le parquet d'un brun presque noir. La pièce était exceptionnelle. La baie vitrée s'ouvrait sur la Seine et la Rive Droite où la verrière du Grand Palais émergeait d'un nuage de verdure. Les meubles, la décoration indiquaient plus que la prospérité, l'opulence ; une opulence maîtrisée à l'extrême, coulée dans des objets minutieusement choisis, tous remarquables, nombreux, mais posés chacun à une place d'une justesse indiscutable. Ainsi ce fauteuil en bronze doré dont le dossier enserrait le corps d'un véritable bébé crocodile ; ainsi l'aigle empaillé qui se dressait sur le piano ; ainsi les deux portraits, des originaux de Warhol à n'en pas douter, un « Lénine rouge » et un « Lénine noir » accrochés au mur de droite.

– Pardonnez-moi. J'en ai pour un instant, mesdames. Voulez-vous vous asseoir ?

Elles s'installèrent sur un canapé couvert de peau de vachette. Diane posa à ses pieds le sac contenant les pots de miel. Un employé se présenta :

– Que puis-je vous servir ?

– Un Coca frappé avec une boule de glace à la vanille, lança Elsa.

– Un thé tchaï, beaucoup de sucre, un peu de lait, une tranche de figue fraîche, fit Diane en écho.

L'employé écarquilla les yeux pendant que le maître éclatait de rire.

– Je ne veux pas être grossier... Il ne me reste que ce champagne que, pour tout vous avouer, j'ai entamé hier soir. Voudriez-vous... ?

– Bien sûr. Mais vous ne nous avez pas invitées pour ça.

– Bien sûr.

De lui, elle ne voyait que l'arrière du crâne, des cheveux argentés qui ondulaient jusqu'au cou. La manche d'un costume de luxe, un bouton de manchette en or blanc. La pointe d'une chaussure luisante. Sa voix était plutôt grave, vibrante, aristocratique.

L'employé revint avec trois flûtes qu'il posa sur la

table basse, ainsi que trois verres et une bouteille d'Évian. Il repartit à pas feutrés. Le coiffeur, lui, achevait son œuvre. Il lâcha les ciseaux, attrapa un miroir, mais sur un signe, il y renonça, ramassa son matériel et quitta la pièce. Leur hôte se leva et se retourna. Visage long, alerte, un peu anguleux, mais d'autres auraient dit « décidé », le front haut, les yeux profonds, la bouche fine. Diane eut un sentiment de familiarité, mais c'est Elsa qui enchaîna :

– Maître Duroy-Forest.

Cette fois, Diane le reconnut. C'était un avocat médiatique. On le voyait de loin en loin, dans sa robe noire, répondre à des meutes de journalistes, en début de procès ou après le jugement. Beau parleur, sûr de lui, parfois agressif, il aimait les caméras. Et l'argent, pensa Diane. Pas le genre à défendre la veuve et l'orphelin, sauf s'ils venaient d'hériter.

Il leur serra la main, présenta les flûtes, puis saisit la sienne avant de s'asseoir dans un fauteuil bibendum en cuir rouge. Il se permit une gorgée et un sourire avant d'attaquer :

– Je vous dois des excuses. Cette manière de vous faire embarquer sans crier gare... mais il y avait urgence. Et j'ai pensé qu'en parler de vive voix pourrait contribuer à vous convaincre.

Il n'y avait donc plus qu'à attendre le laïus.

– Pour commencer, je dois vous dire que nous, mes clients et moi, avons le plus grand respect pour le travail que vous avez accompli dans cette affaire. Cependant ces investigations embarrassent et inquiètent ceux qui m'ont chargé de vous parler. Ces derniers jours, quelques clochettes ont tinté à leurs oreilles. On m'a rapporté que votre enquête avançait à grands pas. Vos précédentes révélations dans *Le Parisien* les avaient déjà mis en alerte.

Elsa, qui sur le *Titanic* en plein naufrage eût sans doute continué à prendre des notes, ouvrit son carnet et attrapa son stylo.

– Pardonnez-moi. Qui sont vos clients ?
– Ils ont choisi de rester anonymes.
– Comment espérez-vous que nous vous prenions au sérieux si nous n'avons aucune idée des personnes que vous représentez ?
– Souvent, on me prend au sérieux pour moi-même, sourit-il.
– Nous ne devons donc apprendre qu'une chose de vous : certains sont gênés par notre enquête. Pensez-vous nous surprendre ?
– Je peux vous en dire un tout petit peu plus.

Maître Gilbert Duroy-Forest reposa sa flûte.

– Votre enquête, toute honnête et légitime qu'elle soit, nous pose un problème majeur. Elle touche à des questions de sécurité nationale. Vous avez commencé votre travail sur un simple fait divers, cependant vous êtes désormais loin de vos bases. Et sans doute, vous me pardonnerez, pas à votre place.
– La police semble totalement dans les choux, remarqua Diane.
– La police n'est pas la plus habilitée à traiter cette affaire.
– Et qui la traite exactement ? Et comment ?
– Si je vous le disais, alors je devrais tout vous dire. *Nous* traitons cette affaire. À notre manière. Et pour cela, nous avons besoin de savoir ce que vous savez et ce que vous avez l'intention de faire et d'écrire.
– Nous ne comprenons pas, maître. Vous parlez sécurité nationale, vous dites que vous traitez cette affaire, qui est une affaire de justice, comme s'il s'agissait de votre territoire, du moins celui de vos clients...
– Je ne suis qu'avocat, pas préfet.

Mais dans le ton, on comprenait qu'à ses yeux, un préfet était peu de chose.

Elsa et Diane échangèrent un regard.
– Permettez ?

Elles se concertèrent à voix basse :
– Qu'est-ce que je lui dis ? murmura Diane. Je ne vois

pas pourquoi on lâcherait une virgule de ce qu'on sait. Il ne nous a rien donné.

– Lâche tout. De toute manière, ça va sortir dans quelques heures. Il faut qu'on l'appâte un minimum pour se faire confirmer le maximum. Et... n'emploie que l'indicatif.

Diane acquiesça et se redressa.

– Bien. Vous savez déjà ce que nous avons publié dans *Le Parisien*. Depuis, nous avons donc identifié Éloïse Monticelli. De son vrai nom Hoelenn Kergall. À notre connaissance, Hoelenn Kergall était un ingénieur travaillant au CEA puis au sein de Rosa Nigra à un titre qu'il nous reste à déterminer. Nous avons aussi appris qu'Hoelenn Kergall menait des recherches touchant à la lutte contre le bioterrorisme.

L'avocat ne broncha pas. Il ne paraissait pas non plus ravi. Son silence était une reconnaissance tacite.

– Nous avons identifié les produits cités dans les documents récupérés rue Baudricourt aux abords du lieu de la fusillade. Ils désignent plusieurs substances biologiques ou chimiques au contact desquelles des fleurs génétiquement modifiées réagiraient comme des révélateurs. S'y ajoute la radioactivité à un niveau que nous ignorons.

Cette fois, Gilbert Duroy-Forest se raidit et blêmit légèrement.

– Vous ne pouvez pas écrire ça.

Diane passa outre :

– Ce que nous ignorons encore est la raison de la fusillade au Bombyx. Éloïse Monticelli a-t-elle voulu vendre des informations confidentielles ? Au contraire, a-t-elle voulu soustraire ces documents à des ennemis ? A-t-elle voulu quitter le programme et menacé de révéler son existence au grand jour ? Nous ne savons pas le fin mot de cette histoire. Ce que nous savons en revanche, c'est que les triades chinoises ne sont pour rien dans ce massacre.

L'œil droit de leur hôte étincela.

– Vous ne pensez tout de même pas que *mes* clients ont tué Éloïse Monticelli !

– Comment savoir ? Vous refusez de les nommer ! Et Éloïse Monticelli aurait pu trahir.

Il écarta l'hypothèse d'un geste agacé.

– Vous comprenez ce que vous préparez ? Si cet article sort, vous porterez un coup douloureux aux intérêts de notre pays et de son économie. En disséminant ces informations, vous exposez au grand jour des recherches ultrasecrètes. Ce faisant, vous les fragilisez dramatiquement. Et vous offrez sur un plateau, à nos concurrents, des informations précieuses. Pour couronner le tout, vous les offrez à ceux-là mêmes qui ont assassiné pour les obtenir.

– Vous savez donc qui a tué Hoelenn Kergall ?

Il éluda encore :

– Je ne parle pas en mon nom mais au nom de mes clients. Ils m'ont chargé d'un message : « Mesdames, renoncez à cet article. » Au nom de la France.

Au côté de Diane, Elsa bouillait.

– Gardez pour le prétoire vos discours de circonstance, maître. Je vous ai vu servir des sociétés suisses ou luxembourgeoises avec dévotion.

Ils échangèrent un long regard acerbe.

– Si elles ont gagné, c'est qu'elles étaient dans leur droit, madame.

Au loin, le Lénine rouge et le Lénine noir se marraient.

– Eh bien, mon droit à moi, c'est d'écrire ce que je sais. Je suis payée deux mille deux cents euros par mois, brut. Ce n'est pas avec ça que je vais m'acheter une Jaguar. Ni le coin droit du tapis sur lequel j'ai les pieds posés. Mais pour ce prix-là mes lecteurs achètent la vérité – et ils ne l'ont pas toujours. Je veux savoir ce qui est arrivé au Bombyx, mon patron veut le savoir, mes lecteurs veulent le savoir. Ils sont la France autant que vous.

Diane finissait tranquillement son champagne. Elle

posa doucement sa flûte. Le tintement du verre sur la table basse froissa le silence glacial.

– Ce qu'il convient de faire ne sera pas de notre ressort, mais de celui de la rédaction, intervint-elle. Il y a bien des manières d'écrire un article et de retranscrire des informations. Peut-être y a-t-il possibilité de dire sans dévoiler. Mais ce choix ne nous appartient pas. Pour ce qui me concerne, je ne cherche pas à divulguer des informations sur des programmes de recherche ultrasecrets. Je cherche à connaître les raisons de la fusillade du Bombyx.

– L'un ne va pas sans l'autre, grommela-t-il.

Bien joué, pensa Délos.

– Vous voulez que nous n'évoquions pas les détails de ce qui se passait chez Rosa Nigra, résuma Harpmann. Que nous donnez-nous en échange ?

– Qu'est-ce que vous voulez ?

– Je veux les réponses à deux questions. La première est : « Pourquoi les documents que portait Hoelenn Kergall étaient-ils rédigés en anglais et faisaient-ils référence au classement du CDC américain plutôt qu'à un classement français ou européen ? » La seconde est : « Puisque vous savez qui a tué Hoelenn Kergall, qu'allez-vous faire des assassins ? »

– Bien. Nous pensons que si les documents que portait Hoelenn Kergall étaient rédigés en anglais, c'est qu'ils s'adressaient à des personnes anglophones.

– J'en veux plus. Si je n'avais pas fait moi-même cette hypothèse, je ne vous aurais pas posé la question.

Il se pencha brusquement en avant et reprit sur un ton agressif :

– C'est *off*. Si vous me citez, je nierai, je vous traînerai en justice.

– L'anonymat de nos sources est assuré si elles en font la demande.

– J'en fais expressément la demande.

Il ajouta, tendu :

– Nous pensons que les documents étaient destinés à des Américains.

– Quels Américains ? On parle de recherches sur les risques biologiques et chimiques. Hoelenn Kergall ne pouvait fournir légalement de tels documents à des étrangers.

– Nous enquêtons encore.

– Vous parlez de services de renseignements américains ?

– Aucune idée.

Menteur, pensait Délos.

Harpmann ne sut si elle devait être accablée par ces accusations ou soulagée de ne pas avoir rencontré la famille Kergall.

– Et pour ma deuxième question ? Qu'allez-vous faire des tueurs du Bombyx ? D'après vous, il est probable que la fusillade ait été provoquée par les Américains – puisque ce n'est pas par vous.

– Lorsque nous serons au bout de notre enquête et que les coupables auront été identifiés, nous prendrons les mesures qui s'imposent.

– Autant dire qu'il fera beau demain, sauf s'il pleut.

– Je ne peux pas en dire plus.

– Huit morts, des dizaines de blessés, et vous allez régler vos comptes en coulisses... Et, pourquoi pas, passer un accord avec eux. Je me trompe si j'annonce qu'il n'y aura pas de procès ?

– Je ne peux rien dire.

– Par conséquent, nous allons continuer notre enquête.

– Donnez-moi un instant.

Duroy-Forest se leva et alla passer un coup de téléphone à l'entrée de ce qui devait être la cuisine. Il n'échangea que quelques mots avec son interlocuteur. Il revint et se rassit. Autant dire que le champagne avait réchauffé.

– 500 000. À vous partager.

Les bulles tièdes pétillaient dans les flûtes.

– C'est peu, commenta Elsa.
– Un million. C'est ma dernière offre. *Leur* dernière offre.

Diane commençait à avoir très envie de rire. Elsa jeta un coup d'œil aux Warhol.

– Je partirais bien avec ceux-là sous le bras...
– Ça peut s'arranger.
– Mais je ne saurais quoi en faire.
– Si c'est la forme qui vous inquiète, on peut faire autrement. Nous vous garantissons des années de piges dans des publications appartenant à mes clients. Piges très généreusement payées. On a l'habitude.

La dernière phrase coupa court au jeu. Elsa ne se sentait plus d'humeur.

– Hors de question.
– C'est de l'inconscience.
– Maître, reprit Elsa, c'est notre *métier*. Les soldats font la guerre, les professeurs enseignent, les avocats défendent et les journalistes informent. Notre société fonctionne sur un équilibre entre les pouvoirs de l'État, législatif, judiciaire et exécutif...
– Je suis au courant, figurez-vous.
– ...et le pouvoir de la presse.

Duroy-Forest leva les yeux au ciel.

– Vous ne connaissez que ça, s'énerva la journaliste, mais vos clients l'ont probablement oublié tellement on leur cire les pompes.

Harpmann sentit que la discussion n'avait pas intérêt à s'éterniser. Elle se leva. Elsa continuait :

– Vous l'aimez bien, la presse, lorsqu'elle vient vous photographier avec votre femme et vos chiens dans votre maison de vacances des Landes. Mais notre boulot, ce n'est pas de vous offrir des photos-souvenirs à montrer à vos petits-enfants...

Diane faillit éclater de rire, au lieu de quoi elle tira son acolyte vers la sortie.

– Nous avons bien compris votre message, maître. Nous le ferons passer à notre rédacteur en chef.

– Je ne crois pas que vous ayez entendu mon message. Vous n'écrirez pas cet article, sans quoi vos ennuis ne feront que commencer !

Harpmann retint Délos avant qu'elle ne se lance dans une nouvelle profession de foi. L'avocat l'observait avec insistance.

« Tu penses que je suis le principe modérateur de notre duo, pensa Diane, tu crois que je vais raisonner Elsa. Mais tu te trompes. De nous deux, je suis celle qui veut savoir ce qui est arrivé à Hoelenn. Et pour moi, les ennuis ont commencé il y a longtemps. »

On ne les raccompagna pas.

Elsa appelait de la rédaction. Diane était déjà chez elle en train de rédiger la partie concernant le portrait d'Hoelenn Kergall. Elle retenait sa plume, refusait de formuler les hypothèses injurieuses. Un censeur qui avait le visage du grand-père Piercourt lui interdisait de parler de trahison. L'idée était quand même présente.

– Delattre ne veut pas qu'on parle de cette histoire d'Américains. Il dit qu'on n'a que les dires de Duroy-Forest, qui ne veut pas les confirmer publiquement, et qu'on ne sait pas à quel point ce n'est pas une tentative de manipulation.

– Je suis d'accord.

– Moi aussi. Je trouve que c'est louche qu'il nous ait donné ça si facilement. On le garde sous le coude pour la suite de l'enquête. En revanche, on balance l'identité d'Hoelenn, son parcours et l'histoire des fleurs. Tout le monde est d'accord à la rédaction. S'ils ne veulent pas qu'on évente leurs documents confidentiels, ils n'ont qu'à ne pas les jeter dans des terrains vagues. On va seulement rester allusifs sur les détails. Ne pas dire quelle fleur pour quel produit. A priori, à moins de se méfier de toutes les fleurs, des hortensias du jardin de ma grand-mère à la gerbe posée devant la tombe du soldat

inconnu, notre révélation ne devrait pas entamer l'usage de ces découvertes.
– Ils vont être ravis, les clients.
– Surtout qu'on ne leur épargne pas les interrogations sur le vol de la rose.
– Un scoop est un scoop.
– *And a rose is a rose is a rose is a rose...*
Il y eut un silence.
– Gertrude Stein, ajouta Elsa pour l'aider.
– Jamais entendu parler.
– Mais vous parliez de quoi dans tes cocktails mondains quand tu étais mannequin ?
– Ben, de régime.

Cette nuit-là, Diane rêva. La nuit était chaude. Il fallait choisir entre un air étouffant et les moustiques. Elle se retourna mille fois, se releva, encore endormie, ayant finalement choisi d'être piquée, et elle se rendormit, aux prises avec des visions qui s'enchaînaient très vite – ou très lentement, comment savoir ? Elle rêva qu'elle embrassait Terrence Boncœur, elle sentit très distinctement ses lèvres sur les siennes et le frôlement de ses paupières sur sa tempe, mais la douceur céda à l'angoisse. Elle reconnut un rêve qu'elle avait fait lors de sa grossesse, avant la première échographie : elle tenait dans ses bras un bébé difforme, qui ressemblait peu ou prou à un ballon de baudruche tant ses membres étaient à peine esquissés et sa tête distincte du tronc. Un seul œil, enfoncé dans un trou, et une bouche minuscule, sans lèvres, animaient sa face – on ne pouvait pas dire « son visage ». Et pourtant, malgré la hideur de cet enfant, Diane ressentait un immense amour pour lui. Elle le posait sur la table, ses mains retenant ses flancs, et elle lui disait : « Vas-y, essaye de marcher. » Il n'avait pas de jambes. La douleur la suffoqua et son inconscient repoussa cette vision. Elle faisait des courses, passage Brady. Elle se préparait à payer le thé épicé et le lassi en bouteille. Sur la caisse enregistreuse se penchait le squelette déformé par l'ostéomalacie qu'elle avait vu à l'Écarteur ; le squelette tapait les prix : « Vous savez que c'est la fête des Morts... non, la fête des Mères... qu'est-ce que vous allez offrir à votre maman ? Le plus beau cadeau, c'est des petits-enfants. »

Elle se réveilla en sursaut. Et elle entendit leurs murmures. Depuis des mois, le plus souvent le jour, mais quelquefois la nuit, à l'heure où fermaient les restaurants, elle les entendait. Elle ne les avait vus qu'une fois. C'était un couple très jeune, peut-être des Indiens, peut-être des Pakistanais, ou des Sri Lankais. Ils se retrouvaient dans l'impasse, côté poubelles, ils se cachaient et passaient des heures à se parler dans une langue qu'elle ne connaissait pas. Ils riaient, s'embrassaient, se caressaient. Ils parlaient bas, et leurs voix chuchotantes étaient comme le clapotis de l'amour, un son limpide et doux que parfois les éclats de rire éclaboussaient. Elle les écouta. Elle ne comprenait pas les mots, mais elle savait ce qu'ils se disaient. Ce n'était pas exactement suave, ou alors, seulement lorsqu'ils se taisaient, lorsque même les soupirs devenaient imperceptibles, que les paupières se fermaient. Ils étaient, plus que tout, émerveillés. Ils se chamaillaient, ils se réconciliaient, et Diane ne pouvait s'empêcher de sourire. Une heure plus tard, après s'être mille fois répété qu'il fallait y aller, ils se séparaient, la jeune fille remettait son voile et partait la première, et le garçon quelques secondes après elle. Qui fuyaient-ils ? De qui se cachaient-ils ? Le garçon travaillait comme plongeur dans un restaurant vietnamien.

Elle entendit leurs adieux. En toute langue, on les reconnaît. Le pas léger de la jeune fille s'éloigna. Une odeur de *biddies* monta, enveloppant l'enseigne. Diane leur envoya, silencieusement, tous ses vœux de bonheur. Le pas traînant du jeune homme suivit bientôt. Puis Diane pleura, parce que son amour était mort. Elle faillit se rendormir quand des bruits lui parvinrent. Elle tendit l'oreille, le cœur battant. Ce n'était ni les rats, ni un chat errant. Sa nudité lui parut brusquement une fragilité. Elle pensa aux singes que les pompiers poursuivaient à travers le quartier. Mais les frôlements, les chocs amortis, cette volonté de silence qui serpentait dans l'ombre, sous ses fenêtres, étaient trop maîtrisés pour ne pas être humains. La caisse de résonance que formait l'impasse donnait le sentiment que les mouvements avaient lieu tout près d'elle, à un souffle de sa joue. La sueur glaça sa nuque.

Elle sauta sur ses pieds, avança à pas prudents jusqu'à la fenêtre, risqua un œil. Ça bougeait en bas. À l'entrée de l'immeuble. Fébrilement, elle attrapa un T-shirt et un short – un ensemble Adidas bleu et jaune qu'elle utilisait autrefois pour courir mais qui maintenant servait surtout de pyjama. Des espadrilles qu'elle passa tout en filant vers la porte de son appartement. Trop tard. Les marches de l'escalier tremblaient déjà sous une cavalcade. Un choc violent faillit enfoncer le battant. De la poudre de ciment coula depuis les gonds. L'acier se tordit. Le bois hoquetait sous les coups. Elle entendit les exclamations de ses voisins du dessus puis une énorme explosion. Une balle perça le panneau, traversa la pièce, pulvérisa la vitre. À cet instant, Diane avait déjà plongé par la fenêtre.

Elle l'avait envisagé bien des fois ces derniers jours, mais c'était différent. Différent, avec ce nuage de débris qui cliquette en atterrissant sur le sol. Différent quand un alliage mortel fuse à quelques centimètres de vos oreilles. Différent, la tête en bas et quand le ciel s'éloigne de vos pieds. Quand la terre approche à grande vitesse. Quand on sait qu'une meute sans visage rôde dans le noir. Elle tendit les bras. Ses doigts agrippèrent la barre en métal et elle tourna autour de l'axe. Sur le point de lâcher, elle racla le mur avec la pointe des pieds, passa un coude sur la barre, puis le deuxième, et se hissa sur son perchoir. Plaquée contre la paroi, aux aguets, elle regarda vers le haut, personne n'apparaissait à sa fenêtre ; en bas, les vipères s'agitaient sans sortir de l'obscurité.

C'était la faiblesse de leur plan : elle occupait le point le plus éclairé de l'impasse. L'enseigne du coréen. Celle-ci, au néon, dessinait le dos d'une Japonaise dont le kimono glissait sur l'épaule, révélant une carpe tatouée. C'est aux lignes de cette femme, aux dominantes rouges et bleues, que s'accrochait Diane, les paumes pulsant douloureusement, les orteils en feu. Si le noir du chignon ne la trahissait pas trop, le blanc de la peau, les couleurs du kimono l'enveloppaient d'un halo. Posée comme l'oiseau sur la branche. Une cible idéale. Elle s'accroupit sur la barre, se demandant quoi faire si l'enseigne explosait sous les tirs. Elle hésitait à plonger encore, pour tenter sa chance au sol en courant à toutes jambes. Mais le silence était complet. Elle retenait son souffle.

En bas des chuchotements nerveux, des frôlements. Mais qu'est-ce qu'ils foutaient ? Dans un fracas soudain, un objet métallique heurta le sol. Un éclair fusa en réponse. Une flamme qui fulgure au bout d'un canon et les éclaire soudain, six ou sept hommes saisis dans l'action : le tireur, l'arme et le bras tendus, deux hommes tournés vers la sortie de l'impasse prêts à s'enfuir, un autre, le ventre ensanglanté, adossé à la vitrine du tatoueur et qu'un acolyte essaye d'entraîner. Et deux autres encore, pistolet en main, qui sortent de l'immeuble en courant et s'immobilisent, paralysés par le coup de feu. Puis elle entend une galopade, aperçoit des ombres filer dans la nuit vers le boulevard. Des freins qui crissent, des portières qui claquent en rafale. Un moteur rugit et les voitures décollent sur l'asphalte.

Diane s'était laissée tomber dans la ruelle et courait à leurs trousses. Les numéros de plaque d'immatriculation. On faisait ça dans les films. Mais lorsqu'elle déboucha sur le boulevard, les plaques étaient trop loin pour être lisibles, les carrosseries fuyaient la lumière des lampadaires. Elle pesta, tout en s'avouant que les choses finissaient bien mieux qu'elle ne pouvait l'espérer une minute plus tôt. Elle n'avait rien perdu qu'un peu de sueur et d'adrénaline. Elle souffla. Elle avait la peau luisante. Ses pieds baignaient dans une flaque de *caffè latte*. Le gobelet en carton n'était plus qu'une feuille sous ses espadrilles. Des curieux apparaissaient aux fenêtres. Et puis... Deux hommes s'éloignaient à pied. Leurs silhouettes... L'un d'eux remontait l'avenue de Choisy. Le second s'engageait rue de la Vistule. Sans trop savoir pourquoi, elle prit en chasse celui qui empruntait la ruelle.

Il marchait d'un bon pas. Grand, brun, large, un pantalon en toile, une veste légère, beige dans la nuit. Elle se coula le long des façades. Sans un bruit. L'homme ne se retournait pas, l'air de savoir où il allait. Et si c'était un piège ? S'il la savait à ses trousses ? Les voitures avaient disparu. Elles pouvaient ressurgir et l'embarquer sans témoin. Pour la énième fois en quelques jours, elle entendit les sirènes de la police et eut envie de rebrousser chemin. L'homme traversa vivement. Elle ne pouvait plus le suivre sans se découvrir. Au coin de l'avenue d'Italie, il disparut mais elle piqua un sprint et le retrouva au moment où il s'engouffrait dans un immeuble. Elle approcha prudemment. Sentit une présence menaçante. Une voiture avançait au pas le long du trottoir, juste derrière elle. Elle avait fait une connerie. Bon Dieu, partir comme ça, seule, avec quasiment rien sur elle... Le moteur ronronnait dans son dos, les phares éclaboussaient ses jambes nues. Mieux valait... Elle fit volte-face. *Hidari-hanmi*. Position de garde, pied gauche devant. Un taxi. Le conducteur se penchait sur la droite, la vitre à demi baissée.

– Monte, chérie. Monte. Elle est de quelle couleur, ta chatte ?

D'un coup de talon rageur, elle pulvérisa la vitre en hurlant d'une voix rauque. Pour l'occasion, c'était plutôt du kung-fu, mais de toute façon elle n'était pas dans une période de grand purisme. Le taxi bondit sur ses pneus et prit ses distances. Quand elle revint à sa mission première, elle retrouva facilement sa proie : un balai et une serpillière à la main, il était en train de nettoyer le sol de Pizza Hut. Et voilà pour l'aventure, se dit-elle, en remontant jusqu'à la place.

C'est alors qu'elle découvrit l'autre... Le deuxième homme. Celui qu'elle avait laissé filer avenue de Choisy. Elle s'arrêta. Il était grand, massif. Le cheveu rare. Elle ne le vit que de profil mais sa tête lui disait quelque chose. Il marchait de manière décidée et pressée. Il ne la vit pas. Une grosse équipe de colleurs d'affiches avait investi la place pour y placarder l'annonce du prochain album de Diam's. Ils s'activaient tout en guettant la rue : ils étaient en infraction et le commissariat était tout près. Sur une cabine téléphonique, on avait collé un sticker : « JE NE VEUX PLUS *qu'on me regarde de travers lorsque je souris sans raison. Signé : jeneveuxplus.com.* »

Cette fois, Harpmann n'hésita pas. Elle était partie à la chasse, d'une manière absurde et instinctive. Son équipée ne la mènerait probablement nulle part mais elle préférait ça à l'attente, aux interrogatoires, au témoignage sans intérêt. Elle ne savait rien, ne comprenait rien, et serait incapable d'identifier les tireurs. Elle poursuivait peut-être une chimère, mais c'était mieux que d'être poursuivie.

La marche fut longue. Bientôt, Harpmann se laissa presque endormir par cette traversée nocturne. Le ciel était si beau que l'on voyait des étoiles – pas si fréquent dans la capitale. Il faisait bon. Certains quartiers étaient déserts. D'autres animés encore. On jouait de l'accordéon aux Arènes de Lutèce.

Elle dut ralentir quand ils traversèrent les ponts de Sully et Louis-Philippe. Ils étaient seuls, elle aussi visible que le Sacré-Cœur sur sa butte. L'homme téléphona en continuant du même pas. Ils longèrent longtemps la Seine, puis les façades du Louvre. Le rayon de la tour Eiffel balaya le ciel au-dessus d'eux. Harpmann croisa quelques joggeurs qui lui sourirent – solidarité entre les adeptes des courses de minuit. Ils traversèrent sous les arcades de la rue de Rivoli, remontèrent la rue de Castiglione vers la place Vendôme. « Il me fait la visite de la ville ou quoi ? »

Les touristes étaient nombreux aux abords de la colonne. Ils ralentissaient devant les façades « grand style » des hôtels particuliers et les vitrines des joailliers. Ils cherchaient un bar ou rejoignaient leurs hôtels, après une dernière virée vers l'Opéra. Aussi Harpmann fut-elle surprise de voir l'homme s'avancer sous les auvents bombés du Ritz. Il entra dans l'hôtel. Sautillant sur la pointe des pieds, comme une joggeuse qui fait une pause, la journaliste s'approcha des tourniquets. Il était là, dans le hall ; en grande discussion avec un autre homme. Grand lui aussi, long, presque anguleux. Chemise blanche. Pantalon noir. Du très classique. Les mains dans les poches mais avec autorité. Ils se séparèrent très vite et Diane s'effaça pour laisser sa proie quitter l'hôtel. Il héla un taxi et y embarqua. En évitant le regard interrogateur d'un voiturier, la journaliste revint devant les portes ; l'autre homme repartait vers l'ascenseur. Et là, prise d'une inspiration soudaine, elle poussa les portes et traversa le hall au pas de course.

– Monsieur !

Le réceptionniste en chef avait déjà quitté son comptoir. L'homme se tourna vers elle en marmonnant un *chto eto ?*

– Oui ?

Elle ne l'avait pas vu précédemment : un garde du corps interposait son torse colossal. Le réceptionniste arrivait en renfort.

– Qu'est-ce que vous voulez ? lança l'homme qui parlait avec un accent russe.

Sans réfléchir :
– Une interview.

Derrière son gorille, l'homme leva un sourcil. Il la détailla des pieds à la tête. L'uniforme ne lui parut sans doute pas conforme.

– Qui êtes-vous ?

— Annie Gonzalez. Je suis journaliste free-lance.
— Appelez mon attaché de presse.
— Je l'ai déjà fait. On me dit que tant que je ne saurai pas quel journal achètera l'interview je n'aurai pas d'entrevue.

Il sourit avec ironie.
— Et la tenue de sport ?
— Pas facile de tourner des heures sur cette place sans se faire contrôler.
— Au moins, on ne peut pas vous soupçonner de porter un fusil semi-automatique.

Il fit un signe au garde du corps, un blond de cent cinquante kilos, qui entreprit cependant de la palper. Ce fut rapide. L'air impassible, le gorille se redressa et s'écarta. Le réceptionniste avait rejoint son poste.
— Eh bien, allons-y. Je suis insomniaque. Ma femme et mes enfants dorment. Je m'ennuie comme un rat mort.

Diane Harpmann soupira de soulagement tout en mesurant la difficulté de la tâche qui l'attendait. En général, lorsqu'on interroge quelqu'un, on sait qui il est. Aussi, les dorures et les moquettes, les vases débordant de fleurs et les tableaux, les bronzes et les tapis persans lui firent peu d'effet. Elle préparait ses questions. À commencer par la première :
— Vous auriez un papier et un crayon ?

Son hôte éclata de rire en s'asseyant dans le fauteuil.
— Et une dactylo ? Vous êtes vraiment journaliste ? Parce que si c'est pour... Je suis ici avec ma femme.
— Je suis journaliste, monsieur.
— Bien, reprit-il plus sérieusement, même si le sourire flottait encore sur ses lèvres.

Il avait le visage allongé, élégant. L'œil était perçant, les lèvres pâles. Une légère cicatrice sur la joue droite. Elle lui donna cinquante, cinquante-cinq ans. Sa montre était sertie de diamants.
— Il n'y a pas de poches dans mon short... Et puis surtout, je ne pensais pas vraiment avoir une chance de vous alpaguer.

Le garde du corps apportait déjà le bloc de papier à en-tête de l'hôtel ainsi qu'un stylo. Harpmann s'en empara d'un air sage, croisa les jambes sur le velours doux du fauteuil et redressa un front plissé par la concentration.

– Bien, si vous êtes prêt ?
– Ouvrez le feu, chère amie.
– Bien, alors, commençons par les contingences. Rien ne me contrarie plus que d'écorcher le nom des personnes que j'interviewe. Pourriez-vous me confirmer l'orthographe de votre nom ?
– Comme ça se prononce.
– Je l'ai vu orthographié de deux manières différentes dans la presse...
– Ah ? Il faut que je le signale à Natacha. L-I-A-D-O-V. Boris. J'imagine qu'il n'y a pas de problème avec Boris.

Le ton était ironique.

– Votre français est drôlement bon, remarqua Harpmann tout en se demandant qui pouvait bien être ce type.
– Je passe ici la moitié de mon temps. Et j'avais étudié le français dans ma jeunesse. Chez nous, le français a toujours été assez chic.
– J'aimerais que nous retracions un peu votre histoire. Votre enfance par exemple.
– Une enfance simple. Papa était officier de marine. Ma mère, femme de militaire. Nous déménagions régulièrement, suivant les affectations de mon père. Nous avons passé beaucoup de temps sur la côte baltique ainsi qu'à Vladivostok. C'était un héros de la Grande Guerre mais il n'était pas très doué pour se mettre en avant en temps de paix. Il pensait plus à servir qu'à sa promotion. Mon grand-père maternel qui a fini général le regardait de haut, ce qu'il ne méritait pas. À part ça, une éducation stricte. Communiste aussi. À cinq ans, je savais ce que je voulais être : capitaine d'un sous-marin de l'Armée rouge. J'en avais vu partir en mission. J'étais fasciné par ces vaisseaux mystérieux.

Comment était-elle censée réagir à cette confidence ? En riant de ses enfantillages ? On en le félicitant d'avoir réalisé ses ambitions ?

— Il y a parfois loin entre le rêve et la réalité...

Elle s'adressa quelques louanges.

— Pas si loin que ça. À bord la vie était spartiate, la discipline de fer. Le silence de la mer vous renvoie à vos plus profondes fragilités. Aussi faut-il en avoir peu. Mais j'aimais passionnément cette vie. La guerre froide nous a tenus en haleine, vous savez, chaque mission était une partie de cache-cache aux enjeux potentiels immenses. Je n'ai jamais commandé que des sous-marins d'attaque, je ne transportais pas de missiles à tête nucléaire, cependant il m'est arrivé de pister plusieurs jours de suite des vaisseaux ennemis susceptibles de nous frapper avec de telles armes. Je ne sais pas si c'est une situation imaginable pour quelqu'un qui ne l'a pas vécue.

En tout cas, difficilement imaginable dans une suite du Ritz.

— Voulez-vous du thé, chère amie ?

— Très volontiers.

Gagner du temps en tout cas.

— Il y a loin, monsieur Liadov, entre la couchette d'un sous-marin et les fastes d'un palace parisien.

— Il y a surtout loin entre la Russie d'alors et celle d'aujourd'hui. J'ai tout envisagé à l'époque sur ma table à cartes, mais pas que le continent allait se disloquer totalement, que ma patrie rétrécirait comme... vous avez un mot pour ça.

— Comme peau de chagrin.

— Quelle drôle d'expression...

— C'est le titre d'un roman de Balzac.

— Je dois avouer que je n'ai encore rien lu de lui. Je connais bien votre Stendhal, Victor Hugo, Zola bien sûr, mais pas...

Harpmann préféra se taire. L'étendue de son ignorance était sans bornes. La théière arriva pour lui fournir une diversion.

– Thé russe. Mon premier patriotisme, plaisanta-t-il.
– Vous êtes très patriote ?
– Je crois. Le problème aujourd'hui est de savoir envers quoi on l'est.
On les servit. Ils avalèrent quelques gorgées en silence. Puis il reprit sans attendre de question :
– Je n'avais pas envisagé que le communisme durerait moins de mille ans.
La voix était amère.
– Ça vous fait souffrir ?
Il la regarda brusquement d'un air surpris.
– Est-ce que ça me fait souffrir ? Personne ne m'a jamais posé cette question... Oui, je crois que j'en conserve une douleur. Drôle d'aveu du pire des capitalistes !
Les diamants sur la montre.
– C'est un instinct de conservation exceptionnel qui vous a permis de survivre à toutes ces turbulences politiques, sociales et économiques ?
– Si vous voulez que je vous dise la vérité, c'est surtout la chance. On loue ici et là mon don de l'anticipation, mon sens des affaires... Peut-être, mais j'ai eu beaucoup de chance. J'ai fait les bons investissements au bon moment, voilà tout. Même pour le football. Je voulais une équipe espagnole, une opportunité se présentait, j'ai pris celle-là. Franchement je ne savais pas qu'elle allait gagner dix places au championnat suivant !
Diane sourit.
– Des différents secteurs dans lesquels vous opérez, avec lequel avez-vous le plus d'affinités ?
– Vendre, c'est vendre. Personne ne dit ça chez vous. Il faut toujours jouer la comédie. Pour moi, gaz, pétrole, acier, c'est équivalent. Ma seule tendresse va aux pierres précieuses. D'abord je leur dois tout. Ce sont elles qui ont fait de moi un millionnaire. Or il est plus difficile au pauvre de devenir millionnaire, qu'au millionnaire de devenir milliardaire. Et puis, ce n'est pas une matière qui finit dans un poêle ou un réservoir. J'aime ces petits

éclats de roche. Je pense même que c'est la raison pour laquelle je prends mes quartiers dans cet hôtel.

Harpmann commençait à en savoir assez. Elle ne pouvait prolonger ce jeu sans se trahir.

– J'ai une dernière question.
– Oui ?
– Ne riez pas.
– Je vais essayer.
– On peut donc être un Russe heureux aujourd'hui ?
– On peut être un Russe heureux, mais on peut surtout être plein d'espoir. Notre pays a été mis à genoux (il ne disait pas par qui) mais il se relèvera. Ils sont nombreux, ceux qui y travaillent aujourd'hui, depuis la tête de l'État jusqu'au peuple qui en est les fondations.

Harpmann se demanda s'il se moquait d'elle. Mais peut-être pas.

Elle se leva lentement, calant sous son bras le bloc de feuilles. Elle posa le stylo sur la table.

– Je vous remercie de m'avoir reçue.
– De rien, chère Anouchka...

Diane écarquilla les yeux.

– Anouchka... Chez nous, on aime beaucoup les diminutifs. Annie-Anouchka.
– Oh...

Elle avait oublié le nom qu'elle avait lancé à brûle-pourpoint une heure plus tôt.

– Voulez-vous que mon chauffeur vous raccompagne ?
– Non merci. Je n'ai fait que la moitié de mon jogging.

Il rit de nouveau.

– Vous sortez de l'ordinaire, Anouchka Gonzalez !

Il ignorait à quel point. Parce que après tout, il était probable qu'il n'ait rien à voir avec l'affaire Rosa Nigra. Et dans ce cas, elle venait de passer l'un des moments les plus ridicules de sa vie.

Elle passa chez elle se changer. Puis appela Hélène Charbonnier, la chef du service Étranger du *Parisien* qui suivait l'enquête de près depuis que les États-Unis avaient été désignés par maître Duroy-Forest. Charbonnier avait confié à Elsa qu'elle était insomniaque et joignable à toute heure.

– Boris Liadov, ça vous dit quelque chose ? Un Russe.
– Vous avez entendu parler d'un Autrichien nommé Mozart ?
– Je crois...
– Oh, laissez tomber... je suis une incorrigible élitiste. En plus, je suis spécialiste des pays de l'Est. Bien sûr, je connais Liadov. Pour le définir rapidement, on pourrait dire que c'est un des fameux « oligarques » russes.

Diane raconta son entrevue avec l'homme du Ritz, mais sans formuler ce qui le reliait à l'affaire du Bombyx. En revanche, elle relut ses notes, les réponses du milliardaire. Plusieurs fois, Charbonnier éclata de rire. « Oui, on peut le dire comme ça... »

– Vous pouvez m'expliquer ?
– Liadov est devenu quelqu'un d'important à Moscou. Il trône sur une montagne de fric. Il possède une équipe de foot espagnole. On a parlé de lui dans *Le Parisien* lorsqu'il a acheté une villa de luxe à Cannes. On a aussi parlé de ses liens avec des officines peu recomman-

dables. À part ça, il se distingue par une grande culture. C'est quelqu'un avec qui on peut parler d'opéra et de théâtre, il a dépensé des millions pour acheter des manuscrits originaux de Pouchkine. Il parle quatre langues, dont le chinois.

– C'est un mafieux ?

– Difficile de dire où commence et où finit la mafia dans la Russie moderne.

– Il vient d'où ? Son histoire de père officier de marine...

– C'est vrai. Si on veut reprendre les choses chronologiquement, on peut dire que Liadov est né à la fin des années 40. Il a d'abord été officier sous-marinier puis commandant d'un sous-marin d'attaque soviétique. Au début de l'ère Gorbatchev, il était amiral. La flotte soviétique commençait à se dégrader, des vaisseaux étaient abandonnés tels quels à la lisière des ports. Plusieurs personnes m'ont affirmé que Liadov a été impliqué dans un trafic issu du démembrement clandestin des navires de la base de Kaliningrad.

– Vous parlez d'uranium ?

– Pas seulement. Toutes formes d'éléments électroniques, y compris les machines à laver du bord, des matières premières, etc. De l'armement, certainement. De l'uranium, c'est ce qui se murmure. Mais on dit tout et n'importe quoi en Russie. Ce que je sais en revanche c'est que Liadov a commencé à développer sa fortune personnelle à cette époque. Sous Eltsine, il était toujours en place à Kaliningrad, et là visiblement il a fait une erreur : il a laissé passer le coche. Malgré ses liens locaux avec des hommes d'affaires baltes et ses liens nationaux avec de hauts dirigeants du Kremlin, il a raté la période des privatisations truquées du début des années 90. En pleine gabegie, alors qu'on pillait le patrimoine industriel et économique russe, que les milliardaires commençaient à pulluler et que les oligarques devenaient les éminences grises de Moscou, l'amiral continuait ses petits trafics. Bref, il végétait sur son dépotoir radioactif.

Les 200 000 soldats qui avaient peuplé Kaliningrad n'étaient déjà plus que 60 000. Ils sont 10 000 aujourd'hui.

– Ce que vous me dites là, ce sont des faits établis ?

– Qu'est-ce que vous appelez des faits établis ? Aucun journaliste russe n'a jamais pu écrire ça sans qu'on le retrouve noyé dans la Volga.

– Vous me mettez en garde ?

– Liadov est très puissant. On s'est tous demandé s'il allait faire partie de la charrette des oligarques que Poutine a décidé d'abattre.

– Et...

– Pour l'instant, il s'en tire bien. Il a su conserver le soutien du président.

– Assis sur ses carcasses ?

– Non, non, non. Je vous raconte la suite. À la fin des années 90, Liadov quitte l'armée. Et il part vers le sud, très loin de la Baltique, en plein désert yakoute. Remarquez, il n'est pas totalement dépaysé, il reste dans un pays frais : il peut y faire jusqu'à – 70 degrés. Là-bas, l'ex-amiral n'est visiblement pas à son compte mais en mission. Il joue un rôle majeur dans une opération qui tient beaucoup à cœur au nouveau président russe, Vladimir Poutine : mettre la main sur les diamants yakoutes.

– Les diamants yakoutes ?

– La Yakoutie représente à elle seule le quart de la production mondiale de diamants bruts. Cette manne est exploitée par une société créée dans les années 50 et dont les parts se répartissent entre la Russie et la République yakoute. Un tiers pour la première, deux tiers pour la seconde. Autant dire qu'au-delà des questions politiques, la présidence de la Yakoutie est d'abord la voie d'accès à une montagne de pierres précieuses. Des élections avaient lieu en 2002 et les appétits étaient féroces. Pendant deux ans, Liadov a été l'émissaire de Poutine au pays du diamant, chargé de dissuader les principaux rivaux. La plupart se sont couchés avant même le début de la campagne électorale. À la fin, ne restaient en lice que le président du moment, Mikhaïl Nikolaev, un potentat véreux, et Viacheslav Chtirov, le candidat de Poutine. En décembre, les deux furent convoqués à Moscou – Liadov figure sur les photos officielles – et au bout de deux jours, Nikolaev annonça qu'il se désistait. Mieux encore : il appelait à voter pour son adversaire ! Qui a été réélu largement quelques semaines plus tard.

– Tout est bien qui finit bien.

– Oui, c'est le début du nouvel essor de Liadov. À partir de là, il fait partie des cercles du Kremlin. Sa fortune personnelle enfle à vue d'œil. D'abord, grâce à des participations dans d'autres grandes exploitations yakoutes : or, étain, antimoine. Bientôt le gaz et le pétrole, mais, cette fois, à Kaliningrad. Le pétrole de la Baltique a bon goût et l'amiral a toujours le pied marin.

– Liadov connaît bien la France, si j'ai bien compris. Il m'a dit qu'il y passait la moitié de l'année. Il a des alliés puissants en France ?

– Très bonne question. Il en a forcément. Quand on a des intérêts dans les secteurs énergétiques et des millions à investir, on a vite des amis. Cela dit, à cette heure, tout ce qui est russe sent le soufre et on n'affiche pas ses relations avec les nouveaux riches de l'Est. Pas de photos de groupe pour les poignées de main. Les réseaux se constituent en coulisse.

Une heure plus tard, Diane remontait lentement l'impasse, cherchant les traces des événements de la nuit. Rien, sinon une boîte d'huile pour moteur Total, qui gisait au bas de la poubelle à couvercle jaune. Et... une tache de sang, en forme de main, sur la vitrine du tatoueur. Deux traînées seulement, l'une plus courte que l'autre, étiraient l'empreinte. La journaliste prit une inspiration, sortit l'appareil numérique de son sac et photographia l'empreinte. C'était reparti. Chaque fois qu'elle pressait le déclencheur, elle pensait à Lee Song, à ses doigts précis qui manipulaient le Minolta comme on joue d'un instrument.

Plusieurs véhicules de police étaient garés dans l'avenue. Deux agents gardaient le petit périmètre délimité par une bande jaune. Trois policiers en civil étaient accroupis, se concertant au-dessus d'un objet invisible. Ils étaient au centre de la scène et attiraient les commentaires des badauds descendus dans la rue et des curieux perchés dans les immeubles. Diane prit de nouvelles photos, sans flash, pour ne pas se faire remarquer.

– Diane Harpmann !

L'un des trois enquêteurs s'était levé. Une femme. Elle fit signe à un gardien de la paix de lever le ruban pour faire passer la journaliste. À cette dernière, elle adressa un signe impérieux de la main.

– Bienvenue, dit-elle, lorsque Diane arriva près d'elle.

Harpmann était certaine de ne l'avoir jamais rencontrée. Elle avait la quarantaine, le nez un peu pointu, une bouche d'un corail brillant. Elle avait attaché ses cheveux mais on devinait qu'en dehors du service, elle les libérait. Elle portait un corsage moulant noir sur une poitrine généreuse, un jean et des santiags rouges. Dans la poche du pantalon, invisible mais identifiable, elle avait rangé un paquet de cigarettes.

– Lieutenant Palatine. Je vous ai laissé plusieurs messages et j'ai parlé à votre mère. C'est moi qui m'occupe de votre affaire d'effraction. Enfin, qui devrais m'en occuper si vous aviez porté plainte. J'ai toujours le petit bus bien rangé dans un sachet plastique.

– Je n'ai pas eu le temps.

– C'est clair qu'on ne s'ennuie pas, près de chez vous.

Elle sortit son paquet qu'elle secoua nerveusement, faisant jaillir une cigarette qu'elle coinça entre ses lèvres. L'instant d'après, elle frottait une allumette.

– Arnaud ! lança-t-elle en aspirant la fumée. Celle-ci, elle est à moi. Pas la peine de la relever.

Elle se tourna vers Diane.

– Je vous ai reconnue d'après les photos de presse.

— Il y a une empreinte de main, pleine de sang, sur la devanture du tatoueur en dessous de chez moi. Juste avant les coups de feu, j'ai entendu du bruit dans l'impasse et dans le couloir de l'immeuble.
— Vous avez vu quelque chose ?
— Des ombres. Pas plus. Je les ai entr'aperçus à la lueur des coups de feu, mais pas suffisamment pour mémoriser un visage. En revanche, hier soir, j'avais l'impression d'être surveillée, j'ai photographié un homme qui est passé plusieurs fois dans la nuit.
— Faites voir.
Diane lui montra l'écran de son appareil.
— Ouais, pas très probant, commenta le flic. Ça pourrait aussi bien être mon mari que mon amant.
— C'est vrai. Ça montre juste qu'il doit mesurer un mètre quatre-vingts et qu'il a les cheveux courts.
— Eux aussi, grommela le lieutenant.
Elle aspira la fumée en fermant les yeux. Derrière elle, les deux policiers s'écartèrent de ce qu'ils observaient : une flaque de sang.
— Bon. Vous avez une idée de ce qui motivait un échange de coups de feu sous vos fenêtres ? On vous a menacée récemment ?
— Oui. Un avocat. Maître Duroy-Forest.
Palatine la sonda en se demandant si on se foutait de sa gueule.
— Je crois que c'est l'avocat de mon patron, murmura la femme flic.
— Il m'a dit que j'allais avoir des ennuis.
— Celui qui a eu des ennuis, c'est celui qu'a laissé un litre d'hémoglobine sur le trottoir. Et à part lui, personne d'autre ? L'avocat d'un braqueur ou d'un trafiquant de drogue ? Ça me simplifierait la vie.
— Non.
— Vous ne m'aidez pas !
— Je suis désolée.
— Enfin... Merci pour la photo. Je veux vous voir à onze heures au commissariat pour la déposition. Si vous

ne venez pas, j'envoie des collègues pour vous ramasser. Faudra aussi recevoir les techniciens du service scientifique. On va devoir faire des relevés. Pas sûr que le mec qui a pris cette balle s'en tire.

D^(IANE) jeta un coup d'œil à ce lieu où elle venait en d'autres temps. Le célèbre comptoir iceberg, bombé, en verre bleu, éclairé de l'intérieur, reflétait par fragments les visages des clients. Derrière les barmen, encastrées dans le mur et encadrées de blanc, les étagères bleutées par des néons invisibles portaient des alignements de bouteilles et de shakers métallisés. Tout était si aérien que la boisson ici semblait purement abstraite. De hauts murs en boiserie, dont la couleur oscillait entre le beige et le cuivre, dominaient l'espace aux tabourets et tables surélevés ; au-dessus des portes, les arceaux étaient sculptés de motifs végétaux et géométriques. Un parquet sombre courait sous les pas. Plus loin les fauteuils club et les tables basses feutraient l'atmosphère. Le contraste entre la chaleur, la tradition du bois, et la fraîcheur, la modernité du verre était adouci par l'aspect lisse de toutes les surfaces.

Pour venir au Plaza Athénée, Diane avait fait quelques efforts vestimentaires : un T-shirt Miu Miu marron, décoré d'un cactus, et une jupe en soie, de la même couleur, moulante, très souple, et légèrement froissée sur les chevilles. Avec ses tennis bleues, ça passait. En chemin, elle fit un arrêt chez Sephora pour se maquiller – elle était pâle à faire peur. À la sortie, elle avait l'air presque bronzée. Au bar, elle se demanda comment elle reconnaîtrait son interlocuteur. Pour vérifier les accusations de Duroy-Forest, elle avait passé la matinée à parler à divers interlocuteurs de l'ambassade des États-Unis. Elle avait demandé des détails sur les programmes de lutte contre le bioterrorisme, sans rien obtenir de mieux que le conseil d'aller voir le site internet consacré à la question par le Pentagone. Ce faisant, elle avait repéré le nom d'un groupe américain, Barnett & Prescott, dont les activités couvraient presque tous les domaines liés à l'électronique et aux nouvelles technologies à usage militaire – un ancien vice-président des États-Unis et un ancien patron de la CIA figuraient dans la liste des administrateurs. Barnett & Prescott participait activement aux programmes de recherche dans les domaines qui recoupaient son enquête. Le groupe avait son siège européen à Genève mais des bureaux à Paris. Elle contacta le service de presse, demanda à rencontrer un technicien spécialisé et décrocha une entrevue avec le colonel MacLuhan. Diane vérifia qu'il ne lui manquait rien, ni le petit magnéto, ni les piles de rechange, ni les deux cassettes audio, ni le carnet de notes, ni le stylo.

– Diane Harpmann ?

Son rendez-vous était arrivé. Diane parvint à ne pas tressaillir.

– Colonel MacLuhan ?
– Oui, c'est moi.

La femme au tailleur Chanel. Celle que Laurent De Ryck rencontrait au Niçois. Elle tenait *Le Parisien* à la main – unique exemplaire parmi les innombrables *Financial Times* qui circulaient dans l'hôtel. L'hypothèse russe tombait à l'eau.

– On parle de cette affaire de Paris à Pékin, en passant par Pittsburgh, remarqua le colonel.

Son français était teinté d'un fort accent. Diane s'appliqua à ne pas avoir l'air trop intéressée. Pendant qu'elle s'asseyait, elle observa son vis-à-vis : elle avait la quarantaine et cette nature à la fois nerveuse et sèche qui dénote aussi la puissance. On percevait de la dureté dans le pincement des lèvres, la tension des mains et le regard gris. Les rides ne l'épargnaient pas. Au coin des yeux et de la bouche, sur le cou déjà, elles traçaient leurs sillons, mais sans érailler sa grande beauté. Les cheveux mi-longs, châtains et savamment coiffés, commençaient à blanchir. Elle n'avait pas besoin de bouger pour qu'on sût qu'elle était élégante et maîtresse d'elle-même ; cependant ses gestes trahissaient une étrange délicatesse. Ses ongles solides et brillants cachaient peut-être un penchant inattendu pour la douceur.

Le serveur arriva avec une boisson – visiblement le colonel avait ici ses habitudes. Un liquide translucide dans un parfait cylindre posé sur un socle métallique qui illuminait le verre par le fond. Un bâton bleu vif plongeait dans l'eau – Diane devina qu'il s'agissait de sucre. Le serveur se tourna vers elle :

– Qu'est-ce que je vous sers ?
– Qu'est-ce que vous avez comme infusions ?
– Nos spécialités. « Saphir acidulé » : fleur de violette, mauve, lavande, bleuet, pétales de rose du Pakistan. « Topaze épicée » : cannelle, cardamome, gingembre et clous de girofle. « Rubis marocain » : hibiscus, menthe du Maroc, pissenlits, queues de cerise, thé vert. « Émeraude sereine » : verveine d'Andalousie, boutons et pétales de rose, verveine cristalline.
– Un Coca.

Le colonel sourit. Pas le serveur. Le temps de cet échange, l'Américaine avait posé sur la table un jeu de mikado. Les baguettes formaient une pyramide irrégulière.

– Ça vous ennuie ?
– Non.
– Je peux vous enregistrer ? demanda Diane en sortant le magnéto.

– Si vous voulez.

MacLuhan regardait sa pyramide comme si elle contemplait l'intitulé d'un problème très difficile. Harpmann se demanda ce qu'elle pouvait poser comme questions.

– C'est votre passe-temps favori ?

– Mon père jouait aux échecs. C'était un très bon joueur. Il m'y a initiée quand j'avais huit ans. À treize ans, je le battais presque invariablement. Mais les échecs ne me satisfaisaient plus. Je voulais impressionner mon père, j'y étais parvenue, cependant mes amis ne pouvaient admirer mes prouesses. Ils ne comprenaient rien à la stratégie. La complexité du jeu les dépassait. J'ai cherché un jeu simple, que tout le monde puisse comprendre, qui ne demande pas trois neurones. Le mikado. Un jeu d'adresse et de calme. De sang-froid même. Je gagnais toujours. Je ne ratais jamais une prise. Pas une. C'est un jeu reptilien mais ça les impressionnait.

– Pour l'esprit, c'est un peu sec.

Elle releva la tête et plongea ses yeux dans ceux de la journaliste :

– Pour l'esprit, j'ai d'autres jeux. Et vous, vous jouez à quoi ?

Diane ne répondit pas. Elle serait mat en trois coups. Pas la peine de partir à l'assaut de plus fort que soi. Le colonel approcha, en pince, son pouce et son index de la baguette logée au sommet de l'enchevêtrement. Elle les referma avec un contrôle parfait et souleva sa prise.

Elle demanda, sur un ton détaché, alors que, d'une pichenette, elle faisait sauter une, puis deux autres baguettes :

– Je n'ai pas bien compris... Vous êtes journaliste sportive ?

– Je l'étais quand je travaillais à *L'Arbitre*. Mais je suis pigiste aujourd'hui et je traite toutes sortes de sujets pour toutes sortes de journaux.

– C'est quand même incroyable que vous vous soyez trouvée justement au Bombyx au moment de la fusillade.

La voix était soupçonneuse et pensive.

– C'est quand même incroyable que le 8 avril 2003 le tir d'un char américain ait justement visé l'hôtel de Bagdad où se trouvaient les journalistes étrangers non accrédités, en y faisant deux morts.

– L'enquête a démontré que c'était le hasard. Le char était en situation de légitime défense. Il était pris à partie par un groupe de tireurs.

Diane évita d'évoquer les conclusions du rapport de Reporters sans Frontières.

– Moi aussi, c'était le hasard. Je me suis trouvée dans le mauvais immeuble au mauvais moment. J'habite tout près du Bombyx. Vous connaissez le quartier ?

– Non. Je ne suis pas très « Rive Gauche ».

Elle mentait impeccablement. Une baguette s'envola et vint rejoindre son arsenal. Elle continua :

– Vous avez encore eu de la chance en trouvant ce document dans un terrain vague.

– Ce n'est pas la chance, c'est le travail. J'avais des raisons de penser qu'Éloïse Monticelli était passée dans cette rue juste avant de mourir. (Elle hésita à tenter son va-tout.) Elle avait eu rendez-vous dans un café, le Niçois.

Le reptile est un animal à sang froid. Si le mikado était reptilien, le colonel MacLuhan avait trouvé son jeu de prédilection. Le nom du Niçois ne lui inspira aucun battement de cils. Elle attrapa une baguette presque prise au piège par trois autres. Elle réussit à l'extraire par une manœuvre d'une lenteur étudiée et elle la posa, tranquille.

– J'admire votre persévérance dans cette enquête. La persévérance est une qualité que les militaires aiment et respectent.

– Les journalistes aussi.

Mais Diane se demandait à quel point c'était vrai, et surtout à quel point le métier de journaliste avait changé. Non, la persévérance n'était plus une qualité. Pour persévérer, il faut qu'on vous accorde du temps. « Et le temps, c'est de l'argent. » Elle déclencha l'enregistrement. Elle avait préparé une série de questions dont la plupart n'avaient désormais plus aucun intérêt. L'entretien avait silencieusement dérivé. Mais elle préférait commencer comme si de rien n'était, le temps de trouver un angle d'attaque.

– Vous travaillez toujours pour l'Armée américaine ?

– Non, je suis passée dans le privé, comme vous pouvez voir. Mais on ne se refait pas. Soldat un jour, soldat toujours.

– Bien. J'aimerais vous poser des questions sur le programme américain de lutte contre le bioterrorisme.

– Barnett & Prescott y participe activement, suite à plusieurs appels d'offres que nous avons remportés. Cependant nous n'en sommes pas les porte-parole.

– Ce qui m'intéresse c'est un avis technique.

– Je vous écoute.

– En 1984, dans l'Oregon, une secte appelée Rajneeshee dissémina des cultures de salmonelles dans les comptoirs à salades de dix restaurants. 750 personnes furent touchées. En 1996, à Dallas, l'employée d'un établissement sanitaire empoisonna les aliments destinés à ses collègues avec une souche de *Shigella dysenteriae*. En 2004, une série d'enveloppes contenant des spores de *Bacillus anthracis* semèrent la panique et entraînèrent la mort de cinq personnes. Est-ce que votre pays est prêt aujourd'hui à faire face à ce type d'attaques ?

– Quand on parle de terrorisme aux États-Unis, on pense généralement à l'attentat du 11 septembre sur le World Trade Center. Donc à une attaque employant des moyens conventionnels menée par une organisation étrangère, al-Qaida. Or, les exemples que vous citez montrent que la menace est plus large et plus diffuse. Par le passé, des menaces d'attentat par agents biochimiques ont été proférées aussi bien par des groupes politiques et religieux américains que par des associations de défense des animaux. Des individus isolés ayant accès à certains matériels peuvent également en prendre l'initiative. Donc il n'existe pas de couverture absolue des risques. Ce que nous mettons au point aujourd'hui, ce sont des stratégies rapides de prévention, de détection et de réponse. Nous avons considérablement progressé en dix ans, mais il reste encore du chemin pour qu'une attaque au VX sur Venice Beach à Los Angeles aussi bien qu'un empoisonnement de l'eau par une toxine botulinique à Greenwood, 200 habitants, dans le Colorado, soient immédiatement perçus et pris en charge.

– Une étude prétend qu'un seul gramme de spores de *Bacillus anthracis*, s'il était disséminé de manière adéquate, pourrait tuer un tiers de la population des États-Unis.

– C'est vrai en théorie, mais selon un scénario totalement impossible à mettre en œuvre réellement.

– Une autre étude montre comment une dissémination de la même bactérie par des aérosols dans la région de New York pourrait faire 600 000 morts.

– Ce scénario est un peu plus plausible. Cependant ces produits sont bien plus difficiles à développer et à disséminer qu'on ne veut le dire. Surtout les substances biologiques. Rappelez-vous l'attentat au gaz sarin dans le métro de Tokyo. Il a fait peu de morts. Vous me direz que c'est toujours trop, mais on n'est pas dans les échelles que vous évoquez. Pendant des années, la secte Aum a tenté de préparer un attentat biologique mais, malgré ses moyens financiers et humains, elle a dû se rabattre sur un produit chimique et beaucoup plus classique.

– Les États-Unis sont quand même le pays occidental qui a été le plus touché par des attaques d'agents biologiques, rétorqua Harpmann.

— Les Japonais ont payé un plus lourd tribut aux attaques chimiques.
— Rien en comparaison de ce que les Vietnamiens ont subi avec le napalm.

Diane ne pouvait s'empêcher de penser qu'elle se trouvait peut-être devant la commanditaire de l'assassinat d'Hoelenn Kergall. Gilbert Duroy-Forest avait peut-être dit la vérité sur l'implication américaine dans le meurtre de Kergall. Pour le moment, elle sentait qu'elle se dévoilait plus qu'elle ne soutirait d'informations. La militaire appuya, de la pulpe du doigt, sur les pointes convergentes de trois baguettes. Leurs pics se dressèrent ensemble, dessinant une griffe.

— Que pensez-vous de l'affaire que *Le Parisien* a révélée ? En particulier de la possibilité de détecter des produits grâce à des plantes génétiquement modifiées ? relança la journaliste.
— Rien. Mes réflexions ne reposent pas sur les rumeurs propagées par un quotidien régional.
— Les documents existent.
— Ils sont parfaitement farfelus, trancha MacLuhan.

Diane observa un nouveau pic roulant lentement de sa place.

— Qu'est-ce qui justifie cet avis ?
— Une discussion avec des spécialistes. Vous ignorez peut-être que les cibles les plus vulnérables aux attentats par agents biologiques sont agricoles. Vulnérables parce que peu protégées et sensibles parce que toute perturbation dans ce domaine peut avoir un impact sanitaire et économique dramatique. Depuis la Première Guerre mondiale, de nombreux pays ont mené des recherches sur la manipulation d'agents pathogènes à destination des plantes et des animaux. Les Soviétiques, les Japonais, etc. Nous savons qu'au moment de la guerre avec l'Iran, l'Irak expérimentait l'usage d'un agent déclenchant le charbon du blé, une maladie qui réduit les cultures et produit un gaz inflammable. Certaines cibles offrent par ailleurs une

capacité de dissémination extrême. Aux États-Unis, les parcs d'engraissement rassemblent jusqu'à trois cent mille bœufs. Il n'est pas rare qu'une même structure abrite dix mille cochons ou vingt mille poulets. Vous imaginez les ravages que causerait la contamination d'une seule de ces concentrations ? À l'heure actuelle, des centaines de personnes, en particulier des généticiens et des phytopathologistes, travaillent à repousser ces risques, notamment par le développement de vaccins ou de plantes hybrides résistantes aux agents pathogènes. Après avoir lu votre article, je me suis renseignée. Tous m'ont répondu que le programme n'avait aucune crédibilité.

– Alors pourquoi rencontriez-vous Laurent De Ryck et Éloïse Monticelli alias Hoelenn Kergall au café le Niçois ?

Le colonel MacLuhan sourit et la regarda droit dans les yeux. Par moments, Diane avait l'impression qu'elle lui faisait du gringue.

– Je ne vois pas ce que vous voulez dire. L'un d'eux a affirmé me connaître ?

– Je n'ai pas eu le temps d'interviewer Éloïse Monticelli, comme vous le savez. Laurent De Ryck ne m'a pas parlé de vous.

– Alors ?

– Je vous ai vue, moi-même, rencontrer De Ryck au Niçois.

– Vous devez faire erreur.

– Vous n'êtes pas le genre de personne qu'on oublie. Par ailleurs, de manière officieuse, et c'était la raison de ma prise de contact avec votre ambassade, des sources haut placées...

D'un geste vif, l'ex-militaire plaqua son index sur l'entrée micro du magnéto.

– Gilbert Duroy-Forest ?

– Des sources qui refusent d'être citées.

– Duroy-Forest est notoirement anti-américain. Il

défend les intérêts de sociétés françaises qui le paient pour qu'on détourne le regard de *leurs* activités.

Le colonel MacLuhan retira son doigt, pencha la tête sur son jeu de mikado. Ça se corsait.

– Ces sources m'avaient affirmé, reprit Harpmann, que les documents dont Éloïse Monticelli s'est délestée avant de mourir étaient destinés à des Américains. J'en ai eu, en vous voyant, la confirmation. Et même la confirmation que les interlocuteurs secrets de De Ryck n'étaient pas des électrons libres mais des agents d'un important groupe industriel américain.

– Encore une fois, vous faites erreur – la voix était très calme, très posée. Il n'y a pas d'enjeu dans cette affaire. Le programme Rosa Nigra est forcément un leurre. Un vrai programme aurait supposé la coordination de nombreuses équipes et de nombreux partenaires. Du privé, du public, et tout ça dans un secret absolu ? Il ne s'agit pas de tester un gaz innervant sur des souris. Qui aurait été maître d'œuvre ? C'est un montage énorme. On peut cacher une carabine dans un coffre. On ne peut pas y cacher la fusée Ariane.

– Alors, je vous le redemande : pourquoi vous intéressiez-vous aux activités de Rosa Nigra ? Est-ce vous qui avez fait assassiner Éloïse Monticelli ? Et pourquoi ?

Le colonel s'arrêta dans son geste. Elle tenait encore dans la main la baguette avec laquelle elle venait d'en faire sauter une dizaine d'autres, sans l'ombre d'un tremblement. Elle l'abandonna délicatement. Elle se pencha sur la table, se tenant un souffle au-dessus de la pyramide de pics. Un souffle, un millimètre, mais sans la toucher. Avant de la voir arriver, Diane constata que la main du colonel venait d'arrêter le magnétophone

– Nous ne sommes pas une faction du Fatah-Conseil révolutionnaire, répondit-elle en murmurant sur un ton féroce, nous ne sommes pas du genre à mitrailler les clients d'un restaurant...

Puis elle se redressa, se cala sur sa chaise et redéclencha l'enregistrement d'un geste désinvolte.

– Il faut être singulièrement paranoïaque pour imaginer que des Américains peuvent commettre un tel crime.

Elle sourit, en esquissant une grimace.

– Je vous le rappelle : les Français sont nos alliés.

« Où est la Bulle ? » C'était le leitmotiv des conversations mondaines à Paris. Depuis un an, les gens se rencontraient aux Tuileries ou au Costes et, d'un coup, ils s'exclamaient : « Mais où est la Bulle en ce moment ? – Elle est au Trocadéro. – Non, elle vient de bouger ; elle est gare de Lyon, au-dessus des quais. » C'était un ingénieux système de marketing que d'obliger toute la ville à se demander où elle était passée. Encore fallait-il que la chose valût le déplacement. La Bulle avait été dessinée par le designer danois Stig Hyldgaard. C'était un bar itinérant d'un genre nouveau : un globe légèrement aplati – comme la Terre – en plexiglas transparent et qui se fixait sur les immeubles, tel le parasite sur le dos du poisson ou, selon les mots de Hyldgaard, « comme la navette sur la station orbitale ». Une vingtaine de personnes pouvaient y prendre place, dans une atmosphère qui ressemblait à celle d'un salon : moquette blanche, fauteuils Verner Panton recouverts d'un tissu orange, tables basses. Le soir, un éclairage rasant animait les visages, grâce aux lampes Windows posées près du sol, entre totem et champignon, jaunes, blanches, orange. C'était un endroit où l'on avait envie d'enlever ses chaussures. La Bulle se déplaçait donc, et encore, sans date fixe. Elle avait un temps élu domicile sur le Palais de Tokyo, puis sur un immeuble des Champs-Élysées, dans un terrain vague près de la porte de Clignancourt, sur l'Arche de la Défense, dans la cour intérieure d'un hôtel particulier du Marais... On avait du mal à la suivre. Airbus l'avait louée pour la fixer au Bourget pendant le Salon aéronautique, et Universal

pour la promotion d'un film de science-fiction avec Tom Cruise – collée sur la façade nord de la tour Montparnasse, à hauteur du vingtième étage. Aussi, lorsque Elsa indiqua que Delattre les attendait à la Bulle, Diane prononça la phrase rituelle :
– Elle est où ?
– Sur le toit de l'Ircam.

Les installations de Tinguely et Niki de Saint-Phalle tournoyaient sur la place, en projetant eau et couleurs. Le grand condor qui balayait l'air de ses ailes majestueuses semblait dominer les oiseaux et les reptiles, les mammifères et les machines, hybrides de bicyclettes et de moissonneuses-batteuses, dont le mouvement perpétuel éclaboussait les passants. L'engin à tête de mort, espèce de marionnette mexicaine en forme de squelette, cracha sur Diane un jet qui la rata de peu. Les gouttes s'abattirent sur ses tennis et elle sentit leur brûlure sur ses chevilles.
– Salut.
Elsa patientait sur la passerelle qui mène à l'Institut de recherche musicale. Elle aussi avait les pieds mouillés :
– Moi, c'est la sirène qui m'a eue.
Elles prirent l'ascenseur qui les propulsa le long de ce bâtiment moderne mélangeant béton brut, aluminium et terre de Sienne. Au dernier étage, un parcours fléché menait à une échelle de service. Elles gravirent les échelons jusqu'à la trappe ouverte et elles émergèrent sur le toit. L'air leur frappa le visage ; à cette hauteur soufflait une brise chaude, sentant la poussière et le jasmin. La Bulle était là, trônant tel un vaisseau spatial au milieu des bouches d'aération. Ses parois laissaient voir les clients assis sur les Panton. Leurs tenues ne semblaient pas avoir souffert de l'ascension. Les journalistes foulèrent le gravier jusqu'à l'entrée : trois marches blanches qui montaient jusqu'à

un rideau de perles ivoire. Elles le passèrent dans un frôlement cliquetant et, à leur grand soulagement, constatèrent que la Bulle était climatisée.

Vincent Delattre s'était placé côté Beaubourg. Il regardait en contrebas la place, la foule et les cracheurs de feu. Il se tenait, immense, dans son fauteuil, une jambe nonchalamment appuyée sur l'autre, son énorme pied, nu, immobile face aux hauteurs tubulaires du Centre Pompidou.

Un verre de liquide rose était posé devant lui.

– C'est quoi ? demanda Elsa en s'asseyant.

– Du jus de framboise.

Quand le serveur arriva, elles en commandèrent deux autres. Delattre les regarda. Il était difficile de deviner ce qu'il pensait. Il avait visiblement une grande confiance en Délos. Pour Harpmann, son jugement était sans doute plus prudent.

– Nous avons du nouveau, commença Diane. Nous avons identifié...

– Diane a identifié.

– Nous avons identifié la personne qu'Hoelenn Kergall et Laurent De Ryck rencontraient au Niçois. Il s'agit d'un ancien militaire travaillant pour un groupe industriel américain, Barnett & Prescott.

Delattre médita cette nouvelle :

– Ce qui laisse entendre que Gilbert Duroy-Forest n'aurait pas menti quant aux destinataires de l'enveloppe que vous avez trouvée.

– Elle s'appelle MacLuhan. Je lui ai posé plusieurs questions à ce propos mais elle nie en bloc. Elle affirme par ailleurs que le programme de Rosa Nigra n'est qu'un canular.

– C'est la grande question du jour ! s'exclama Delattre en désignant le tas des quotidiens posés sur la table. *La Croix* y croit.

– C'est la moindre des choses, observa Elsa.

– *Libération* aussi.

– Vous parlez de ce journal qui a prétendu qu'une

centaine de Japonais s'étaient suicidés en avalant des sachets de silicone parce que la sortie de leur jeu vidéo préféré – dont l'héroïne a de gros nichons – était reportée ? Une référence impressionnante.
– *Le Figaro* y croit.
– Si *Libé* et *Le Figaro* sont d'accord, ça doit être vrai.
– *Le Monde* n'y croit pas, remarqua Delattre. *Métro* et *20 Minutes* non plus. RTL et France Inter y croient. Europe 1 n'y croit pas, ni RMC, ni France Culture. France Info et la télévision ne se mouillent pas et font parler tout le monde. LCI a fait un plateau avec des opinions contradictoires. BFM se contente de spéculer sur les possibilités économiques que l'invention ouvrirait. I-Télé est plus convaincue. Pour les régionaux, l'équipe des pour, c'est *Ouest-France, Les Dernières Nouvelles d'Alsace, La Charente libre, L'Est républicain.* Le clan des sceptiques rassemble *La Dépêche du Midi, Le Midi libre, Nice Matin, La Voix du Nord* et *Le Républicain lorrain.* À l'international, *USA Today* a fait un titre en Une, le *Washington Post* dit que c'est du délire dans une petite brève. CNN adore. Super prudence au *Temps*. Une demi-page dans *The Independent*, le *Frankfurter*, *Hürriyet* en Turquie et trois pages dans le *Venezuela Analitica* – je ne sais pas pourquoi on les passionne. L'*Asahi Shimbun* veut surtout savoir si on a piqué la rose bleue de Suntory. Mais partout, on se demande si c'est sérieux.
– Sérieux ou pas, les Américains sont impliqués, remarqua Diane.
C'était dit. Au milieu des murmures. La Bulle était un endroit où les clients parlaient bas. L'atmosphère de salon y était sans doute pour quelque chose, mais le sentiment que la sphère risquait d'un instant à l'autre de se décrocher jouait aussi son rôle. Seule dans un coin, Catherine Deneuve jouait sur sa Game Boy.
– Vous avez des nouvelles concernant les coups de feu de cette nuit ?
– Je sais juste qu'ils ont mis la deuxième DPJ sur le

coup. L'équipe qui s'occupe des triades. Exactement comme si on n'avait pas changé de perspective depuis le début de l'enquête.

– Il faut qu'on en parle. On ne peut pas non plus retenir l'information sur Barnett plus longtemps. Sinon on va se faire doubler. C'est nous qui avons sorti l'affaire, on ne peut pas se retrouver en queue de peloton.

– Pour l'instant, on n'a aucune idée de ce qui s'est tramé entre Rosa Nigra, De Ryck, Kergall et MacLuhan, objecta Diane qui pensait surtout à Liadov. Si ça se trouve, la raison de la fusillade est sans rapport avec leurs petits jeux.

Elle n'osait pas formuler des soupçons reposant sur de si faibles éléments.

– La probabilité est quand même très forte. C'est une piste sérieuse. Le seul souci est juridique. Un géant comme Barnett emploie des légions de juristes et d'avocats qui peuvent te coller un procès pour avoir mis des tirets au lieu de parenthèses.

– Je ne comprends pas pourquoi Duroy-Forest nous aurait filé l'info, résistait Diane. Surtout si elle est vraie. Ces gens ont le culte du secret et ils règlent leurs différends à l'abri des regards.

– Il y a peut-être une volonté politique derrière ça. Le fossé qui s'est creusé entre les Américains et nous au début de la guerre en Irak n'est pas comblé. L'affaire Rosa Nigra pourrait être un nouvel épisode dans la guerre froide que se livrent les États-Unis et la France...

– Ça vous fait sourire...

– Les États-Unis et la France, c'est Verlaine et Rimbaud. Beaucoup d'amour, beaucoup de brouilles, et de temps en temps un coup de pistolet.

Mais cette fois, c'était une méchante rafale de mitraillette. Et elle avait tué des innocents.

– Honnêtement, je préférerais prendre du temps pour creuser, tenta de négocier Diane.

– On n'a pas le temps. On a des faits. Vous avez identifié le colonel. On le dit. C'est tout.
– Ça va déclencher une tempête.
– Ce n'est pas nous qui l'avons déclenchée. Ce sont les tueurs du Bombyx.

Elle savait qu'elle n'aurait pas dû accepter. D'une part, elle était angoissée par la sortie de l'article. L'affaire allait passer au niveau des affaires d'État, niveau auquel elle n'avait jamais rêvé d'accéder, et surtout pas en ce moment. D'autre part, elle ne se sentait pas prête à jouer le petit jeu de la séduction. Du désir, dans cette rencontre, elle en avait trop ou trop peu, sans qu'elle réussisse à le déterminer. Néanmoins elle rejoignit Terrence Boncœur dans ce boui-boui niché au pied de Montmartre.

Dans une rue étroite et sombre près des Abbesses, brillait une enseigne qui représentait le Mont-Saint-Michel et annonçait le nom de la gargote : L'Omelette. Diane descendit trois marches et trouva une petite salle où des tables recouvertes de nappes à carreaux, des murs constellés de boîtes de camembert, des épis de blé séchés dans des pichets de terre achevaient une décoration rétro et franchouillarde. Elle fut cueillie par le souffle d'un ventilateur à tête oscillante qui souleva ses cheveux et plaqua sa robe sur son ventre.

– Diane !

Il ne restait pas une chaise. Si, il en restait *une*, à côté de l'homme qui l'avait invitée. Il lui fit signe, elle traversa la salle, consciente qu'on l'observait, ouvertement ou à la dérobée. Toutes les tables étaient occupées par une population majoritairement jeune, les Noirs et les Arabes formant le gros des troupes. Hommes et femmes portaient le même survêtement blanc et bleu frappé de l'écusson de leur club, « Les Lions de l'Ourcq ». Le club d'athlétisme de Terrence.

– Bonsoir, tu as eu du mal à trouver ?
– Non.

Ils ne savaient pas comment dire bonjour, ils se serrèrent la main et elle s'assit près de lui. Elle salua les autres occupants de la table.

– Sofia, Ahmed, Moussa.

L'Omelette était le point de rendez-vous du club après chaque compétition, apprit-elle de la bouche de Terrence. Le patron des lieux était un ancien champion du 3 000 mètres, dont les trophées trônaient sur une étagère, au-dessus du passe-plat. Ce soir-là, on avait sorti la télé pour suivre la retransmission du Meeting de Zurich. Il fut un temps où Diane faisait le tour de l'Europe pour suivre toutes les épreuves de la Golden League. C'était étrange de ne plus les voir qu'à la télévision. Tout ce qui avait précédé la mort de Julien et Benjamin semblait avoir eu lieu un siècle plus tôt.

Au-dessus des assiettes – omelette aux champignons pour tout le monde – on commentait la compétition. Ces ambiances où s'échangent dans un cadre informel des informations à la précision millimétrique avaient fait le quotidien de Diane et elle dut reconnaître qu'elle adorait ça. Pour ce public averti, chaque concours de triple saut, chaque course de 100 mètres était une épopée. On avait ses héros, on avait ses bêtes noires. La vindicte s'adressait d'abord à ceux qui avaient été convaincus ou sérieusement suspectés de dopage et qui participaient pourtant au circuit.

– Bernard Lagat, aux vestiaires ! criait-on de la table voisine.

– Si Chouki ne court pas, pourquoi lui a le droit de courir ? L'EPO, c'est plus grave chez les Français que chez les Kenyans ?

– Il est américain maintenant, rectifia quelqu'un.

Cette ambiance à la fois chaleureuse et concentrée éveillait sa nostalgie. Elle avait pratiqué le karaté à haut niveau. Elle aussi possédait des trophées que ses parents gardaient à la cordonnerie (au-dessus de la caisse enregistreuse) : trois titres de championne de France, un de vice-championne d'Europe. Mais l'aïkido l'avait irrésistiblement attirée. Sa fausse douceur, ses mouvements circulaires, son esprit pacifique et irréductible, son rapport à la terre et à l'espace lui procuraient une sensation de calme et de maîtrise que rien d'autre ne lui apportait. Elle avait trouvé sa « voie » – aïkido, « voie de l'énergie unifiée ». Elle avait laissé tomber le karaté. Elle se demanda si Terrence savait quelque chose de son passé.

Mais Terrence ne disait rien, ou pas grand-chose. Il regardait l'écran, il regardait Diane. Il souriait. Son œil la caressait de ses longs cils.

– J'ai entendu parler de vous, ces derniers jours.

Diane le sonda. Elle n'avait pas prévu de parler de l'affaire avec lui.

– Je ne suis pas d'humeur.
– En tout cas, ça a l'air dangereux.

Sur l'écran, Christine Arron était en difficulté. Veronica Campbell filait vers la ligne d'arrivée. La Française ne se plaça qu'en quatrième position. Une exclamation de déception traversa la salle.

Diane baissa les yeux. Christine Arron baissait la tête. Elle marchait en étirant les mollets pour les détendre mais son visage était marqué.

Diane reprit :

– Moins dangereux que d'aller en Irak. Moins dangereux que d'aller en Tchétchénie. Ou que d'être journaliste sous Poutine, sous Bouteflika ou sous Fidel Castro.

– Vous avez déjà failli être abattue au Bombyx.
– J'ai failli être noyée lors d'une crue. J'ai failli être tuée au Bombyx. Mais je survis très bien. C'est un don que j'ai, ajouta-t-elle, sur un ton qui devenait féroce. On tuerait mon amant, mes enfants, mes parents, mes amis, mes voisins, on bombarderait ma ville, on l'incendierait, on l'engloutirait, que je serais toujours là,

increvable. Comme les moustiques, les scorpions, les cafards.

Il ne sut que dire. Elle se leva.

– Je suis désolée. Je suis fatiguée. Je crois que je vais rentrer chez moi.

Elle quitta les lieux à grands pas, retrouva la nuit. En quelques enjambées, elle avait rejoint le boulevard de Clichy, ses touristes, ses bus, ses immigrés, ses putes, ses lesbiennes live-shows, cabines individuelles et gadgets en latex. Les kebabs aux odeurs de frites, les T-shirts Chanel à dix euros, le bitume liquide qui tombait, encore fumant, des fesses d'une goudronneuse. L'équipe qui égalisait la mélasse chaude, dans la lumière lancinante du gyrophare et celle des enseignes de sex-shops. Les relents suffocants et euphorisants de la bouse chimique. Ceux asphyxiants des autocars déversant Allemands et Américains devant le Moulin-Rouge. Les regards sales qui font regretter d'avoir mis une robe. Un homme la suivait de près, de trop près. Diane sentit la colère monter encore d'un cran. Elle était prête à attendre, attendre encore dix secondes, pour lever le doute, offrir dix secondes de sursis au sagouin hollandais, italien ou parnassien qui lui filait le train. On est toujours trop gentille. Et on se sent mal d'être violente alors qu'on en encaisse dix fois plus. Elle serra le poing. Sexodrome, gigasex, gigadrome. Jus de mangue, jus de goyave, pinacolada, un euro. Des sachets de pousses de soja. Il était toujours là, à un pas. Un car rose. Une limousine. Un car vert. « On cherche modèles féminins. » La princesse Leila avec un pistolet laser. Elle sent le souffle de l'homme sur sa nuque. La rage jaillit. Elle se retourne brutalement, prête à lui sauter à la gorge, à lui enfoncer les doigts dans les orbites.

– Diane !

C'est Terrence. Elle sent l'autre homme s'esquiver rapidement.

– Euh, écoute...

Mais il n'est pas bavard. Il se rend seulement compte qu'elle ne va pas bien. Depuis le transistor qui anime la cabine d'un marchand de crêpes, s'écoule la voix de Shakira. « *You're the one I need...* » Trois garçons passent, tractés par un doberman qui grogne en reniflant Terrence.

– Il vote Le Pen, ton chien ? glisse-t-il à l'adolescent qui tient la laisse.

Le trio hésite, évalue les forces en présence et préfère fuir devant le grand Noir. Ce dernier se calme instantanément, même si Diane l'observe encore avec une expression de méfiance.

– J'ai fait quelque chose de mal ? demande-t-il.
– Non, c'est moi.
– Tu as fait quelque chose de mal ?

Elle soupire avec impatience :

– Laisse tomber. Je ne suis pas la femme avec laquelle il faut manger une omelette en ce moment.

– Et il y aura un bon moment ?

– J'imagine qu'il y a un jour où le cafard se réveille sous un soleil radieux. Le déluge a emporté les cadavres. Les oiseaux chantent. C'est le début du bonheur.

– Écoute, je ne suis pas spécialiste des insectes, mais une blatte heureuse d'entendre les oiseaux chanter...

Elle sourit. Terrence ne laissa pas passer l'occasion. Le creux de ses paumes était doux comme une peau de pêche. Son corps se pressa contre celui de Diane, mais avec retenue, comme s'il connaissait l'exact contact que sa nervosité pouvait supporter, celui qu'elle pouvait désirer.

Sophie Sergent (elle ne supporte pas son nom, ça fait « SS ») les photographie. Elle ne pose jamais son appareil, elle aime cadrer avec tout le corps. Même ses mèches châtaines, qui lui tombent sur le front, l'aident à sentir l'image. Elle photographie le couple en le plaçant pas tout à fait au centre, plutôt vers la droite. Ainsi elle a toute l'enseigne lumineuse du sex-shop qui s'appelle « Scarlett », lettres bleu clair sur lignes rouges, juste au-dessus de leurs visages unis. Ils sont isolés, elle a réussi à saisir un moment où les passants sont légèrement en retrait, mais ce qui est amusant, c'est que dans le dos de la femme blanche, les trois badauds sont noirs, tandis que dans le dos de l'homme noir, les passants, une ribambelle, sont blancs. Il y a là-dedans quelque chose du ying et du yang qui l'amuse. Il y a aussi ce filet d'oranges éventré qui gît dans le caniveau, une partie de son contenu a roulé sur le sol. Au tout premier plan, en flou, elle a les visages des ouvriers de la voirie qui regoudronnent le boulevard. Et ce qui est bien, c'est qu'on perçoit leur posture penchée, pliée, douloureuse sans doute pour le dos, la dureté de leur travail, un travail réservé semble-t-il aux Africains, parce que aucun d'entre eux n'est blanc. Et tandis que le couple s'embrasse, s'embrasse encore, intime au milieu de la foule, coupé de l'humanité, eux, ils triment, de nuit. Mais ce qu'elle préfère, c'est un dernier détail : tout en haut, à la pointe d'un triangle qui partirait des deux coins inférieurs pour se fermer au milieu de la limite supérieure du cadre, il y a une femme à sa fenêtre. Une vieille femme qui tend le bras vers une cage à oiseaux qu'elle a pendue au-dessus de son balcon, parmi les fleurs.

La vache ! Elle aime cette photo. Elle sera formidable pour l'expo. Et formidable pour la presse. La prochaine fois qu'un news titre sur l'immigration, l'intégration ou le racisme, c'est pour elle !

Entre Terrence et Diane, l'étreinte délicate s'est muée en prise violente. Mais en Diane le malaise croît. Elle a beau résister, le dégoût et la colère l'envahissent, elle n'en connaît pas la raison, un poison remonte vers son cœur. Elle se raidit, se crispe, lutte contre lui, contre elle-même. Irrésistiblement elle sent s'élever jusqu'à ses lèvres le chagrin, la répulsion. Son corps fait un rejet, son corps refuse le contact, contre sa raison et son désir ; elle étouffe. Tout à coup, c'est évident, elle les voit presque à l'intérieur d'elle, à travers la peau et les organes,

Julien et Benjamin, nichés en position fœtale dans son ventre. Elle s'arrache à Terrence.

– Qu'est-ce qu'il y a ?

Il tient encore ses mains en coupe comme s'il tenait son visage.

Elle ne peut rien expliquer. Elle le regarde, muette. La tendresse l'écœure, la douceur l'écœure, la chaleur, l'amour, la vie l'écœurent. Ses ventricules cognent, affolés. Le plaisir. L'idée même lui paraît immonde. Ses synapses pressent son cerveau pour le faire taire. Le préserver aussi. Des lucioles dansent devant ses yeux, effacent les traits de Terrence dans leur danse. Elle fait signe qu'il doit s'éloigner, mais il ne bouge pas, alors c'est elle qui fait demi-tour et part en titubant. Elle traverse le boulevard et s'enfonce dans les ruelles qui dévalent la ville vers son centre.

Elle se sent double, elle se sent fausse. L'aveu a un goût aigre : celui qui oblige à reconnaître qu'on pense à soi avant toute chose, avant tous les autres, absolument tous. Pourtant la vérité est toute simple : elle veut vivre, elle veut se détacher de son passé, couper les ponts. Elle veut les abandonner. Jeter dans la fosse les fantômes et refermer les tombes. Un mur scellé sur les morts. Elle ne veut plus entendre parler d'eux. On dit « réapprendre à vivre », mais c'est encore un mensonge, la vérité est qu'on ne désapprend jamais. Ce qu'elle prépare, elle le sait, à coups de lâchetés et de mensonges, c'est une trahison. Une partie d'elle aspire encore à un bonheur obscène.

Elle marchait lentement vers le centre de Paris. Dans une épicerie du soir, elle avait acheté une de ces choses dont Benjamin raffolait : un Fizz Pop au citron vert, une sucette à tremper dans une poudre acide, un truc qui brûlait la langue comme de la soude. Son portable sonna.

– Bravo. Grâce à vous, je fais la Une du *New York Times* demain. Et l'ouverture du journal sur CNN.
– Colonel MacLuhan ?
– Margaret.
– Vous et moi, on sait que vous étiez au Niçois avec De Ryck et Kergall.
– Vous allez trop vite, au mépris des faits. Je vous ai dit que je n'étais pour rien dans la mort de Kergall.
– Vous m'avez menti sur tout.
– Vous vous êtes trompée sur tout. Si vous croyez un tant soit peu à ce que vous faites, allez à Saint-Denis. Il y a une société de création d'images virtuelles qui s'appelle *Dracula's Hidden Daughters*. Allez-y, vous verrez comment on faisait de la génétique chez Rosa Nigra.
– Colonel...
– Margaret.
– On devrait se voir pour reparler de tout ça.
– Sans problème. J'atterris dans deux heures. Le temps de débriefer et de m'installer, et je vous donnerai mon adresse à Washington. Bien entendu, il faudra demander au service communication de Barnett & Prescott...

Diane se glissa entre deux poubelles et repéra une minuscule plaque sur une porte en contreplaqué : Les Biceps. Quelqu'un avait écrit au marqueur sur une affiche de France Télécom : « Immigrés = mendiants sous-développés du tiers monde. » Elle frappa. La porte s'entrouvrit sur une figure patibulaire, un colosse, portant une énorme gourmette, qui la toisa d'un œil soupçonneux. Dans le même temps, elle fut submergée par un déferlement de cris, de roulements, de vibrations.
– Vous entrez ? Vous sortez ?
– Je rentre.
– C'est au fond.
De toute façon, ça ne pouvait être qu'au fond. Elle descendit un escalier étroit, plus semblable à une passe-

relle de bateau qu'à un ouvrage urbain, dans le noir, n'était la lueur qui éclairait la dernière marche. Et, chose impossible à croire de l'extérieur, le brouhaha, le vacarme, la clameur grandissaient encore. Lorsqu'elle déboucha dans la salle, elle fut littéralement assaillie par les hurlements, par la masse, par l'hystérie collective qui électrisaient le lieu. L'air sentait la sueur, la bière et le thé. Un cercle épais de dos, d'épaules, de nuques, de crânes se pressait autour d'un objet invisible, tendant la main, le poing, sautillant, invectivant, s'exclamant. Certains étaient juchés sur des chaises. D'autres tentaient de se hisser sur leurs voisins. Une houle permanente les agitait, les soulevait. Toutes les nations du monde étaient représentées : Africains et Chinois, Portugais et Normands. Tous avaient la chemise trempée, le front luisant, l'œil hagard. Enfin, dans une dernière vague, qui percuta même le plafonnier, l'envoyant valser de droite et de gauche, le tumulte atteignit son paroxysme avant d'exploser dans un mélange de râles déçus et de rugissements triomphants.

– Khan vainqueur ! annonça un grand rouquin perché sur un cageot de bouteilles.

Il sauta dans la foule tandis que certains se pressaient vers lui et que d'autres s'éloignaient, rageurs ou atterrés.

La journaliste découvrit au centre de la pièce deux hommes assis à une minuscule table, deux hommes au torse et aux bras sculpturaux, hébétés par l'effort, vainqueur et vaincu unis dans le même épuisement. Des combats de bras de fer. Des gouttes de sueur leur coulaient encore du creux du coude au poignet. L'un des hommes se releva, péniblement, en vacillant, comme s'il sortait d'un match de boxe. Près de lui, le géant à cheveux roux distribuait des billets : les gagnants venaient chercher leur dû.

– Lin Choo, quarante ; Abdou, bien joué mon pote, cent. Gérard, cinquante. Le Ténébreux, quarante. Comment tu t'appelles, d'ailleurs ?

La journaliste s'approcha du bar et aperçut celui

qu'elle cherchait. Liao Wang. Lui et sa compagne tranchaient nettement avec les lieux. Ils étaient adossés au comptoir, élégants bien qu'avachis, la cigarette à la main. Sur les étagères branlantes se dressait une bouteille crasseuse à l'étiquette jaunie : un porto. Couchés près d'elle, un sirop de mûre rouillé et une vodka trouble. Une grosse mouche noire posée sur le goulot. Une plaque Ricard, défoncée. En revanche, les packs de bière s'entassaient, montant jusqu'aux hanches de la barmaid, une femme d'une cinquantaine d'années, africaine, en robe blanche. Elle manipulait verres et monnaie avec célérité. Wang et la jeune femme avaient visiblement commandé deux Tsingtao mais ils n'y touchaient pas. Lui portait un costume mauve et luisant, elle une robe chinoise qui s'arrêtait à mi-cuisse. Ils avaient l'œil rêveur.

– Monsieur Wang ?

Elle se demanda s'ils étaient drogués ou s'ils avaient naturellement, dans leur moment d'abandon, une expression si nostalgique et si perdue. Mais lui se reprit et retrouva en un instant le regard acéré et conquérant qu'elle lui avait connu lors de leur rencontre au Vison. Son amie en revanche continuait à flotter, un sourire vague aux lèvres. Diane se demanda si elle était majeure. Le look sino-gothique accentuait ses airs adolescents. La petite robe blanche était décorée de têtes de mort bleu clair. Elle portait des boucles d'oreilles et un bracelet composés de plumes, d'os et de squelettes orange.

– Vous avez des goûts éclectiques en matière de bars.

Il tapota la cigarette dont les cendres neigèrent jusqu'au sol.

– Je me sens partout comme un exilé. Un rade ou un autre. Dans celui-ci, la bière est chaude, reconnut-il, mais mon champion ne va pas tarder à entrer en lice.

Il était extrêmement beau. Même de si près. Il aurait dû penser au cinéma, pensa Diane. Il aurait fait un jeune premier d'enfer et elle était prête à parier qu'il savait se battre. Star à Hongkong, était-ce plus enviable que gangster à Paris ?

– La Chine vous manque ?

– Ce n'est pas une question de lieu, mais de temps. Je ne suis pas dans le bon siècle. J'ai la nostalgie de ce que je n'ai pas connu. C'est de famille, je crois. Mon père aurait voulu ne pas être la pauvre loque droguée qu'il était et ma mère rêvait qu'elle avait été une guerrière comme nous en avions sous les dynasties anciennes.

La barmaid les interrompit :

– Quelque chose pour vous ?

– La bière la plus fraîche.

– Toutes mes bières sont fraîches.

Mais elle sortit une Kirin.

– Je ne vous offense pas ? sourit Diane à l'adresse de Wang. Les relations nippo-chinoises ne sont pas au beau fixe.

– Non, mais il faudrait que vous arrêtiez de susciter des bagarres. À peine débarrassé des flics qui enquêtent sur le Bombyx, je suis à nouveau harcelé pour la fusillade près de chez vous.

– Pourquoi la police pense-t-elle que vous êtes impliqué ?

– Parce que c'est Chinatown et que je suis chinois.

– Rien de plus ?

– Qui voit le ciel dans l'eau, voit les poissons sur les arbres.

– On vous accuse toujours à tort ?

– Non...

Il sourit par en dessous, l'œil pétillant et les épaules imposantes. Diane n'était pas certaine d'aimer le mauve, ni cette texture luisante, mais la coupe était impeccable. Il passa le bras autour de la taille de son amie, lui glissa quelques mots en chinois. Elle répondit et Wang se tourna vers la journaliste :

– Long Long dit qu'elle voudrait être vous.

– Dites-lui qu'il ne faut pas qu'elle ait de regrets.

— Tout le monde voudrait être quelqu'un d'autre.

Il caressa la joue de la jeune Chinoise et se tourna vers la journaliste.

— J'ai connu Long Long à Shanghai. Elle venait de la campagne et travaillait comme vendeuse dans un magasin de vêtements. Elle avait l'air tout droit sortie d'une photographie de Yang Yong, la tête pleine de couleurs, de rêves de consommation et d'ascension sociale. Moi, je crois que ce sont nos futures héroïnes. Elles viennent de leur village et elles entrent dans la ville pour y errer à la recherche de leur destin. Je crois en elles plus qu'en tout autre groupe social. Si la Chine rigide et corrompue est un jour terrassée, je suis certain que ce sera par ces jeunes filles qui portent des bottes en faux serpent et des collants à rayures.

— Vous ne parlez pas tout à fait comme je l'imaginais.

— Je suis un homme qui a choisi son métier. Je faisais des études de physique quand j'ai senti l'appel des Ming. Je suis rentré dans la... confrérie. C'était l'aventure. Autre chose que la candidature à l'achat d'une voiture allemande et d'un ordinateur.

— Et vous êtes satisfait ?

— De mes frères, oui. Pas de moi. J'ai juré de renverser les Qing pour restaurer les Ming. Des mots tout ça. Aux origines, les triades défendaient des valeurs. Repousser les usurpateurs mandchous, ramener les empereurs chinois. La Société du lotus blanc a été fondée par un poète, un patriarche bouddhiste et un maître taoïste, une société secrète pour combattre les Mongols. Ils pratiquaient et enseignaient des arts martiaux conçus dans les monastères de Shaolin. Qu'en reste-t-il aujourd'hui ? Je n'ai pas été capable d'offrir un but à mes compagnons. Le panache reste, mais nous n'avons rien à défendre. Des brigands romantiques qui pleurent la mort des sabres.

Harpmann pensa aux clandestins chinois découverts à Douvres asphyxiés dans un camion frigorifique. Le romantisme des brigands, c'était bon pour ceux qui n'avaient jamais perdu personne.

– Mais dites-moi ce qui vous amène, ordonna Wang. Vous n'êtes pas venue me remercier pour les fleurs.

– J'ai un service à vous demander.

Il haussa un sourcil. Il appréciait. Harpmann beaucoup moins mais elle ne voyait pas comment faire autrement. Elle avait appelé les studios *Dracula's Hidden Daughters*. Bien entendu, ils avaient refusé de lui répondre.

– Je crois que nos intérêts sont convergents, monsieur Wang. Vous voulez que la police classe ce dossier, je veux savoir ce qui s'est passé au Bombyx. Une partie de la réponse se trouve dans les locaux d'une société de création d'images virtuelles installée près du Stade de France. Simplement, il faudrait pouvoir y récupérer des fichiers.

– Votre journal ne peut pas intervenir ?

Non, le journal ne pouvait pas. En l'occurrence, l'éthique était bel et bien piétinée. L'effraction au domicile de Kergall était déjà limite. Celle-ci les outrepassait toutes.

– Je suis seule sur ce coup. La rédaction bosse sur les répercussions du scoop d'avant-hier. Les conséquences diplomatiques, le traitement de l'info aux États-Unis...

– Pardonnez-moi. Mon champion a pris place.

Il descendit de son tabouret, tenant Long Long par la main et le traînant dans son sillage. Un relatif silence régnait dans la pièce à l'atmosphère viciée alors que l'assistance s'était encore renforcée. Il ne restait de la clameur qu'un bourdonnement de conversations furtives. Le grand rouquin avait repris sa place sur le cageot à bouteilles, le cercle s'était reformé. La barmaid s'était hissée sur son bar branlant, un verre d'eau à la main. Elle contemplait la scène de haut.

– Venez, murmura Wang.

Ils fendirent la foule. Un étrange combat se préparait : il y avait deux prétendants autour de cette table étroite. L'un avait la carrure d'un taureau, un cou large comme un fût, des biceps de la taille d'une pastèque, un torse où les muscles et les ligaments saillaient. Des tatouages entrelacés remontaient depuis les poignets jusqu'au front. Ses yeux étaient rapprochés comme ceux d'un faucon. Le plus grand contraste l'opposait à son adversaire : une gamine asiatique, l'air buté mais serein, dont les cheveux étaient rassemblés en une queue-de-cheval brune. Elle portait un maillot de basket-ball aux couleurs des Lakers. Elle avait les yeux bruns, des lèvres fraîches, le front haut. Elle semblait musclée, mais sans démesure et sans volume, le biceps de la taille d'un citron. Une autre échelle.

Wang se tourna vers l'arbitre qui prenait encore les paris :

— Cinq mille euros sur la gamine. Et vous, Harpmann, vous jouez ?

— Cinq euros sur la gamine, confirma Diane.

— On commence à dix, rectifia l'arbitre-bookmaker.

Diane sortit un billet de plus. Les commentaires allaient bon train mais à mi-voix. La tension était perceptible et, alors qu'une minute avant le halo étroit de la lampe n'éclairait que les combattants, c'était maintenant une vingtaine de visages, curieux et enfiévrés, qui étaient pris dans ses faisceaux.

— Mesdames et messieurs, cria le rouquin (il y avait très peu de dames), dans quelques secondes le combat va commencer entre Pedro, à ma droite, et Bai Bo, à ma gauche. Pedro en est à son trente-septième combat, dont trente-deux victoires, et il a gagné l'année dernière le tournoi de Saint-Denis. Bai Bo n'a que deux combats, menés ici même, aux Biceps, le temple du bras de fer parisien. Deux combats et deux victoires. Y a-t-il encore des paris ? Non ? Alors préparez-vous ! Les épaules sont parallèles ! Les coudes sur le touchpad ! Attention ! Ready, Go !

Il ne se passa rien. Tous avaient les yeux rivés sur ces deux mains scellées l'une à l'autre. Elles se mirent à trembler, à rougir, immédiatement, donnant le sentiment que les adversaires avaient été électrocutés par une même décharge. Mais elles restèrent immobiles. Dans celle de Pedro, la main de Bai Bo était minuscule. On s'attendait à chaque instant à ce qu'elle soit broyée. Mais elle ne bougeait pas. Leur ensemble vibrait, la sueur commençait à suinter de leurs paumes. Leurs visages se contractaient, même si chez la gamine, ce n'était qu'une rigidité grandissante des muscles et des lèvres, une fixité dans les iris braqués sur ceux de son adversaire, tandis que Pedro se crispait, se nouait, ligaments et fibres essayant de franchir l'épiderme. Son cou avait gonflé : des veines noires surgissaient de partout, taillant leur chemin jusque sur le visage. La sueur ruisselait maintenant depuis la racine de ses cheveux jusque sur son marcel. La peau de Bai Bo brillait.

Cependant la souffrance, la tension, la passion la plus intense se lisaient ailleurs. Sur les faces, apparues désormais par dizaines, qui s'avançaient jusqu'à un souffle de la prise de mains. Cent figures agglomérées qui composaient un mur de regards. Une masse compacte et fascinée qui dégageait une chaleur étouffante.

Et soudain, il y eut un murmure. Pedro venait de gagner cinq degrés. Et il en gagna dix de plus ! Le petit bras fléchissait. Fétu dans une tempête de contractions puissantes. Puis il s'immobilisa.

Bai Bo plongea dans les yeux de son adversaire un regard de braise. Il ne le soutint pas et baissa les yeux sur son poing écarlate. Il grimaça, lançant un nouvel assaut sur ce pivot prêt à céder. La grimace grandit et bientôt déforma ses traits, les lèvres se retirant des gencives, les dents serrées à se rompre jusqu'à ce que la salive écume au coin de la bouche. Le petit bras gardait sa position, dominée mais solide. Suant et imperturbable. On ne respirait plus.

Un cri commun jaillit tout à coup : d'un bond, la main menue venait de reprendre sa position initiale.

– Le coude s'est décollé du tapis ! hurla un spectateur.

– Non ! On joue ! trancha l'arbitre.

Pedro gémit puis rugit, combatif. L'aiguille formée par les bras soudés se tendait de nouveau vers l'ampoule de la lampe. Le public, hagard, se penchait sur les épaules des ferristes, frôlait leur dos, leur nuque, leurs joues. On les guettait du dessous et du dessus, on les encourageait d'un verbe grommelé, on scandait leur nom pour soi, on serrait le poing à leur place, mimant inconsciemment les mouvements de la lutte.

Lentement, millimètre par millimètre, soutenus par un œil de velours, les doigts et la paume de la jeune fille entamèrent leur poussée. L'homme se cabra de stupeur, mais sa main malgré lui cédait en tremblant. Comme si c'était possible, ses muscles se durcirent encore et les veines roulèrent et craquèrent sous la peau. Dans un immense effort de la chair et de la volonté, il stoppa la progression.

Cette fois, ils se défiaient ouvertement et leurs regards rivés l'un à l'autre scintillaient de haine. Leur échange dura, dura encore. Puis l'on entendit, dans le silence prêt à rompre, un bourdonnement. Il commença discrètement. Puis grandit. Grandit encore. Et l'on vit la grosse mouche qui somnolait habituellement sur la bouteille de vodka. Elle tourna sous la lampe parasitant de son indifférence l'air sous pression. Elle tourna encore, effleura le nez de Pedro, les lèvres de Bai Bo. Puis elle se posa. Sur la prise. Sur les doigts enchevêtrés. Exactement sur le majeur de la jeune fille.

Vououou ! La gamine écrasa dans un cri vainqueur le poing de son adversaire. Les phalanges touchèrent le winpad en mousse, la salle se souleva dans une exclamation commune, une clameur qui percuta les murs, le bar, vrilla les tympans.

Diane venait de gagner trente euros.

Diane Harpmann regarda dans le rétroviseur le visage de Bai Bo que les lampadaires du périphérique barraient de larges rayures orange. Ses yeux noirs brillaient entre deux bandeaux de lumière. Ce n'était qu'une gamine mais elle tenait le volant avec désinvolture. Wang Liao avait juré qu'elle était majeure mais Diane avait des doutes. Ou alors, elle était seulement frêle (où trouvait-elle l'énergie d'écraser des adversaires qui faisaient quatre fois son poids ?) ; le marcel n'aidait pas à augmenter sa carrure. Son air buté lui donnait l'air d'une adolescente, mais son regard dénonçait la maturité. Diane avait essayé de lui soutirer deux mots en français, puis en anglais, mais visiblement la petite ne parlait que le mandarin. À son cou pendait une chauve-souris en plastique translucide mauve – un porte-bonheur dans la tradition chinoise, censé apporter l'amour de la vertu, la richesse, la santé, le vieil âge et une belle mort. La journaliste espéra que l'animal tiendrait ses promesses.

Harpmann n'aurait pas été surprise de voir planer ses ailes anguleuses dans ce coin de Saint-Denis. Entre zone industrielle rattrapée par la rouille et friches gangrenées par la brique, il n'abritait la nuit que les marginaux, la folie, les rats et les chiens. On n'avait pas de bonne raison de traîner là. Et ce n'était pas un pot de géraniums blancs brillant sous la lune qui suffisait à faire oublier la voiture désossée pourrissant sur le trottoir, les affiches du Front national et le camp des Roms dont même l'obscurité peinait à cacher la misère. Le coin était un dédale serpentant entre terrains vagues, décharges sauvages, entrepôts à l'abandon, rails disparaissant dans les herbes. Bai Bo était obligée de rouler au pas, l'éclairage urbain avait craché ses ampoules l'une après l'autre, et les obstacles surgissaient du bitume sans crier gare : un pneu à moitié calciné, un caddie de supermarché, une bouteille de vin cassée dont l'odeur frelatée envahit l'habitacle malgré les vitres fermées.

Sur un signe de Diane, Bai Bo s'engagea sur le chemin du campement, les roues cahotèrent avant de s'arrêter. Elle n'avait pas éteint le moteur que déjà quatre jeunes Roms les attendaient. Diane ne voyait que leurs silhouettes. Elle devina leur âge à leur rire. Ils dirent quelque chose qu'elle ne comprit pas.

Harpmann sortit tranquillement.

— Salut, j'ai besoin d'un petit service.

Bai Bo n'avait pas bougé. Diane donna un petit coup sur la vitre pour lui dire qu'il était temps de sortir. Les lieux étaient noirs, sauf les petites fenêtres aux coins arrondis des caravanes.

— J'ai une course à faire, reprit-elle. Je voudrais que quelqu'un garde ma voiture. Trente euros. Dix maintenant, vingt au retour.

— Qu'est-ce que ça change ? Pourquoi une partie avant, une autre après ?

— Je sais pas. On fait comme ça dans les films.

Ils éclatèrent de rire. Celui qui avait parlé approcha. Elle entr'aperçut le sourire au-dessous d'une petite moustache. Il portait un survêtement et sentait la cigarette. Elle ne vit pas ses yeux.

— Je vous donne les trente.

Elle lui passa les deux billets.

— Vous revenez dans combien de temps ? demanda-t-il.

– Pas plus d'une heure, j'espère.
– Et si vous revenez pas ?
Harpmann sourit, mais plus d'angoisse que de désinvolture. Si elles ne revenaient pas, elles avaient toutes les chances de dormir à la prison pour femmes de Fleury.
– Si je ne suis pas revenue dans deux jours, vendez la voiture...
Il ne savait pas si elle était sérieuse. Elle non plus.
– Et si les flics venaient ?
– Essayez de leur parler le plus longtemps possible.
Et les garçons rirent encore.

Elles entendirent les éclats de voix décroître progressivement, des aboiements de chien, tandis qu'elles marchaient vers les studios *Dracula's Hidden Daughters*, lampe-torche à la main. Il leur fallut escalader une barrière en bois, traverser les vestiges d'une maison où se distinguaient encore derrière les graffitis le papier peint des chambres et les carreaux de la salle de bains. Elles longèrent d'interminables enceintes d'entrepôts, passèrent sous un pont où elles faillirent piétiner un sac de couchage et son occupant comateux, quand, au loin, alors qu'elles avaient encore dans le nez les odeurs d'eau saumâtre et d'urine, leur apparut soudain une vision pétrifiante : la « technopole ». Havre de prospérité et hymne à la créativité trônant sur la fange, la zone d'activités nouvelles se dressait en une série de bâtiments flambant neufs aux lignes harmonieuses et vaguement floridiennes. Longues perspectives, encastrement de plans divers, architecture cubiste où le rectangle était roi. Matières lisses, surfaces d'un blanc immaculé ou d'un brun tirant sur le roux. Un jour, le quartier tout entier serait construit à l'avenant. Pour le moment, la technopole était une citadelle.

Jusque-là, Bai Bo s'était contentée de suivre, son sac à dos cliquetant pendant qu'elles marchaient. Dès que l'objectif fut en vue, elle éteignit sa lampe, fit signe à Diane d'en faire autant et prit la direction des opérations. Elle ouvrit le sac, enfila prestement un sweat-shirt à capuche gris souris, tendit l'autre à Diane. Ce faisant, elle lui jeta un petit coup d'œil d'un bon quart de seconde qui constitua le plus long échange qu'elles aient connu. La tête invisible sous le tissu, elle chaussa des espèces de ballerines grises, donna les mêmes à Harpmann, glissa dans l'élastique de son survêt une pince coupante – pour la première fois, la journaliste eut pleinement conscience de ce qu'elle s'apprêtait à faire et dont aucun journaliste, du plus prestigieux au plus crapoteux, ne s'était jamais vanté. Puis la jeune Chinoise rajusta le sac sur ses épaules et lui indiqua le parcours qu'elles allaient suivre.

Elles traversèrent rapidement la route. Bai Bo s'accroupit, totalement à découvert, et cisailla le grillage d'une série de coups rapides. Harpmann la regarda faire avec une part d'incrédulité. Combien de chances de ne pas être repérées ? Dans une telle entité dédiée aux technologies nouvelles, ils devaient disposer de ces machins qui sonnent dès qu'on y touche, a fortiori dès qu'on coupe. Mais Bai Bo était déjà de l'autre côté et lui tenait le coin du grillage pour qu'elle s'y engage à son tour. Harpmann la vit jeter une espèce de chiffon blanc par terre. Dans quel but ? La barrière de la langue lui parut une fois de plus insurmontable.

Sur le parking, les véhicules individuels avaient disparu. Restaient des camions de régie audiovisuelle et des camions-loges. Les deux femmes se glissèrent entre eux et remontèrent au pas de course jusqu'au bout de la concentration. Elles n'étaient plus qu'à quatre mètres de l'angle d'immeuble où deux caméras étaient perchées.

Bai Bo sortit du sac une échelle télescopique d'où sortaient des barreaux rétractables. C'est *Mission impossible*, pensa Diane, qui se demandait comment elle avait pu envisager ce cambriolage. « Je crois que les jeunes femmes des centres urbains chinois sont nos futures héroïnes », avait dit Wang. Et elle n'en fut que plus décidée – après tout, la vérité n'était plus qu'à quelques mètres. Un dernier *clic* accompagna l'extension de la barre ; Bai Bo surgit de derrière les ailes du camion. En cinq secondes l'échelle était calée sur l'angle, en dix, la Chinoise était à son sommet, se tenant entre les caméras divergentes. Avec la rapidité d'un prestidigitateur, elle sectionna le fil électrique de l'appareil de droite et couvrit l'autre d'un sac plastique Auchan, qui se mit à claquer dans le vent.

Bai Bo lança l'échelle à Harpmann qui la replia entièrement et la garda à la main, pendant que Bai Bo fonçait à gauche vers une porte blindée. Là, elle sortit prestement un nouvel attirail. Harpmann, qui trouvait qu'avec leur capuchon, elles ressemblaient à deux moines, observa la porte. La protection de la société Dracula était plus solide que sophistiquée : pas de système magnétique ni de reconnaissance digitale mais une porte au blindage épais munie d'une serrure à cylindre. À sa connaissance, forcer ce genre de dispositif demandait de gros outils et des manœuvres bruyantes – connaissance acquise au cours de la rédaction d'un article – « Partir l'esprit libre » – pour *Valeurs actuelles*. Cependant la jeune Chinoise ne sortit qu'un sac plastique rempli de clefs plates creusées de demi-sphères. La moitié étaient argentées, les autres dorées, comme celle qu'elle tenait en main, reliée à son pendant argenté. Elle l'introduisit, pesta, essaya d'autres clefs, et grogna enfin de satisfaction à la quatrième. Elle la ressortit aussitôt et introduisit la clef d'argent. On entendit un déclic, et la porte s'ouvrit tout simplement. Elles entrèrent. Bai Bo referma en silence le battant derrière elles.

Lorsqu'elle alluma sa lampe-torche, Harpmann étouffa un cri. Trois crânes aux orbites vides la regardaient fixement. Elle éclaira l'affiche : des rangées de crânes, des falaises d'ossements en formaient le fond alors que s'inscrivait en grosses lettres le nom du film : CATACOMBES et cette accroche : « Des millions de morts sous nos pieds ». Une phrase qui aurait plu à Emmanuel

Rosenzweig, pensa-t-elle. Le film devait sortir en janvier 2008. Produit par Europacorp, réalisé par Guillaume Canet, avec Clovis Cornillac et Virginie Ledoyen. Et surtout la mention que cherchait la journaliste : « Effets spéciaux : *Dracula's Hidden Daughters*. » Le cœur battant, elle balaya l'entrée avec sa torche. À part ça, la boîte ne cherchait pas à impressionner le client. Le beau canapé en cuir noir était enseveli sous les affiches et affichettes enroulées. Divers éléments de matériel informatique usagé attendaient d'être jetés. Quelqu'un avait oublié son écharpe sur le portemanteau. Elle souffla. Bai Bo s'assit dans un coin, geste muet qui signifiait : « Je t'attends. » Et sans doute : « Fais vite. » Diane fonça dans le long couloir. Elle compta une bonne vingtaine de bureaux en tout, tous encombrés de moniteurs imposants, de périphériques et de montagnes de CD. Elle soupira : elle pouvait en avoir pour des heures ! Ce que le système de sécurité de la zone n'autorisait sans doute pas.

Elle entra dans un bureau au hasard. Un fouillis inouï y régnait. Et puis il y avait cette odeur... En fait, elle l'avait sentie dès l'entrée. Une odeur étrange de pourriture, âcre et entêtante, qu'elle connaissait mais qu'elle n'arrivait pas à identifier. Elle enfila des gants en latex, commença à fouiller avec fébrilité les documents – photos de murs d'ossements, crânes aux mâchoires ouvertes sur des dents gâtées, tibias croisés sous le menton, chariots débordant de carcasses humaines tirés dans les galeries... Probablement des modèles pour la création des images. Elle inspecta la tranche des CD : Cata-scène 1-1, Cata-scène 17-12, Cata-scène 63-4. Comment faire pour s'y retrouver ? Comment faisaient-ils ? Lorsque brusquement l'explication du désordre lui glaça le sang : elle n'était pas la première à fouiller ici. Elle retint son souffle, scruta le silence. Elle aurait voulu appeler Bai Bo mais ce n'était pas le moment de se signaler.

Elle entendit un bruit, un bruit du dehors qui l'empêchait de distinguer les bruits du dedans. Qu'est-ce que c'était que cette odeur ? Ce qu'elle entendait, c'étaient des exclamations, des hommes couraient, un chien grognait. Elle quitta le bureau, à pas de loup après avoir éteint sa lampe. Étaient-elles seules dans les lieux ? Et quand les vigiles allaient-ils leur tomber dessus ? Elle se glissa dans le bureau suivant, ne rallumant la torche que tout près des objets, mais ne trouva rien, avec la certitude qu'elle n'avait inspecté qu'un dixième des documents présents dans la pièce. Puis, fébrilement, l'oreille tendue, elle passa au suivant, puis au suivant. Et s'arrêta tout à coup parce qu'un bruit intérieur avait couvert ceux de l'extérieur. Elle lâcha le boîtier de CD et éteignit sa torche. Un faisceau de lumière venait de traverser le carré de la fenêtre. Elle plongea.

Un choc fit trembler la vitre.

— T'as vu quelqu'un ? demanda une voix agressive. J'ai cru voir une lumière.

Un bruissement et des grattements frénétiques. Une bête se jetait sur la fenêtre en grognant, le verre crissait sous ses griffes. Diane enfouit la tête dans ses mains. Ses tympans se mirent à bourdonner quand des aboiements furieux vrillèrent ses oreilles. Le chien sentait son odeur à travers le mur.

— Tais-toi, Ulysse !

L'animal continuait à grogner. Une lampe explora le bureau depuis l'extérieur, détaillant un moulage en résine ultraréaliste : un squelette entier imbriqué dans une paroi de glaise.

— Ça doit être le tas d'os qui l'excite comme ça, on va jusqu'à CRYPTA et on revient, ordonna la même voix.

— Aucune trace d'effraction là-bas.

— Ici non plus.

— On a ce plan...

— C'est peut-être un leurre pour nous attirer là-bas, pendant que ces connards piquent des jantes ou des pneus sur les camions.

— Si c'est ça, ils sont déjà repartis. La boîte verra demain avec l'assurance...

Ils s'éloignaient. Diane avait la nausée : la peur, mais aussi l'atmosphère viciée. Elle se releva prudemment, guettant les deux uniformes de dos et le chien qui tirait sur sa laisse pour revenir vers elle : l'animal était terrifiant. Un de ces chiens à poil ras, les muscles saillant sous une peau noire, assez grand mais surtout compact comme un fauve, la gueule hérissée de crocs énormes, filets de bave aux babines. À nouveau, l'estomac lui remonta dans la gorge. L'odeur. Elle la reconnaissait... une odeur de cadavre. L'odeur de la morgue. Les rats en décomposition peuvent aussi sentir très fort. Mais qui travaillerait dans ces conditions ?

Elle tituba, sa torche tomba sur la moquette. En tâtonnant, sa main rencontra une substance gluante, cependant que l'autre renversait une pile de CD. Encore... La lune émergea des nuages et déversa ses rayons dans la pièce. Juste devant ses yeux, Diane découvrit deux choses : la tranche d'un boîtier où était écrit « STRANGE FLOWERS ». Et deux pieds. Pendant une fraction de seconde, l'adrénaline l'aveugla. Elle se redressa comme un ressort, attrapa à l'instinct le poignet de l'individu pour le tordre et l'enroula autour de son épaule en pivotant sur elle-même. Elle réalisa trop tard qu'elle agissait comme au dojo : elle avait pensé à protéger son adversaire alors qu'en toute logique elle aurait dû le fracasser sur un angle du bureau. Le corps bascula, léger comme une plume. L'arête de sa paume s'abattait déjà sur le cou quand Diane prit en compte cette information. La main se suspendit au-dessus du visage de Bai Bo. Diane maugréa un « merde » qui se voulait une excuse et lui tendit la main pour l'aider à se relever. Puis elle ramassa le boîtier.

– On y va, dit-elle en désignant la sortie.

Elles entendirent alors une sorte de piétinement. Ils se rapprochaient à toute vitesse. La fenêtre faillit voler en éclats. Le chien, libre de toute entrave, se déchaînait. Il bondissait, s'écrasait sur la vitre avec un énorme bruit mat, retombait et se ruait à nouveau. Les gémissements, les grognements, les aboiements semblaient provenir de dix bêtes à la fois. Une meute entière n'aurait pas exprimé plus de furie. Le mur vibrait sous les coups de griffe, ses dents rayaient le verre, ses babines noires laissaient des traces de bave. Diane aperçut sur ses iris opaques un reflet qu'elle agrandit progressivement en se focalisant sur lui ; elle y vit une image glaçante : un cadavre affalé sur une table, libérant des torrents d'hémoglobine, une cascade qui éclaboussait un couteau de boucher. Le rêve du chien affleurait-il sur sa rétine ? Une vision s'y était-elle imprimée ? Elle contourna l'ordinateur : une scène de *Catacombes* servait d'écran de veille morbide au technicien qui travaillait là.

Bai Bo était dans le couloir et courait. Diane démarra dans son sillage pendant que le chien remontait le bâtiment en les poursuivant de fenêtre en fenêtre. « Il va faire le tour pour nous couper la route », pensa-t-elle. Elle s'apprêtait à retenir la jeune Chinoise dans l'entrée mais cette dernière ouvrit la porte à la volée. Un rugissement fit trembler les gonds, deux yeux flamboyants apparurent dans l'encadrement ainsi que des crocs et des gencives de cauchemar. La gamine se projeta derrière le battant ouvert, laissant place à la bête qui fondit sur Harpmann. Celle-ci esquissa un saut au-dessus de l'animal qui bondit à son tour pour lui déchirer la gorge. Dans une vision fugitive, Diane discerna la masse de ses muscles rouges, leurs fibres et leurs ligaments blancs, et dans un deuxième temps le squelette trapu du chien dont les os luisaient, comme enduits de phosphore. Elle contracta ses abdominaux, plongea sous le ventre de la bête et se réceptionna à l'extérieur du bâtiment, pendant qu'on entendait divers objets craquer sous le poids du chien. Il faisait déjà demi-tour quand Bai Bo lui claqua la porte au museau.

Quatre vigiles arrivaient en courant sur le parking. Ils abandonnèrent au niveau du grillage quand ils virent les ombres à capuche s'enfoncer dans les herbes.

D̀ès l'avenue de Choisy, elle sut qu'elle était suivie. Elle ne se retourna pas, n'accéléra pas, ne chercha pas de ligne de fuite. Elle pensa à Kergall qui avait couru à perdre haleine pour finir étendue, deux balles dans le dos. Elle regretta juste d'avoir gardé la clé USB sur elle. Les dizaines de fichiers images et vidéo qu'elle avait consultés dans un centre de PC en libre-service des Halles, ouvert la nuit, montraient un processus long, fastidieux mais assez simple : la fabrication des séquences de la cassette. Elle n'oublierait pas la vision de la rose bleue... La rose aux couleurs intenses et triomphantes qui, de clic en clic dans la fenêtre « historique » de Photoshop, avait pâli, jusqu'à ne plus porter qu'un voile bleuté. Une teinte pastel, presque effacée. La rose Suntory dans sa première version. Un rêve qui revenait à la réalité. Fragile, instable, imparfait mais perfectible. Par les mêmes procédés, l'orchidée blanche avait été criblée de taches mauves appliquées grâce au « tampon » de la barre d'outils, qui dupliquait une image à part, une tache mauve strictement numérique. *Idem*, les coquelicots dont la couleur avait été remplacée grâce aux courbes de couleurs des menus « réglages ». Un jeu d'enfant pour un studio qui produisait des effets spéciaux destinés à Besson ou Disney. Et pour Diane, un processus qui avait quelque chose de glaçant, comme si la réalité elle-même avait régressé jusqu'au non-sens. Pourquoi Duroy-Forest avait-il confirmé à mots couverts l'existence du programme ? Le capitaine Monange les avait-il intentionnellement induites en erreur ? Probablement. Son enquête n'avançait pas. La vérité s'effaçait. Elle était au bord du néant.

Ils étaient sur ses talons. Elle ne se soucia pas de leur identité. S'il s'agissait des tueurs du Bombyx, une rafale et c'était fini. Si c'était quelqu'un d'autre... Elle s'en foutait. Elle n'hésita même pas à entrer dans l'impasse. Elle ne put s'empêcher de frémir lorsqu'elle passa sous la femme tatouée et qu'elle entendit la cavalcade qui la rattrapait. Sur sa nuque, ses cheveux se hérissèrent. La chair est faible. Et c'est justement là qu'ils la saisirent, par la nuque et le bras, la poussant violemment vers son immeuble. Ils la projetèrent contre la porte, qui s'ouvrit en claquant contre le mur. À l'endroit du choc, ça pulsait douloureusement. Sa joue enfla tout de suite, pendant qu'ils la soulevaient, la tordaient dans l'escalier, la clef sur sa colonne vertébrale se resserrant sans cesse, la prise sur son cou lui broyant les vertèbres. Il aurait été facile de se libérer. De rouler sur les marches. Mais elle voulait voir, elle voulait sentir cette violence, entendre leurs voix, savoir s'ils avaient quelque chose à dire. Le sang dans la bouche n'était qu'un avant-goût. « Monte ! » grommela-t-il, alors que c'était lui qui la faisait trébucher en la poussant. Lorsqu'ils arrivèrent sur le palier, il la propulsa vers l'avant. Il s'attendait sans doute à ce qu'elle chute, mais elle se réceptionna simplement sur l'épaule et se redressa avec souplesse. D'un geste vif, elle claqua l'interrupteur. L'ampoule du plafond s'éclaira.

Où était passé le deuxième homme ? Ils étaient au moins deux. Il n'y en avait qu'un devant elle. Juste à deux mètres. Il hésitait, à la fois furieux et prudent. Un homme d'une cinquantaine d'années, large d'épaules et de figure, les cheveux courts qui laissaient voir le crâne, les joues un peu pendantes, la paupière aussi. Mais il ne fallait pas y voir un quelconque signe de mollesse. La main était rude, les réflexes affûtés. Les genoux légèrement fléchis, les bras écartés au niveau des hanches. Il n'attendait que le signal pour bondir.

– Approche.
– Pour quoi faire ?
– Je suis venu te donner des instructions.
– De qui ?
– Moi. Ça te suffit ?
– C'est vous qui posez des bus miniatures sur mon paillasson ?
– T'occupe. Mon premier ordre, c'est celui-là : t'arrête de poser des questions !

Il avança vers elle. Depuis qu'il l'avait lâchée, son bras gauche fourmillait et elle le contrôlait à peine. Mais il n'était pas dans ses intentions de se battre.

– Des questions sur quoi ?

Le poing partit avec une rapidité prodigieuse, pourtant elle aurait pu l'éviter. Elle ne cilla pas, ne bougea pas. Les phalanges la percutèrent de plein fouet en haut de la joue déjà touchée. Elle sentit ses cervicales craquer, sa tête partit s'écraser contre la peinture écaillée du couloir. Le deuxième choc fut pire que le premier. Son oreille se mit à bourdonner et à brûler. Sa tempe semblait grossir à vue d'œil. Elle releva la tête. Il la foudroya du regard.

– J'ai dit : la ferme !

Puis il reprit d'une voix sourde :

– Tu vas arrêter de poser des questions. Ton enquête est finie et tu ne publies plus rien.

Elle se pencha en avant, les yeux flamboyants. Elle désigna son propre visage et murmura :

– Frappe ici !
– Qu'est-ce que tu cherches ?
– Frappe ici parce que je vais continuer !

Il lança sa gauche qu'elle reçut droit dans le menton. Ses dents s'entrechoquèrent et elle se mordit la langue. L'onde lui traversa la tête jusqu'au fond du crâne. Elle recula de deux pas, sonnée. Des taches explosaient sous ses paupières et sa mâchoire gémissait. Elle dut se rattraper au mur. Un deuxième coup s'abattit dans son ventre, lui écrasant les abdominaux, les intestins, le foie. Elle ne pouvait plus respirer. Instinctivement elle essaya d'aspirer, paniquée, sa poitrine ne se soulevait plus. Elle tomba sur les genoux, ne pensant plus qu'à sa bouche, sa bouche qui réclamait, ses poumons qui brûlaient. Sa gorge sifflait en avalant d'infimes particules d'oxygène. Elle aussi paraissait écrasée. Finalement une goulée d'air réussit à se frayer un chemin, juste assez pour qu'une nouvelle sensation domine : l'horrible douleur qui irradiait son bas-ventre. Elle toussa, cracha, sentit les larmes chaudes qui avaient giclé jusque sur le menton. Elle se laissa le temps de se reprendre. Il y avait du sang sur le sol. Il se répandait lentement dans les rainures du parquet.

Tout près de son oreille, celle qui était encore intacte, il murmura :

– C'est fini pour toi. Si tu n'écoutes pas ce qu'on te dit, c'est fini pour toi.

Mais elle se raidit, se redressa, les genoux tremblants et les côtes transformées en briques, les muscles grinçant pendant qu'elle se remettait debout.

– Il faut que tu comprennes, petite, ajouta-t-il. Si tu ne t'arrêtes pas, on devra te punir. Si tu ne t'arrêtes pas, tu vas souffrir.

Elle ne sut si ce fut ce terme de « petite » qui la mit le plus en colère ou cette menace grotesque : une vague de haine la submergea et elle se sentit vibrer de fureur :

– Souffrir ! Tu crois que tu vas me faire *souffrir* ? (Elle éclata de rire :) Fais-moi souffrir ! Vas-y ! Avec tes poings ! Avec tes pieds ! Tu crois que c'est ça, souffrir ? Tu sais ce que c'est que de souffrir ? Vas-y ! Fais-moi souffrir comme j'ai jamais souffert !

Quand le coup la faucha au niveau de sa joue martyrisée, celle-ci s'ouvrit largement, laissant jaillir son suc. Il coula sur son ventre, en libérant une profonde jouissance. Les coups qui suivirent ne furent plus qu'un chaos dans lequel ses gémissements et ses rires se perdirent. Son arcade sourcilière éclata à son tour, ses jambes se recroquevillèrent pour échapper à la rafale, en vain, les cuisses encaissèrent une volée qui les constella de larges hématomes. Le pied lui percuta deux fois les côtes, lui coupant à nouveau le souffle et l'obligeant à cracher du sang. Quand l'homme s'arrêta et dévala l'escalier, elle roula sur le dos, murmura en un sourire douloureux : « Même pas mal... »

Il faisait nuit. Par la fenêtre, on apercevait une banlieue qui sommeillait. Quelques lumières, des appartements plongés dans le noir, des lampadaires esseulés. Les phares qui balayaient une rue déserte. Dans la pièce, des lueurs blafardes tombaient des néons. La grande table en mélaminé paraissait disproportionnée : une vingtaine de chaises vides pour cinq occupées.

Les protagonistes avaient été soigneusement choisis. Délos, puisqu'elle participait à l'enquête depuis le début. Vassilevski, un petit homme au nez long et pointu, les yeux fins et rapprochés, toujours sanglé dans sa veste en cuir marron, qui était responsable du service infos générales, et donc le supérieur de Délos. Garcia, le rédacteur en chef de nuit, chauve à l'exception de deux touffes filandreuses de chaque côté du crâne, des yeux cernés qui dissimulaient sous des airs d'hébétude une vive intelligence – un gros pull informe couleur bouteille faisait penser à un pyjama. Charbonnier, la blonde aux cheveux courts, toujours un briquet dans la main, l'élégante froissée, cassante, impatiente et indulgente qui dirigeait le service de politique étrangère du haut de son mètre quatre-vingts. Et un homme qu'on voyait rarement à cette heure indue, le directeur, Jacques Bourgeois, dont le costume et la moustache semblaient provenir du temps de la TSF. Delattre et Harpmann étaient restés debout.

– Comment vous avez eu l'info ?

– Le colonel MacLuhan m'a téléphoné pour m'indiquer le nom de la boîte.

– Alors, c'est les Américains ! s'exclama Jacques Bourgeois.

– Barnett & Prescott ne fait que répéter la même déclaration, remarqua Hélène Charbonnier, « C'est pas nous ». Ils veulent qu'on leur lâche les baskets, ils nous lancent un os pour qu'on aille renifler ailleurs. C'est de bonne guerre.

– Ça sent la manip à plein nez ! râlait Bourgeois. Une info gagnée comme ça, qu'est-ce que ça vaut ? Ils ont pu les mettre eux-mêmes, ces fichiers, sur les bécanes de la boîte.

– Je les ai consultés, répondit Diane, je ne pense pas que ça puisse être faux, c'est vraiment étape par étape la fabrication des images.

– Mais avec ces logiciels, on met King Kong au sommet de l'Empire State Building..., insistait le directeur.

– Ça prend énormément de temps.

– Ben alors, si elle savait que c'était des faux, qu'est-ce qu'elle fricotait, la MacLuhan, avec les gars de Rosa Nigra ? (Pour Bourgeois, tout le monde était des « gars », homme ou femme.)

Charbonnier faisait brûler un bout de papier dans le cendrier. Elle avait arrêté de fumer dix ans auparavant, mais ne pouvait lâcher son briquet.

– En attendant, si la cassette est vraiment un montage, ce sont les clients de l'avocat qui nous ont manipulés. Vous avez déjà vu Gilbert Duroy-Forest défendre un étranger ? Il ne défend que des pontes français.

– Ce diplomate saoudien qui avait une esclave chez lui..., objecta Vassilevski.

– L'exception confirme la règle. J'ai dressé la liste des clients de Duroy-Forest cités dans des affaires médiatisées. C'est plus ou moins la liste du CAC 40. D'un côté, on a un groupe militaro-industriel américain, de l'autre, je parierais qu'on a l'un des pendants français. La question, c'est comment formuler ça sans se retrouver au tribunal.

– En tout cas, reprit Vassilevski, il faut faire visionner la cassette par un technicien des effets spéciaux, histoire de se couvrir. Et il faut faire vite, parce que à la vitesse où ça va, on risque d'avoir la réponse par la concurrence. À *Libé*, il y a une équipe qui bosse bien sur l'histoire. Vous avez vu le papier de ce matin ? Or, moi, je veux bien, mais c'est nous les premiers qui avons mordu à cette histoire de fleurettes. Si ce sont les autres qui sortent le fait que tout était en toc, on aura l'air de sacrés cons avec notre scoop foireux.

Delattre balaya l'air :

– C'est hors de question. On ne peut pas se permettre ça.

– C'est vrai que la situation est assez délicate, reprit Bourgeois, avec cette voix nasillarde qui donnait le sentiment qu'il parlait dans un micro. On a des excuses, je pense, pour avoir cru au contenu de ces documents, vu le contexte et vu ce que l'avocat nous avait confirmé. Il n'empêche que la danseuse vient de perdre son tutu et que le rideau va justement se lever. Faut le remettre en place avant de se retrouver les fesses à l'air. Si je puis dire. *Le Parisien* a fait de beaux coups ces derniers mois, notre réputation d'investigation est excellente. On peut tout reperdre sur cette affaire. Si *nous* rectifions, on sort la tête haute. Sinon, c'est la déculottée.

– Si ça sort ailleurs, je démissionne, annonça Delattre.

– On n'en est pas là, Vincent. Ce qui m'embête, moi, c'est la petite (il désignait Diane). Je ne sais pas si je dois m'habituer aux procès, mais ce n'est pas tous les jours qu'on tabasse l'une de mes journalistes. Et, on est bien d'accord, s'il se confirme que les documents sont des faux, alors il y a toutes les chances pour que les auteurs de cette agression soient ceux qui ont fabriqué la cassette et qui ne souhaitent pas qu'on révèle la magouille... On n'a pas à prendre de gants, reprit Bourgeois. Duroy-Forest vous a menacées, alors...

— Sans parler des coups de feu, grommela Delattre.

— Parfaitement ! C'est totalement scandaleux ! Et pour moi c'est l'affaire dans l'affaire ! Harpmann, vous avez fait ce que je vous ai dit, vous avez porté plainte ?

— Oui.

— Avec examen à l'Hôtel-Dieu ?

— Oui.

— Bon, ce sera mon édito. Et je veux une demi-page dans le dossier. Je ne citerai pas de nom, pas encore – à part celui de Gilbert Duroy-Forest. Mais les hypothèses, je les inscrirai noir sur blanc. Y a quelques P-DG qui vont sentir le vent du boulet. Vous avez une photo de vous juste après l'agression ?

— Je ne veux pas montrer ma tête. Je suis journaliste, pas présentatrice du 20 heures.

— Avec le gnon sur la joue et l'arcade à la confiture de framboises, y a pas de risque, glissa Vassilevski.

— D'accord, concéda Bourgeois. Vous allez avoir une protection policière ?

— Je n'en veux pas. Sinon je travaille comment ?

— Bon... Il nous faut analyser les fichiers cette nuit même. Je préférerais qu'Elsa s'en charge. Ça vous convient ?

La question s'adressait à la fois à Harpmann, Delattre et Vassilevski.

— Pas d'objection. De toute manière, je voulais que vous gardiez la clé USB au coffre du journal.

Les deux autres acquiescèrent.

— Moi, ce que je me demande, remarqua pensivement Antoine Garcia, ses yeux de hibou grands ouverts, c'est... les fichiers, vous les avez récupérés dans cette boîte à Saint-Denis, mais vous les avez récupérés comment ?

Pas endormi, le rédacteur en chef de nuit. Diane ne se sentait pas capable de mentir. Et elle ne pouvait pas dire la vérité.

– J'ai accompagné un copain qui avait une pince-monseigneur.

– Oh, bon Dieu ! s'écria Bourgeois pendant que Delattre secouait la tête, Charbonnier éclatait de rire, Vassilevski et Délos souriaient en coin.

Garcia, lui, restait de marbre.

– Je vais appeler notre avocat, reprit Bourgeois. Non, mais sérieusement, ma petite fille, on ne fait pas des choses pareilles. Bon Dieu ! Qu'est-ce qu'on va raconter ? Un cambriolage...

Il y eut un long silence autour de la table.

– Et puis merde, soupira-t-il, c'est coup pour coup.

DIANE sursauta en entendant les pas sur le gravier. Devant la tombe d'Hoelenn Kergall, elle pensait à ses morts. De leur tombe à eux, elle ne s'était jamais approchée. Elle n'était pas retournée au cimetière de Passy où étaient enterrés Benjamin et Julien. Elle n'était jamais allée se recueillir sur la tombe de ses grands-parents. Elle n'avait pas assisté aux funérailles de Lise Cioppa – on ne le lui avait pas proposé non plus. Si les fantômes venaient à elle, c'était peut-être qu'ils n'avaient aucun espoir qu'elle vienne à eux. Car ainsi allaient les morts habituellement : parqués dans des lieux clos, de plus en plus loin du cœur des villes, enterrés de plus en plus profond, leur silence masqué par le bruit de la circulation. Elle-même évitait la confrontation avec la mort, la fuyait, attirée mais effrayée, coupable de toute façon : lorsque, debout, elle regardait ces pierres couchées, et lorsque, de douleur et de peur, elle refusait d'aller les voir. C'était aussi cela être une survivante, avoir un pied dans l'allée et un pied dans la tombe, et être coupable de l'un et de l'autre. Si elle avait été plus courageuse, elle aurait fait comme Henri Piercourt : elle serait allée sur les sépultures de Benjamin et Julien, elle se serait agenouillée, et elle aurait pleuré et gémi, crié, frappé, insulté le sort, elle se serait griffé le visage – des choses qui se font encore, dans d'autres pays. Mais elle était persuadée que si elle se risquait à un tel abandon, elle ne trouverait jamais la force de se relever.

– C'est comme ça aujourd'hui, dit une voix dans son dos. On traite nos morts comme des perdants.

Henri s'appuyait sur sa canne. Sur le toit de l'entrepôt, que l'on distinguait au-delà des stèles et du mur, étaient posés des dizaines de corbeaux. L'homme les suivit du regard.

– On a eu les pigeons, puis les goélands, et maintenant ceux-là. Ils sont gros et agressifs, j'ai vu l'un d'eux se jeter sur le chapeau d'un vieil homme, sans raison apparente. Il n'avait même pas de nourriture à voler.

Diane ne savait pas quoi dire. Il la regarda dans les yeux, puis s'avança jusqu'à la pierre tombale sur laquelle il s'assit avec précaution, comme on s'assoit sur un banc auprès d'un ami. De sa vieille main fripée, il caressa la pierre. Sa gorge se serra brusquement :

– C'était l'amour de ma vie. J'en aurais dit autant de ma femme et de mes deux enfants. J'ai toujours été très famille. Mais j'avais un faible pour Hoelenn. J'étais déjà à la retraite quand elle est née. C'est moi qui la gardais le mercredi. J'ai encore dans le tiroir de l'entrée les pastels et quelques coloriages, des décalcomanies et un livre de Barbapapa que je devais rescotcher.

Diane ne regretta pas d'avoir déménagé. Elle ne voulait pas trouver chez elle une chaussette de bébé dans le bac à linge ou un doseur de lait en poudre dans le tiroir à couverts.

– Et l'amour des fleurs ?

– Il y avait un atelier vert au jardin rue de Babylone. Elle y est entrée à six ans et elle a fini par animer des groupes quand elle était adolescente. C'est elle qui entretenait les plantes sur mon balcon. Quand elle est partie... Maintenant les pots sont empilés. Il faudrait que je les donne. Pourquoi venez-vous ici ? Vous avez oublié de noter quelque chose ?

– Je réfléchissais. Je me demandais si je devais continuer et comment. Je suis si... désolée de ce qui est arrivé à votre petite-fille.
– Oui, on m'a déjà dit ça plusieurs fois. Les seuls qui ne s'excusent pas sont les assassins.
Il contempla les fleurs grillées par le soleil.
– Qu'est-ce qui vous a abîmé la figure de cette manière ?
– Oh... Ils ne se sont pas présentés. Ils voulaient que je ne publie pas mes dernières infos.
– Vous allez les publier ?
– Mon papier sort à l'instant même.
La voix de l'homme au panama se fit plus légère et plus pensive :
– Je me demande toujours si je dois vous lire. Je veux absolument savoir qui a tué Hoelenn mais je n'ai aucune envie de connaître le reste. Je ne savais même pas qu'elle habitait à Paris. Je l'ai appris en lisant *Le Parisien*. Je croyais qu'elle faisait la navette entre Genève et New York pour des affaires avec l'ONU, que c'était pour cela qu'elle ne venait qu'à Noël. Elle habitait à quelques kilomètres de chez moi. Je pensais notre lien indéfectible. Que lorsqu'on s'était aimé comme ça, on était amis jusqu'à la mort... Je lui mettais du mercurochrome aux genoux, je lui ai offert son premier Alexandre Dumas. En lisant votre article, je suis tombé des nues. J'ai peur que ma petite-fille ait été une escroque trempant dans de sombres affaires d'espionnage industriel. Je la vois encore dans sa robe de communiante, elle, si sérieuse, si sage, la petite fille modèle, je n'arrive pas à recoller les morceaux. Quand vous avez sous-entendu qu'elle avait peut-être vendu des secrets...
– Je n'ai pas écrit ça.
– C'était juste une hypothèse, disons, que d'autres ont répétée avec moins de précaution. J'aurais absolument besoin d'en parler avec elle mais il ne me reste que son portrait dans ma chambre – et ce caveau. C'est pas bon

pour un vieil homme comme moi de soliloquer en plein cagnard devant un papier peint dans une odeur de pot-pourri.

– Hoelenn n'a pas vendu de secrets. Ces documents étaient du vent.

– Nous sommes une famille de serviteurs de l'État. Des militaires, des hauts fonctionnaires, des magistrats. On me dit souvent que nous sommes des dinosaures. Je dis que c'est vrai, que de ce pays, nous sommes le squelette. Il dit quoi votre article de ce matin ?

Il avait peur.

– Ce que mes agresseurs ne voulaient pas qu'on dise : que Rosa Nigra était un canular, qu'il n'y a jamais eu de fleurs réagissant à l'anthrax et à la radio-activité. Que les documents étaient des faux. Donc votre petite-fille n'a pas fourni de secrets d'État à des sociétés étrangères.

– Mais vous ignorez si elle savait qu'il s'agissait de faux. Peut-être a-t-elle trahi sans savoir qu'elle délivrait des mensonges.

– Je fais l'hypothèse contraire. Je me suis demandé pourquoi Rosa Nigra avait utilisé la rose Suntory. C'était dangereux et inutile. Moi, je pense qu'Hoelenn avait été chargée d'inventer ce programme et qu'elle avait fait le choix de cette rose par pure passion, pour rêver, pour voir une rose bleue parfaite. Cette rose, c'est sa signature sur la cassette.

Un immense soulagement traversa le chagrin d'Henri.

– Alors vous excluez qu'une officine française ait voulu la punir de sa trahison ?

– Non, ce n'est pas exclu. J'ignore ce qui s'est passé. Ceux que j'ai rencontrés ont accusé les Américains, comme vous avez pu le lire. Mais ils ont menti sur tout.

– Vous ne m'avez pas dit si vous souhaitiez continuer votre enquête.

– Je n'ai pas de nouvelle piste.

Il était de nouveau sombre.

– S'il ne s'agissait pas de ma petite-fille, je vous dirais de laisser tomber. Vous avez toujours vos parents ?

Solenn Harpmann-Guilloux ne laissait même plus de message sur le répondeur.

– Oui.

– Vous savez, il n'y a rien de plus terrible que de perdre un enfant...

Il se tut.

– Mais il s'agit d'Hoelenn et je veux tellement savoir ! Je veux savoir qui l'a tuée et pourquoi. Et après je saurai si je dois vous remercier ou vous maudire.

Lorsque Susie monta dans la rame de métro, Diane se sentit tout à coup très fatiguée. Il était difficile de résister aux coups de boutoir que la clocharde distribuait autour d'elle. Comme elle le disait si bien, « au début, entendre la vérité, ça fait tout drôle ». Et, à la longue, ça épuise. Ce jour-là, Susie portait une robe assez jolie, peut-être récupérée dans un vestiaire caritatif, un gilet de caissière de Virgin et un sac en papier du Bon Marché. Son chapeau en paille était usé, mais il avait dû orner, en un temps, la tête d'une femme de bon goût.

– Toi, dit-elle à l'adresse d'un jeune Noir en short et T-shirt Dia. Tu tries ?

– Oui, madame.

Les voyageurs savaient que la réponse n'était généralement pas de nature à faire fléchir le juste courroux de Susie. Cependant, elle avait décidé, ce jour-là, d'être magnanime.

– C'est bien, mon petit. Peut-être que tu iras au paradis. Si c'est le cas, tu n'oublieras pas de ramasser les canettes et les mégots qui traînent sous le pommier. S'il te plaît.

Et elle se détourna pour s'adresser à tout le wagon :

– Alors, les amis, on tremble ? Qu'est-ce que Susie va sortir du chapeau aujourd'hui ? Un lapin mort ?

Allez, allez, c'est jour de liesse... Il y a pas longtemps de ça, j'ai dit pis que pendre des Chinois. Je me repens ! Amis Chinois, venez dans mes bras ! cria-t-elle en ouvrant les siens avec un enthousiasme menaçant. (Personne ne se leva.) Figurez-vous que dans un bled près de Shanghai, à Huaxi, y protestent. Hé ! C'est déjà pas rien de protester en Chine ! Pasque là-bas, c'est la démocratie comme... C'est dur de choisir... Comme... en Libye, comme en Biélorussie... Comme en Polynésie française... Et y protestent contre quoi ? La pollution chimique ! Ah, mes frères, mes frères qui affrontez la police à coups de pierres, mes frères qui campez devant les portes de l'usine, vous qui avez fait fuir la police en dehors de la ville, je vous salue ! Ça, c'est des hommes ! Des humains, des Justes ! Pas comme la bande de lavettes que j'ai devant moi ! (Ça se gâtait.) Vous ! cria-t-elle en tendant un doigt vengeur, le doigt de Dieu, ou presque. Vous, qu'avez pas soulevé votre cul, votre poing, ni même le sourcil, quand quinze mille vieux ont clamsé pendant la canicule ! Notre Bhopal à nous ! Mais avec tout le monde coupable ! Vous z'entendez pas les gémissements de nos ancêtres, qui pleurent, qui supplient, qui appellent à l'aide ? C'est normal ! Leurs voix se perdent dans le bruit de vos moteurs et des pots d'échappement !

Malgré sa fureur, Susie ouvrit son sac pour recueillir la contribution des passagers.

– C'est le moment de me filer un euro, ou deux de préférence. Mais, comme je vous ai fait de la peine, je vais vous chanter une petite berceuse.

Elle commença à fredonner : « Sous le ciel de Paris, on enterre les petits vieux, lan, lan... » Quand elle quitta la rame, Diane avait la nausée. Heureusement, la laideur du monde se dissout dans le Coca. La canette fraîche lui fit un bien fou. Et une minute plus tard, une jeune femme blonde qui portait divers pins anarchistes ouvrit largement un exemplaire du *Parisien* : « LA ROSE DE LA DISCORDE. À QUOI JOUE LA FRANCE ? »

Abdel lui avait décroché un reportage amusant : « Qui se cache derrière le comité *Read my Labias* ? » Depuis quelques mois, les murs de Paris s'étaient ornés d'un nouveau genre d'art de rue, des fresques d'inspiration sud-américaine. L'une d'elles avait décoré la façade d'un café en cours de vente près de la tour Eiffel. Les ouvriers chargés de restaurer les lieux l'avaient brisée au début des travaux. Une autre était toujours en place sur le portail de l'ancien hôpital Laennec à Sèvres-Babylone. Personne ne connaissait le collectif, qui peignait vite et de nuit. *Le Nouvel Obs-Paris* était prêt à acheter l'enquête si le mystère était levé. Après moult négociations, Diane avait également accepté de faire les photos ; c'était mal, les photographes de presse avaient déjà plongé dans la misère depuis plusieurs années, les agences, les journaux récupéraient de l'image gratuite ou quasiment – ça se voyait d'ailleurs – et Diane trouvait indigne de leur piquer la maigre soupe qui leur restait. Mais Abdel avait insisté, il voulait vendre texte et photos ensemble, elle n'avait pas eu la force de négocier, se contentant d'exiger que les photos soient correctement payées – au moins ne pas contribuer à faire baisser le prix du cliché. Ainsi elle avait sillonné la ville, cherchant des peintures et des indices, errant bientôt sur les berges de la Seine, à mi-journée près du pont Alexandre-III et du Paris fastueux, en fin d'après-midi aux abords crapoteux du quai de la Gare, entre dealers et chantiers. Elle trouva deux nouvelles fresques près des Frigos de Paris, menacés de démolition malgré les collectifs de défense et les artistes qui occupaient les lieux. Une main anonyme avait inscrit : « *Keufs, quand irez-vous déloger les squatters fachos de l'église Saint-Nicolas-du-Chardonnay ?* » Elle pensait trouver parmi ces derniers quelque indicateur pour la mettre sur les traces du comité secret. Si elle était bredouille, elle s'adresserait plutôt aux réseaux sud-américains.

Elle en était là de son errance, cherchant plus à

masquer son désarroi qu'à s'occuper vraiment, devinant l'angoisse et la déprime embusquées dans ses tripes, quand une voiture ralentit à sa hauteur. « C'est pas vrai ! » pensa-t-elle. Partagée entre la peur et la joie.

Ni cagoule, ni bâillon. Elle connaissait son voisin de droite, et surtout les jointures de son poing. Les lampadaires du boulevard de l'Hôpital balayaient le visage de son agresseur sans y révéler la moindre émotion. Comme le conducteur et le passager du siège avant, il ne faisait que regarder devant lui en silence. Elle se demanda ce que c'était qu'être lui, ce que c'était de mener une vie comme la sienne. Où étaient ses plaisirs, quelle idée il avait de lui-même, quel sens il donnait à tout ça. Où il avait passé son enfance. Ce serait un bon article. Les gens aiment plonger dans l'âme des autres. Se transplanter un instant hors d'eux-mêmes.
Les portières avaient été verrouillées mais aucune autre forme d'entrave ne lui avait été imposée. En revanche, ils avaient confisqué l'appareil photo. Ils prirent l'avenue de Port-Royal, rapidement, en grillant les feux. Devant le Val-de-Grâce, elle repéra les policiers en faction, se demanda s'il valait la peine d'essayer d'attirer leur attention, mais le temps de l'envisager, ils avaient disparu. La suspension était molle et donnait la nausée. En revanche l'odeur du cuir lui rappelait la cordonnerie. Ils croisèrent le boulevard Saint-Michel et filèrent tout droit. La place du 18-Juin était quasi déserte. Un couple s'embrassait dans un bus vide. Ils roulèrent quelques secondes et la voiture s'arrêta. Le passager avant ouvrit son téléphone portable, grommela une phrase à voix basse et le referma d'un coup sec. Puis il sortit vivement, contourna le capot et lui ouvrit la portière. Les deux autres sortirent dans le même mouvement, formant

une escorte autoritaire qui lui désigna une direction : l'entrée de la tour Montparnasse.

Il y avait des témoins ; c'est ce que pensa la journaliste pour se rassurer. Un camion de régie était garé dans le couloir des bus. Et une lueur vive semblait jaillir tout près. En montant les marches, elle aperçut une lumière puissante qui fusait sous un assemblage de bâches antipluie. La blancheur, l'intensité du foyer étaient si aveuglantes et les hommes qui s'agitaient autour si précautionneux, si inspirés, leurs gardiens si farouches avec leurs barrières et leurs talkies-walkies, qu'on eût imaginé une étoile échouée là, tombée et incrustée dans le parvis de la tour. Une sphère gazeuse, un météore en fusion qu'on tenterait de protéger comme un trésor redoutable – comme tous les trésors. Elle repéra une file de caravanes de tournage alignées les unes derrière les autres. Au sol, s'échappant du plateau, serpentaient des câbles. Et puis brusquement il y eut des cris et une cavalcade, un sifflement étrange, et une silhouette émergea en courant de la nébuleuse, ombre blanche, puis beige, puis brune, au fur et à mesure que sa vitesse décroissait. Et finalement un réverbère la happa : Daniel Auteuil un révolver à la main.

Les comédiens et la journaliste échangèrent un regard puis cette dernière continua sa route vers le tourniquet d'entrée, entourée de son escorte. Dans le hall, un vigile les salua. Les portes de l'ascenseur portaient un large écriteau précisant : « Pour raisons de sécurité, les étages 48 à 58 sont fermés au public. » Ses gardiens appuyèrent sur le 56.

La cabine monta. La journaliste observa les trois hommes qui occupaient l'habitacle en même temps qu'elle. Malgré les différences d'âge et de traits, ils avaient en commun la carrure et une certaine expression : les yeux vides et les visages fermés disaient que la vie était une ennuyeuse antichambre. Pourtant son vieil ami se pen-

cha brusquement vers elle et lui glissa sur le ton de la confidence :
– C'est le tournage de *RMR73*. Le prochain Olivier Marchal.
– Hum, fit Diane.
– On tourne plus de sept cents films par an à Paris.
Incrédule, elle leva les yeux vers lui et répondit d'une voix qu'elle ne put empêcher d'être hargneuse :
– Et mes bleus, c'est du maquillage ?
Il se redressa. Les portes s'ouvrirent. Ils sortirent, dans la pénombre. L'obscurité et le vent. Un vent puissant qui s'engouffra dans l'ascenseur comme pour l'emporter. Un vent qui grondait et mugissait longuement, s'interrompant à peine pour reprendre force. Un vent inattendu dans cette grande salle de restaurant. Il soulevait nappes et rideaux, emportait les serviettes et couchait les verres, faisait trembler les plantes et les lustres éteints. Un vent tel qu'il en existe à deux cents mètres du sol, sur les toits, sur les façades. Mais celui-ci envahissait l'immeuble comme l'eau envahit la cale. Elle plissa les yeux, vit la brèche qui permettait cette irruption : un large trou aux contours noircis s'ouvrant sur le vide. À deux mètres, les tables étaient intactes mais le plafond portait la marque d'un dégagement de fumée. Assis sur une banquette proche du précipice, un homme buvait.
Diane Harpmann s'était attendue à retrouver Gilbert Duroy-Forest, son profil élancé et sa grandiloquence. Celui qui l'attendait était nettement plus petit. Court et sec, les mains fines, le profil modeste, le crâne dénudé, il se tenait droit, calé sur le velours. Il attrapa sa bouteille et remplit à nouveau son verre, pendant que la journaliste remontait la travée. Les nuages les frôlaient, aventurant leurs vapeurs dans l'ouverture, laissant en suspens un brouillard que le réveil du vent chassait tout à coup. En s'approchant du trou, elle sentit son cœur battre de plus en plus vite. Un reste d'odeur âcre s'élevait du bois et des tissus calcinés.

Une tasse cassée en deux gisait près d'un sucrier, à une encablure du ciel.

– Un Schweppes, ça vous dit ?

– Oui. Pourquoi pas.

Il fit simplement un geste, de loin, aux trois gorilles et Monsieur Poing se pencha sur un placard, pendant que Diane s'asseyait sur une chaise.

– Prenez la banquette... Vous aurez une meilleure vue de cette place.

L'homme de main arrivait avec une petite bouteille décapsulée qu'il posa sur la table. Il disparut sans un mot.

– J'ai deux témoins célèbres pour jurer que je suis entrée dans cette tour entourée de vos sbires, murmura Diane.

– Pauvres hommes. Qui auront tenté en vain de vous empêcher de sauter.

– C'est une menace ?

– Je vous ai déjà beaucoup menacée, en vain, semble-t-il.

Il était franchement petit. Le visage maigre, étroit, le nez trop long, les yeux trop rapprochés mais vifs. Sous sa veste, il portait un pull. Ce n'était pas très joli. À cette altitude, ça relevait cependant du bon sens.

– Vous venez voir ?

Il se leva, lui attrapa le bras pour l'entraîner vers le gouffre. Il n'avait pas de force, lui rendait bien vingt centimètres, mais elle le suivit. Il avait l'allure d'un vieux professeur d'université. Pourtant, il ignorait probablement le vertige : la pointe de ses souliers s'arrêta au bord du vide.

– C'est beaucoup plus beau sans les vitres, remarqua-t-il.

– Il manque le mur aussi.

– Faut pas être impressionnable. C'est la foudre qui a frappé, expliqua-t-il.

– Je sais. J'ai vu.

– Ça devait être beau aussi.

– Fabuleux.
– Dommage que j'aie raté ça.

Les flancs crevés du restauran appelaient l'air et le recrachaient, en une respiration qui aspirait leurs corps vers l'intérieur puis les repoussait vers le précipice. Instinctivement Diane attrapa une barre métallique dont la rigidité la rassura. Le même réflexe lui disait d'empoigner son interlocuteur pour qu'il ne bascule pas, mais il ne bougeait pas. Un moment, ils ne virent que des nuées épaisses qui dérivèrent lentement sous leurs yeux, puis s'enroulèrent en une volute affolée et se dispersèrent. Le vent bourdonna dans leurs oreilles, échevela Diane, et leur coupa le souffle. La brèche s'était creusée en direction de la Seine. La ville formait, couchée à leurs genoux, un intense réseau de points lumineux.

Émergeaient de cette toile les grandes rues et avenues. La rue de Rennes en particulier dessinait un canyon luisant à leurs pieds, et très loin, en sombre, le Champ de Mars s'échouait aux contreforts de la tour Eiffel. De leur perchoir, elle ressemblait à une dentelle enflammée. Les Invalides aussi surgissaient, miniature plaquée or, tandis que plus à droite, le Luxembourg avait l'air d'un puits noir. C'est là que le capitaine Monange leur avait tendu un piège.

– Ne regardez pas en bas. Cette vision a un effet magnétique.

Ce qui était frappant c'était la manière dont le trou percé dans les parois semblait une fissure ouverte sur le réel ; combien l'espace intérieur paraissait inconsistant et combien cet espace céleste et fatal semblait la réalité. Une bourrasque siffla dans les vitres brisées et l'homme recula, invitant Diane à rejoindre leur table.

– Nous devons parler, mademoiselle Harpmann.

Le vent sifflait aussi dans le goulot de la bouteille de Schweppes.

– Vous nous avez mis dans l'inconfort. Un grand inconfort. Ces nouvelles qui sont sorties dans *Le Parisien* sont bien embarrassantes. Pour peu, vous accusiez ouvertement certaines sociétés françaises d'être à l'origine de la fusillade du Bombyx, de l'assassinat de Mlle Kergall, du pauvre M. Rosenzweig. C'est très embarrassant. Et c'est faux.

Diane Harpmann observa son interlocuteur. Plusieurs semaines auparavant, un avocat lui avait fait des confidences qui s'étaient révélées mensongères. Cet homme s'engageait sur la même voie, elle n'avait aucune raison de la croire.

— Puis-je vous demander qui vous êtes, monsieur ?

— Je suis un homme qui cultive le secret et se trouve mal à l'aise au jeu des révélations.

— Bien. Je n'en saurai pas plus ?

— Vous allez en savoir beaucoup plus. Nous espérions que vous alliez vous essouffler plus vite. Mais vous êtes une grande sportive, quasi increvable, semble-t-il. Nous avons tenté de vous freiner en vain. Vous avez fait de gros dégâts. Nous aimerions que vous participiez aux réparations.

— De quelle manière ?

— En rétablissant les faits. Et en les communiquant au public. Voyez-vous, dans cette affaire, la vérité est moins gênante que les mensonges que vous avez écrits.

— Alors vous auriez dû commencer par là.

— Il n'est pas dans notre vocation d'agir au grand jour.

— C'est vous qui avez monté Rosa Nigra ?

— C'est moi. Le Grand Metteur en scène. L'Orson Welles de cette histoire.

Diane se demanda si elle aurait l'occasion de réemprunter l'ascenseur.

— Quelle était votre intention ? continua-t-elle.

Il sourit.

— Attirer la foudre. Rosa Nigra était un paratonnerre. Vous remarquez que celui-ci n'a pas rempli son office pour cette pauvre tour. Mais le mien a très bien fonctionné. Du moins pendant un temps.

— Jusqu'à la fusillade au Bombyx...

— Plutôt jusqu'à ce que vous veniez m'emmerder, vous et votre amie.

Il contempla un moment les bulles accrochées à la paroi de son verre. Puis il consulta sa montre.

— Pour les détails, vous verrez avec... Moi, je vais juste vous expliquer le contexte dans lequel est née Rosa Nigra. Vous me demandiez qui je suis. Je suis un homme qui s'occupe d'intelligence économique et surtout de son volet défensif. Je veille. La France vient tout juste de se réveiller dans ce domaine. Une Belle au bois dormant qui réalise en se levant que tout le monde a profité de son sommeil pour lui passer dessus.

La journaliste continua à boire son soda.

— Le coq n'est pas l'animal le plus intelligent du bestiaire, ceux qui l'ont choisi comme emblème pour la France en avaient sans doute conscience. Ou alors ils en avaient le cerveau.

— En termes concrets...

— Les élites de notre pays connaissent l'économie par les livres. Et ils croient ce qu'ils lisent. Alors pour eux, la concurrence économique à l'échelle mondiale, c'est d'abord une affaire de compétitivité. Coûts de production, rapport qualité-prix, innovation sont leurs solutions pour défendre leur place dans ce qu'ils appellent mondialisation. Comme si, pour gagner le Tour de France, il fallait juste monter en danseuse. Bon, récemment, ils ont fini par comprendre que ça ne se passait pas comme dans les livres. Je ne nie pas que dans certains domaines traditionnellement liés à la politique nationale et internationale, on avait besoin de leçons de cynisme. Ce n'est pas aux vieux pétroliers qu'on apprend les jeux de massacre, mais, par ailleurs, la candeur des responsables était à faire honte.

— Qu'est-ce qui les a réveillés ?

— Avec retard, la fin du bloc soviétique. Après la guerre et durant la guerre froide, l'Ouest a fait officiellement front commun. On a évité de mettre en avant certains de nos griefs, certaines de nos opérations.

L'intelligence économique existait déjà, mais on la mettait en sourdine car nous avions une autre guerre à mener. Et puis l'URSS a volé en éclats. Et là, on a réalisé dans quelle foire d'empoigne on était. Pas un monde bipolaire, mais un monde multipolaire où émergent de nouvelles forces, notamment en Asie. Des candidats crédibles et performants, à terme très menaçants. Le jeu est devenu beaucoup plus âpre, c'est ça qui nous a ouvert les yeux. Les règles de l'économie se sont durcies.

– Vous pouvez me donner des exemples ?
– Oui, mais prenez des notes.
– Vous voulez que je prenne des notes ?
– Vous ne pourrez pas me citer. D'ailleurs qui citeriez-vous ? Mais vous irez recouper ces informations, vous vérifierez leur validité (je sais que vous faites ça très bien) et vous en nourrirez l'article que vous allez écrire.

Diane observa le petit homme. Quelques poils lui sortaient des narines. Ses oreilles se détachaient très nettement du crâne. Le pull à col roulé qu'il portait était un peu élimé. Il pouvait parfaitement avoir été acheté dans les années 70. Les lunettes étaient en écaille, d'un modèle excessivement rétro... Elle sortit lentement son bloc-notes. L'obscurité qui régnait dans le restaurant éventré n'aidait pas à écrire. Le vent qui soulevait les pages non plus. Mais lorsqu'elle était concentrée, elle avait une mémoire des mots exceptionnelle. Elle saurait relire ses pattes de mouches informes.

– D'accord... Je note. Des exemples de durcissement du jeu du marché...
– Durcissement et complexité. (Il regarda encore sa montre.) Nous faisons face à des pratiques de plus en plus dures. Piratage de brevets, contrefaçon, sabotage intelligent se combinent avec des méthodes plus classiques : écoutes, fouille des poubelles, corruption de salariés ou chantage, etc. On voit émerger une technicité de plus en plus fine dans notre secteur : vol de données par Internet, attaques par virus, manipulation des médias, campagnes de désinformation, abus de vide juridique,

débauchage de « cerveaux », mais le plus important est que tout ceci se déroule à une nouvelle échelle. Il n'y a plus deux blocs qui se livrent à une guerre froide, mais des alliances diverses et croisées. Des alliances, mais entre alliés rivaux.

– Vous pensez à qui ?

– Je pense à tout le monde. Justement. Mais, pour citer un pays, je dirais que les États-Unis ont été choqués en réalisant que dans des secteurs où ils se croyaient dominants pour l'éternité, ils allaient affronter une concurrence redoutable. Ils avaient de longue date observé l'essor du Japon, en particulier dans les domaines des technologies de pointe, mais ils ne s'attendaient certainement pas au succès de l'automobile japonaise. Au pays de Ford. Ils ne s'attendaient pas non plus à voir les Européens les concurrencer dans ce qui paraissait être leurs secteurs propres, comme la construction aéronautique et la conquête spatiale. Airbus ou Arianespace. C'est ainsi que des moyens qui avaient été employés à surveiller l'ennemi soviétique, je pense surtout au système d'écoute Échelon, ont basculé au milieu des années 90 vers d'autres usages, et en particulier l'intelligence économique, en direction par exemple des partenaires et concurrents européens.

– Et la France ?

– Comme je vous l'ai dit, nos élites dormaient du sommeil du juste. Lorsque quelques-uns d'entre nous ont voulu savoir ce qui se passait dans les entreprises françaises, ils ont trouvé des documents sensibles jetés à la poubelle sans être préalablement réduits en confettis, des cadres de grandes entreprises parlant à voix haute de questions stratégiques dans les wagons de première classe du Thalys, des ordinateurs laissés allumés la nuit ou des mots de passe collés directement sur le bureau ! Ce n'est pas dix ans de retard que nous avons dans ce domaine, mais trente ans. Or le phénomène évolue à grande vitesse.

– On parle pas mal des Chinois. Cette stagiaire chinoise soupçonnée d'espionnage...

– Les Chinois, les Japonais, les Russes... On a le choix.

– Alors pourquoi me citez-vous spécifiquement les États-Unis ? Pourquoi Gilbert Duroy-Forest nous a-t-il mis sur cette piste-là ?

– Vous avez constaté de vos propres yeux qu'une employée de Barnett & Prescott était en contact avec Rosa Nigra. Par ailleurs, les États-Unis sont à la pointe de la réflexion et de l'action dans ce domaine. Je vais vous raconter une histoire. En 2003, on a remarqué dans l'usine Mathurin-Parker de Flers, dans l'Orne, qu'il manquait trois éléments du système de guidage du missile air-sol Toptarget. Ces pièces étaient classées, elles appartiennent à un dispositif expérimental. Nous n'avons jamais su comment elles étaient sorties mais nous avons eu la conviction qu'elles s'étaient retrouvées dans l'escarcelle des Américains ou des Russes. En 2005, nouveau cambriolage ; cette fois, ce sont des microfilms concernant le projet de missile air-air Euro Arrow qui disparaissent. Suite à cette série d'événements, des militaires tentent d'enquêter mais ils se heurtent à l'évidente mauvaise volonté d'entreprises qui n'ont pas trop envie qu'on vienne mettre le nez dans leurs misères. Le jour même où l'on refuse à ces soldats l'entrée dans l'usine, ils se rendent compte que d'autres visiteurs, eux, y évoluent en toute liberté : un cabinet d'audit américain.

– Vous paraissez obnubilé par les Américains.

– Si j'étais sprinter, je serais obnubilé par les Américains. Pour quelle raison ?

– Parce que ce sont les meilleurs.

– On peut en discuter. Mais les États-Unis sont un pays qui intègre totalement l'intelligence économique à sa politique. Sous Clinton, ils ont créé le NISP, le National Industrial Security Program, qui comprend explicitement des volets défensifs et offensifs. Des agences de renseignements américaines comme la NSA et la CIA sont explicitement chargées de collecter pour l'industrie ou le monde économique américain des informations les aidant à précéder la concurrence, à anticiper les changements du marché, etc. D'une manière générale, les liens entre institutions privées et publiques, entre administration, pouvoir politique et monde économique sont là-bas très étroits.

– Mais les États-Unis sont nos alliés.

– Bien sûr. Dans un nouvel ordre où se distingue ce que l'on appelle le « rapport alliés-adversaires ». Pas alliés-ennemis, mais adversaires, rivaux, oui. Et dans la nouvelle Alliance atlantique, dominée depuis des décennies par les États-Unis, une partie de l'Europe a l'ambition de compter et de devenir un deuxième pôle, autonome, indépendant de la puissance américaine. Pour nos chers alliés, il n'en est pas question. Comme vous l'aurez noté, nos relations sont un peu tendues en ce moment. (Il sourit :) Et nous avons de si beaux systèmes de guidage... (Il leva les yeux.) Voilà Alexandre !

Laurent De Ryck sortait de l'ascenseur. Il n'eut pas un regard pour les hommes de main qui restaient en faction. En revanche, il contempla un instant la salle plongée dans l'ombre, la brèche, le ciel qui s'insinuait dans les lieux.

– Bon, je vais vous laisser avec notre ami. Il répondra à toutes vos questions.

– Pardon... J'en ai encore une pour vous.

Il était debout et l'observait d'un air entendu, supérieur.

– Pourquoi m'aideriez-vous, après m'avoir fait éclater la tête ?

Il réfléchit avant de répondre :

– Vous nous avez un peu aidés à votre insu.

Il baissa la tête, fit mine de s'en aller puis releva le nez, pensivement :

– Et puis, allié-adversaire, ce n'est pas allié-ennemi. Il y a des limites quand on joue avec les amis.

Elle s'assombrit.

– Vous savez... Je n'ai pas du tout aimé le coup du petit bus sur le paillasson.
– Je comprends mais ce n'était pas nous.

Il partit à pas vifs, salua De Ryck d'un simple hochement de tête mais lui planta dans les yeux un regard indéchiffrable, puis il s'engouffra dans l'ascenseur en compagnie de ses acolytes.

Laurent De Ryck approcha. Toujours aussi grand, élégant, mais les vêtements froissés. Il avait abandonné sourire et fer à repasser. Son air était d'ailleurs vaguement hagard. Il avait perdu de cette assurance, de cette prestance qu'il affichait lorsqu'il jouait son rôle. Diane aurait préféré des retrouvailles plus clinquantes ; sa proie la décevait un peu. Elle le cueillit avant même qu'il ne s'assoie à la place laissée par son prédécesseur :

– Eh bien, dites-moi, ça fatigue, les déménagements !

Il tassa sa longue silhouette sur la banquette et observa avec ahurissement le trou qui s'ouvrait sur le vide.

– Quel drôle d'endroit... Mais c'est bien de lui... Je suis chargé de vous donner ça.

Il posa sur la table une petite caméra numérique.

– Qu'est-ce que ça veut dire ?
– Qu'on a décidé de faire un petit sacrifice pour donner de la crédibilité à ce que je vais vous raconter, et que le sacrifié ce sera moi.
– Vous avez l'air ravi.
– Après ça, je n'aurai plus qu'à me terrer. Je vais me retrouver je ne sais où, en Laponie ou dans le Swaziland, moi qui n'ai jamais aimé que Paris. Vous pouvez filmer dans cette obscurité ?
– Les caméras numériques gèrent beaucoup mieux le manque de lumière que sa profusion.
– Si vous voulez un éclairage de pro, on n'a qu'à descendre. Il y a des moyens en bas.
– Nous avons fait suffisamment de fiction ensemble. J'ai l'intention de passer au documentaire.

— Je vous trouve un peu hargneuse. Je n'ai fait que mon boulot.
— « Cartographie des QTL chez le *Theobroma cacao* ». Vous m'avez gâché le goût du chocolat.
— De toute manière, c'est votre vie qui est gâchée.
Elle hésita à frapper. Ce n'était pas le moment.
— Votre ami prétend que ce n'est pas vous qui avez posé le bus devant chez moi.
— On a posé un bus devant chez vous ?
— Un bus miniature. Laissez tomber...
Il manquait une pièce au puzzle. Elle soupira :
— On commence ?
— Je suis prêt.
La voix était résignée.
Elle ouvrit l'écran plasma, chercha un instant à savoir si elle pouvait brancher l'appareil avant de se rappeler que l'électricité était coupée dans cette partie de la tour. Elle ne devait compter que sur les batteries. Dans la petite fenêtre, De Ryck avait un aspect plus banal et moins chiffonné.
— Bon, je propose qu'on commence par votre identité donc, vos nom, formation, activités.
Il inspira et joignit les mains, les coudes posés sur la table.
— Je m'appelle Alexandre Melville. Je suis né en 1967 à Aubervilliers. Je suis à l'origine ingénieur de l'armement... J'ai travaillé plusieurs années au CELAR, le Centre d'électronique de l'armement, qui est notamment chargé de développer toutes les techniques liées à la guerre de l'information. Si bien qu'après avoir évolué dans un environnement purement technologique, je me suis intéressé à des questions stratégiques. Ensuite, j'ai travaillé un temps dans la branche Défense d'un grand groupe privé.
— Lequel ?
— Un groupe. J'ai changé de poste, et je suis devenu *risks manager*, on m'a chargé des questions de veille. Pour cette raison, j'ai suivi une formation spécialisée et

j'ai entretenu des contacts avec plusieurs organismes qui maintenant sont très actifs dans ce secteur. C'est l'un d'eux qui m'a contacté lorsque le projet Rosa Nigra a été envisagé.

— Par l'intermédiaire de l'homme que je viens de voir ?

— Je ne vois pas de qui vous parlez. Je suis ici de ma propre initiative.

— Ah oui ?

— Je suis fatigué de ce jeu. Je veux parler et disparaître.

— Faites attention lorsque vous employez ce mot. Il a plusieurs sens.

— Je veux me mettre au vert. Passer à autre chose. J'en finis avec cette affaire et je tourne la page.

— C'est un luxe qui n'a pas été offert à tout le monde dans cette histoire.

— C'est une des raisons de mon départ.

Il récitait. Elle comprit mieux la stratégie de l'homme sans nom. Il lâchait Melville pour une dernière opération. Il ne voulait pas la signer et Melville allait en porter seul la responsabilité officielle — ce qui leur donnerait l'occasion de nier, pour changer.

— Donc, on vous a contacté.

— Une société qui conseille les grandes entreprises dans les domaines de l'intelligence économique et de la veille.

— Son nom.

— Je ne vous le dirai pas. Ces entreprises constataient au même moment qu'elles faisaient face à une activité adverse inédite.

— Vous pouvez donner des exemples ?

— Plusieurs événements ont mis le feu aux poudres. Une affaire de vol de pièces dans le secteur missiles. Le rachat de Gemplus, le fabricant de cartes à puces, par une société américaine. Les tensions sur Galileo. Le foisonnement d'espions à Toulouse autour d'Airbus et de ses sous-traitants et les innombrables preuves de tentati-

ves d'espionnage industriel sur le pôle Minatec de Grenoble. En fait, les quatre plus grands labos de recherche qui travaillent sur les nanotechnologies se sont mis à grouiller d'espions. De Grenoble à Orsay et de Toulouse à Lille, on a observé une augmentation des menaces absolument spectaculaire. On ne pouvait pas permettre de se faire piller dans ce domaine. C'est là que l'idée est née. Créer un point de fixation. Attirer sur un leurre une partie de ces menaces.
– Rosa Nigra.
– Absolument. Les Américains appellent ça du *perception management*. Comment influencer et déformer la perception que l'adversaire a du terrain. En l'occurrence il s'agissait d'attirer nos adversaires dans un no man's land. C'était une opération restreinte dans son effet. Et forcément ponctuelle. Rosa Nigra, c'était du court terme. On a tenu trois ans. On aurait pu tenir un peu plus.
– Comment ça a fonctionné ?
– Principalement on était deux à monter le coup. Hoelenn et moi. C'est moi qui ai eu l'idée de monter une histoire concernant les biotechnologies. Ensuite on a cherché quelqu'un de confiance et qui ait le profil. Hoelenn travaillait au CEA, elle était la femme idéale. C'est elle qui a tout inventé. Elle était extrêmement compétente et avait une imagination d'enfer. Durant plus de six mois, elle a conçu des faux programmes. Je la voyais s'amuser sur son ordinateur, ça faisait plaisir à voir. Je me demandais parfois si ce n'était pas trop gros. Mais elle disait, et elle avait raison, que l'invraisemblable est plus réel que la vérité.
– Et la greffe a pris...
– Quand on a eu suffisamment de matière, ça a été tout simple. Plusieurs personnes ont été affectées dans nos locaux. Histoire de peupler la coquille vide. En réalité, elles s'occupaient principalement l'analyse de documents pour la société qui m'employait réellement. De mon côté, je me suis inscrit sous un faux nom à

une conférence internationale sur les technologies de lutte contre le bioterrorisme. C'était à Berlin, en décembre 2002.

– Sous le nom de Laurent De Ryck ?

– Non. Lorsque je dis « faux nom », je veux dire un autre nom. Pour intriguer. C'était, je crois, Adolphe Audusson, le nom d'un camélia du Japon.

– Ça a fonctionné ?

– Oui. Presque tout de suite, les tentatives d'intrusion se sont multipliées sur notre système informatique.

– Vous avez identifié vos adversaires ?

– Je ne citerai que ceux qui sont responsables de la mort d'Hoelenn.

– Que s'est-il passé au Bombyx ?

Deux étages plus haut, dominant la falaise de verre et d'acier, un corbeau se penchait sur le monde. Vu de son perchoir, ce dernier ne manquait ni de grâce ni de noirceur. Des caillots de lumière en éclairaient les points névralgiques tandis que des nervures et de larges artères y creusaient d'obscures rigoles. Il se fit la remarque que la ville ressemblait à un ciel écrasé au sol, éparpillant ses étoiles, parcouru de plaies, brisé et perdant un sang brun. Rapace, il aimait la chair blessée et l'odeur du sang. Alors, dans un cri, il bondit vers le vide. Soudain un croassement traversa la salle. Harpmann et Melville sursautèrent avant de découvrir un corbeau posé au faîte d'une banquette. Sa silhouette se distinguait à peine dans la nuit. Une poutrelle tordue lui frôlait le bec. Son œil brillait. Il les défia, s'attarda, presque immobile ; puis l'oiseau leva une patte et trois griffes menaçantes, et, dans un froissement d'ailes, il se jeta dans la brèche.

– Vous voulez savoir ce qui s'est passé au Bombyx ?

Il sonda l'objectif de la caméra comme pour deviner ses pensées.

– J'avais rendez-vous dans un café du 13e avec l'envoyé d'un groupe américain auquel je faisais croire que je trahissais. Je lui confiais des documents de manière régulière. Sa société me versait de l'argent aux Caïmans.

En général, Hoelenn venait en couverture pendant les transactions. Depuis un moment déjà, je sentais grandir l'impatience et le doute de nos adversaires. Je pense qu'ils soupçonnaient quelque chose. Le contact m'avait pressé d'en donner plus et plus vite. Nous avons produit en urgence une cassette dont la qualité n'était pas suffisante à notre goût. Au moment même du rendez-vous, nous avons tenté d'annuler, en les appelant et en prétendant que les éléments n'étaient pas prêts. Le contact ne s'est pas montré. Son absence était menaçante. Hoelenn et moi étions convenus que je resterais une heure encore, au cas où l'agent aurait eu un simple retard. Hoelenn de son côté est partie avec la cassette. Une minute plus tard, j'ai entendu les détonations. J'ai compris.

– Qu'est-ce que vous avez fait ?
– Rien. J'étais tétanisé. Certain qu'Hoelenn était morte. Et les docs dans leurs mains.

Diane soupira silencieusement et pensa à Henri. Cette version innocentait sa petite-fille. Même si elle avait des doutes, même si elle craignait une nouvelle manipulation, cette histoire, aussi cruelle fût-elle, était douce à entendre, et lui donnait envie de s'en tenir là.

– Que s'est-il passé ensuite ?
– À ma grande surprise, l'envoyé a repris contact. Il a reconnu à mots couverts qu'il était responsable de la mort d'Hoelenn. Autant vous dire que les autres victimes du Bombyx ne l'intéressaient pas. Il m'a expliqué qu'il s'agissait d'un avertissement. Visiblement il n'avait pas retrouvé la cassette et il la réclamait. J'ai compris pourquoi l'appartement d'Hoelenn avait été fouillé.

Diane ne dit rien. Mais Melville ne faisait pas non plus grand cas d'Emmanuel Rosenzweig.

– On a accusé les triades.
– C'était une bonne solution pour tout le monde, dans un premier temps. Ce genre d'affaire ne se traite pas sur la place publique.
– Et puis, elle est sortie.

– On était contre. Mais dans la mesure où l'on n'a pas pu l'empêcher, on s'est dit que ça pouvait nous aider dans notre stratégie d'intoxication. Nous étions à bout de souffle et cette brusque médiatisation donnait une nouvelle force à l'opération.

– Ce changement d'échelle nécessitait un feu vert des instances politiques.

– Non. On a joué dans le mouvement. On avait le feu vert pour Rosa Nigra. C'est tout.

Mensonge.

– Donc vous avez été déçu d'apprendre que l'enquête continuait et qu'on avait découvert les failles du projet.

– Je craignais que l'imposture soit découverte rapidement. En même temps, encore une fois, on a profité de ces quelques semaines de prolongation.

– Et maintenant pourquoi parlez-vous ? Qu'est-ce que vous avez à y gagner ?

– La société pour laquelle je bosse, rien. Ma hiérarchie, rien. Ils sont étrangers à ma démarche. Moi, j'ai une dernière mission : venger Hoelenn.

La journaliste attendit. On arrivait à la fin du monologue.

– Qui est l'envoyé avec lequel vous aviez rendez-vous au Niçois ?

– Le colonel MacLuhan.

– Pour qui travaillait-elle ?

– Barnett & Prescott.

– Vous accusez les Américains d'avoir déclenché la fusillade du Bombyx et d'avoir assassiné Emmanuel Rosenzweig ?

– Oui.

– Si les Américains soupçonnaient que les documents étaient des faux, ils pouvaient abattre Éloïse Monticelli à titre de représailles. Mais alors pourquoi s'acharner à retrouver la cassette ? Ils ont tué Rosenzweig en la cherchant.

– En avez-vous la certitude ? On ne sait pas ce qui s'est passé rue du Petit-Musc.

– Vous ne savez pas ?
– Non.
– Et que savez-vous de la fusillade aux abords de mon appartement ?
– Ça n'a sans doute rien à voir. La mafia chinoise probablement.
– Encore !

Il se levait déjà. Il était sorti du cadre. Il fit demi-tour et son expression avait pris un caractère féroce qui s'effaça lentement.

– Dans ce genre d'affaire, les individus n'ont pas beaucoup d'importance. Hoelenn, Rosenzweig, vous ou moi. Ce qui importe, c'est que le jeu allié-adversaire a mal tourné.

Elle arrêta la caméra.

– Vous êtes un remarquable menteur. Je l'ai déjà constaté. Pourquoi devrais-je croire ce que vous dites ?

– Croyez-le ou ne le croyez pas. Je vous ai dit que les individus importaient peu.

L A GALERIE que tenait Lancelot s'appelait « Les 48 Révolutions de Valentina Terechkova » et se trouvait rue Louise-Weiss, cette petite artère moderne au pied d'immeubles de bureaux colonisés par des galeristes à la fin des années 90. Une fois par mois, toutes les boutiques organisaient un vernissage commun qui donnait à la ruelle l'apparence d'une avenue marchande de Tokyo : une foule bigarrée en quête de distraction, mélange d'esthètes, de curieux et de pique-assiettes, souvent jeunes, qui zigzaguait d'adresse en adresse. Les jours d'été, un DJ officiait à des platines installées dehors. Diane arriva à minuit, une heure tout à fait raisonnable.

– J'ai des touches avec un paquet de monde, lui annonça Abdel. TF1, France Télévisions, M6, Canal, CNN, la BBC, tout le monde veut cette putain de vidéo. On dirait des fourmis rouges qui ont repéré la pin-up attachée nue au baobab. Dès que tu me donnes le feu vert, j'ouvre les enchères.

– Ça m'est égal de savoir où ça sort, Abdel. De toute manière, ils vont revendre après. Mais n'abuse pas sur le prix. Je n'ai pas bossé pour avoir cette cassette, ce sont eux qui sont venus me chercher.

– T'as pas bossé ! Tu déconnes. Ça fait des jours que tu t'acharnes !

– Je te demande juste de ne pas abuser. Augmente ta commission, si tu veux.

– T'es vraiment désespérante.

Elle détourna les yeux vers les œuvres. Tom Hausler récupérait des flippers et les redécorait. Diane se plaça face à celui sur lequel Abdel venait de poser nonchalamment son jus d'orange. Tout le décor était composé de personnages découpés dans des journaux et avait été mis en scène avec divers matériaux de la vie courante : cartons, rouleaux de papier hygiénique, allumettes, trombones. Diane lança une première bille. Le plateau de l'appareil présentait une fresque satirique. Le président Jacques Chirac apparaissait en haut : avachi sur un trône au côté de son épouse dont la photo avait été légèrement retouchée pour souligner de noir ses yeux. Dessinés d'un simple trait brun, deux gardes républicains les rafraîchissaient en agitant de longs éventails en papyrus. Une interminable file de porteurs égyptiens, comme on en voit dans les tombeaux de Saqqarah, se prosternait devant le couple royal, portant sur des plateaux un faisan, des grappes de raisin, un canard, une carpe, un agneau, du pain, des pêches, une biche, un veau, un bœuf... Ailleurs, un Villepin, juché sur un cheval en chewing-gum, sabre Playmobil à la main et cheveux au vent, chargeait ; mais chaque fois que sa monture était frappée par une bille (Diane le toucha trois fois, n'obtenant sur le compteur que 4 % d'abstentions en plus), la bête s'enfonçait dans une mare de sable (collé à la glu). L'une des cibles était un trou où la bille s'engouffrait avant de réapparaître en haut d'une rampe. Le trou en question était le centre d'un nombril gigantesque où avaient déjà sombré une cité de banlieue, un palais de justice et un squat. Son propriétaire était un Nicolas Sarkozy dont le tour de tête ne dépassait pas celui de son ombilic. Le son était amusant : une imitation de la voix de Georges Brassens chantait : « Elle n'a jamais vu le nombril d'un ministre de la Poli-i-ce. » Tout en bas du plateau, sous les flippers, là où les billes disparaissent définitivement, tous les leaders du parti socialiste jouaient à la pétanque et s'empoignaient pour savoir si Martine Aubry devait tirer ou pointer. Toutes les autres figures de la politique française avaient leur représentation, tandis qu'un duo était assis, l'un sur le flipper de gauche – un Cohn-Bendit doté de deux ailes et d'une auréole, une harpe dans les mains –, l'autre sur celui de droite : un diable aux traits de Le Pen équipé, au lieu d'une fourche, d'une pince à détritus. Le jeu désespérait Diane : quelles que fussent ses performances, la cote de popularité du joueur ne faisait que descendre.

Abdel revenait en refermant son téléphone portable.
– TF1.
– O.K. Ce qui m'importe, c'est l'écrit.
– Pareil. Toute la place de Paris est sur les rangs.
– Je préférerais continuer avec *Le Parisien*.
– Eh, tu n'étais pas en service pour eux au moment des faits !
– Je ne cherche pas le maximum de fric, je veux un maximum de signes. Pouvoir commenter la cassette. La télévision va balancer la vidéo telle quelle. Moi, ce qui m'intéresse, c'est de la pondérer. On a déjà été manipulés dans cette affaire, on doit examiner les faits avec des pincettes. Il reste des zones d'ombre. Melville n'a pas été clair sur le meurtre d'Emmanuel Rosenzweig, il a éludé mes questions sur les motivations des Américains après la découverte de la mystification. Son chef n'était pas au courant de l'histoire du bus posé sur mon paillasson...
– Diane, il restera sans doute des questions sans réponse. Et il n'est pas sûr que tout soit lié. Après tout, il se peut que ce soient vraiment les triades qui aient réglé leurs comptes en bas de chez toi.
– Je n'y crois pas.
– Tu as une piste ?
– J'ai rien. Ou presque. Le sentiment que peut-être un certain Liadov serait lié à l'histoire.

Elle lui raconta son parcours nocturne jusqu'au Ritz et son entrevue.

– Tu délires, Diane. Tu pourrais aussi bien prendre en filature n'importe qui sortant de ce vernissage et accuser sa belle-mère d'être dans le coup. Tu n'iras pas plus loin, c'est tout. En revanche, je t'obtiendrai autant de signes que tu veux de n'importe quel journal !

– Pour l'instant, *Le Parisien* m'a soutenue.

– Ils ont quand même été assez échaudés par ton cambriolage. Sinon, ils t'auraient proposé une rallonge pour continuer.

– Ils ont de bonnes raisons, non ? Je les comprends. Essaye de négocier pour qu'ils me soutiennent jusqu'au bout de cette enquête.

– Le bout de cette enquête, chérie, c'est la tombe.

– Eh bien, tu finiras par ma nécro.

– O.K. Mais prépare-la toi-même. J'ai à peine le style pour écrire la rubrique « Divan » dans *Psychologies Magazine*.

– C'est le genre d'articles que tu essayes tout le temps de me refiler !

– Quand t'étais pas capable d'autre chose... Cela dit, ton article sur le retour de la porcelaine de Limoges avait un souffle... hugolien.

Diane se demanda comment il se pouvait que ce garçon fût devenu son ami. Puis elle se rappela : il avait toujours été ainsi, c'était elle qui avait perdu la capacité d'en rire.

– Je suis prête à prendre moins pour passer dans *Le Parisien*.

– Tu permets au moins que je ne le leur présente pas comme ça !

– Salut !

Un homme musclé qui s'était fait tatouer au-dessus d'un sourcil « corbeau » et au-dessus de l'autre « renard » se pencha pour embrasser Abdel. Diane les laissa et Lancelot lui apporta une coupe de champagne.

— Bois, ça fait du bien ! Et viens voir ! C'est mon préféré.

Ils forcèrent la cohue, se glissèrent jusqu'à un autre flipper. Celui-ci reprenait l'esthétique des affiches de films d'action. La glace représentait un trio : deux hommes et une femme glissée entre eux, chacun moulé dans un costume en cuir et regardant le spectateur droit dans les yeux. Un drapeau américain flottait derrière eux. Mais ces trois combattants à l'œil farouche étaient Martin Luther King, Angela Davis et Malcolm X.

— Regarde les détails, lui proposa Lancelot, je les aime beaucoup. Les trois cibles Add Bonus forment la phrase « *I had a dream* ». Les rampes sont soutenues par des petits bus de la ville de Montgomery, Alabama. Les cibles tombantes, qui s'enfoncent quand on les frappe avec la bille, portent le visage de John Edgar Hoover, Ronald Reagan et une cagoule du Klan. Et là, tu vois la pastille ? « *Angela, Sister, you are welcome in this house.* » Des gens mettaient cette pancarte à leur fenêtre quand elle était en cavale et que le FBI l'avait classée parmi les dix fugitifs les plus dangereux des États-Unis. Là, c'est le doigt pointé de Malcolm. Ah, j'adore ce truc. Et attends...

Sa grande silhouette contourna la caisse, actionna le lance-bille. La sphère monta comme une flèche en haut du tableau, entama sa chute et frappa un bumper. Tout de suite elle rebondit en lâchant un : « *Black is beautiful* » déclamé d'une voix grave.

— J'adore ! s'exclama Lancelot. Je n'ai pas vécu cette époque. C'était une période d'agitation et de radicalisme. Mais quelle soif de changement, de vérité ! Beaucoup trop de morts, mais...

Il s'interrompit.

— Oui, beaucoup trop de morts, murmura Diane.

Il regarda au loin. Abdel était en pleine discussion sur son portable.

— Il te fait pas trop chier ? demanda son amant.

— On dirait une mère maquerelle qui met ses filles en vente au marché.

– Ses parents sont tous les deux en train de mourir. Problèmes cardiaques pour lui et rénaux pour elle. Abdel n'est pas retourné à Alger depuis quinze ans et de toute manière ils refusent de le voir. Il n'a des nouvelles que par sa sœur.
– C'est triste.
Abdel revenait, du moins essayait-il de le faire. La foule était trop compacte. Alors il se hissa sur la pointe des pieds et hurla :
– O.K. pour *Le Parisien* !

– Allô, Diane ? Ça va ?
– Oui.
– Tu as une voix de déterrée.
– J'ai un peu la nausée.
– Qu'est-ce que tu fais ?
– Je viens de finir mon papier sur le comité *Read my Labias*.
– Tu les as trouvés ?
– Grâce à Miss Tic qui les avait croisés une nuit, rue d'Avron. Et maintenant je rédige un papier pour *La Croix*.
– T'as des nouvelles de Jésus ?
– Je fais une petite série sur les festivals de cinéma en plein air. Bon, c'est pas passionnant, mais il faut absolument que je m'occupe.
– O.K. Tu te rappelles cette conversation que nous avons eue sur mon papier peint ?
– Non.
– Si, tu sais, le choix de la colle. Tu m'as parlé du Leroy-Merlin près de l'Hôtel de Ville.
Diane faillit rectifier en parlant du BHV lorsqu'elle sortit brusquement de sa léthargie. La seule conversation qu'elles avaient eue sur les rayons bricolage concernait le côté pratique du sous-sol du BHV pour semer des suiveurs.

– Oui, la colle... Il faut bien la choisir. Sinon, le papier fait des cloques.
Mais qu'est-ce qu'elle racontait ?
– Tu pourrais pas me retrouver au Leroy-Merlin de Beaubourg ? M'aider à choisir ? Je crois que sinon je vais faire des bêtises. Et après, on va se boire une chope ?
« Reçu 5 sur 5 », pensa Diane.
– Quand ?
– Tout de suite, si ça ne te dérange pas.
– J'arrive.

Le 6ᵉ arrondissement se réveille à 10 heures, paresseusement. Depuis trois heures, à Barbès, à Bastille, à la Nation, on circule et on bosse. Les rames de métro débitent des flots de somnambules pressés ; les trottoirs et les bureaux s'animent, on se frôle, on s'évite ; derrière les grilles, les magasins se garnissent et se briquent. Près d'Odéon ou de la place Saint-Sulpice, on rêve encore dans sa chambre aux croissants du matin. Quelques errants, particules perdues d'un autre Paris – plus populaire –, glissent sur un bitume désert. Des bus, quasi vides, engouffrent les kilomètres sans s'arrêter. Les tables des cafés ne sont pas encore sorties. Quand, presque en pantoufles, les premiers clients viennent s'asseoir, les chaises ont chauffé sous le soleil.
L'heure n'était pas encore venue lorsque Délos et Harpmann se retrouvèrent à La Chope du Pont-Neuf.
– T'as fait vite. Tu n'as personne à tes trousses ? demanda Délos.
– Je dirais que non. Il y avait quelqu'un quand je suis sortie de chez moi mais j'ai piqué un sprint dans le dédale des galeries marchandes des Olympiades et avant de venir ici, j'ai fait plusieurs volte-face sans repérer personne.
Le café sentait encore la Javel et le liquide pour vitres. La patronne mit plus de dix minutes avant de remarquer leur présence et leur offrit les expressos, comme s'il avait

été inconvenant de faire payer les consommations avant midi.

– J'ai des nouvelles é-nor-mes, annonça d'emblée Elsa. La police tient un des tueurs du Bombyx.

– Quoi !

– Hier soir, un type s'est présenté aux urgences de l'hôpital Tenon avec une méchante plaie, déjà soignée mais le mec avait perdu beaucoup de sang, la plaie s'était infectée, ça tournait à la septicémie. Les médecins se sont tout de suite rendu compte qu'il s'agissait d'une blessure par balle et ils ont prévenu la police. À ce moment-là, ce n'est pas deux flics du commissariat qui ont fondu sur lui comme l'aigle sur sa proie mais un vrai nuage de vautours.

– Qui t'a raconté ça ?

– Mon Vidocq. Visiblement, la police est ivre de rage ; on n'arrête pas de l'écarter de l'enquête au profit « des services », je cite. Il semble que les services en question attendaient le bonhomme depuis la fusillade qui a eu lieu au pied de chez toi.

– Les Chinois...

– Du blabla. Il semble au contraire que, cette nuit-là, ce soient justement des Français, une bande d'anciens « des services » passés au privé qui aient affronté une bande qu'ils ont tout de suite soupçonnée d'être le gang du Bombyx. Simplement, le gang avait réussi à disparaître en emmenant le blessé. D'où le dispositif qui tournait comme un cercle de charognards autour de tous les hôpitaux et cliniques de la région. Pendant quelques jours, les gars ont réussi à éviter le piège : ils sont d'abord allés voir un médecin rayé de l'Ordre depuis dix ans pour une sombre affaire d'attouchements sexuels et qui officie en douce pour le milieu du petit et du grand banditisme – et qui balance pas mal à la police. Mais pour le coup, cette fois, il n'avait rien dit.

– Comment on le sait ?

– Parce que le blessé a parlé. Malgré les soins, il était en train d'agoniser lentement dans sa chambre d'hôtel de Ménilmontant, ses camarades refusaient de retourner chez le médecin ou de l'emmener à l'hosto alors il a fini par leur fausser compagnie. Il a donné les noms des autres et celui de l'hôtel.

– Après ou avant d'être opéré ?

– J'ai bien peur que ce soit avant... En revanche, la cavalerie est arrivée trop tard à l'hôtel.

– Dommage.

– Oui. D'autant qu'ils ont trouvé quelques éléments intéressants dans la corbeille – en plus des bouteilles d'alcool, des magazines et des emballages de biscuits. En particulier des chiffons ayant servi à nettoyer des armes à feu. Ton adresse notée de la main d'Emmanuel Rosenzweig.

Diane sentit son estomac se crisper, et ce n'était pas de peur.

– Une facturette pour l'achat d'une petite voiture Majorette effectué dans un magasin de jouets de la rue Saint-Honoré.

– Le bus ?

– À moins que ce soit pour leurs gosses. Mais franchement je pense plutôt que c'était un cadeau pour toi. Le principal n'est pas là. Le principal, c'est la nationalité des types.

Diane sourit d'un air entendu.

– Des Russes, souffla-t-elle.

– Ton escapade avec Boris Liadov avait peut-être une justification. Ce sont des Russes. Cinq types dont plusieurs sont connus d'Interpol comme appartenant à la mafia. Des témoins de la fusillade ont confirmé l'identification. Les photos sont diffusées à cet instant dans tous les commissariats de France et de Navarre. Tu crois que les créateurs de Rosa Nigra se sont totalement fourvoyés, obsédés qu'ils étaient par leur guerre froide avec les Américains ?

– Possible. Mais il y a quand même un truc bizarre. Tu me dis que le gang était composé de cinq types, débarqués de Russie, se cachant dans un hôtel de Ménilmontant. Comment ont-ils su que Benjamin et Julien avaient été tués dans un accident de bus ? Mon adresse, c'était facile, ils l'ont trouvée chez Rosenzweig. Mais cette information n'était pas si facile à dénicher. Le bus a été déposé sur mon paillasson dès les premiers jours de l'enquête. Ils ont fait très vite.

– Tu auras peut-être l'occasion de leur poser la question.

– Ceux auxquels j'aimerais poser des questions, c'est De Ryck, son chef et Duroy-Forest. Toutes ces tensions diplomatiques pour rien... Quand je pense que certains éditorialistes sont allés jusqu'à mettre en cause la pertinence de l'Alliance atlantique.

– Pas pour rien ; ils ont bel et bien espionné Rosa Nigra.

– Je suis prête à parier que les Français en font autant ailleurs.

Elsa acquiesça d'un haussement de sourcils.

– Bon, pour le type de Tenon, j'ai son identité et un petit brief. Mais pas celles des autres auxquelles Vidocq n'a pas encore eu accès (elle feuilleta son carnet). Le blessé s'appelle Radovan Todorov. Trente-deux ans, né à Mourmansk, ancien soldat de l'armée russe. Il a fait la Tchétchénie. Interpol le connaît pour une affaire de proxénétisme : un réseau de prostitution russo-bulgare installé à Sofia. Il avait échappé à l'arrestation en retournant dare-dare à Moscou. Il reconnaît la participation à la fusillade, sous l'ordre d'un certain Tsilenkov – j'attends d'en savoir plus sur lui –, ils visaient bien Hoelenn Kergall, avec ordre de récupérer la cassette. Ce sont eux qui ont flingué Rosenzweig et cambriolé l'appartement. Bon, je passe à la partie désagréable...

– Il y avait une partie agréable, là ?

– La nuit où on a tiré sous tes fenêtres, la bande avait ordre de récupérer les documents et éventuellement de te descendre. Radovan Todorov prétend que la menace est montée d'un cran depuis ; Tsilenkov aurait accepté un contrat sur ta tête.

Diane inspira lentement. Mais en fait la nouvelle ne lui faisait pas tant d'effet.

– Ils sont probablement en route vers la Russie à cette heure. Ils n'ont aucune raison de s'attarder ici.

– Tu veux pas te mettre à l'abri ? Mes parents habitent Angoulême...

– Vidocq pourra te passer les photos du reste de la bande ?

Elsa n'insista pas. Elle commençait à connaître sa Harpmann par cœur.

– Pas besoin de Vidocq pour ça, j'essaye de le ménager. C'est de l'indic de luxe. Mais Delattre m'a dit que les portraits étaient déjà à l'AFP. Il me les envoie sur mon téléphone portable.

– Demande-lui d'en faire autant pour le mien... Puisqu'il semble que je sois recrutée pour la suite de l'enquête... Tu aurais pu continuer sans moi.

– Je ne me le serais pas permis mais je n'ai pas eu à me battre. Bourgeois et Delattre ont été heureusement surpris que tu réserves au *Parisien* ton dernier article. Ils ont un peu tendance à percevoir les pigistes comme des mercenaires...

– Je les emmerde. Au nom de tous les pigistes.

– Tu as raison. T'as un projet avec les photos ?

– Un doute que je voudrais lever.

– Si tu veux que je te motorise, Charbonnier m'a prêté son scooter.

– On se fait *Journal intime* à Paris ?

– *It's so wonderful, It's so wonderful.*

Il faisait atrocement beau. Le genre de matin où le regard est attiré par le ciel. Il était haut, d'un bleu clair caressé de très légères touches blanches. Paris n'est jamais aussi beau, même lors des couchers de soleil enflammés, même éclairé dans la nuit noire. La ville flottait, lumineuse et pure, aérienne, comme en lévitation au-dessus de la Seine dont les remous gris avaient viré au turquoise. La pierre lourde des murailles du Palais de Justice ne pesait plus qu'un grain de sable. Ses tours pointues paraissaient près de s'envoler. Celles de Notre-Dame pivotèrent avec douceur quand elles traversèrent le pont Saint-Michel. La fontaine irradiait et brillait d'une eau limpide. Le boulevard, encore tranquille, scintillait, façades blanches, trottoirs, bitume transfigurés se reflétant les uns dans les autres. La rue des Écoles, la rue Monge formaient un ruban flottant d'images : Montaigne les salua lentement ; la Sorbonne, le Collège de France, les cinémas Champollion, Action, Gobelins. À l'approche de la place d'Italie, tagué sur une publicité pour Ariel : « TOUS LES JOURS, JE ME LAVE LE CERVEAU AVEC LA PUB. » Elles rattrapèrent un groupe de skaters qui descendaient, T-shirts larges et cheveux au vent, le boulevard Vincent-Auriol en direction des rampes installées sous le métro aérien. Ils avancèrent en parallèle, s'adressant des coucous et des baisers jusqu'à ce qu'elles décrochent à droite en direction du Niçois.

Bientôt, elles retrouvèrent le bar démantibulé et son patron.

– Monsieur Lamontagne ? On peut vous demander deux Schweppes et vous poser encore une question ?

– Ah, madame Harpmann, merci d'avoir parlé de l'auvent ! Ça lui a fait comme un éloge funeste !

– C'était la moindre des choses.

Il sortit d'un réfrigérateur antédiluvien deux bouteilles dont les reporters espérèrent qu'elles n'étaient pas périmées. Il les décapsula et posa deux verres sur le comptoir.

– Vous m'avez dit que lorsque Laurent De Ryck et la jeune femme venaient ici, ils rencontraient cette femme très chic.

– L'Américaine ? J'ai lu votre papier ! Oui, ils la rencontraient ici.

– C'est l'unique personne que vous ayez vue avec eux ?

– Avec eux deux, oui. Avec le monsieur, non.

– Il avait d'autres rendez-vous ?

– Il rencontrait des fois un grand type. Une sale gueule.
– Il le rencontrait seul ?
– Comme un poisson dans l'eau.
Délos tiqua un peu. Harpmann avait l'habitude.
– Mon amie va vous montrer des photos sur son téléphone portable. Vous pouvez regarder pour voir si vous ne le reconnaissez pas ?
– Volontiers.
Elsa tourna le petit écran vers lui et fit défiler les images.
– C'est lui !
– Vous êtes sûr ?
– Ah, oui, y a pas de doute.
Elles observèrent la photo : Victor Tsilenkov. Diane aussi le reconnut : l'homme qui l'avait menée au Ritz. Au même instant, le téléphone sonna. Elsa décrocha et s'éloigna de quelques pas, pendant qu'Harpmann et le patron commentaient les résultats médiocres de Nice dans le championnat de ligue 1. Elsa revint avec quelques nouvelles griffonnées sur son carnet.
– J'en sais un peu plus sur nos gus. Celui qui a été pris pour un Chinois, et qui t'a poursuivie au Bombyx, s'appelle Tchinghiz Darkhan, dit « Marilyn » (me demande pas pourquoi), né à Oulan-Bator, en Mongolie. On ne connaît pas son âge. L'autre tireur qui l'avait rejoint à l'étage et t'a balancé la dernière salve s'appelle Mikhaïl Medvedev, trente-cinq ans, né à Vilnius, Lituanie. N'est pas lituanien mais russe. Les deux autres sont donc Sergueï Tcherenkov et Viktor Tsilenkov, nés tous les deux, il y a trente-sept ans, dans le même bled près de Novgorod. Sont russes également. Il semble que la bande soit une émanation de la mafia de Kaliningrad.
– Kaliningrad. Le port où officiait l'amiral Liadov.
– Vidocq m'a filé les coordonnées d'un « soi-disant antiquaire » (elle dessina les guillemets avec les doigts) qui connaît bien la pègre de là-bas.
– Et Melville était en contact avec Tsilenkov. Je met-

trais ma main au feu qu'il était de mèche avec eux. C'est lui qui leur a filé l'info sur l'accident de bus. Dès que j'ai pris rendez-vous avec lui, ses « amis » (elle dessina les guillemets avec les doigts) ont dû récolter de l'info sur moi. Si ça se trouve, ils l'ont fait dès la fusillade au Bombyx. Et c'est Melville qui a suggéré aux Russes l'idée de l'avertissement sous cette forme.

– Tu crois ce que je crois ? Melville n'avait pas prévenu ses chefs.

– Je suis d'accord, acquiesça Diane. Sinon ils n'auraient pas été aussi certains que les États-Unis étaient responsables des meurtres. Melville jouait collectif sur le réseau américain et en solo avec les Russes. (Elle se mordit l'intérieur des joues.) Il y a une autre conséquence logique, reprit-elle. C'est lui qui a ordonné aux Russes l'assassinat d'Hoelenn Kergall.

Cette évidence frappa Diane en plein dans l'abdomen. Elle avait appris à se méfier des talents de menteur d'Alexandre Melville. Elle l'avait vu à l'œuvre successivement dans plusieurs numéros. Melville en traître, elle était toute prête à l'imaginer. Cependant, s'il était un moment où l'escroc lui avait paru parfaitement sincère, c'était bien lorsqu'il parlait de son amie. La tristesse qui valsait dans le regard, le voile qui pesait sur sa voix... Une peine authentique.

– Melville, réfléchissait Délos, faisait semblant d'être un traître vendant des documents secrets à Barnett & Prescott, alors que les documents étaient faux et qu'il protégeait les intérêts de sociétés françaises. En même temps, il aurait vendu ces informations à titre privé à un réseau russe. Ses supérieurs n'étaient pas au courant. Il jouait un triple jeu. Il a dû récupérer du fric en douce.

– Et Hoelenn Kergall a eu vent de quelque chose. Melville l'a fait abattre avant qu'elle ne prévienne leur hiérarchie qu'il détournait le programme Rosa Nigra à son profit.

Le jour où il avait proposé à la jeune femme de quitter le Niçois, il avait lâché lui-même la meute à ses trousses.

Pendant qu'il buvait son cognac, il guettait les détonations. L'image fit horreur à Diane. Il lui sembla sentir l'odeur de la terreur d'Hoelenn planer dans le café, l'odeur de sa transpiration, et de son désarroi... Tuée par un homme qu'elle côtoyait quotidiennement.
– Nous allons vous laisser, monsieur Lamontagne, annonça Elsa. Et merci.
– De rien. Tout l'honneur est pour moi.

La journée fut une course-poursuite. L'affaire du Bombyx menait à un gang russe. En quelques poignées de minutes, les mêmes médias qui avaient glosé sur les rapports transatlantiques et les méthodes notoirement scandaleuses des grands groupes et agences américains, basculèrent avec un naturel édifiant sur l'invasion de l'Europe par les mafias de l'Est. Les liens de Vladimir Poutine et des oligarques, l'implication massive du FSB, ex-KGB, dans les rouages du gouvernement et des administrations russes, les investissements de la diaspora dans le sud de la France faisaient les titres. François Bayrou racontait sur les ondes comment, avant les élections présidentielles de 2002, des hommes d'affaires véreux venus de Moscou lui avaient proposé de financer sa campagne. Les spécialistes de la Russie, réels ou autoproclamés, défilaient à l'antenne. Pendant ce temps, dans les aéroports et aux frontières, au commissariat de l'Hôtel de Ville de Paris, comme à Quimper ou à Metz, l'alerte était donnée. Il s'agissait de mettre la main sur le gang avant qu'il ne quitte le territoire. Quant à Délos et Harpmann, elles coururent de la rédaction du *Parisien* au débriefing du ministère de l'Intérieur, du service documentation du journal à l'hôtel de Ménilmontant où les tueurs avaient résidé.

Quand elles se présentèrent devant un immeuble à deux pas de la place Vendôme, il était exactement 15 heures et la pluie venait de s'interrompre, abandonnant une pellicule luisante sur le sol et les voitures. L'air chaud devint lourd mais la menace se dissolvait dans la brise. Diane fit défiler les noms des résidents sur l'écran digital de l'interphone. En réalité, tous étaient codés. Le « soi-disant antiquaire » se cachait sous les initiales S.T. pour Svetoslav Tobolski. Elles sonnèrent et une voix chaude leur répondit :

– Cinquième étage gauche.

Le hall d'entrée était désert et immaculé, l'ascenseur scintillant et silencieux. Lorsque les portes se refermèrent sur elles, Diane constata que, par ce miracle qu'on appelle le luxe, les traces humides de leurs pas sur le damier avaient déjà disparu. La machine les déposa sur un palier moquetté, décoré d'une console et d'un grand miroir. Leur hôte avait déjà ouvert sa porte et les attendait sur le seuil. Impossible de déchiffrer son expression, réservée, souveraine, dominatrice sans doute, involontairement peut-être. Il ressemblait à un éphèbe sculpté, très peu à un antiquaire. Il approchait les trente ans, brun à la peau mate, musclé par plusieurs heures d'exercice quotidien, imberbe – toutes qualités que le court peignoir en soie Versace qui constituait son unique vêtement laissait amplement deviner. Il avait les pieds nus et ce regard qu'ont les hommes des publicités pour les parfums Yves Saint Laurent.

– Entrez...

Harpmann et Délos passèrent la porte, immense. L'intérieur de l'appartement avait un aspect saisissant : sombre malgré les grandes fenêtres, la lumière étant d'abord filtrée par les vitraux, puis emprisonnée dans la masse lourde et épaisse de rideaux écarlates à motifs dorés, les mêmes qu'on retrouvait sur les murs, tendus aussi d'un tissu aux couleurs vives. Sur le sol en parquet brun et lustré, qui craquait sous les pas, de profonds tapis voisinaient. Les meubles dataient, avec fierté : les garnitures avaient été restaurées maintes et maintes fois depuis l'origine, les dorures restituées, les volutes reciselées, l'âge se contentant de déposer sa patine. Cloisons et recoins étaient délimités par des arcades en pierre, constituées de fines colonnes et d'arcs brisés en lancette. Sur la cheminée, s'élançait une maquette de galère d'apparat.

– C'est joli chez vous, remarqua Elsa, qui en fait observait avec extase les jambes du maître des lieux (légère toison bouclée sur des cuisses à la Michel-Ange).

– C'est à cause de ça que je ne veux plus déménager. J'ai hésité à m'installer à Florence et Miami mais l'idée de bouleverser mon intérieur me fait littéralement horreur. J'ai trouvé mon décor et je ne veux pas en changer.

Il avait un accent russe très léger.

– Et que faites-vous exactement ?

– J'achète et je vends des œuvres d'art, des livres, du mobilier ou des objets anciens.

– En Russie ?

– Dans le monde entier. Les acheteurs peuvent être aussi bien argentins que japonais. Mais les objets proviennent généralement de l'Est, depuis la Sibérie jusqu'aux Balkans. Même d'Autriche.

Diane observait un lustre en verre soufflé jaune qui ressemblait à de la dentelle.

– Fabriqué par les maîtres verriers de Murano. Les coussins viennent de Colorcasa et la galère est une réplique de celle du Doge. Je suis dramatiquement attaché à tout ce qui vient de Venise. J'hésite toujours à garder ça, dit-il en désignant du bout du doigt le tableau qui trônait au-dessus du canapé : une reproduction des *Noces de Cana* de Véronèse. La vérité, c'est que je l'adore, mais...

Il est vrai que c'est une chose d'admirer un chef-d'œuvre, mais une autre de vivre sous son emprise. Compte tenu de la puissance du tableau, sa densité et sa taille (pas moins de quatre mètres de hauteur sur six de largeur), ce devait être vaguement obsédant d'évoluer près de lui. Diane glissa un regard vers son ciel bleu peuplé de légers nuages qui seul offrait une ligne de fuite. Car aussi bien les pesantes colonnes doriques en marbre sanguin qui encadrent la composition, la ligne touffue de la table où s'agglutinent les convives de la noce, le premier plan occupé par une multitude de personnages aux costumes colorés et instruments volumineux, viole, violon et contrebasse, que les détails innombrables – elle les connaissait, elle avait aidé sa mère à constituer un puzzle de dix mille pièces reproduisant le tableau, elle entendait encore la voix de Solenn : « Il y a un perroquet quelque part. Essaye de le trouver. Et le chat ? Tu le vois ? Il y a un nain... » –, tout, ou presque, aimantait puissamment l'esprit. Elle ne chercha pas à le vérifier, cependant elle se souvenait qu'au milieu du tableau, sur la balustrade, plusieurs hommes égorgeaient avec de longs couteaux un agneau dont le sang frais giclait dans une gourde.

– Allons dans la cuisine. Pour ceux qui ne sont pas fans de ce genre de déco, c'est la seule pièce respirable, résuma leur hôte.

Au bout du couloir, une femme nue passa rapidement.

La cuisine effectivement avait échappé à la fureur lagunaire du propriétaire. Étrange, elle le restait par le choix de carreaux en céramique noire pour principal ornement, au sol comme aux murs, mais pour le reste, on y trouvait surtout un équipement de luxe, de grands espaces de travail en matériau composite, des tabourets en inox, des rampes lumineuses à grosses ampoules apparentes.

– J'étais en train de me préparer à manger – je ne suis pas très calé sur les horaires locaux ; trop d'avion.

– Vous n'avez pas posé pour une campagne Jean-Paul Gaultier ? demanda brusquement Diane.

– « Le Beau Mâle », mais ça date ! De... dix ans... Bon, je me trouve plus beau maintenant qu'à l'époque.

Elsa dévorait des yeux les lèvres charnues, le nez droit, les iris profonds, la forme puissante et harmonieuse du visage. Elle se retint difficilement d'acquiescer.

– Ça ne vous ennuie pas...

Il leur tourna le dos, s'avança vers une planche à découper où reposait, pattes en l'air et écorché, décapité, un lapin. Elles découvrirent la chair à vif, les muscles rouges tendus sur les os, la tête déposée sur le papier, près des entrailles, deux yeux noirs vides, de terreur, de supplique ou de désespoir. La couleur du sang qui avait coulé dans la rigole entourant la planche contrastait avec le vert triomphant du persil.

– Prenez un tabouret, un verre.

Harpmann remarqua le verre déjà à moitié bu, les deux autres intacts et une bouteille de vin blanc. Sauternes, château-caillou, 1937. Diane ne buvait quasiment jamais, mais une exception s'imposait. Elle servit d'abord Elsa puis elle-même. Elles échangèrent un sourire de complicité. Tobolski empoigna une lame d'acier et commença le découpage. Sur le feu, une marmite à moitié couverte répandait des effluves enivrants.

Le lapin était désormais débité.

– Vous aimez ? demanda-t-il en désignant la viande.

– Beaucoup. Mais on a déjà déjeuné.

Le cuisinier hocha la tête, attrapa la planche et la pencha légèrement, pour faire couler le sang dans l'évier, puis il alla renverser les morceaux dans la marmite. Il revint, passa la planche et le couteau sous le jet d'eau. L'hémoglobine se dispersa et disparut. Également du papier rempli et le jeta dans la poubelle. Le persil restait seul sur le plan de travail. Enfin, il attrapa son verre, le but lentement.

– Quel délice...

Il s'assit sur le dernier tabouret, les pans du peignoir remontant jusqu'au haut des cuisses, et se versa un nouveau verre.

– Notre ami commun me dit que vous avez besoin de quelques éclaircissements.

– Il vous a expliqué ? relança Elsa.

– Oui. Il m'a aussi garanti que je ne serais ni cité ni même décrit de manière reconnaissable.

– Pas de problème, confirma Diane.

– Ce n'est pas que je n'apprécie pas votre visite, mais je fais des affaires à Moscou, à Kaliningrad et ailleurs. Je suis en contact avec des gens qui n'aimeraient pas savoir que je vous ai parlé.

Elsa sourit. Elle se demandait à quels trafics se livrait le beau Svetoslav. Elle sortit des versions papier des portraits et les brefs descriptifs des tueurs. Elle les posa sur les carreaux en céramique.

– Vous connaissez ces hommes ?

Il les regarda avec mépris.

– À part Tsilenkov, non.

– Medvedev, précisa Diane, est recherché dans le cadre d'une enquête sur un réseau de trafic d'héroïne entre l'Afghanistan, la Russie et l'Europe de l'Ouest, via la Pologne.

– Il y a des milliers d'hommes de main au service des clans de Kaliningrad. Vous savez où ça se trouve ?

Diane eut le sentiment de passer l'oral du CFJ. Et elle échouait.

– Franchement...

– C'est l'ancienne Königsberg allemande, passée dans le giron soviétique après les accords de Yalta. Un petit territoire coincé entre la Lituanie et la Pologne. Il a permis à Staline de disposer d'un port sur la Baltique qui ne soit pas pris dans les glaces en hiver. Une grande partie de la flotte soviétique était basée là jusqu'à l'effondrement de l'URSS. Depuis l'adhésion de la Pologne et de la Lituanie à l'Union européenne, il constitue un territoire russe coupé de la Russie. Il s'agit maintenant d'une région économiquement sinistrée, exposée à une pollution issue de l'abandon d'une partie de l'arsenal nucléaire et chimique soviétique.

– On dit que c'est aussi une ville gangrenée par la corruption, la drogue et le sida.

Svetoslav Tobolski haussa les épaules :

– Toute la Russie est gangrenée par la corruption. C'est ainsi que les choses se passent là-bas. Ce qui distingue Kaliningrad, c'est le poids de la mafia. Cette ville est un pont entre la Russie, les pays Baltes et la Pologne, qui permet d'atteindre rapidement l'Allemagne et les pays scandinaves. Et c'est un pont facile à traverser. Jusqu'à une date récente, les habitants pouvaient passer avec une simple carte d'identité ou un passeport dans les pays limitrophes et le trafic était un bon moyen de subsistance. Toute la journée, ça passait dans un sens et dans l'autre, les coffres remplis d'alcool, de cigarettes, de tout un tas de produits de consommation courante (il avait la voix nostalgique). Pour 50 dollars, les douaniers assuraient un passage sans fouille.

– On m'a dit que notre ami Medvedev faisait passer à l'Ouest de l'héroïne qui avait traversé d'autant plus facilement la CEI du sud vers le nord que le transport était assuré par des militaires. Arrivée à Kaliningrad, la cargaison était divisée en petites quantités qui traversaient en voiture la frontière polonaise, avant de se diviser à nouveau pour des destinations comme Amsterdam, Prague ou Berlin.

– Oui, c'est une méthode classique. Beaucoup d'autres activités s'organisent autour de ces opportunités administratives et géographiques : trafic de voitures volées – pour le coup en provenance de l'Ouest –, de prostituées, généralement venues de Moldavie et d'Ukraine, de copies de CD, etc. On vous a dit à quel clan appartenait ce Medvedev ?

– J'ai un nom (elle feuilleta son carnet). Semonov.

– Ossip Semonov. Oui, c'est un gros parrain à Kaliningrad.

– Vous pouvez nous en faire le portrait ?

– C'est un ancien cadre du parti communiste. Il était directeur d'une mine d'ambre. Il semble que dans les années 70, Semonov prélevait déjà une partie de la production de la mine pour son compte personnel en l'exportant clandestinement vers la Hollande. À la fin des années 80, il a étendu ses activités, notamment en participant à des filières de blanchiment d'argent. Sous la présidence d'Eltsine, il a clairement basculé là-dedans, en rejoignant les centaines de parrains mafieux de la ville. Il a réussi mieux que d'autres et maintenant il a une position dominante dans l'économie souterraine de la région.

— Ce que je ne comprends pas, c'est que Semonov a un profil de criminel. Qu'est-ce qu'il vient faire dans une affaire d'intelligence économique ?

— Je connais Semonov. Il collectionne les objets qui ont appartenu à la famille Romanov. Je lui en ai vendu quelques-uns. Notamment une dague incrustée de diamants et de rubis, avec une lame en argent. Pendant qu'il l'observait, qu'il la manipulait pensivement à hauteur de ses yeux, la faisait tourner, j'ai senti mon sang se refroidir. Il avait le projet de tuer avec cette dague, et, alors qu'il n'y avait pas de conflit entre nous – il avait accepté mon prix –, je me suis mis à craindre pour ma peau. C'est absurde peut-être, mais j'ai pensé qu'il voulait ma mort parce que ma beauté lui était pénible. Semonov est un homme épais et laid, avec une de ces expressions perpétuellement raides et méprisantes dont on devine qu'elle est le masque de la brutalité la plus animale. Semonov n'a pas l'envergure pour être à la source d'une affaire comme la vôtre. C'est un chef de clan au fonctionnement rudimentaire ; il a fait fortune avec les trafics habituels, il n'ira pas se compliquer la vie en s'embarquant dans ce qui touche à la politique internationale. À mon avis, dans votre histoire, il n'est que prestataire de services. Il a dû fournir l'équipe, les Medvedev et compagnie, à quelqu'un d'autre.

Elles savaient à qui.

— Vous avez une idée de l'identité de ce quelqu'un ? demanda quand même Elsa.

— Non. Ce qui m'intrigue, c'est la présence de Tsilenkov. Je le connais aussi, de vue. Lorsqu'on vit à Kaliningrad, c'est une figure familière. Pas un porte-flingue de bas étage. Pas non plus un homme à se mettre en avant. On dit que Tsilenkov est encore membre du FSB, ex-KGB. Il est issu de ses rangs en tout cas. Il semble qu'il soit passé plus ou moins au privé, mais qu'il garde un lien avec sa maison mère. Il a été un temps le bras droit d'Igor Levitin, dont le nom vous dit peut-être quelque chose.

– Vaguement.

– Levitin est un ancien militaire lui aussi, oligarque de l'acier et d'un millier d'autres secteurs maintenant. C'est l'actuel ministre des Chemins de fer du gouvernement Poutine. Il n'est pas dit que la fonction de Tsilenkov auprès de Levitin n'ait pas été autant de s'assurer de sa loyauté que de le servir. Puis Tsilenkov est passé au service de Boris Liadov dont il était – pour tout dire, je pense qu'il l'est encore – un des hommes de main.

– Liadov ?

Tobolski sourit.

– Vous n'aurez pas de mal à trouver son nom dans la presse occidentale. Tiens, c'est l'heure du persil.

L'antiquaire s'interrompit pour jeter l'herbe fraîche dans la marmite. Puis il revint s'asseoir, versant d'autorité un nouveau verre aux jeunes femmes. Elsa réceptionna son sauternes, quasi hypnotisée – le vin n'y était pour rien ; les mains de velours de Tobolski étaient moins innocentes.

– Quel lien pourrait-il y avoir entre Liadov et Rosa Nigra ? demanda Diane.

– Je pense à une chose. Liadov a investi à Iekaterinbourg en Oural – on y travaille traditionnellement les pierres précieuses. Il aurait investi dans divers secteurs, en particulier l'acier et la chimie. J'ai lu quelque part que Liadov avait racheté plusieurs laboratoires de recherche en biologie. Or Iekaterinbourg est le nouveau nom de Sverdlovsk, l'un des principaux sites de développement de l'immense programme de recherche d'armes biologiques de l'Union soviétique. En 1979, une fuite d'anthrax y a tué une soixantaine de personnes et rendu malades beaucoup d'autres. Certains scientifiques et laboratoires qui ont servi ce programme se sont reconvertis aujourd'hui dans la lutte contre le bioterrorisme – vous voyez la nuance. Certains dans le privé, d'autres dans le public. Liadov pourrait donc avoir des intérêts dans ce domaine.

Svetoslav se leva, ouvrit un placard et en sortit une assiette. La ceinture de son peignoir se desserrait progressivement et en se penchant, il dévoila deux fesses aux courbes impeccables. Elsa ne savait plus où regarder. Il se releva, posa l'assiette près de la plaque et se saisit d'une louche qu'il plongea dans la marmite pour en ressortir les légumes. Il revint quelques instant après, prit des couverts.

– Vous êtes sûres de ne pas avoir faim ?

Elsa n'était plus sûre de rien. Diane fut obligée de reprendre les commandes.

– Non, merci. Dites-moi, Liadov, ce n'est pas le genre de personnes auxquelles il serait malin de vendre des documents falsifiés...

– Je lui ai vendu un V... Un tableau de grande valeur. Croyez-moi, je l'ai fait expertiser plusieurs fois avant d'aller le lui proposer.

– Il est possible, remarqua Elsa qui luttait contre le charme, que Melville n'ait pas su à qui il vendait les documents. Son interlocuteur était Tsilenkov. Il ne connaissait peut-être pas l'identité de son patron.

– Les spécialistes avec lesquels il travaillait ne pouvaient ignorer ça longtemps, objecta Tobolski.

– Nous pensons que Melville opérait en solo. Il n'avait pas les mêmes moyens.

– Alors c'était du suicide.

Diane repensa à son aspect défait lors de leur entrevue au sommet de la tour Montparnasse. Son épuisement nerveux ne venait peut-être pas du traumatisme de la mort d'Hoelenn mais de la peur.

– Melville est en danger, résuma Elsa.

– Melville est mort, assura Svetoslav.

Il souriait largement. Quand il les raccompagna vers la porte, elles repassèrent devant le tableau de Véronèse. Le sacrifice avait toujours lieu sur la balustrade. Les couteaux s'abattaient et plongeaient dans la gorge de l'agneau. Il est vrai que Melville n'en était pas un.

– Tant que j'y pense : si vous prenez le risque d'écrire votre article sur Liadov, demandez-lui une interview. Il est à Paris.

– On sait, répondit Diane, qui n'ajouta pas que l'interview était déjà faite mais qu'elle n'avait les questions que maintenant.

Elle jeta un dernier coup d'œil au Véronèse. Les trois exécuteurs de l'agneau n'avaient pas véritablement de visage, penchés qu'ils étaient sur leur ouvrage. Cet anonymat rejetait la faute sur tous, une humanité frappée collectivement du signe du péché. Mais Diane n'était pas croyante. Elle voulait connaître les traits de celui qui avait ordonné le massacre.

À l'arrière du scooter, Diane, une oreillette dans le pavillon, un micro devant la bouche, les mains croisées sur l'abdomen d'Elsa, s'entretenait avec Hélène Charbonnier. Le deux-roues descendait l'avenue de l'Opéra. Elles dépassèrent un groupe de Japonais équipés d'ombrelles, d'éventails et de parapluies dont les couleurs pastel et les motifs délicats contrastaient avec le parapluie noir réglementaire des Parisiens. Brusquement le scooter fit une embardée et Elsa accéléra. Le véhicule se mit à cahoter frénétiquement sur les pavés du Louvre.

Elles n'iraient plus place Vendôme retrouver Boris Liadov.

Les flics firent exactement comme si elles étaient invisibles. Elles passèrent la grille sans une question. Stigmate triomphant de l'ère du béton, l'immeuble de l'Unesco était une grande voile grise à l'aplomb de pelouses et d'un jardin japonais. Ce dernier, arbrisseaux contorsionnistes et sillons creusés dans le gravier, cachait lui-même un espace dessiné par l'architecte Tadao Ando, dont l'élément central s'appelait « salle de méditation ». Les lieux étaient généralement déserts, personne dans l'institution ne jugeant utile de méditer. Ceux qui en cette fin d'après-midi, accroupis, ramassaient du bout des pinces les indices laissés sur le lieu du crime, ou qui photographiaient leur emplacement, semblaient plus proches de la sagesse. L'analyse se faisait dans un silence concentré. Elles descendirent la rampe – dallée, symboliquement, de granit irradié lors de l'explosion de la bombe d'Hiroshima – qui plongeait vers la salle : un cylindre vertical, large, en béton brut piqueté, dont l'ouverture dessinait à la base un simple rectangle noir.

Le policier en civil qui se tenait près de l'entrée se contenta de les autoriser du regard à continuer.

– Il a du pouvoir, le Vidocq, murmura Harpmann.

– Je crois que tout le monde est d'accord pour faire chier les « services ».

Mais elles se turent immédiatement.
Le pendu n'avait pas encore été détaché.
Le corps n'oscillait plus, immobile au bout de sa corde. Dans le puits clair-obscur, il était disséqué par une double lumière : le rayon bas venu de l'entrée – faisceau d'un soleil déclinant qui avait difficilement trouvé la porte. Elle jetait un voile orangé sur le bas des jambes, les chevilles, les chaussures du mort – à lacets, en cuir beige verni. Puis une lumière haute, car le cylindre était fermé par un couvercle ménageant un jour en forme d'anneau où les rayons s'insinuaient. Celle-ci éclairait de blanc le visage du cadavre.

Diane s'était promis de ne pas regarder Alexandre Melville mais la vision des pieds inclinés, en suspens, avait un aspect déstabilisant qui attirait et repoussait à la fois. Ses yeux glissèrent rapidement sur les mains violacées pour remonter vers le visage. Elle l'entrevit une seconde avant de se détourner, écœurée : la corde avait incisé la peau et s'y était incrustée si profondément qu'elle avait presque disparu derrière la chair enflée, la langue pointait hors de la bouche, les yeux agrandis fixaient le vide, la peau avait blanchi. Le nœud coulant à spirale le tenait par la nuque. La corde elle-même était attachée à une barre horizontale en métal, poutre éphémère destinée à des travaux d'entretien. Au sol, un tabouret tamtam noir avait roulé.

– Ce n'est pas le genre de confrontation dont je rêvais, regretta Diane.

– Crois-en une vieille habituée des tribunaux, la confrontation avec un meurtrier est toujours décevante. Soit il est con et cynique, et son indifférence vous meurtrit encore plus, soit il est misérable et repentant, et la pitié vous empêche de profiter pleinement d'une saine colère.

– Je m'en doutais. Mais je préférerais le haïr que le plaindre.

– Vu son bilan, tu peux continuer à le haïr. Garde ta pitié pour d'autres morts.

L'odeur restait forte, malgré le courant d'air.

Brusquement, à l'ombre du cadavre, Diane aperçut une silhouette. D'instinct, elle sut que la vision était fictive, que ses fantômes revenaient. Elle fit deux pas en silence, découvrit Benjamin occupé à dessiner sur le sol – Benjamin n'avait jamais su dessiner. Avec une craie, il traçait un portrait, le sien et celui de Julien. Comme dans les nativités, il tenait son fils dans les bras et se penchait sur lui.

Le spectre leva les yeux vers Diane.

– Il manque quelqu'un dans ce tableau. Il manque toi, déclara-t-il.

– Personne ne remarque l'absence de Joseph dans les Vierge à l'Enfant.

– Je te connais. Tu trouves ça injuste.

– C'est vrai.

Mais elle savait où il voulait en venir. C'était un appel.

– Tu te rappelles ? dit-il. Quand nous étions à Marseille avec Julien, tu as dit : « Vous m'êtes aussi essentiels que mes deux bras. Vous êtes l'air que je respire. »

– Arrête ! supplia-t-elle.

– Menteuse.

– C'est un suicide, tu penses ? demanda Délos.

Harpmann se détourna.

– Pardon ?

– Pour Melville.

– En tout cas, ça cherche à en avoir l'air.

– Je n'y crois pas. Je suis certaine qu'on l'a éliminé.

– Je suis d'accord mais il faut attendre l'autopsie.

– Elle ne dira rien. La police va encore être écartée. Je pense qu'il n'y a que deux hypothèses crédibles. 1) C'est les Russes. 2) C'est les Français. Regarde ça, ajouta-t-elle.

Délos se tenait devant la main droite de Melville. Celle-ci était boursouflée et violacée, mais la paume que la mort avait desserrée retenait un objet noir.

– Qu'est-ce que c'est ? se demanda Elsa. On dirait...

Une plume ratatinée. Non... Diane ! C'est un bouton de rose noire.

Harpmann approcha. Elle essaya de ne pas remarquer l'état de la chair, se concentra sur le bouton. Elle resta stupéfaite. Dans les phalanges du cadavre, la fleur semblait presque fraîche.

– Je croyais qu'elle n'existait pas.
– Il n'y a pas de rose noire parfaite.
– Celle-ci semble parfaite.
– À cause de l'éclairage. Je pense que c'est une Black Baccara. Sous certaines lumières, elle est noire comme le jais. Mais en réalité, elle est d'un rouge très foncé. À ce jour, c'est la version la plus proche du noir absolu.
– Pourquoi Melville aurait-il tenu une rose noire dans sa main au moment de mourir ?
– Il ne la tenait pas. Sinon il l'aurait écrasée en se débattant. On l'a glissée après. Comme un symbole, une signature. Une mise en scène. C'est peut-être un mot adressé par Liadov à sa victime. Une sorte de vengeance ironique. Ou alors, c'est la signature de Rosa Nigra, donc des Français.
– Ou un hommage à Hoelenn Kergall.

Diane Harpmann ne le dit pas, cependant elle pensait au supérieur de Melville, l'« Orson Welles de cette histoire », comme il s'était décrit lui-même.

– On risque de ne jamais le savoir.

Elles durent abandonner le scooter dans la rue Saint-Honoré. Des policiers interdisaient la circulation sur la place Vendôme. En revanche, ils laissaient passer les piétons. Dès qu'elles quittèrent les arcades, Harpmann et Délos observèrent un attroupement inhabituel devant les auvents du Ritz. Elles pressèrent le pas, rejoignirent les curieux qui faisaient cercle autour du spectacle, commentant en toutes langues les événements. Elsa fendit la foule sans difficulté, tirant Harpmann dans son sillage : « Pardon, *Sorry, Scusi, Entschuldigung.* » Quand elles arrivèrent aux premières loges, elles furent stoppées par une barrière de sécurité, doublée d'un cordon humain : policiers avec ou sans uniforme, personnel de sécurité de l'hôtel, vigiles. Entre les grilles et l'entrée du Ritz, plusieurs voitures tout-terrain de luxe étaient garées pendant que porteurs, portiers et chauffeurs s'affairaient. On embarquait des valises en grand nombre. De leur côté, les spectateurs commençaient à s'exciter. Un tel rassemblement ne pouvait que préparer la sortie d'un émir ou d'une star. On pariait plus ou moins : Roger Federer avait été vu à Paris, de même que Mick Jagger et Claudia Schiffer. Mais Diane et Elsa n'y croyaient pas : pas assez de photographes ; ceux qui étaient là l'étaient par hasard. Et elles pressentirent qu'elles arrivaient trop tard.

Une armada de gardes du corps à l'expression farouche jaillit de sous les auvents en mousseline. L'un des plus massifs fit signe à une voiture de se garer au plus proche de la porte :

– *Pojalsta !*

Des Russes. Harpmann baissa la tête, atterrée. Et qu'on ne lui dise pas que la confrontation avec un assassin est toujours décevante. Elle aurait voulu l'expérimenter, en connaître elle-même la brûlure. Les réponses, elle n'y songeait pas ; son besoin véritable était de questionner : « Monsieur, avez-vous ordonné les meurtres d'Hoelenn Kergall et d'Emmanuel Rosenzweig ? Que pensez-vous du massacre de citoyens innocents en marge de vos activités ? Qu'avez-vous pensé lorsque vous avez réalisé que vous employiez vos hommes et votre argent à poursuivre une chimère ? Est-ce la raison pour laquelle vous avez fait exécuter Alexandre Melville ? » Elle n'aurait pas demandé : « À quoi pensez-vous devant votre miroir ? » On peut être innocente et ne pas supporter de se voir.

– Il arrive, grommela Elsa entre ses dents.

Une fausse blonde en survêtement Armani et deux

enfants dévalaient les marches. Boris Liadov les suivait de près. Lunettes de soleil sur les yeux. Il était encadré par l'imposant garde du corps et un homme que Diane connaissait : Monsieur Poing. Juste avant que l'oligarque ne disparaisse dans la voiture, il aperçut Diane, mais, verres fumés obligent, leurs regards ne se croisèrent pas. Il se contenta de lever la main en un salut chaleureux et s'engouffra dans le véhicule. Une minute plus tard, le cortège avait disparu. Sur les marches restaient l'agent français et ses acolytes.

Elsa était déjà au téléphone avec Hélène Charbonnier :

– Ça ne m'étonne pas, ma chérie... D'habitude, ces escarmouches se règlent discrètement. C'est un jeu, et quoi qu'ils en disent, les Français ne sont pas si mauvais dans cette partie.

– Le meurtre de civils, les fusillades en pleine rue, ça ne fait pas partie des règles, quand même, protestait Elsa.

– J'imagine qu'ils espéraient ne pas se faire prendre... Au bout du compte, les autorités françaises ne sont pas tellement moins gênées que les Russes.

– Mais ils ont sauté à la gorge des Américains quand ils pensaient que c'étaient eux !

– Deux poids, deux mesures, c'est pas original, ma douce. Compare la Tchétchénie et l'Irak. Quand on pense à l'alliance de Poutine, Schröder et Chirac contre l'intervention en Irak, ça laisse rêveuse. Poutine en pacifiste ! Pendant ce temps, en Tchétchénie, le massacre continuait avec le consentement de l'Europe. Est-ce que cette guerre-là ne méritait pas un veto ? Qu'est-ce que tu veux : Liadov est un protégé de Poutine, et Paris soigne Moscou.

– Si je comprends bien ; Liadov est en route pour l'aéroport.

– Il va reprendre son jet privé et rentrer à Moscou. Privé de tour Eiffel et de Fouquet's...

– Merci, Hélène.

– Hé, je te dis comment ça se passe, personnellement je n'y suis pour rien !
– Oui, oui.
Elle raccrocha. Les journalistes politiques sont toujours si désespérément... réalistes.

– Je suis désolé, mais je me couche.
 À en juger par l'expression douloureuse de Vincent Delattre, il lâchait une bonne main. Quand il se leva, l'abandon sembla lui retourner les rotules. Cependant il quitta la partie, laissant ses adversaires continuer leur silencieuse bataille. Le tapis vert n'était éclairé que par les signaux des sorties de secours et les spots qui jetaient leurs lueurs vers l'*Olympia* de Manet. C'est un secret de Polichinelle à Paris que le conservateur du musée d'Orsay y organise des parties de poker. Ce sont les plus courues de la capitale. Il se murmure que Patrick Bruel aussi bien que Bill Clinton, Dominique Voynet et Angelina Jolie, le pilote Ralf Schumacher et l'académicienne Jacqueline de Romilly, Sophie Calle – redoutable –, Takeshi Kitano et le président Lula se sont un soir assis à la table du directeur Gilles Romain. Un évêque y aurait joué la même nuit que Gilbert et George. Sous un tableau tahitien de Gauguin, la pianiste Hélène Grimaud y aurait plumé Bill Gates qui, grand prince, lui aurait fait offrir le lendemain un collier de chez Chaumet – le joaillier ne confirma pas l'information. Ce soir-là, le plus adroit des joueurs n'était autre qu'un des gardiens du musée, remarquable joueur de poker. Un ministre était là, ainsi que le propriétaire d'un grand cru bordelais, une ancienne James Bond

Girl, et Delattre, que le choix du tableau du soir émerveillait. Depuis le début, il gagnait plus qu'il ne perdait, et il levait régulièrement les yeux vers les charmes dévoilés de cette femme d'une nudité olympienne.

Le silence presque sidéral donnait aux joueurs le sentiment trompeur de pouvoir entendre les raisonnements de leurs voisins – oubliant trop vite qu'on peut mentir, même en pensée. Ce silence amplifiait le moindre frôlement de tissu, le glissement des cartes sur le tapis et, plus que tout, le cliquetis des jetons qu'on posait sur la table. Mais malgré la solennité des lieux, le jeu conservait une certaine intimité, due au découpage du hall de gare : l'espace Gauguin, enfermé dans ses gros murs bruts et écrasé par des plafonds lourds, formait un recoin, une niche, et prenait des allures de crypte, d'autant plus étroite que seuls les abords du tableau élu étaient éclairés, les autres restaient engloutis, et même le *Garçon au chat*, tout juste à droite des joueurs, peinait à percer la pénombre. En revanche, la prostituée couvait d'un regard triomphant la partie.

Sa blancheur était frappante. Alors que l'obscurité mangeait le fond du tableau et décapitait sa servante noire, la femme nue, étendue sur des draps et des oreillers d'albâtre que les plis marbraient de bleu, régnait. Elle était presque livide, comme si jamais un rayon de soleil n'avait déshonoré sa pureté. Le cou gracile, les seins pleins, le ventre au nombril délicat, la main nonchalamment posée sur le sexe fascinaient, tant, dans leur perfection, ils semblaient hésiter entre le vivant et le minéral. La vie, même dans son visage, ne semblait tenir qu'à un souffle : et si le regard était perçant, les traits étaient effacés, les lèvres pâles. Et la fleur à l'oreille, hibiscus qui aurait pu prétendre à l'écarlate, se contentait d'une vague rougeur. L'absence de chaleur du tableau, pensaient certains, rendait le dessin cru et la nudité obscène, or, a contrario, cette froideur avait la faculté de figer le désir juste assez pour qu'il ne glace pas.

Et c'est justement dans cet état, entre incandescence et givre, que Delattre se trouvait, depuis le début de la soirée.

Quand il se planta près de ses deux reporters, ses regards n'allaient qu'à la femme d'huile. Ce que repéra Elsa :

– L'arrière-salle d'un bar de Pigalle ferait aussi bien l'affaire, non ?

– Les femmes qui se déshabillent ne m'intéressent pas. Seules les femmes toujours nues ont de la classe.

La journaliste leva un sourcil. Et il se reprit.

– On arrête là, Diane.

– Quoi !

– Qu'est-ce que vous feriez à Moscou ? Liadov est protégé. Vous ne tiendriez pas vingt-quatre heures avant de vous retrouver enterrée dans une fosse sommairement creusée.

– C'est à moi de choisir les risques.

– Pour vous-même, oui, mais pas pour le journal. Ni Jacques ni moi ne sommes disposés à vous envoyer au massacre !

Le ministre jeta un coup d'œil au-dessus de sa main et la James Bond Girl claqua deux doigts agacés. Ils continuèrent en chuchotant.

– Si je fais une demande officielle pour être reçue par Liadov ?

– Pas de problème, mais vous savez comme moi qu'il n'acceptera pas.

Sa colère montait, et elle réalisait de plus que la servante noire de l'*Olympia* était une esclave. Et brusquement le passé esclavagiste de la France vint alimenter sa fureur, malgré son manque total de rapport avec le sujet.

– C'est quoi notre métier, merde ? Compiler les dépêches de l'AFP et faire des micros-trottoirs à la sortie des écoles le jour de la rentrée ?

– Non, ça, c'est ce qu'on fait chez *Métro* ! grinça Delattre.

– C'est ce qu'on fait partout ! Citer des chiffres qu'on

n'a pas vérifiés, servir la soupe aux politiques, resservir l'article écrit par les collègues en changeant les adverbes, combler les trous entre deux publireportages par une dépêche internationale, foutre à la corbeille les infos qu'on ne trouve pas vendeuses, ou qui font peur aux annonceurs, schématiser jusqu'à l'absurde toute pensée complexe, faire la chronique de livres qu'on n'a pas lus, transformer en faits des ouï-dire, et en phénomènes de société des micro-événements.

— Parlez pour vous, Harpmann ! Je ne mange pas de ce pain-là.

— On en croque tous ! Ce travail-là est moins fatigant et coûte moins cher. Aujourd'hui, les scoops, ils tombent tout droit des ministères et des sièges sociaux. On ne va pas les chercher au fond des égouts, ils se posent tout seuls à côté des couverts à poisson pendant un déjeuner au Procope !

— Vous avez peut-être trouvé un scoop dans un terrain vague, mais en l'occurrence c'était un faux !

— La cassette était un faux, mais l'affaire Rosa Nigra est une véritable affaire !

Le ton montait et Gilles Romain les regardait d'un œil fixe dont le message était clair. Or Vincent Delattre n'avait pas envie d'être éjecté d'un cercle où il avait mis des années à se faire admettre.

— Diane, nous n'irons pas plus loin. Vous non plus. Vous vous battez uniquement pour vous trouver des excuses. Vous voulez que je vous dise non parce que vous savez que continuer serait signer votre arrêt de mort. Et qu'en réalité, vous n'en avez pas envie.

— Quel panache..., mordit Diane avant de tourner les talons. La psychologie de bazar.

Elsa, qui s'était tue, plus hésitante, lui emboîta cependant le pas. Olympia les regarda partir avec une souveraine indifférence. Delattre beaucoup moins. Il les rattrapa, l'œil étincelant :

— Si vous voulez jouer les justicières, allez acheter un

flingue. Si vous voulez faire du journalisme, servez-vous de votre clavier !

Il reprit, plus calmement mais d'une voix passionnée :
— Il n'y aura pas de procès pour les victimes du Bombyx. Le gouvernement n'en veut pas, la moitié des protagonistes sont morts, les autres en fuite. Moi, je crois qu'il y a une forme de justice : celle qui consiste simplement à ce que la vérité soit écrite. Il n'y aura pas de sanction, sinon, pour les coupables, la honte d'être dénoncés comme tels ; il n'y aura pas de jury, sinon les millions de lecteurs et de citoyens qui prendront connaissance des faits ; il n'y aura pas de réparation pour les victimes, sinon la reconnaissance publique de la violence qui leur a été faite. La seule justice sera l'inscription de ces crimes dans la conscience collective. Vous avez largement assez pour écrire la vérité ; la vérité et quelques hypothèses. C'est votre métier, faites-le. (Tout doucement :) Ça ne ressuscitera personne. Mais les juges non plus n'en sont pas capables.

L'ÉVÉNEMENT avait été annoncé comme « la plus grande projection de cinéma du monde ». Pendant trois jours, le festival en plein air quittait la Villette pour l'esplanade de la Défense. On attendait cinquante mille spectateurs, des cohortes de CRS, des émeutes dans le métro, d'innombrables bagarres entre bandes venues des cités, une température de 28 degrés et un ciel pur. Il plut sans discontinuer. Le déluge s'abattit sur la dalle immense qui s'étend entre les gratte-ciel. Des cascades se formèrent sur les marches qui descendent dans le RER, les gouttes ruisselèrent sur les millions de mètres carrés de baies vitrées qui dissèquent le quartier et le réfléchissent. Les façades noircirent. La pénombre se répandit et transforma l'acier en eau. Les trottoirs, les terrasses, les échangeurs, les toits, les rampes se muèrent en bassins, en ruisseaux au cours rapide. Les humains préférèrent disparaître. Parkings, quais de RER grossirent d'une foule pressée de s'abriter, essorant cravate ou jupe en sous-sol, tandis qu'en surface le désert humide gagnait. Bientôt, il ne resta plus sur le béton que quelques âmes obligées, quelques errants assignés, statues à l'abri d'un balcon, courant sous un parapluie, guettés avec férocité par le *Stabile* brontosaural de Calder et les collets robotiques de Miyawaki. À l'heure de pointe, les légions qui travaillent dans les bureaux se jetèrent sans tarder vers les galeries. Un flot de voitures et de bus s'écoula, essuie-glaces hypnotiques, sur le boulevard circulaire.

À 20 heures, La Défense n'était plus que surface nue.

Et subitement il s'arrêta de pleuvoir. L'océan des nuages se retira par l'ouest en se déchirant : entre deux cumulonimbus, le soleil émergea. Un soleil du soir, aussi doux que franc, empourpra le monde. En quelques secondes, les nuées s'irisèrent et rougirent, se nacrèrent et bleuirent, lambeaux orange, violet et rose écumant dans les rayons jaunes. Au-dessus de Nanterre, le dirigeable à flancs ovales qui chantait les mérites de L'Oréal sembla oublier sa mission, changea de cap et partit à la poursuite d'un ciel trop fardé.

Depuis le terre-plein qui couvrait le vingt-septième étage de la tour Opus 12, Terrence Boncœur prit la photo qui allait faire la couverture du prochain numéro de *Capital* sur l'immobilier à Paris : un arc-en-ciel se soulevait depuis le sol. Il s'envola par-dessus les totems de verre, prisme parfait qui se maintint longtemps, fluide dominant les solides. *Clic.*

À ras de terre, les rescapés observaient, entre deux chaussures détrempées, des taches bleu azur. Un silence inhabituel régnait sur l'esplanade. Chaque pas s'y distinguait ; chaque raclement de gorge ; la chute d'une petite cuillère. La perche d'Éric Casal capta des sons qu'il n'avait jamais entendus en ces lieux que foulaient chaque jour quatre cent mille semelles. Casque sur les oreilles, il écoutait le piaillement d'un oiseau, le clapotis des gouttes tombant d'un réverbère dans une mare, le froissement des pages d'un journal abandonné. Le brusque vacarme que provoque un réparateur d'escalier mécanique quand il se met à taper avec son marteau. Et puis les sons se multiplient, grandissent, se recouvrent, se juxtaposent. Il en vient de partout et ils sont de toutes natures. La vie rejaillit par les souterrains, les ascenseurs, les portes coulissantes.

Une nouvelle rumeur s'attaqua au micro : sous l'auvent à l'élégance biscornue qui flottait dans le cadre évidé de l'Arche, on venait de décider que la séance aurait lieu. *La Rivière sans retour* coulerait sur le parvis de la Défense. Les ordres se répercutèrent de groupe en groupe, d'électricien en projectionniste, de régisseur en conducteur. De toutes parts, on s'agita. Les enceintes se mirent à crachoter des chiffres imbéciles et des mesures de musique country. Le « paquebot des écrans », une toile d'une largeur de cent mètres tendue entre les deux arêtes de l'Arche, reprit son ascension. Dans un ronronnement de moteur, on le hissait à mi-hauteur. Des hommes et des femmes – les femmes-araignées évoluaient en bout de corde sur les faces du cube colossal. Des câbles furent déroulés, les camions rappelés ; on débâchait, on vissait, on connectait. Quelqu'un serra les bobines sur son cœur.

Le public chassé et dispersé revenait. Éric Casal orienta sa perche vers un couple qui s'approchait en transportant des chaises pliantes et une glacière. Son matériel saisissait le crissement d'un briquet à un kilomètre.

– Lorsqu'elle était petite, j'emmenais Hoelenn à l'Action Christine ou à l'Action Écoles, voir des vieux films de Lubitsch ou de Capra. Qu'elle connaisse la vraie vie.

– Mes parents faisaient pareil.
– Vous les avez rappelés ?
– Non.
– C'est odieux ce que vous faites.
– Lâchez-moi. Ou créez une ligue de vertu !
– C'est une question d'amour, pas de vertu.

Ils s'arrêtèrent tout à coup, comme devant un temple qui serait sorti de terre. Ils ne voulaient pas approcher plus près : à cette distance pourtant lointaine, l'écran semblait déjà saturer l'espace. Comme eux, des centaines de gens convergeaient par petits groupes et commençaient à s'installer. Ils avaient dans l'approche la même attitude à la fois fascinée et prudente. Malgré leur nombre, la conjugaison de leurs voix ne créait pas de vacarme : on murmurait plus qu'on ne criait sur l'esplanade. Et ainsi, des centaines, des milliers de spectateurs, bien moins qu'on n'en attendait mais en grand nombre, prirent place pour la plus grande projection du monde. Le crépuscule finissait. Le soleil lança dans un dernier souffle des rayons intenses puis expira, coulant à l'est, entraînant avec lui les dernières braises qui rougeoyaient au zénith. La nuit prit possession de la vallée de granit et de son peuple.

– Vous devriez aller les voir avec un grand bouquet de fleurs.

– Je fais un peu une saturation dans ce domaine.

– Des violettes, ce serait pas mal du tout.

– Mieux que des Black Baccara, c'est sûr.

– Ce sont des fleurs magnifiques pourtant. Une création française en plus. Il a fallu plus de cinquante ans à Meilland pour les créer.

– Vous semblez très au courant, remarqua Diane, prise d'un doute subit.

Soudain, sans préambule, l'écran géant s'anima. Le jingle de la Century Fox retentit pendant que le mot *Cinémascope* apparaissait sous les applaudissements. Le silence se fit : à flanc de montagne, un homme abattait un arbre. Ses coups de hache résonnèrent, seuls, sur la plaine. Le cri des oiseaux lui répondit, appel de bêtes angoissées, comme incertaines de leur propre existence. Le sapin s'abattit, libérant un paysage aux couleurs pastel et les voix de basse des chœurs ; ronronnante, rythmée, la mélodie s'éleva : « *There's a river / called the River of no return...* » Les accents mâles des cow-boys glissaient, suaves, sous les sabots du cheval que montait un Robert Mitchum tranquille. L'Amérique, éternelle et vide, était couchée au creux des montagnes.

Le générique défilait. Diane et Henri s'étaient assis, dans des fauteuils de réalisateur au nom respectivement d'Otto Preminger et de John Ford. Ils sirotaient un ignoble soda light citron vert-cactus-toffee. Entre eux, Diane essayait de chasser ses fantômes et de se détendre.

C'était difficile. L'affaire Rosa Nigra l'avait ébranlée. Ses nouveaux développements, les énièmes, l'avaient ballottée encore une fois. On l'avait accusée un temps d'inventer sans cesse des retournements ou, du moins, de segmenter ses informations pour les monnayer plus cher. La manière dont le courtier Abdel faisait monter les enchères n'y était pas pour rien.

Elsa savait par Vidocq que Victor Tsilenkov avait été vu à Barbès et son téléphone portable avait permis d'établir que le groupe avait passé deux jours dans un atelier de chaudronnerie de Montrouge. On avait retrouvé l'appareil dans une poubelle d'un terrain vague voisin. On supposait maintenant que les gangsters avaient fui vers leur terre d'origine. Les morts ne risquaient pas de trouver le sommeil.

Pour ne rien arranger, Marilyn Monroe faisait son apparition dans le saloon, qui n'était pas loin d'être un bordel. Les pas des chevaux, les cahotements des chariots, les rires enivrés et même l'harmonica se turent. Les hommes, pauvres chercheurs d'or aux mains vides, épaves cupides rongées par les mites, cervelle et chemises en berne, levèrent leurs yeux éteints vers le prodige. Et ils s'éclairèrent. Sur le parvis, les jambes de l'actrice laissaient sans voix : grandies aux dimensions d'une cathédrale, elles avançaient, souples et indécentes à travers la fente d'une robe coupée dans un nuage. Était-ce la blondeur surnaturelle de Marilyn, ses épaules qu'un corsage à paillettes plus qu'échancré dévoilait, ce teint d'une blancheur lumineuse, cette bouche née avec le rouge à lèvres ? On ne respirait plus. La foule, les kiosques, rambardes et réverbères, arbres nourris de ciment et façades célestes s'effacèrent : Monroe s'adossait à une poutre. Ses doigts frôlèrent les cordes d'une guitare. Elle plia le genou, les bas résille se tendirent sur sa chair. Grave, vibrante, sa voix coula, sucrée. Elle était faible, peu assurée, qu'importe, sirène du Technicolor, elle arrachait cœur et raison, et on lui trouvait encore toutes les vertus : l'innocence quand ses lèvres s'ouvraient d'émotion, la bonté lorsque ses paupières se fermaient sur un regard mélancolique, la grâce...

Annette Nouvel souriait malgré elle. En regardant cette femme, lui venait l'idée qu'elle était d'un temps où l'on cultivait une élégance elliptique, simple et aérienne, définitivement disparue. C'était une beauté d'un temps où mythes et mensonges étaient les piliers de la société, où ils scintillaient sur la misère et les discriminations, et où on ne ménageait ni le talent ni la peine pour donner au monde une apparence de perfection. Les chercheurs d'or s'inclinaient devant le sublime, les Indiens visaient mal et les fauves succombaient d'un coup de poignard. La chair blanche, irradiante, de l'actrice se zébrait de trois griffes rouges peintes avec du gloss, occasion d'exhiber une épaule divine, et on n'en parlait plus. Annette se demandait souvent si ce qu'elle écrivait avait une action décérébrante ou constructive pour ses lecteurs. Car elle était aux antipodes du Technicolor et des chœurs virils qui vocalisaient dans les vastes prairies : elle bossait pour gothiccity.fr, un site internet spécialisé dans le fantastique noir, l'horreur, les vampires et autres striges. La City était surtout un centre commercial où l'on vendait aussi bien des T-shirts Marilyn Manson, des corbeaux empaillés que les figurines en résine de la Tronçonneuse ; les locaux eux-mêmes, situés au douzième étage de la tour Espace 21, auraient pu abriter un fabricant de matériel de podologie : fonctionnels et aseptisés, on y organisait des réunions de marketing et de management. Il y avait des lingettes près de la machine à café pour essuyer les éventuelles traces de breuvage. Dracula et Iron Maiden étaient relégués dans un entrepôt d'Issy-les-Moulineaux. Quant à Annette, elle était la vedette du site sous le nom d'Alan Dubrow, un écrivain écossais résidant dans un manoir des Highlands et qui était désormais l'une des grandes plumes du feuilleton horrifique contemporain. Les histoires de Dubrow se déroulaient à Chicago ou à Francfort, dans des quartiers qui ressemblaient à la Défense, à la différence que les employés de bureau y étaient des psychopathes et les serveuses du Starbucks des vampires qui n'avaient rien manqué de l'actualité depuis 1275. Tous les jours, 70 000 lecteurs visitaient la page d'Annette et on avait dû engager une secrétaire pour l'aider à répondre à son courrier. « Tu as le sens du détail », commentait toujours Chris, le jeune P-DG de la boîte. Le détail... Effectivement, c'était ça la force du style moderne. On n'esquissait pas une égratignure sur une épaule nue, non, désormais, les plaies devaient faire mal ; elles se creusaient, elles saignaient, caillots et fragments d'os, elles suintaient, elles s'infectaient. Les vers se tordaient au milieu du gloss. On ne se contentait plus du baiser du vampire ; il fallait qu'il morde et qu'on ait le goût du sang dans la bouche – pas mauvais, il est vrai. Annette se demandait si le réalisme contemporain était une volonté de lever le voile sur les bas morceaux et les basses fosses de la société ou une nouvelle manière de les esthétiser ? Et qu'est-ce qu'on gagnait à trivialiser Marilyn ? Elle qui, dans une nouvelle robe, verte, venait de s'asseoir sur le piano et entamait une torride interprétation – torride, mais avec mesure, mimant l'obscène sans une once d'obscénité – de « *I got the fever / but not for gold* ». Annette jeta un regard attendri au couffin posé près d'elle où dormait son fils, Timothée.

Tchinghiz Darkhan n'était pas dépaysé. C'est vrai, les gratte-ciel, il n'en avait jamais vu, même s'il avait beaucoup rêvé de New York. Les cascades de verre tout droit descendues des étoiles, les flèches, les obliques, les conques, les biseaux célestes l'impressionnaient. La foule aussi. Mais rien ne lui était plus familier que cette femme aux cils immenses et aux yeux veloutés. Marilyn. Il l'avait découverte dans l'enfance. Le premier film de sa vie, *Sept ans de réflexion*. Il en avait onze et il occupait un siège du cinéma Kant où, depuis peu, on donnait du cinéma américain. Marilyn. Sa candeur et sa beauté l'avaient frappé comme ce qu'il y avait de plus intensément étranger à son quotidien. L'air de la ville, glacé après avoir frôlé la banquise qui se constituait dans le port et qui devait sans cesse être brisée, la couche de neige qui recouvrait les grues sur les quais, les grands espaces percés par quelque arbrisseau effeuillé, les terrains où des herbes éparses traversaient les cristaux, les toits, les rambardes, les ponts des bateaux, tous recouverts de blanc. Sa famille venait du sud, il avait encore dans la rétine l'image d'un troupeau de chevaux sauvages galopant dans la plaine, puis elle était partie vers le nord pour s'y disperser et y mourir. Kaliningrad, ville rouillée. Ville où la brique et le ciment tombent en poussière. Ville-tombeau dont les eaux sales exhalent des becquerels inquiétants. Là-bas, il avait marché sur le rivage, et loin sur la côte, il avait rencontré cet ancien brise-glace échoué sur le flanc, peinture écaillée et mangée par une gangrène rouge, vitres cassées sur la tour, radars défoncés et dont la coque fissurée laissait échapper un sang invisible. Des panneaux plantés dans la boue figée par le gel ordonnaient de s'éloigner. Mais tout près, un squat installé dans d'anciens baraquements militaires abritait des héroïnomanes. Tchinghiz leur vendait des doses. Les junkies tombaient comme des mouches. Il s'en foutait. Il s'était assis sur une souche, dans l'ombre du navire lépreux à propulsion nucléaire, pour fumer une cigarette. La mort n'est pas une grande affaire, quand la vie n'en est pas une. Il avait écouté un chien aboyer, les yeux perdus dans ce ciel gris, vaguement mousseux, qui formait l'horizon neuf mois par an. Alors, dans ce cinéma où il devait repousser les avances de son voisin, et où les sous-titres polonais étaient juxtaposés aux sous-titres russes, la vue de Marilyn Monroe lui avait coupé le souffle. Elle était là, sa robe blanche si légère, si volatile, levait le voile sur des jambes irréelles. Elle enfonçait les mains dans le tissu comme pour cacher son sexe. Ses seins ronds tendaient deux bretelles qui se croisaient sur sa nuque. Son expression extatique était l'image la plus indécente, la plus innocente qu'il ait jamais vue. Cette femme de chair était... la santé, l'espoir, le désir mêmes. Rien, à des milliers de kilomètres, ne ressemblait à ça. Aucun humain, aucune bête, aucune aurore ne partageait un atome avec cette femme. C'était l'ambassadrice d'un autre monde, qu'il ne pouvait qu'entrevoir. Et il rêva d'elle. Dans le wagon-citerne abandonné sur les voies où il dormait. Mais au réveil, elle était toujours là. Comme en cet instant, où elle s'appuyait à ses côtés, au muret. Ensemble, ils regardaient le parvis. De temps en temps, il faisait usage de cet œil d'aigle qu'il avait rapporté de Mongolie pour vérifier que sa proie n'avait pas bougé. Mais Harpmann était là, assise. Sagement.

Il vérifia l'emplacement de ses complices : Tsilenkov se tenait sous le *Pouce* de César au nord de l'Arche, Medvedev était le plus proche de la cible, à peine cinquante mètres derrière elle, à l'est, Tcherenkov coupait la voie à l'ouest, dans cet espace plutôt désert derrière l'Arche et son écran. Lui-même dominait le parvis de la terrasse du dôme Imax. Quand ils étaient venus se mettre en position, Marilyn avait fait lentement le tour de ce globe blanc, et elle avait dit :

– Alors, finalement, tu m'as décroché la lune ? J'aime quand tu tiens tes promesses.

Elle portait une robe rose chair avec des froufrous et des dentelles. Et un collier de diamants. Elle s'était accoudée au muret pour contempler cette foule rassemblée devant son image et, alors que l'écran n'était pas visible, mais son reflet, oui, sur la façade arquée du Cnit, elle avait observé.

– Il était bien, en fait, ce film..., dit-elle, avec une inflexion heureuse dans la voix.

Elle n'arrivait jamais à croire qu'un film dans lequel elle avait joué était bien.

– Bien sûr qu'il était bien.

– Tu vois cet Indien, là-haut ? Celui qui va... Oui, il tire une flèche. C'était un gars de San Francisco. Très drôle. En vrai, il était violoniste.

Et elle se tourna vers lui, son visage rayonnant prenant

brusquement une expression tourmentée. Sa voix se chargea d'angoisse :
– Tu crois vraiment qu'il faut tuer cette femme ?
– Tsilenkov dit qu'on doit le faire, que le paiement n'aura lieu que si le contrat est exécuté.
– Oh ! s'exclama-t-elle avec un accent plus douloureux encore. Le Français est mort, il n'y a plus de raison maintenant.
Elle ne comprenait pas qu'elle vivait dans un autre monde. Lorsque les Indiens descendaient la colline en poussant des cris de guerre, qu'ils brûlaient la maison et poursuivaient les Blancs jusque sur leur radeau, les flèches, par le pouvoir du scénario, étaient déviées et manquaient leur cible. Dans la réalité, les projectiles atteignent souvent leur but.
– On n'a pas le choix. Tsilenkov veut cet argent.
– Moi aussi, j'ai souvent cru que je n'avais pas le choix. Mais Tsilenkov, ce n'est pas le metteur en scène.
– Tsilenkov m'abattrait comme un chien si je n'obéissais pas. Alors on finit le boulot, on récupère l'argent et on partage. Ensuite, chacun pour soi.
Il était inquiet. Immédiatement sa colère retomba et elle s'approcha de lui avec compassion, avec douceur. Elle le prit dans ses bras comme on prend un enfant. Un enfant trop grand.
– Je...
– Tu peux tout me dire, Tchine. Quand je parle, personne ne m'entend.
Pourtant dans les haut-parleurs, sa voix résonnait et disait : « Plus ça dure, plus on est indifférent à tout. » Elle parlait de ses rapides épuisants, de ces vagues incessantes et de ces remous qui ballottaient le radeau, le soulevaient et le projetaient, manquant de le briser sur la roche, de l'engloutir dans un tourbillon. Resplendissantes, bleues et blanches d'écume, grondant plus fort qu'un ouragan, les chutes approchaient. Et les rapaces tournaient en cercle dans le ciel américain.
– Je crois, murmura-t-il, que Tsilenkov avait fini par

deviner le double jeu du Français mais qu'il a continué à acheter les documents en échange d'un pourcentage. Melville et lui se sont partagé l'argent de Liadov. Maintenant il lui faut cet argent et disparaître.

L'œil de Marilyn brilla d'indignation.

– J'ai vu trop de laideur et fréquenté trop de voyous depuis que je t'ai rencontré. Je ne suis pas faite pour cette époque.

– Tu n'étais pas faite pour la tienne non plus.

C'était vrai. Mais y en avait-il d'autres ?

– Et toi ? Pauvre garçon perdu dans un monde qui a poussé plus vite que lui. Qui as déjà mûri et commencé à périr. Ne tue pas cette femme.

– Je te jure que si je pouvais...

Elle soupira.

– Viens, on va regarder le film.

Ils firent quelques pas sur le côté. Pour mieux voir le reflet de l'écran sur le Cnit. L'image était découpée en petits carreaux par les panneaux de verre. Cependant elle prenait sur cette surface un aspect lisse et fantomatique.

Ah ! cette scène... En ce temps-là, on osait tout, pensa Annette. Une grotte pour y loger ses émois. Un feu aux lueurs dansantes pour éclairer les visages. Le son de l'harmonica pour habiter la nuit.

L'actrice se dépouillait de ses haillons magnifiques. Il y avait une couverture sèche – par quel miracle ? – pour y glisser son corps gelé par l'eau froide. Elle s'endormait sur les rochers comme s'ils avaient été des matelas de plume, ses traits refusant de choisir entre la souffrance et la béatitude. Le fermier frictionnait ses pieds, ses chevilles, ses mollets, troublé mais stoïque devant cette peau de satin, la proximité du corps nu, la gorge que la couverture laissait entrevoir. Cette expression d'abandon absolu. Marilyn offerte. Marilyn qui entrouvrait les paupières pour jeter à Mitchum un regard langoureux. Les violons rejoignirent l'harmonica. La scène était à peine soutenable, saturée de promesses. Cette chevelure mouillée...

Un cri perça la foule.
Timothée avait faim.
Annette plongea la main dans le sac, attrapa fébrilement le biberon. Déjà la foule grognait. Elle arracha le bouchon et planta la tétine dans la bouche de son fils. Bonheur, il se tut instantanément. Du moins, le son baissa notablement : le nourrisson continuait à émettre des bruits de succion qui déclenchèrent quelques soupirs ici et là. La légendaire patience des Français avec les enfants... La mère préféra prendre le buveur dans ses bras et l'emmener plus loin, laissant son transat vide. Elle dut enjamber des spectateurs, éviter bouteilles et chaussures, avant de rejoindre le bord de l'esplanade. Timothée l'observait au-dessus de sa tétine. Elle lui sourit. Se mit à marcher pour le rassurer, le bercer. Ce faisant, elle remonta le parvis, et lentement, pendant que le lait descendait dans le biberon, que de minuscules doigts chauds se refermaient sur son index, elle contourna l'Arche pour aller dans un coin plutôt tranquille, au dos de l'écran. Il n'y avait personne. Dans la nuit, l'armée des sculptures de Takis tendaient leurs têtes lumineuses. Elle s'approcha, espérant qu'elles amuseraient Timothée. C'est alors qu'elle remarqua un homme au teint pâle, assis sur le parapet qui termine la dalle de la Défense et culmine au-dessus de la route. Un instant il lui fit peur. Son teint livide, son attitude lointaine et sa carrure imposante ne rassuraient pas. Elle sourit. Déformation professionnelle : elle voyait des menaces partout. La voix de Monroe glissait entre les tours, se réverbérait sur la coque du Cnit, les superstructures des immeubles. Elle disait : « C'est la fin de beaucoup de choses. »
Diane n'en pouvait plus. Depuis le début du film, elle retenait son souffle devant la relation qui naissait entre le viril Mitchum et son gamin. Cet amour naissant entre père et fils réveillait sa souffrance. Elle repensait à Benjamin serrant Julien contre son torse, gazouillant sous son nez ou lui enfilant son pyjama. Elle revoyait son amant

marcher des heures durant pour essayer d'endormir le bébé, en fredonnant la discographie quasi complète de Bruce Springsteen. Finalement, elle se leva pour aller respirer un peu.
— Je vais faire un tour, murmura-t-elle à Henri.
Il lui lança un regard inquiet mais la laissa quitter son fauteuil et s'éloigner.
— Ça bouge ! s'exclama Tchinghiz.
Marilyn tourna vers lui des yeux éperdus.
— Attends ! Dans quelques instants, c'est mon numéro. Je vais chanter.
— Je suis désolé, mais je dois... Je dois intervenir en second rideau si la cible se dirige vers l'un d'entre nous. Elle va droit vers Mikhaïl. Et je suis bien plus près de lui que Viktor.

Sur l'écran, Marilyn tentait de retenir son amant, parti abattre lâchement Mitchum. Darkhan jeta un dernier regard au visage déçu de Marilyn qui murmura à son tour : « C'est la fin de beaucoup de choses. » Il ne l'entendit pas, se détourna comme on se détourne d'un songe, puis partit au trot dans une allée sombre, derrière le centre commercial. Il rejoindrait son complice de l'autre côté. En longeant les sorties de secours, il glissa la main dans son manteau cache-poussière en toile. Sous l'aisselle, il portait un holster. Avant qu'ils ne quittent Saint-Denis, Tsilenkov leur avait ordonné de se débarrasser de l'artillerie qu'ils avaient utilisée jusque-là : des fusils-mitrailleurs trop volumineux pour la cavale. À la place, il leur avait confié à chacun un Walther P 22, un pistolet semi-automatique très compact. Tchine — mais seule sa muse l'appelait ainsi, puisque tous les autres l'appelaient justement « Marilyn » — sortit l'arme. Il en adorait l'apparence, très futuriste, due à la carcasse en polymère bleu anthracite, aux lignes presque gothiques de la poignée, de la crête du chien, du pont de détente à la culasse épaisse et carrée que des cannelures profondes striaient. Tout en courant, il récupéra dans sa poche le silencieux. L'adaptateur était déjà en place. Il s'arrêta une seconde, vissa le tube noir au bout du canon, puis repartit. Le modérateur de son était d'ailleurs très efficace, même s'il pesait un peu lourd à la pointe de l'arme : 300 grammes (le pistolet lui-même n'en faisait que 480). Il fallait y penser au moment du tir. Et il craignait toujours les incidents, même avec les Eley Pistol dont il avait rempli les chargeurs. Medvedev préférait les Remington, mais c'était une brute et il tirait toujours au plus près, si possible à bout portant, et, pourquoi pas, dans la nuque. Dans ce cas, la précision importait peu. Il l'avait vu faire avec cette pute bulgare qui avait témoigné contre son proxénète. La technique ne demandait effectivement aucune adresse.

Il arriva au coin du bâtiment juste à temps pour voir Harpmann se détacher du public et partir, droit mais d'un pas lent, vers Mikhaïl. Ce dernier avait glissé la main sous sa chemise, une chemise en jean clair, il glissait l'arme entre son ventre et sa braguette. Ce n'était pas un homme soigneux. La femme marchait toujours vers lui. « Marilyn » lui aussi marchait, mais vite. Il ne voulait pas courir, il fallait éviter d'attirer l'attention. Il y avait des flics tout près. En avançant, il voyait mieux son visage. Il l'avait un peu oublié depuis la fusillade dans le restaurant chinois. D'une manière générale, dans ses souvenirs, toutes les femmes perdaient leurs traits ou empruntaient ceux de Monroe. Cependant, en revoyant la journaliste, il se rappela qu'elle était belle. Il fut frappé par sa grande taille. Sa présence forte, sa mélancolie. Il était très sensible à la mélancolie. Pas Mikhaïl, qui attendait patiemment que sa cible ne soit plus qu'à un mètre – toujours sa technique pusillanime et d'une efficacité statistique indiscutable. Pourquoi aurait-il eu besoin d'un acolyte pour l'aider dans son travail, alors qu'il avait de quoi vider un chargeur de dix balles – plus celle déjà logée dans le canon – directement dans sa poitrine ou dans son crâne ?

Diane entendit une détonation, elle fit volte-face. Le gamin venait d'abattre l'amant de Monroe, d'un coup de fusil dans le dos, pour sauver son père. Elle détestait cette idée, cette fin. Elle était cruelle et violente. Elle se détourna à nouveau. Devant elle, un homme assez massif, au visage rond, le front chauve, le menton mal rasé, se tenait debout et observait le film. Dans ses yeux, elle crut voir le reflet de l'écran : les montagnes bleutées, les berges d'une rivière, les frondaisons noires des hauts sapins. Et des chevaux qui couraient ensemble, à toute allure, rattrapant le vent. Un troublant sentiment de déjà-vu accompagnait cette vision. Elle avait vu ces chevaux ailleurs. Soudain, elle tourna la tête et réalisa que ce n'était pas devant elle qu'elle avait entr'aperçu ce troupeau, c'était à droite ; et elle le reconnut : le tueur venu de Mongolie fonçait sur elle. Ils échangèrent un regard, il sortit la main de sous son manteau, et l'autre homme dans un même mouvement tira un objet de sa chemise. Elle était tout près de lui, presque à le toucher, elle sentait l'odeur de sa peau, elle percevait presque la chaleur de ses muscles. À droite, le Mongol pointait son arme. Alors, au lieu de s'écarter, leur offrant la cible large de son dos, elle se précipita en avant, pour dépasser l'autre tueur. Elle bondit, frôla l'épaule du Russe. Son complice ne pouvait tirer si près de lui. Et lui-même devait maintenant pivoter et se retourner pour la poursuivre ou tenter de l'abattre. Diane courait en serrant les dents ; il n'y avait pas de champ devant elle : juste un trou. Le parvis était percé d'un grand rectangle. Elle sentit un projectile s'enfoncer dans le tissu de sa veste, effleurer ses côtes et continuer son chemin.

Tout à coup Éric Casal entendit dans son casque des sons inédits. Comme une agrafeuse qui cracherait des salves dans le vide. Il entendit également des bruits qu'il connaissait pour les avoir déjà enregistrés : des impacts d'ogives, le cliquètement des douilles qui s'éjectent par la fenêtre d'un pistolet et roulent sur le sol. Ça ne venait pas du film. Il capta également des murmures, des exclamations. Instinctivement, il se leva. Là-bas, au loin, dans la direction que lui indiquait le micro au bout de sa perche, au-delà de la foule assise, quelque chose se passait. Il ne voyait pas bien quoi. La nuit, malgré les réverbères, malgré la lueur qui se répandait depuis l'écran, malgré le puits de lumière horizontal qui fusait depuis le projecteur géant sur l'écran, lui dissimulait les détails de la scène. Un mouvement était en cours, des spectateurs réagissaient. Mais leurs réactions étaient noyées dans un nouveau flux qui venait des enceintes : Marilyn Monroe chantait. Sa voix grave, fluette mais adroite, fragile mais profonde, disait : « *There's a river / called the River of no return...* » Elle couvrait le désordre qui s'était créé au bout de l'esplanade.

Medvedev et Darkhan virent Diane Harpmann sauter dans le précipice, par-dessus le parapet. Sa silhouette élancée s'envola dans les airs. Ils rentrèrent leurs armes pour les dissimuler aux badauds qui commençaient à se retourner et à s'interroger.

Annette Nouvel remarqua que l'homme qui se tenait dans l'ombre de la Grande Arche s'était dressé et escaladait le poteau d'un réverbère pour regarder au loin. C'était amusant parce que, ainsi perchée, sa silhouette se découpait sur la face arrière de la toile. Il s'imprimait presque en ombre chinoise sur l'image délavée de l'actrice vêtue d'une combinaison à paillettes dorée. Malgré la perte relative des couleurs, on distinguait encore, gigantesques, les yeux brillants de tristesse de Marilyn Monroe. Elle avait perdu son amour dans la Rivière sans retour. La chanson était un sanglot. Annette pressa son fils et constata qu'il s'était rendormi. Elle embrassa son front.

Diane avait sauté avant d'évaluer la distance qui la séparait du sol. Ce ne fut que dans son temps de suspension, alors qu'elle aspirait l'air à pleins poumons tout en cherchant son équilibre, bras écartés, qu'elle constata qu'au moins quatre mètres manquaient encore sous ses pieds. Par pur réflexe, elle brassa l'air de ses mains crispées. Il lui sembla que les tours grandissaient et qu'elle-même plongeait dans les abysses quand ses doigts frôlèrent un objet. Ils s'en saisirent, puis une masse la frappa dans le plexus, l'assommant à moitié. Ses phalanges faillirent lâcher leur prise, elle poussa un cri étouffé, mais banda les muscles. Ses articulations s'étirèrent en craquant. Un gémissement coula entre ses dents. Levant les yeux, elle vit d'abord les étoiles, puis des parois noires et luisantes qui décollaient vers le ciel, un visage vert et farouche au-dessus d'un buste colossal, ses doigts blanchis par l'effort. Elle était agrippée à un fusil. Autrement dit, elle était suspendue à *La Défense de Paris*, cette statue en bronze vert-de-gris qui avait donné son nom au quartier. Elle tira sur ses bras en faisant la grimace. Son sauveur n'était pas ce soldat du second Empire qui défiait de son sabre les Prussiens mais, assis à ses pieds, un jeune Parisien dont l'expression volontaire et le front noble indiquaient la ferme intention de protéger sa ville. Diane se hissa jusqu'à glisser ses aisselles sur la carabine du gamin, puis, en soufflant, la pointe des chaussures raclant la pierre, elle s'accrocha successivement à ses chevilles, à ses genoux, à son coude, à son cou. Elle était debout.

Ping. Une balle venait de frapper la joue du jeune combattant. Un éclat vola et la statue lâcha, hémorragie fugace, un geyser blanc. Diane leva les yeux : les deux tireurs la visaient et déchargeaient leurs armes. Bizarrement, leurs tirs n'engendraient aucun vacarme. Elle vit alors fuser vers son épaule la pointe argentée d'une cartouche. La journaliste retira brusquement sa main, la balle vint se loger dans l'espace qu'elle venait de quitter, percuta le gavroche au bras. L'instant d'après, Diane se pliait. Le projectile passa dans ses cheveux et éborgna l'enfant. Elle se redressa, le soldat fut touché à la cuisse, elle pivota, il fut touché au ventre, elle plongea, un orteil en bronze sauta.

– Merde ! s'exclama Marilyn.

Il sentait que la situation leur échappait. Désormais un nuage de poudre les entourait et, derrière eux, une cavalcade avait commencé. Raclements de chaises, canettes renversées et percutées, chutes de sacs, de lunettes, bris de verre, tout indiquait que la panique gagnait le parvis. Cette fois, le public avait compris et se dispersait en tous sens. Si la police ne fondait pas encore sur eux, ce n'était que grâce à la confusion. Il secoua la tête. Medvedev tirait comme une mémé. Et la reporter avait décidément un talent inouï pour survivre. Il en avait connu des comme ça à Kaliningrad, des filles, des garçons qui résistaient à tout. Cette femme prendrait le thé à Grozny sans risquer une égratignure.

Son chargeur était vide. Il l'éjecta, pensa que les silencieux leur faisaient perdre de la précision.

– Mikhaïl ! Enlève-le ! De toute manière, maintenant, ça ne sert plus à rien !

Il se servit du pan de son manteau pour toucher le modo sans se brûler, le dévissa à toute allure, le laissa tomber par terre. Il fit de même avec l'adaptateur. Seulement, lorsqu'il releva les yeux vers la statue pour tirer à nouveau, Diane Harpmann avait disparu.

– Putain ! Où elle est ?

C'est alors qu'il réalisa que Medvedev aussi s'était barré. Il le vit qui s'éloignait, l'air de rien, vers l'assemblage en poutrelles rouges qui décorait un coin de la place. Le déserteur se glissait dans la foule, s'effaçant, tentant de n'être plus qu'un point. Il fuyait. Au-delà de l'immeuble bas qui bordait l'esplanade au nord, d'immenses buildings se dressaient. L'un d'eux, une tour noire, spectrale et écrasante, semblait menacer le traitre. Cependant Marilyn reprenait espoir. Oui, il était peut-être temps de fuir. De rejoindre les chevaux sauvages.

Brusquement un nouveau coup de feu retentit. Un trou se fit dans la masse. On s'écartait vivement. Les abords du Calder furent désertés. Les châssis métalliques, le verre semi-réfléchissant des parois reprirent leur tranquillité. Sur les dalles restait un homme. Viktor Tsilenkov. De la fumée s'élevait de sa main droite. À ses pieds, gisait le cadavre de Medvedev. Son sang coulait à grands jets : épousant les rainures du sol, il formait un

panneau écarlate. Son bourreau, pilier de fonte, teint d'acier, le dominait de toute sa hauteur. Immobile. Imperméable à l'inondation qui éclaboussait ses chaussures. L'éclatement d'une canalisation ne lui aurait pas causé plus d'émotion. Ses pupilles se fixèrent sur Darkhan, puis brusquement il tendit le doigt :
– Là !
Il venait de repérer Harpmann qui courait vers l'Arche.
– Marilyn ! hurla-t-il.
Et du bout de son arme, il désigna la journaliste. Au même moment, des uniformes commencèrent à apparaître sur la place. Le Russe s'anima : deux agents débouchaient depuis le petit commissariat. Il les abattit de deux tirs précis. Il vérifia qu'ils ne bougeaient plus, puis que son complice poursuivait bien leur proie. Il chercha Sergueï et, même s'il ne le vit pas, il était certain qu'il était à son poste. La femme se dirigeait vers lui.

Diane courait. Vite. Le cœur cognant dans sa poitrine et l'esprit clair. Des gouttes de sueur coulaient sur son front. Il n'y avait pourtant qu'une question dans sa tête : Où était Henri ? Est-ce qu'il allait bien ?

Une détonation la fit sursauter. Le plexiglas qui protégeait un panneau publicitaire éclata près d'elle. Les débris volèrent. Une balle venait de se planter dans le sac à main Vuitton qu'Uma Thurman serrait contre sa poitrine. Puis ce fut la porte vitrée d'une cabine téléphonique qui explosa en pluie. Diane jeta un coup d'œil par-dessus son épaule ; elle avait toujours le même tireur aux trousses. Elle cala sa course sur un rythme qui lui permettrait de tenir longtemps.

Sergueï Tcherenkov constata que le piège se refermait. Dissimulé dans cette placette ménagée dans le creux d'un immeuble, à l'abri d'un piédestal qui soutenait une *Tête monumentale* d'Igor Mitoraj, il attendait. Harpmann approchait. Marilyn courait trente mètres derrière elle. Ils ne pouvaient pas la manquer. Le Walther P 22 pesait dans sa main. Dix fois, au cours des derniers jours, il avait songé à se l'enfoncer dans la bouche. Son frère Ivan l'avait fait cinq ans plus tôt, avec son arme de service, il avait appuyé sur la détente – il était policier. Pavel, lui, était mort en Afghanistan plus de vingt ans plus tôt ; abattu, non par des moudjahidin mais par ses camarades, après en avoir lui-même abattu deux ; Andreï s'était noyé dans la mer glacée de Kaliningrad copieusement saoul et les poches de son manteau remplies de cailloux ; Nikolaï s'était pendu à la mort de leur père, dans la ferme ; Vladimir s'était tailladé les veines en prison, la veille de sa sortie. Dans sa démence sénile, leur mère murmurait une comptine pas très intelligible dont le refrain parlait des veaux à l'abattoir. Il était le dernier fils Tcherenkov. Ce n'était pas suffisant pour avoir envie de vivre. Alors que cette femme y tenait sacrément, à la vie. On ne court pas comme ça quand on n'y tient pas. Il sortit de sa cachette, se cala clairement dans l'alignement des arcades qui s'interrompaient juste trois mètres devant lui et sans hésiter il tira. Marilyn en fit autant.

Diane comprit tout de suite ce qu'il était en train de faire. Le moment s'imprima fortement dans sa mémoire : devant elle, elle vit la bouche circulaire du canon d'où s'échappaient une flamme orange et une vague ombre blanche, un cylindre doré qui sautait en dehors de la culasse, le tatouage que le tireur portait dans le cou et qui représentait une croix orthodoxe, le moineau qui s'envolait depuis le sommet de la statue. Le jeu des reflets transformait les lieux en volière. Alors qu'elle entendait le coup de feu et que l'odeur de la poudre montait à son nez, elle sentit les premiers remous des deux projectiles qui convergeaient, l'un vers son cœur, l'autre vers son dos. Elle bondit, comme pour exécuter un *zenpo kaiten ukemi* mais en se projetant bien plus haut, en y ajoutant une sorte de vrille, et tant pis si la réception allait être rude. Elle s'éleva en l'air, un instant allongée comme en lévitation, sentant le souffle de la balle passer entre ses jambes, le long de son abdomen, de son sternum et de son cou pour continuer sans la toucher, tandis que l'autre balle éraflait l'arrière de son crâne, glissait entre ses omoplates, ses fesses, pour se perdre. Elle vit alors le tueur russe tomber violemment en arrière, et, à l'envers, le Mongol s'effondrer à son tour en portant les mains à son cou. Elle se réceptionna durement sur l'épaule, roula avec souplesse, se déplia et se retrouva debout.

C'était fini. Sa rétine tremblait encore. Ses mains étaient brûlantes. En revanche, elle frissonnait. Ses vêtements collaient à sa peau. Elle avait le vertige. Et refusait encore d'admettre ce qui venait d'arriver. Elle fit quelques pas vers l'homme aux tatouages. Il ne bougeait plus, renversé sur le dos. La blessure au poumon gauche saignait abondamment. Elle se pencha pour voir s'il respirait encore.

– Non, il ne respire plus, dit un jeune homme en approchant.

Il avait le crâne rasé, portait un T-shirt Le Chat Machine et tenait à la main une perche équipée d'un micro. Il enleva son casque.

– Il ne respire plus. Je n'entends rien dans les écouteurs. C'est très sensible... Et vous ? Vous n'êtes pas blessée ?

– Non.

Près des genoux du Mongol, elle découvrit une pellicule photo. Celle de Lee Song, pensa-t-elle, celle que le tueur avait fourrée dans sa poche au Bombyx. Elle la ramassa. Elle la ferait développer et trouverait à qui donner les photos.

Une femme s'approchait en sautillant sur ses talons. Elle portait dans les bras un enfant qui poussait de petits cris. Il y avait des taches de lait sur son chemisier.

– Oh, dites-moi que vous n'avez rien !

– Je n'ai rien.

– Bordel de merde, j'ai eu une trouille affreuse pour vous ! Mais qu'est-ce qu'ils vous voulaient, ces malades ?

Annette Nouvel écrivait tous les jours des intrigues

sanglantes, des descriptions de tueries et de massacres dont les mobiles étaient aussi inattendus que le désir de venger une goule percée d'un pieu sous le règne de Saint Louis, ou celui de dévorer la cervelle d'un responsable commercial parce qu'il a réussi une progression de ses ventes de plus de 45 % au dernier trimestre. Mais, face à la réalité, son imagination restait muette. Aucune hypothèse ne lui venait à l'esprit.

– C'est une longue histoire..., répondit Diane.

La présence du bébé la mettait mal à l'aise. Elle se sentait déjà suffoquer. Le bébé avait les joues rondes et sa peau était encore plissée. Il avait à peine un mois. Un âge où fragilité et vie paraissent si intimement mêlées. L'envie de lui caresser la joue, le bout du nez grandissait. De déposer un baiser sur son front.

– Il est magnifique..., murmura-t-elle.

– Timothée... Heureusement qu'il ne voit pas encore vraiment...

La journaliste cherchait un prétexte pour se détourner. Là-bas... Il se passait quelque chose d'étrange. Au-dessus du corps de l'autre tueur se penchait une femme, une superbe, une sublime blonde à la coiffure... impensable. Une robe couleur perle moulait son corps que rondeurs et finesses sculptaient dans des proportions d'une suavité extrême. Son teint blanc contrastait avec un maquillage audacieux. Il n'y avait eu qu'une femme ainsi dans toute l'Histoire. Elle s'appelait Marilyn. « Un nouveau fantôme dans mon panthéon », soupira Diane. Cependant, apercevant un mouvement de tête du Mongol, elle s'approcha. Il relevait légèrement la nuque, esquissait un geste de la main. L'actrice en profita pour glisser sa paume derrière son cou et le soutenir. Elle plongea ses yeux langoureux dans ceux, mourants, pleins de désarroi et de résignation, de Tchine. Harpmann s'était approchée et s'agenouilla, tentant de ne pas se laisser troubler par sa nouvelle hallucination, mais cette dernière fredonnait d'une voix terriblement triste : « *I lost my love / In the River of no return.* »

— C'est la fin de beaucoup de choses, articula, en lâchant un filet de sang, le jeune Asiatique.
— Une ambulance va arriver, lui dit Diane.
Elle posa sa main sur le front humide du Mongol. Elle aurait aimé avoir fait ça pour Benjamin dans les dernières secondes de sa vie.
— Je ne pense pas que ça suffise, dit Marilyn. Tu vas mourir, mon ange.
— Ne dites pas ça. On ne sait jamais.
Tchinghiz Darkhan plissa les yeux de stupéfaction. Il observait la journaliste d'un regard concentré et interrogateur :
— Vous la voyez ? Vous l'entendez ?
— Monroe ? Oui.
— Vous la voyez ?
— Oui.
Ses yeux se perdirent dans le ciel.
— Alors c'était vrai, ajouta-t-il.
— Non, rectifia Diane.
— Pas vraiment, confirma l'actrice en joignant sa main à celle de Diane sur le front du blessé.
Et les yeux du tueur se figèrent. Marilyn n'était plus. La fée Monroe se délitait dans l'air.
Des coups de feu retentissaient encore. En fait, même, ils se multipliaient. Les deux compagnons de Diane Harpmann, le preneur de son et l'écrivain, se raidirent. Tous trois se rapprochèrent, inquiets.
— Qu'est-ce qui se passe ? demanda Casal. On devrait se mettre à l'abri.
— On n'a qu'à se cacher derrière la statue, suggéra Annette Nouvel.
Les deux autres n'avaient pas fait un pas qu'ils découvrirent la cause de la fusillade. Des policiers poursuivaient un homme, armé mais blessé, qui fuyait devant le nombre, mais faisait volte-face pour tirer. Les balles fusaient. Des uniformes apparaissaient de toutes parts, longeaient en file indienne le bas des façades, contournaient l'Arche, couraient de panneau en kiosque, de coin en muret. Uma

Thurman s'agrippait toujours à son sac. Des sirènes retentirent au loin. Une compagnie entière de CRS arrivait à grande vitesse depuis le cours Valmy. Une marée de casques ondulait sous les hauteurs biseautées, noires et luisantes, des deux tours Société Générale. Tsilenkov se battait toujours. Il tomba sur les genoux, frappé, mais se releva et appuya encore sur la détente, bras tendu. De nouvelles salves firent trembler les vitres du quartier. Éric Casal attrapa par les épaules ses deux compagnes pour les pousser vers l'abri.

C'est alors que Diane la repéra : une balle perdue. Cette balle qui allait lui sauver la vie, qui allait sauver son âme et sa raison, qui allait la libérer, même si la liberté n'est rien en elle-même. Cette balle qui était un message du hasard. Il en circulait des dizaines. La plupart convergeaient vers Tsilenkov. Les autres partaient de son arme à lui. Cependant, au hasard des rambardes, des barres, des œuvres d'art, des murs, certaines ricochaient, déviaient, repartaient dans d'autres directions. La portée d'une arme moderne est de plusieurs kilomètres. Celle-ci, la journaliste l'ignorait, avait été tirée par le Walther P 229 de la gardienne de la paix Esther Pelletier, avait rebondi, en se déformant, sur une dalle de l'Arche pour repartir à 15 degrés. Au lieu de se perdre définitivement dans les frondaisons des arbres, elle avait heurté la grue géante qui se dressait là, juste sur l'arête d'une poutrelle. Dans un sifflement aigu, le nouvel obstacle l'avait renvoyée à 40 degrés. Elle avait traversé les airs, filant loin du lieu de la fusillade, vers le trio qui cherchait à se mettre à l'abri.

Diane était toujours en éveil. Son *sumiriki* restait grand. Elle s'immobilisa. Une fraction de seconde sans doute infime, mais nécessaire pour établir l'équilibre entre son corps et le sol, entre son esprit et le mouvement. Le temps de créer cette vision flottante, sans focalisation particulière, qui doit englober chaque pixel du champ visuel. Et elle vit cet avenir qui frisait le présent. Une balle qui filait droit à l'arrière du crâne de Timothée et pénétrait dans sa nuque. Elle refusa de voir la suite. Dans ce qui n'était pas un réflexe mais le geste le plus pensé de son existence, sa main jaillit et arracha la perche de Casal. Elle l'empoigna comme un *jô*, à deux mains, serrant les doigts, en le dressant verticalement. Le bâton reçut la balle de plein fouet, celle-ci gronda, l'enfonça, le plia en deux, puis roula au sol dans un cliquetis expirant. Les poignets de Diane en vibraient encore. Le micro arraché gisait à ses pieds.

– Je peux l'embrasser ? demanda-t-elle à la mère.

Casal, Nouvel et Harpmann se tenaient près d'une camionnette du Samu. On leur prodiguait des soins légers. Mercurochrome et pansements. On vérifiait surtout qu'ils n'avaient rien. Annette était encore livide. Casal aussi.

– Bien sûr.

La mère présenta le bébé à Diane. Le cœur battant, celle-ci se pencha sur l'enfant, posa ses lèvres sur sa joue chaude. Les yeux encore bigleux du petit bonhomme se fermèrent. Diane Harpmann sentit l'odeur de sa peau, une odeur de lait d'amande. Elle se sentit mourir et elle se sentit renaître.

Les fantômes ne viendraient plus. Elle en était sûre. Oh, elle savait bien qu'en vérité c'était un autre enfant qu'elle aurait voulu sauver. Mais c'était déjà ça.

DU MÊME AUTEUR

Aux Éditions Calmann Lévy

TOKYO MIRAGE
TOKYO ATOMIC
TOKYO CHAOS

Aux Éditions Plon

SUCCESS STORY